BASTEI
LÜBBE

Über das Buch:

In der Wüste steht ein Baum. Er stammt aus der Zeit, als der Mensch im Paradies lebte – der biblische Baum der Erkenntnis. Was, wenn wir dort nicht allein waren? Ein Forscher entdeckt das Unglaubliche: Wir sind ein Irrtum der Evolution. Andere Lebewesen haben ebenfalls die Früchte der Erkenntnis gegessen. Lebewesen, die viel widerstandsfähiger sind als wir ...

Über den Autor:

Tom Nestor, geboren 1968, ist das Pseudonym eines deutschen Autors, der bereits seit zehn Jahren Bücher schreibt. Neben einigen Thrillern hat er auch zwei Business-Fabeln und einen Jugend-Abenteuerroman veröffentlicht. Er lebt mit seiner Frau und seinen beiden Kindern in der Nähe von Stuttgart. PHÄNOMEN ist sein erster unter dem Namen Tom Nestor erschienener Roman.

Weitere Informationen: www.tomnestor.de

Tom Nestor

Phänomen

Thriller

BASTEI LÜBBE

BASTEI LÜBBE TASCHENBUCH
Band 15 954

1. Auflage: Januar 2009

Bastei Lübbe Taschenbücher in der Verlagsgruppe Lübbe

Originalausgabe

Dieses Werk wurde vermittelt durch die
Literarische Agentur Thomas Schlück GmbH, 30827 Garbsen

Lektorat: Anke Stockdreher / Jan F. Wielpütz
Umschlaggestaltung: Gisela Kullowatz
Satz: hanseatenSatz-bremen, Bremen
Gesetzt aus der Stempel Garamond
Druck und Verarbeitung: Norhaven A/S
Printed in Denmark
ISBN 978-3-404-15954-3

Phänomen

Kapitel 1

Tschad, Afrika
Südliche Sahara

»Das sieht nicht gut aus!« Bobby Clarkson stand in der offenen Fahrertür des allradgetriebenen Unimogs, den er und sein Kumpel Mark während der letzten Semesterferien in liebevoller Detailarbeit für die lang ersehnte Sahara-Tour vorbereitet hatten, und spähte in die Ferne. Obwohl er eine Sonnenbrille trug und die Augen zusätzlich mit der Hand beschattete, musste er gegen die grelle Nachmittagssonne anblinzeln. Schweiß benetzte seinen Körper von Kopf bis Fuß, sein Che-Guevara-T-Shirt und die khakifarbenen Leinen-Shorts klebten ihm am Körper. Seit sie aus Agatoum aufgebrochen waren, einem kleinen Dorf etwa achtzig Kilometer westlich von Biltine, hatte er nicht mehr geduscht. Gott, wie er sich nach einem Badezimmer mit fließendem Wasser sehnte! Aber von den Annehmlichkeiten der zivilisierten Welt war weit und breit nichts zu sehen. Hier gab es nur Sand und Geröll – die Monotonie der Wüste. Alles war in gleißendes Licht getaucht, das die schier unendliche, ockerfarbene Ebene in einen wahren Glutofen verwandelte.

»Was ist los, Schatz? Warum machst du so ein Gesicht? Stimmt was nicht?«

Bobby warf Eve, die in der Fahrerkabine neben Mark saß, einen liebevollen Blick zu. Sie waren schon seit sechs Jahren ein unzertrennliches Paar, und er hatte sich vorgenommen, ihr im Verlauf der Reise einen Antrag zu machen. Momentan war die Situation dafür allerdings denkbar ungeeignet.

Bobby deutete mit dem Finger nach Westen, wo sich ein dunkles Wolkenband über dem Wüstenboden abzeichnete. »Ich glaube, das ist ein Sandsturm«, sagte er.

»Scheiße, das hat uns gerade noch gefehlt!«, knurrte Mark vom Beifahrersitz aus. »Zuerst verreckt uns das Funkgerät und jetzt das! Wenn der Sturm hierherzieht, werden wir die verdammte Piste *nie mehr* finden!«

Genau das war ihr Problem. Aufgrund der unmenschlichen Hitze während des Tages und der Tatsache, dass ihre Klimaanlage defekt war, hatten sie sich zwei Tage zuvor zu einer Nachtfahrt entschlossen – im Nachhinein ein fataler Fehler, denn trotz sternenklarem Himmel und Vollmond waren sie vom Weg abgekommen und hatten die Orientierung verloren. Irgendwie sah hier alles gleich aus.

»Mach dir nicht gleich ins Hemd, Mark!«, sagte Bobby genervt. Einen nörgelnden Pessimisten konnte er jetzt als Allerletztes an seiner Seite gebrauchen. »Gut möglich, dass der Sandsturm an uns vorbeizieht. Und selbst wenn nicht – immerhin haben wir noch unser GPS!«

»Das GPS funktioniert ungefähr genauso gut wie unsere verdammte Funkanlage, sonst hätten wir uns ja gar nicht erst verfahren«, meckerte Mark. »Wann begreifst du endlich, dass wir in der Scheiße stecken, Bobby, und zwar so richtig? Wir wissen nicht, wo wir sind, wir wissen nicht, wo die Straße ist, und wir können keine Hilfe rufen. Das Einzige, was mich noch nicht vollkommen durchdrehen lässt, ist die Tatsache, dass unser beschissener Wasservorrat noch für wenigstens eine Woche ausreichen dürfte. Aber wenn wir bis dahin immer noch in dieser gottverdammten Einöde stecken, dann sind wir Herrgott noch mal tot!« *Herrgott noch mal, Scheiße* und *verdammt* machten knapp die Hälfte seines Wortschatzes aus, wenn die Nerven mit ihm durchgingen.

Bobby strich sich mit der Hand durchs schweißnasse Haar und seufzte. »Eve und ich sind auch ohne dein ständiges Gejammer nervös genug. Warum hältst du zur Abwechslung nicht einfach mal die Klappe?«

Mark brummte etwas Unverständliches vor sich hin, ließ es dabei aber bewenden.

»Komm wieder ins Auto, Liebling, und lass uns weiterfahren«, säuselte Eve. Seit sie sich verfahren hatten, war ihr noch kein einziges gereiztes Wort über die Lippen gekommen. Sie wirkte nicht einmal verängstigt oder niedergeschlagen. Vielleicht war es gerade das, was Bobby so sehr an ihr liebte – ihre unerschütterliche Zuversicht, gleichgültig, wie vertrackt die Situation auch sein mochte.

Er stieg wieder in den Unimog ein, gab Eve einen Kuss und genoss einen Moment lang ihr Lächeln. Auf geheimnisvolle Weise schenkte sie ihm damit neuen Mut, und den konnte er angesichts ihrer unglücklichen Situation gut gebrauchen. Seit Tagen irrten sie durch die größte Wüste der Welt, ohne Orientierung und ohne Kontakt zur Außenwelt. Auch wenn Bobby es nicht offen aussprach, hatte er die Hoffnung schon beinahe aufgegeben, diesen Glutofen jemals wieder lebend zu verlassen.

Er biss die Zähne zusammen, legte krachend den Gang ein und fuhr los. Auch wenn er nicht wusste, wohin.

Eine Stunde später tobte um sie herum ein Sandsturm von der Stärke eines Orkans, zumindest kam es Bobby so vor. Eingeschlossen in der Fahrerkabine saß er schweigend neben Eve und Mark und bereute den Tag, an dem er sich zu dieser Reise entschlossen hatte. Vor allem bereute er, Eve dazu überredet zu haben, denn sie hatte den Urlaub viel lieber auf Tahiti oder in der Dominikanischen Republik verbringen wollen und war nur Bobby zuliebe mitgekommen. Wie es aussah, hatte er sie dadurch in ernsthafte Gefahr gebracht. Die Bürde der Schuld lastete schwer auf seinen Schultern, zumal allein er die Verantwortung für die vertrackte Situation trug: In jener Nacht, in der sie sich verfahren hatten, hatte er hinter dem Steuer gesessen.

Er schluckte trocken und starrte weiter hinaus ins flirrende Chaos. Die Sichtweite betrug keine fünfzig Zentimeter, der Sandsturm fegte in dichten Wolkenwirbeln um den Unimog herum. Nicht einmal die Sonne war zu erkennen, draußen herrschte nur graubraune Düsternis. Das klaustrophobische Gefühl wurde durch das allgegenwärtige Geräusch des gegen den Wagen prasselnden Sands noch verstärkt. Es war geradezu unheimlich.

Bobby warf einen Blick auf das Armaturenbrett. Kurz nach halb vier. Der Sandsturm tobte nun schon seit einer knappen halben Stunde, und es war kein Ende in Sicht. Dazu die stickige, schweißtreibende Hitze und die lähmende Furcht, in dieser menschenfeindlichen Einöde zu sterben. Gott, wie er die Wüste hasste! Er wünschte sich nichts sehnlicher, als die Zeit zurückdrehen zu können, um sich für eine Reise in die Karibik zu entscheiden, doch für Reue war es jetzt ein bisschen zu spät.

Nach einer Weile legte sich der Sturm genauso schnell, wie er aufgekommen war. Die Düsternis hellte auf und gab die Sonne wieder frei, das ohrenbetäubende Prasseln verstummte, und schließlich verlor sich auch noch das Pfeifen und Brüllen des Winds in der Weite der Sahara. Die braune Wolkenwand aus Sand und Staub zog wie ein riesiges, wütendes Tier weiter.

»Ich schätze, das war's«, sagte Bobby erleichtert. »Meine Güte, war das ein Albtraum!«

»Und was für einer«, pflichtete Eve ihm bei. »Ich dachte schon, der Sturm hört nie mehr auf.« Sie beugte sich zu Bobby und drückte ihm einen langen, intensiven Kuss auf die Lippen.

»Ich störe euch zwei Turteltäubchen ja nur ungern«, meldete sich Mark zu Wort, »aber darf ich euch daran erinnern, dass sich unsere grundsätzliche Situation keineswegs verbessert hat. Wir haben uns in dieser gottverdammten Wüste verfahren und wissen nicht, wie wir jemals wieder hier rauskommen. Aber lasst euch von dieser Belanglosigkeit nur nicht beim Knutschen stören!«

»Mark – zum Teufel, du nervst!« Eve drehte sich zu ihm und versetzte ihm einen Stoß in die Rippen.

»Schon möglich, dass ich nerve«, entgegnete Mark süffisant. »Ich wollte nur darauf aufmerksam machen, dass es ein paar Probleme gibt, die wir lösen sollten, bevor ihr ans Kindermachen denkt.«

Eve wollte schon zu einer Erwiderung ansetzen, doch Bobby legte ihr beschwichtigend die Hand auf die Schulter. »Es hilft niemandem, wenn wir uns streiten«, sagte er diplomatisch. »Damit verschwenden wir nur unsere Kräfte. Mark hat wahrscheinlich recht. Wir sollten so schnell wie möglich weiter. Mit dem Sprit in den Ersatztanks schaffen wir mindestens noch tausend Kilometer. Die Aussichten, rein zufällig auf irgendeine Siedlung oder auf Nomaden zu stoßen, sind zwar nicht gerade rosig, aber wir müssen es wenigstens probieren. Solange wir atmen, haben wir eine Chance. Also, lasst sie uns nutzen.«

Eve presste die Lippen zusammen und nickte.

»Gute Ansprache«, sagte Mark und schenkte seinem Freund ein versöhnliches Lächeln. »Falls wir jemals wieder in die Zivilisation zurückkehren, solltest du in Erwägung ziehen, Politiker zu werden.«

Da der Unimog nach dem Sturm bis über die Radkästen im Sand stand, holten Bobby und Mark aus dem Geräteraum zwei Klappspaten, mit denen sie begannen, den Wagen freizuschaufeln – eine Knochenarbeit in Anbetracht der glühenden Hitze.

»Und was soll *ich* tun?«, fragte Eve, die ebenfalls ausgestiegen war. »Ich will nicht Däumchen drehen, während ihr beide schuftet.«

»Wir haben keinen dritten Spaten«, sagte Bobby. »Wenn du unbedingt etwas tun willst, dann schnapp dir das Fernglas und such die Gegend ab. Am besten du kletterst auf den Wagen, von dort hast du die beste Sicht.«

»Und wonach soll ich Ausschau halten? Nach Sand? Oder lieber nach Geröll?« Eve war die Enttäuschung deutlich anzumerken.

»Ein Sandsturm lässt Dünen wandern und verändert dadurch die Landschaft«, sagte Bobby geduldig. »Nimm das Fernglas und sieh dich ein wenig um. Vielleicht entdeckst du etwas, was uns vorher verborgen geblieben ist – irgendeine Landmarke, die in unserer Karte eingezeichnet sein könnte, oder eine Oase. Oder ein Straßenschild. Immerhin wäre es doch möglich, dass wir gar nicht so weit von der Piste abgekommen sind, wie wir bisher dachten.« Er schenkte ihr ein aufmunterndes Lächeln. »Ich denke, es ist den Versuch allemal wert.«

Eve seufzte. »Meinetwegen. Ich werde mich ein bisschen umschauen, auch wenn ich mir nicht viel davon verspreche.« Sie beugte sich zu ihm, gab ihm einen flüchtigen Kuss und verschwand wieder in den Wagen. Kurze Zeit später stand sie mit dem Fernglas vor den Augen auf dem Unimog. Langsam, wie in Zeitlupe, drehte sie sich dabei um die eigene Achse, während sie angestrengt in die Ferne spähte.

Bobby widmete sich wieder seiner Aufgabe und schaufelte mit Mark Sand vom Unimog weg. Die mörderische Hitze machte die Arbeit doppelt beschwerlich. Schweiß lief ihm in Rinnsälen am Körper herab, das Haar klebte ihm nass an der Stirn.

Nach einer Weile beschloss er, einen Schluck zu trinken. Er reichte gerade die Feldflasche an Mark weiter, als Eve vom Dach aus rief: »Hey, da ist was! Dort drüben!« Sie zeigte mit dem Finger in Richtung Westen, wo die Sonne sich bereits dem Horizont näherte. Noch anderthalb Stunden, und die lang ersehnte Dämmerung würde der unerträglichen Hitze des Tages ein Ende setzen.

»Was ist es?«, fragte Bobby.

»Keine Ahnung. Die Luft flimmert so stark, dass man es nicht erkennen kann.«

Bobby kletterte über die Außenleiter zu ihr auf den Kastenaufsatz, und Eve reichte ihm das Fernglas. Es dauerte nicht lange, bis er fand, was Eve gemeint hatte.

»Und?«, rief Mark von unten herauf. »Bitte sag mir, dass es eine Siedlung sein könnte!«

Die flirrende Hitze und das blendende Gegenlicht der Sonne machten es auch Bobby unmöglich, klare Konturen zu erkennen, aber eine Siedlung war es jedenfalls nicht. »Viel zu klein dafür!«, rief er zurück.

»Was ist es dann? Eine Karawane? Ein Strommast? Ein Nomadenzelt? Komm schon! Lass dir nicht alles aus der Nase ziehen!«

Bobby kniff die Augen zusammen, was jedoch nichts half. »Ich glaube nicht, dass es sich bewegt. Und wenn ich schätzen müsste, würde ich sagen, es ist nicht größer als ein Mensch. Es könnte alles Mögliche sein.«

»Ach ja? Und was zum Beispiel?«

Bobby überlegte, aber ihm fiel absolut nichts Sinnvolles ein. »Gute Frage«, murmelte er vor sich hin.

Zwanzig Minuten später war der Unimog wieder startklar, und sie fuhren weiter. Bobby hielt das Tempo mehr oder weniger konstant, um zu vermeiden, dass die Reifen durchdrehten und sich eingruben. Allzu steile Sandhügel mied er, wo immer es ging – anstatt sie direkt anzugehen, umrundete er sie lieber. Wann immer sie ihr Ziel aus den Augen verloren, wies Eve ihm den Weg. Mit dem Fernglas suchte sie so lange die Wüste ab, bis sie es wieder gefunden hatte.

»Dorthin!«, sagte sie in diesem Augenblick und deutete mit dem Finger in die entsprechende Richtung.

Bobby schlug das Lenkrad ein und steuerte auf den nächsten passierbaren Dünenkamm zu. Auch mit bloßem Auge war das Ziel nun gut zu sehen, aber noch war es für ihn kaum mehr als ein kleiner dunkler Fleck in der Wüste. »Kannst du schon etwas Genaueres erkennen?«

Eve starrte angestrengt durchs Objektiv, ließ sich mit ihrer Antwort aber Zeit. »Hm – das ist ja sonderbar«, sagte sie, mehr zu sich selbst als zu Bobby. »Von hier aus sieht es aus wie ein Baum.«

Eine halbe Stunde später erreichten sie ein Gelände mit flacheren Dünen, sodass die Wüste hier aussah wie ein okkerfarbener, friedlicher Ozean. Und inmitten dieses Ozeans wuchs wie aus dem Nichts tatsächlich ein einzelner kleiner Baum.

»Stop!«, sagte Eve auf einmal.

»Was?«

»Du sollst anhalten!«

»Warum denn? Wir sind doch fast da.«

»Halt endlich an! Ich habe plötzlich ein ungutes Gefühl.«

Bobby seufzte, trat aber auf die Bremse. Der Wagen kam etwa zweihundertfünfzig Meter vor dem Ziel ruckelnd zum Stehen. »Du hast plötzlich ein ungutes Gefühl? Weshalb?«

»Weiß ich nicht. Es ist nur so eine Ahnung.«

Mark stöhnte hörbar auf. »Frauen! Wie soll man aus euch nur schlau werden?« Aber Eve ging nicht weiter darauf ein.

Ein paar Sekunden lang betrachteten sie dieses merkwürdige Bäumchen schweigend durch die Frontscheibe des Unimogs. Es war nur etwa eineinhalb Meter hoch und wirkte ziemlich schmächtig. Dennoch stand es angesichts der widrigen Lebensbedingungen in der Wüste erstaunlich gut im Saft, es barst schier vor kräftig grünen Blättern. Diesem zierlichen Bäumchen gelang es offenbar mühelos, der kargen Natur alles abzutrotzen, was es zum Wachsen benötigte.

»Ich steige aus und sehe mir das ein wenig näher an«, sagte Bobby.

Eve legte ihm eine Hand auf den Arm, um ihn zurückzuhalten. »Bitte, Bobby – bleib hier.«

»Ich will doch nur ein bisschen näher ran. Wenn dieser Baum hier überleben kann, bedeutet das, dass es auch Wasser geben muss. Und Wasser bedeutet wiederum, dass es wahrscheinlich auch Tiere gibt. Wir wissen nicht, wie lange wir brauchen, bis wir die nächste menschliche Siedlung erreichen. Bis dahin sollten wir das Wenige, das die Wüste uns zum Überleben bietet, mit Kusshand annehmen.«

»Dieser Ort ist irgendwie unheimlich«, beharrte Eve. »Ich habe eine richtige Gänsehaut. So ein einzelner Baum mitten in der Sahara – da stimmt doch was nicht!«

Bobby konnte ihre Bedenken nicht nachvollziehen. Natürlich war der Anblick dieses Bäumchens außergewöhnlich – aber *gefährlich* erschien es ihm keineswegs. Er griff nach Eves Hand und drückte sie zärtlich, um sie zu beruhigen. »Ich verspreche dir, vorsichtig zu sein. Sobald mir irgendetwas komisch erscheint, kehre ich um.«

»Außerdem werde ich deinen Casanova begleiten und auf ihn aufpassen«, bemerkte Mark. »Ich sorge schon dafür, dass ihm nichts zustößt.«

Bobby nickte ihm zu, dankbar, dass er sich ebenfalls Mühe gab, Eve zu beruhigen. Wenn er genervt war, konnte Mark unausstehlich sein, aber in aller Regel war er eine Seele von einem Freund.

Bobby kramte aus einer Staukiste seine Spiegelreflexkamera und hängte sie sich um die Schulter. Ein paar Bilder konnten nicht schaden. Im besten Fall würden sie als Erinnerung im Fotoalbum landen, im schlimmsten Fall – wenn sie diese Reise nicht überlebten – hinterließen sie der Nachwelt damit letzte Eindrücke ihrer verhängnisvollen Abenteuerreise. Natürlich behielt er diesen Gedanken für sich.

Alle drei stiegen aus. Während Eve am Wagen wartete, machten Bobby und Mark sich daran, die letzten zweihundertfünfzig Meter zu Fuß zurückzulegen. Immer wieder blieb Bobby kurz stehen, um ein paar Fotos zu schießen.

Je näher er dem Bäumchen kam, desto mehr spürte er ein sanftes Kribbeln auf der Hautoberfläche. Es fühlte sich wie elektrostatische Ladung an, aber vielleicht hatte Eve ihn auch nur mit ihrem Gänsehaut-Gequatsche nervös gemacht. Mark gegenüber wollte er sich jedenfalls keine Blöße geben, weshalb er es lieber unerwähnt ließ.

Fünfzig Meter, bevor sie das Ziel erreichten, trat Bobby plötzlich auf etwas Hartes, was unter einer Sandschicht verborgen war. »Warte mal«, sagte er zu Mark. »Ich glaube, da ist was.« Er kniete sich hin, wischte mit der Hand den Sand beiseite und legte auf diese Weise ein etwa faustgroßes Stück Stein frei. Im ersten Moment sah es nicht ungewöhnlich aus, doch als Bobby es aufhob und genauer betrachtete, stellte er fest, dass eine Seite des Steins glatt geschliffen war. Und in dieser glatten, kaum verwitterten Fläche waren Zeichen eingeritzt, in einer Weise, wie er es noch nie zuvor gesehen hatte. Sie wirkten alt und erhaben wie Hieroglyphen, stellten aber keine bildhaften Symbole dar, sondern scheinbar willkürlich aneinandergereihte Abfolgen von waagerechten und senkrechten Strichen in unterschiedlicher Länge und Breite. Rasch schoss Bobby ein paar Fotos davon.

»Was hast du da?«, wollte Mark wissen und kniete sich zu ihm.

Bobby reichte ihm den Stein. »Sieht aus wie ein Stück von einer Keilschrift-Tafel.«

Mark betrachtete das Fundstück von allein Seiten. »Ist ja 'n Ding!«, platzte er heraus. »Sieht irgendwie alt aus, findest du nicht? Wir sollten es mitnehmen, vielleicht ist es wertvoll.« Seine Augen bekamen einen schillernden Glanz wie immer, wenn er sich in seine Träumereien verstrickte. »Bobby, ich glaube, wir haben hier etwas wirklich Interessantes entdeckt. Dieser Ort scheint ein Geheimnis zu bergen. Das kann doch kein Zufall sein – zuerst dieser Baum und jetzt dieser Stein. Da *muss* etwas dahinterstecken! Und wir sind dazu bestimmt, dieses Geheimnis zu lüften!« Seine Stimme klang geradezu euphorisch, als würde er sein Porträt schon auf der Titelseite des *National Geografic* sehen. Der Entdeckertrieb hatte ihn völlig vergessen lassen, in welcher Lage sie sich befanden. Er gab Bobby den Stein zurück, der ihn wiederum in die Hosentasche steckte.

Bobby gestand sich ein, dass es eine durchaus angenehme Vorstellung war, inmitten dieser gottverlassenen Gegend auf einen bedeutenden archäologischen Fund gestoßen zu sein. Dennoch blieb er skeptisch. Gemeinsam setzten die beiden Freunde ihren Weg fort.

Das Kribbeln auf der Haut wurde allmählich intensiver. Nicht, dass es Bobby unangenehm gewesen wäre. Es war nur sonderbar und verstärkte das Gefühl der Anspannung, die er – ob er wollte oder nicht – verspürte.

»Da ist noch ein Stein«, stellte Mark fest und deutete auf den Boden. Falls er das Kribbeln ebenfalls wahrnahm, ließ er es sich zumindest nicht anmerken. »Dort auch.«

Und es wurden noch mehr. Insgesamt stießen sie innerhalb kürzester Zeit auf ein knappes Dutzend Steinbrocken, deren nähere

Betrachtung ihre Theorie zu bestätigen schien: Die Fundstücke mussten Teile einer Inschriftentafel sein, die vermutlich Hunderte oder gar Tausende von Jahren alt war.

Bobby fotografierte alles ab, verzichtete aber darauf, weitere Steinproben mitzunehmen. Das Exemplar in seiner Tasche sollte in Verbindung mit den geschossenen Fotos genügen, um die Echtheit der Entdeckung zu belegen, sofern sich irgendein Interessent dafür fand.

Er stand auf, richtete die Kamera wieder auf das Bäumchen und drückte den Auslöser. Es war ein skurriles, wundersames Bild, das sich ihm bot, gleichermaßen schön und traurig. Einsam und verlassen stand die gedrungene Pflanze vor ihm, noch knappe fünfzig Meter entfernt. Er zoomte sie näher heran, knipste, zoomte noch näher. Jetzt befanden sich im Sucher nur noch Blätter und Zweige und eine kleine, dunkle Frucht, die zwischen dem Grün hervorlugte.

Bobby wollte soeben das nächste Foto schießen, als ihm auffiel, dass die Blätter und die dahinter verborgene Frucht sich bewegten, nicht stark, aber immerhin so deutlich, dass es unmöglich eine Sinnestäuschung sein konnte. Am Wind konnte es nicht liegen – der Sandsturm hatte sich längst verzogen, es wehte nicht die leiseste Brise. Und die Thermik hätte niemals so deutliche Bewegungen verursachen können.

»Was ist?«, fragte Mark. »Warum gehst du nicht weiter?«

Bobby reichte ihm die Kamera. »Sieh dir das mal an. Was hältst du davon? An den Zweigspitzen kann man es am besten erkennen.«

Er brauchte keine weiteren Erklärungen abzugeben. Mark begriff sofort, als er durch den Sucher blickte. »Vielleicht hat ein Vogel sich hinter den Blättern ein Nest eingerichtet«, meinte er.

»Ein Vogel? Mitten in der Wüste?«

»Immerhin wächst auch dieser Baum mitten in der Wüste. Aber vielleicht ist es auch ein anderes Tier. Eine Eidechse vielleicht.«

Bobby erhielt von Mark die Kamera zurück und schob sie sich

wieder vor die Augen. Noch immer bewegten sich die Blätter und die Frucht, aber nun schien es zusätzlich so, als würde auch der Zweig selbst sich regen. Allerdings war es keine Auf- und Abwärtsbewegung, kein Hin und Her, wie man es vermuten würde, sondern eher eine ständige Veränderung in der Oberflächenstruktur, ein Flimmern und Pulsieren, gerade so, als würde die Rinde des Baums ein Eigenleben besitzen.

In seinem Hinterkopf meldete sich unweigerlich Eves warnende Stimme. *Bitte, Bobby – bleib hier ... So ein einzelner Baum mitten in der Sahara – da stimmt doch was nicht!* Er konnte nicht leugnen, dass dort vor ihm irgendetwas vor sich ging, für das er im Moment keine Erklärung fand. Er gestand sich sogar ein, dass diese Unwissenheit ihn ein wenig verunsicherte. Andererseits war bei nüchterner Betrachtung noch nichts geschehen, wovor er sich wirklich hätte fürchten müssen.

Er fällte eine Entscheidung. »Lass uns weitergehen«, sagte er zu Mark. »Ich will jetzt wissen, was es mit diesem sonderbaren Baum auf sich hat.« Forsch schritt er voran.

Etwa zehn Meter vor dem Ziel spürte er plötzlich, wie der Boden unter seinen Füßen nachgab. Es war, als würde er in eine Luftblase treten, binnen einer Sekunde steckte er bis zu den Knien im Sand – und er sank weiter ein. Im ersten Moment war er nur überrascht, dann packte ihn das blanke Entsetzen. *Treibsand!*, schoss es ihm durch den Kopf. Was er bislang nur vom Hörensagen kannte, war mit einem Mal zur realen Bedrohung geworden.

Er warf einen flehenden Blick zu Mark, der nur ein paar Schritte hinter ihm stand – auf festem Grund. »Hilf mir!«, rief er. Seine Stimme überschlug sich vor Aufregung. »Gib mir deine Hand! Schnell!«

Mark beugte sich nach vorn, aber die Entfernung war zu groß. Vorsichtig schob er sich weiter in Bobbys Richtung.

»Nein – bleib, wo du bist!«, befahl Bobby. »Wenn du auch in den Treibsand gerätst, ist niemandem geholfen!«

Mark nickte. »Am wichtigsten ist, dass du ruhig bleibst«, sagte er, wobei er selbst alles anderer als ruhig wirkte. »Je mehr du dich bewegst, desto schneller gehst du unter.«

Bobby nickte, aber Marks Ratschlag war ungeheuer schwer zu befolgen, wenn man immer weiter in den Boden gezogen wurde. Die Situation war mehr als brenzlig. *Wenn nicht ein Wunder geschieht, bin ich in zwei Minuten tot!*, dachte Bobby. Trotz sengender Hitze wurde ihm eiskalt.

»Eve!« Der Schrei kam von Mark und riss ihn aus seinen Gedanken. »Fahr den Wagen her! Schnell!«

Bobby warf einen Blick über die Schulter und sah, wie seine Freundin den Unimog erklomm. Kurz darauf – der Sand reichte ihm jetzt bis zu den Hüften –, röhrte der Motor auf und der Auspuff stieß eine dunkle Abgaswolke in die Wüste hinaus. Der Lkw setzte sich in Bewegung.

Im selben Moment begannen die Schmerzen! Von den Knöcheln hinauf bis zu den Knien brannte plötzlich jeder Quadratzentimeter von Bobbys Haut, als hätte ihn jemand mit siedendem Öl übergossen. Er begann zu schreien.

»Halt durch!«, beschwor ihn Mark. »Eve ist gleich mit dem Wagen da!«

»Ich brenne!« Mehr brachte Bobby nicht heraus. »Großer Gott, ich *verbrenne*!« Die Schmerzen wanderten seine Beine hinauf, wurden immer unerträglicher. Er legte die Hände auf den Boden und versuchte, sich dem unerbittlichen Sog entgegenzustemmen – vergeblich. Seine Arme sanken ebenfalls im Sand ein. Es gelang ihm zwar wieder, sie zu befreien, aber im Eifer des Gefechts hatte er die Kamera verloren.

Auch das noch!

Er steckte jetzt bis über den Bauchnabel im Wüstenboden, und der Schmerz nahm weiter zu. Erneut stieß er einen Schrei aus, noch lauter und verzweifelter als beim ersten Mal. Was zum Teufel geschah mit ihm?

Hinter sich hörte er Mark brüllen: »Bleib im Wagen, Eve, und leg den Rückwärtsgang ein. Aber fahr erst los, wenn ich es sage!«

Bobby vollführte mit dem Oberkörper eine Vierteldrehung und erkannte Eves angsterfülltes Gesicht hinter der Fahrerscheibe. Vor der Kühlerhaube war Mark gerade dabei, das Abschleppseil an einer Öse unter der Stoßstange einzuhaken.

»Beeil dich!«, schrie Bobby hysterisch. Der Sand hatte bereits seinen Brustkasten erreicht.

»Scheiße, halt durch! Ich komme!« Ungeachtet der Tatsache, sich selbst in Gefahr zu begeben, sprang Mark mit wenigen Sätzen zu seinem Freund und band ihm das lose Seilende unter den Achseln um den Körper.

»Fahr los!«, brüllte er in Eves Richtung. »Aber vorsichtig, sonst brichts du ihm die Rippen!«

Bobby musste sich beinahe den Hals verrenken, um zu verfolgen, was hinter ihm vorging. Wieder stieß der Unimog unter lautem Röhren eine schwarze Rauchwolke aus. Dann rollte das schwere Gefährt an, diesmal rückwärts. Langsam hob sich das Seil vom Wüstenboden. Bobby drehte sich wieder nach vorn, bereitete sich innerlich vor, wartete. Ein heftiger Ruck ergriff ihn, als das Seil sich um seine Brust spannte, ihn nach hinten zog und ihm die Luft aus den Lungen drückte. Er rang keuchend nach Atem und musste husten. Außerdem schnitt ihm das Seil in die Achselhöhlen.

Aber er sank nicht mehr tiefer ein!

Er spürte sogar, wie er jetzt Zentimeter für Zentimeter wieder an die Oberfläche gezogen wurde, und er war dankbar dafür. *Unendlich* dankbar. Er würde heute nicht in dieser Hölle aus Treibsand ersticken!

Gleichzeitig nahm er jedoch mit wachsendem Entsetzen wahr, dass er blutete. Vom Brustkorb abwärts war seine Kleidung mit tiefdunklem, nassem Rot durchtränkt. Blut und Sand bildeten eine körnige Schicht, durch die keine Details zu erkennen waren, doch Bobby sah genug, um sich darüber klar zu werden, wie schlecht es um ihn stand. Sein Körper schien eine einzige offene Wunde zu sein, und hier, verloren in der Unendlichkeit der Sahara, gab es keinerlei Hoffnung auf rasche medizinische Versorgung.

Mit diesen Gedanken beschäftigt, spürte er, wie ihn plötzlich ein gnädiger Mantel aus Dunkelheit, Stille und Wohlbefinden umhüllte. Das Letzte, woran er dachte, bevor er das Bewusstsein verlor, war, weshalb er Eve nicht schon längst um ihr Jawort gebeten hatte. Jetzt war es dafür zu spät.

Kapitel 2

ZWEI JAHRE SPÄTER
UDINE, NORDITALIEN

Thomas O'Connor spritzte sich eine Hand voll Wasser ins Gesicht und genoss die angenehme Kühle auf der Haut. Dennoch fühlte er sich hundemüde. Er war seit achtundvierzig Stunden auf den Beinen, und Gott allein wusste, wie lange er noch durchhalten musste.

Der Sanitärraum, in dem er sich befand, wirkte kahl und nüchtern: weiße Fliesen, wohin das Auge blickte, beleuchtet von kaltem Neonlicht. Alles andere als gemütlich, aber wenigstens sauber.

Als Tom sich abtrocknete und einen Blick in den Spiegel über dem Waschbecken warf, schrak er regelrecht zusammen. Er bildete sich ein, normalerweise einen recht ansehnlichen Mittvierziger abzugeben – seine Frau gestand ihm sogar gewisse Ähnlichkeiten mit George Clooney zu. Heute sah er aus wie ein Zombie. Seine Haut schimmerte blass, beinahe durchsichtig, seine Augen waren dunkel umrändert und hatten ihren Glanz verloren. Statt des satten Dunkelblaus, das Nancy so liebte, starrte Tom nun stumpfer Grauton entgegen. Das noch nasse, struppige Haar sowie der stoppelige Bartansatz machten den Gesamteindruck auch nicht besser. Er brauchte dringend eine heiße Dusche, eine anständige Rasur und eine Mütze voll Schlaf. Aber all das würde wohl noch eine Weile auf sich warten lassen müssen.

Er stieß einen stummen Seufzer aus, verließ den Waschraum, passierte den Korridor und trat hinaus ins Freie, wo noch immer das blanke Chaos herrschte: Ein Erdbeben in den Südalpen hatte sich bis hierher ausgewirkt und mehrere Gebäude zum Einsturz gebracht, unter anderem das zwölfstöckige Wohnhaus, dessen Überresten Tom nun gegenüberstand. Das Unglück hatte sich zwei Tage zuvor ereignet, und obwohl die Rettungsarbeiten generalstabsmäßig liefen, waren sie längst noch nicht abgeschlossen. Sechzig Bewohner hatte man bereits geborgen – acht Verletzte und zweiundfünfzig Tote.

Trotz dieser niederschmetternden Bilanz blieb die Hoffnung, dass sich noch Überlebende in den Hohlräumen unter den Trümmern befanden. Doch die Uhr tickte. Mit jeder Stunde wuchs die Wahrscheinlichkeit, nur noch Leichen aus dem eingestürzten Wohnblock zu bergen.

Überall wimmelte es von Feuerwehrleuten und Mitarbeitern des italienischen Katastrophenschutzes, unterstützt von einer ganzen Kompanie freiwilliger Helfer. Ein ortsansässiger Bauunternehmer hatte mehrere Kranwagen zur Verfügung gestellt, um die schweren Trümmer zu beseitigen. Und die beiden Spürhunde der Polizei schnüffelten ohne Unterlass den Schuttberg ab, um nach Duftspuren von Verschütteten zu suchen.

Doch die Hunde waren längst an ihre Grenzen gestoßen. Was sich unter einer meterdicken Schicht aus zerborstenem Beton, Stahl und Glas verbarg, konnten sie nicht mehr wittern. Sie waren nur noch anwesend, um den Vertretern der Presse zu signalisieren, dass hier bis zuletzt alles Menschenmögliche getan wurde, um Leben zu retten.

Die Presse ... Wie ein Schwarm Stechmücken hatte sie sich hier niedergelassen, nur mit dem Unterschied, dass sie Informationen statt Blut aus ihren Opfern sogen. Tatsächlich kam gerade wieder ein Reporter mit einem Mikrofon in der Hand auf Tom zugelaufen, dicht gefolgt von seinem Kameramann. »Signore O'Connor!«, rief er schon von Weitem. »Signore O'Connor! Glauben Sie, dass mit Ihrer Hilfe weitere Überlebende gefunden werden können?« Sein Englisch war nahezu akzentfrei. »Wie lange, schätzen Sie, wird es noch dauern? Wie weit ist *Peppino* inzwischen vorgedrungen? Hat er die unteren Schichten des Trümmerbergs schon durchsucht?«

In den letzten beiden Tagen war Tom mit Fragen dieser Art geradezu bombardiert worden: Weshalb half ein englischer Entomologe – ein Insektenforscher – bei einer Erdbebenkatastrophe in Italien aus? Wie verlief die Zusammenarbeit mit den hiesigen Hilfstrupps? Gab es Verständigungsprobleme? Die meistgestellte Frage lautete jedoch: Wie war es mithilfe gewöhnlicher Küchenschaben möglich, Verschüttete aufzuspüren?

Die Dolmetscherin, die ihm von der Stadt Udine zur Seite gestellt worden war, hatte einiges zu tun gehabt, denn in jeder noch so kleinen Arbeitspause hatte Tom die Fragen der Presse geduldig beantwortet. Das war sogar Teil seines Auftrags, denn Hayden Dexter, sein Chef, hatte ihn zwar vornehmlich – aber eben nicht ausschließlich – aus humanitären Gründen nach Italien geschickt. Es ging durchaus auch darum, die Rossburry-Stiftung, eine naturwissenschaftliche Forschungseinrichtung im Süden Englands, europaweit ein wenig bekannter zu machen. Um die Finanzen der Stiftung stand es in letzter Zeit alles andere als rosig. Hayden Dexter benötigte dringend neue Spendengelder oder zahlende Mitglieder. Also hatte er Tom angewiesen, die Werbetrommel durch den medienwirksamen Einsatz von ROBIN zu rühren, einem Stiftungsprojekt, dessen Ziel es war, Insekten mit Mini-Computern auszustatten und dann als Roboter einzusetzen, um beispielsweise das Innere unzugänglicher Rohrleitungen zu erkunden.

Oder eben um Erdbebenopfer aufzuspüren.

Auch jetzt gab Tom dem Reporter alle gewünschten Auskünfte, doch er fasste seine Antworten diesmal betont knapp – nicht nur, weil er sich zu müde und ausgelaugt für ein langes Interview fühlte, sondern vor allem, weil die Zeit davonlief. In einer Situation wie dieser zählte jede Minute.

Nachdem der Reporter sich wieder verzogen hatte, eilte Tom zu seinem Mietwagen, einem Mercedes Sprinter, den er als improvisierten Leitstand benutzte. Der Klappstuhl, auf dem er Platz nahm, war so hart, dass er kaum noch darauf sitzen konnte, aber wenigstens würde er darauf nicht einschlafen. Unmittelbar vor ihm stand ein Campingtisch, darauf, neben einer Kanne Kaffee und allerlei

Krimskrams, ein aufgeklappter Laptop, der mit einem Peilsendesystem und mit einem kleinen schwarzen Kunststoffkästchen verbunden war, das an einen Joystick erinnerte – die Fernsteuerung. Die restlichen technischen Utensilien, vor allem die sogenannten Robo-Packs, befanden sich in einem gepolsterten Metallkoffer unter dem Tisch, flankiert von einem halbleeren Colakasten und einem Abfalleimer, der vor Schokoriegel- und Kartoffelchipsverpackungen regelrecht überquoll. Etwas abseits in einer geschützten Ecke stand ein leeres Marmeladenglas, dessen Deckel Tom mit Luftlöchern versehen hatte. Darin wuselten ein Dutzend Küchenschaben über abgebrochene Zweige und Blätter. So widerwärtig die meisten Leute die Tierchen fanden – diesmal waren sie die Retter in der Not.

Tom tippte auf eine Taste des Laptops, um den Bildschirmschoner aufzulösen. Auf dem Monitor erschien ein schmaler, staubiger Spalt, ein Miniaturgang, der sich beim Einsturz des Gebäudes gebildet und dem Druck der über ihm liegenden Trümmerschichten offenbar standgehalten hatte. Derartige Gänge gab es haufenweise. Der Schuttberg war ein einziges gigantisches Tunnelsystem, nur dass die Nischen, Fugen und Schlitze für Hunde oder gar Menschen viel zu winzig waren. Insekten passten allerdings problemlos hindurch, so wie die Küschenschaben, die Tom seit zwei Tagen im Dienste der Menschheit durch den riesigen Schutthaufen lenkte. Nachdem eine von ihnen am Morgen tatsächlich einen Verschütteten entdeckt hatte, war sie von Rai Uno Peppino getauft worden, vermutlich weil es putzig klang und höhere Einschaltquoten garantierte. Die anderen Fernseh- und Radiosender hatten den Namen ebenso wie die Zeitungen sofort übernommen. Seitdem war Peppino eine kleine Berühmtheit geworden, ganz im Sinne von Hayden Dexter. Und parallel zu Peppino waren noch vier weitere Schaben im Einsatz, nur, dass sie noch keinen Erfolg zu verbuchen hatten.

Tom griff zur Fernsteuerung und drückte den Hebel nach vorn. Das Bild auf dem Monitor begann, sich zu bewegen. Anfangs hatten die Reporter es kaum glauben wollen, aber Tom war tatsächlich in der Lage, die Schabe von seinem Lieferwagen aus beliebig zu dirigieren. Peppino und die vier anderen Schaben trugen jeweils ein Robo-Pack auf dem Rücken, eine Art Miniaturrucksack, in dem sich modernste Übertragungstechnik auf ein Volumen von nicht einmal einem Kubikzentimeter komprimierte. Das Robo-Pack leitete die digitalen Laptop-Signale über die Fühler der Schabe an deren Ganglien weiter. Dadurch kontrollierte Tom jede ihrer Bewegungen. Gleichzeitig übermittelte ein winziger Ultraschallsensor am Kopfende des Robo-Packs ein Bild von Peppinos Umgebung. Das Prinzip funktionierte ähnlich wie bei Fledermäusen. So entstand auf Toms Monitor trotz nachtschwarzer Dunkelheit im Trümmerhaufen eine detailgenaue Darstellung.

Tom ließ die Schabe bis ans Ende des kerzengeraden Gangs krabbeln, dort traf sie auf eine Gabelung. Da die sich bietenden Wege beinahe gleich aussahen, ließ Tom den Zufall entscheiden. Ohne die Fernsteuerung zu betätigen, wartete er, bis Peppino seine Wahl getroffen hatte. Das Insekt schlug den rechten Weg ein. Von da an übernahm Tom wieder die Kontrolle. Auf diese Weise dirigierte er abwechselnd alle fünf Schaben durch das unterirdische Labyrinth.

Zwanzig Minuten später meldete der Laptop eine Veränderung bei Peppino. Tom schaltete auf das entsprechende Robo-Pack und verschaffte sich einen Überblick über die Lage. Die Schabe hatte das Ende des lang gezogenen Gangs erreicht und einen weiten Hohlraum betreten. Laut Ultraschallmessung war dieser circa vier Meter lang, drei Meter breit und knapp fünfzig Zentimeter hoch. Auch hier war alles bedeckt mit Trümmern, Glasscherben und Staub, dennoch war dieses düstere Verlies eindeutig als ehemaliges Wohnzimmer zu erkennen. Unmittelbar vor sich sah Tom einen zerbrochenen Lampenschirm, daneben einen demolierten Fernseher auf ein paar Brettern, die einmal eine Kommode gewesen sein mussten. Tom steuerte die Schabe daran vorbei, um sich ein Bild vom Rest dieser künstlich entstandenen Höhle zu verschaffen. Und dann sah er auf einmal eine menschliche Hand am linken Bildschirmrand.

Augenblicklich war die Müdigkeit wie weggeblasen. Tom ließ

Peppino eine Vierteldrehung vollführen. Jetzt zeigte der Bildschirm den ganzen Menschen, eine junge Frau, die neben einem umgekippten Stuhl auf dem Boden lag. Augen und Mund waren geschlossen, sie sah beinahe aus, als würde sie friedlich schlafen. Während Tom sich fragte, ob die Frau noch lebte, nahm er auf dem Bildschirm eine Bewegung wahr. Weiter hinten im Raum lag noch eine Person, ein Kind, keine zehn Jahre alt. Und dieses Kind hatte soeben den Kopf zur Seite gedreht!

Tom war wie elektrisiert. Geübt huschten seine Finger über die Laptop-Tastatur – das Bild auf dem Monitor änderte sich. Es zeigte jetzt keine Kameraaufnahme mehr, sondern ein grobes, schematisches Gitternetzmodell des Trümmerbergs, so wie Tom ihn zuletzt eingescannt hatte. Darin blinkte ein roter Punkt, der die aktuelle Position der ausgewählten Schabe markierte. Die anderen Schaben wurden durch blaue Leuchtpunkte dargestellt.

Tom betrachtete das Computerbild genauer. Der rote Punkt – Peppino – befand sich ziemlich weit am östlichen Rand des Trümmerbergs. Dort bestand nach Toms Einschätzung eine realistische Chance, die Verschütteten zu bergen. Laut Computerberechnung betrug die Dicke der Geröllschicht nur etwa drei Meter. Jetzt, da die exakte Position der Verletzten bekannt war und die Rettungstrupps gezielt vorgehen konnten, gab es berechtigte Hoffnung, der Katastrophe ein paar weitere Überlebende abzutrotzen.

Hastig tippte Tom eine Nummer in sein Handy. Am anderen Ende meldete sich seine Dolmetscherin.

»Wo stecken Sie, Gina?«

»Im Leitstand der Feuerwehr.«

»Bitte kommen Sie so schnell wie möglich zu meinem Wagen. Bringen Sie den Einsatzleiter der Feuerwehr gleich mit! Ich habe einen Überlebenden entdeckt, vielleicht sogar zwei. Beeilen Sie sich! Und lassen Sie den Baggerführern ausrichten, sie sollen sich an der Ostseite der Unglückstelle einfinden.«

Drei Minuten später hatte Tom dem Einsatzleiter die Situation erklärt. Der Mann nickte und sagte etwas auf Italienisch.

»Er fragt, ob dort auch tatsächlich Überlebende sind«, übersetzte Gina. »Er will nicht alle Kräfte auf eine Stelle konzentrieren, wenn er nicht sicher ist, dass Aussicht auf Erfolg besteht.«

»Ich habe es mit eigenen Augen gesehen!«, sagte Tom. »Warten Sie …« Er wollte dem Feuerwehrmann die Live-Aufnahme aus dem Trümmerhaufen zeigen, doch der Versuch, wieder auf die Kameraübertragung umzuschalten, schlug fehl. Statt des von Peppino aufgenommenen Bildes waren auf dem Monitor nur noch Graupelschauer zu erkennen.

Grundgütiger, auch das noch!, schoss es Tom durch den Kopf. Ein Technikdefekt – ausgerechnet jetzt!

Er versuchte ein paar Tastenkombinationen, als das nichts half, startete er den Laptop neu – ebenfalls ergebnislos. »Gina, sagen Sie Signore Pazzo, dass es keinen Zweifel gibt. Ich habe ein Kind entdeckt, das sich bewegte. Die Mutter lag nur zwei Meter davon entfernt. Ob sie noch lebt, weiß ich nicht, aber ich halte es für möglich. Wir müssen handeln, und zwar schnell!«

Dem Einsatzleiter war anzusehen, dass er Toms defekter Technik nicht traute. Vielleicht war er auch nur deshalb so zurückhaltend, weil Peppino ihm hier seit gestern die Schau gestohlen hatte. Aber er musste eine Entscheidung treffen.

Fünf Minuten später liefen die Bergungsarbeiten am Ostende des eingestürzten Gebäudes auf Hochtouren. Nach einer Stunde hatte sich der Rettungstrupp mit der gebotenen Vorsicht bis zu dem verschütteten Wohnzimmer vorgearbeitet. Doch die Hilfe kam zu spät, Mutter und Kind konnten nur noch tot aus den Trümmern geborgen werden. Der Vater des Kindes, der während des Erdbebens geschäftlich in Süditalien zu tun gehabt hatte und erst nach Bekanntwerden des Unglücks nach Udine zurückgeeilt war, brach schluchzend neben den Leichen zusammen – ein Bild das wenig später um die halbe Welt ging.

Tom fühlte sich elend. Zu allem Überfluss warf Signore Pazzo ihm öffentlich vor, die Bergungsarbeiten in eine falsche Richtung gelenkt und dadurch womöglich das Schicksal anderer Verschütteter besiegelt zu haben. Obwohl Tom *wusste*, was er gesehen hatte, war ihm auch klar, dass in den Anschuldigungen des Einsatzleiters ein Körnchen Wahrheit steckte.

Er beschloss, in Udine zu übernachten und erst am nächsten Morgen nach England zurückzufliegen. Beim Auschecken aus dem Hotel fiel ihm an der Rezeption eine Zeitung in die Hände, von der ihm sein eigenes Konterfei entgegenblickte. Vor dem Gesicht hielt er in der offenen Handfläche Peppino. Tom erinnerte sich an den Reporter, der ihn zu dem Foto gedrängt und dabei den Eindruck erweckt hatte, trotz des Vorwurfs des Einsatzleiters eine Lobeshymne auf ihn und seine Technik zu schreiben. Jetzt prangte über dem Artikel neben dem Bild jedoch in dicken Lettern die Überschrift »Peppino erfolglos« – Toms Italienisch reichte gerade noch aus, um das übersetzen zu können. Er unterdrückte ein Seufzen, stieg in seinen Mercedes Sprinter und fuhr davon.

Auf der Autobahn Richtung Venedig hielt er an einem Rastplatz an, um die Küchenschaben in dem Marmeladenglas freizulassen, darunter natürlich auch Peppino. Er hielt seine Insekten nie länger als nötig gefangen. Während die Schaben eilig zwischen Unkraut und Grasbüscheln verschwanden, blickte Tom der untergehenden Sonne entgegen. Mit seinen Schaben war es ihm gelungen, am ersten Tag ein Menschenleben zu retten. Dennoch stellte die Presse seinen Einsatz als Misserfolg dar. Plötzlich fühlte Tom sich unsagbar ausgelaugt und müde.

Kapitel 3

BRIGHTON

SUSSEX, SÜD-ENGLAND

»Gütiger Himmel, Tom, was ist nur passiert?« Hayden Dexters Worte polterten schon seit zehn Minuten durch den Raum wie ein Gewitter. Dexters Gesicht war puterrot angelaufen, seine feisten Wangen bebten. Wie immer, wenn er seinem Ärger Luft verschaffte – was mindestens zweimal die Woche vorkam –, hatte er das Kinn nach vorn geschoben und seine Stirn in ein Faltengebirge verwandelt. Während Tom wie ein Büßer auf dem Sofa in Dexters Büro saß, lief sein Chef unentwegt vor ihm hin und her, wobei er wild gestikulierte und Tom immer wieder aus kleinen, eisenharten Augen anstierte. »Sie sollten dafür sorgen, dass ROBIN ins rechte Licht gerückt wird. Hatte ich mich da nicht klar ausgedrückt? Sie wissen ebenso gut wie ich, dass wir auf einen finanziellen Engpass zusteuern. Unsere Zukunft hängt davon ab, dass wir neue Gelder auftreiben. Die Schlappe in Italien dürfte uns diesem Ziel nicht gerade näher gebracht haben.«

Als sei der finanzielle Aspekt bei diesem schrecklichen Unglück wichtiger als die menschliche Tragödie, dachte Tom. Aber er fühlte sich noch immer viel zu erschöpft, um sich auf einen Streit einzulassen.

»Dabei hatte alles so gut angefangen! Aber die positive Presse von vorgestern interessiert keinen mehr. Was in der Öffentlichkeit hängen bleibt, ist der Eindruck, dass wir versagt haben. Und dann posieren Sie auch noch für dieses unselige Foto! Der Leiter meiner entomologischen Abteilung als Buhmann des Tages! Sogar in der *Times* ist das Bild heute abgedruckt. Bei Gott, Tom, von meinen Führungskräften erwarte ich etwas mehr Professionalität!«

Tom biss die Zähne zusammen. Auch ohne Hayden Dexters Standpauke fühlte er sich schuldig genug – wenngleich er sich immer wieder sagte, dass es dazu keine Veranlassung gab. Er hatte in Italien nach bestem Wissen und Gewissen gehandelt. Nur hatte das offenbar nicht gereicht.

Dexter blieb stehen, wischte sich mit seiner fleischigen Hand über die Wange und lehnte sich an seinen Mahagoni-Schreibtisch. Er holte sich aus seinem Humidor eine Havanna, kappte die beiden Enden und steckte sich die Zigarre an. Kurz darauf umwallte ihn eine Wolke aus dichtem Qualm.

»Tom, ich will gar nicht lange um den heißen Brei herumreden«, fuhr Dexter schließlich fort. Er klang jetzt sachlicher, aber dadurch nicht weniger bedrohlich. »Angesichts unserer absehbaren Finanzkrise hat der Stiftungsrat mich gebeten, eine Rentabilitätsprüfung durchzuführen. Das war bereits Anfang des Jahres. Ich habe den Auftrag an Gregg & Hobbson-Consulting vergeben. Mittlerweile liegen erste Ergebnisse vor. Bis zum Ende des Jahres werden wir einige Rationalisierungsmaßnahmen durchführen müssen, um wieder wirtschaftlich arbeiten und dauerhaft schwarze Zahlen schreiben zu können. Das betrifft nicht nur die Entomologie, sondern alle Bereiche der Stiftung. Um es kurz zu machen: Ihre Abteilung besteht derzeit aus zweiundvierzig Personen – das sind acht zu viel. Mindestens.«

Die Neuigkeit traf Tom wie ein Keulenschlag. Nie im Leben hätte er damit gerechnet, dass Dexter sich zu derart drastischen Maßnahmen genötigt sehen würde. Er schluckte und hatte dabei das Gefühl, Sand hinunterzuwürgen. Trotz Müdigkeit verspürte er nun das dringende Bedürfnis, sich zu Wort zu melden. »Hayden, wie lange kennen wir uns schon? Sieben Jahre? Als ich hier anfing, gab es die entomologische Abteilung noch gar nicht! Ich habe sie aufgebaut – und zwar, weil Sie mich dafür eingestellt hatten! Erinnern Sie sich? Sie wollten diese Abteilung gründen, weil Sie ganz genau wussten, welches Potenzial darin steckt! Und Sie wissen es immer noch! Ich gebe zu, dass wir momentan noch nicht kostendeckend arbeiten, aber wir sind auf dem besten Weg dorthin. Wir haben einige viel versprechende Projekte, die sich auf der Zielgeraden befinden. Wenn wir die technischen Probleme bei ROBIN beseitigen können, werden wir damit auch kommerziellen Erfolg haben. In Venezuela und Brasilien arbeiten zwei Teams daran, Insektensekrete auf ihre pharmazeutische Nutzungsmöglichkeiten hin zu untersuchen. Und unsere Bionik-Spezialisten erzielen ebenfalls gute Fortschritte. Wenn Sie also etwas für die Finanzen der Stiftung tun wollen, dann lassen Sie uns weiterarbeiten wie bisher. Insekten *sind* unsere Zukunft!«

Dexter zog an seiner Zigarre und blies den Rauch aus dem Mundwinkel. »Ich fürchte, der Stiftungsrat sieht das anders, Tom. Der lässt sich nicht mit vagen Aussagen über irgendwelche Projekte am anderen Ende der Welt abspeisen. Der will harte Fakten sehen, und zwar bis Ende des Jahres. Geld regiert die Welt, so ist das nun mal. Wäre die Italien-Geschichte besser gelaufen, hätten wir mit Spenden rechnen können, was sich natürlich auch positiv auf die Rentabilität Ihrer Abteilung niedergeschlagen hätte. Aber so, wie die Dinge nun mal stehen, wird uns gar nichts anderes übrig bleiben, als Personal abzubauen. Ich werde Gregg & Hobbson also bitten, einige Konzepte zu erarbeiten, wie Ihre Abteilung künftig aufgebaut sein könnte. Sobald der Stiftungsrat darüber entschieden hat, werde ich Sie informieren.«

Tom begriff, dass das Gespräch damit beendet war. Er schwankte zwischen Wut und Resignation. Am liebsten hätte er seinem Boss ordentlich Contra gegeben, aber er wusste, dass er dadurch die Situation für sich und seine Mitarbeiter höchstens verschlimmern würde. Also schluckte er seinen Zorn hinunter und verließ ohne ein weiteres Wort Hayden Dexters Büro.

Den Rest des Tages verbrachte er damit, seine E-Mails abzuarbeiten und die Post zu beantworten, die in mehreren Stapeln seinen Schreibtisch bedeckte. Amanda, seine Sekretärin, fragte ihn zwar, ob etwas vorgefallen sei, weil er so mürrisch dreinblicke, doch er antwortete nur, dass ihm die Italien-Reise noch in den Knochen stecke. Er wollte die Neuigkeit selbst verarbeitet haben, bevor er seine Mitarbeiter einweihte. Vielleicht fanden sich in den nächsten Tagen doch noch Spender, die das Potenzial von ROBIN trotz der Italien-Pleite sahen und wussten, dass ein solches Projekt es wert war, unterstützt zu werden. Dann würde Dexter seine Personalpläne vielleicht noch einmal überdenken. Andererseits glaubte Tom nicht wirklich daran. Wenn nicht ein Wunder geschah, würde er am Ende des Jahres mit ausgedünnter Mannschaft dastehen – vorausgesetzt, dass er nicht selbst auf der Abschussliste stand.

Tom wohnte in Sheffield, einem idyllischen Städchen mit zwanzigtausend Einwohnern, ein gutes Stück außerhalb von Brighton. Während er seinen Geländewagen über die wenig befahrene Provinzstraße nach Norden lenkte, versuchte er, den Frust der vergangenen Tage hinter sich zu lassen. Er wollte nicht mehr an Italien denken, ebenso wenig an Dexters Rationalisierungsmaßnahmen. Er wollte nur noch nach Hause, um Nancy und Nick in die Arme zu schließen, seine Frau und seinen fünfjährigen Sohn. Obwohl er sie nur ein paar Tage lang nicht gesehen hatte, kam es ihm vor wie eine kleine Ewigkeit.

Dass Nick seine Freude erwidern würde, stand für ihn außer Frage, bei Nancy war er sich allerdings nicht so sicher. In den letzten Wochen war sie ihm gegenüber ziemlich zurückhaltend gewesen, was er darauf zurückführte, dass sie beruflich mindestens ebenso stark eingespannt war wie er. Als PR-Managerin von Bürgermeister Barrymore, der kurz vor der Wahl zum Bezirksratsvorsitzenden stand, hatte sie im Moment alle Hände voll zu tun. Tom würde drei Kreuze machen, wenn die Wahlen endlich vorbei waren und das Leben wieder in geregelten Bahnen verlief.

Das Haus der O'Connors lag am Ortsrand, dahinter kamen nur noch die Bauernhöfe und Farmen, bevor der Wald begann. Tom fuhr die Einfahrt hinauf und parkte den Wagen vor der Doppelgarage. Als er zum Haus ging, stieg ihm der würzige Duft von Heu in die Nase, der von den Feldern herübergetragen wurde. Irgendwo zog ein Mähdrescher seine Bahnen. Es herrschte die perfekte Kleinstadtidylle.

Mit der Gepäcktasche über der Schulter betrat Tom die Veranda. Kaum hatte er einen Schritt über die Türschwelle gesetzt, stürmte auch schon Nick auf ihn zu. »Daddy, Daddy, weißt du, was ich mir zum Geburtstag wünsche? Eine Carrera-Bahn!«

»Wie wär's erst mal mit einem Begrüßungskuss?« Er ließ seine Tasche fallen, nahm Nick auf den Arm und ließ sich von ihm fest umarmen. »So gefällt mir das! Ich hab dich nämlich vermisst.«

»Ich dich auch, Daddy.«

In diesem Moment rief Nancy vom oberen Stockwerk: »Bist du das, Tom?«

»Klar, oder erwartest du deinen Liebhaber?«

Sie würdigte diese Bemerkung keines Wortes, kam aber kurz darauf die Treppen herunter. Ihr glattes, blondes Haar hatte sie nach hinten zu einem losen Pferdeschwanz zusammengebunden. Das ausgeleierte T-Shirt und ihre abgewetzte Jeans waren zwar nicht gerade elegant, dafür aber sportlich und irgendwie sexy. Und an ihren Augen – diesen tiefgründigen, glänzenden Smaragden, in die er sich vor elf Jahren verliebt hatte – konnte er sich ohnehin nicht satt sehen.

Unwillkürlich wurde Tom warm ums Herz. Nancy hatte nichts von ihrer Attraktivität eingebüßt. Gewiss, in der Zwischenzeit waren einige Fältchen hinzugekommen, und sie wog ein paar Pfund mehr als damals, aber das tat ihrer Schönheit keinen Abbruch. Tom liebte sie mindestens genauso innig wie früher.

Ihre Begrüßung war jedoch wie eine kalte Dusche. Den Kuss, den sie ihm auf die Wange hauchte, hätte sie ebenso gut einem Geschäftskollegen geben können. Tom musste kein Hellseher sein, um zu begreifen, dass es in seiner Ehe nach wie vor kriselte. Gott, wie er Barrymore und dessen Wahlkampagne hasste!

»Wie ist es in Italien gelaufen?«, fragte Nancy. Es klang eher nach Small Talk als nach echtem Interesse.

»Nicht so toll«, gab Tom zu. Als sie nicht darauf einging, setzte er nach: »Und wie lief's bei euch hier?«

Sie zuckte mit den Schultern. »Nick war die meiste Zeit bei den Pattersons. Ich hatte zu viel um die Ohren. Wahlveranstaltungen, Interviews, Kundgebungen organisieren – das volle Programm, von morgens bis abends. So kurz vor dem Ziel kämpft Doyle um jede einzelne Stimme.«

»Doyle?« Toms Verwunderung war echt. »War es bis vor Kurzem nicht noch *Bürgermeister Barrymore*?«

Nancy warf ihm einen frostigen Blick zu. »Eifersucht steht dir nicht zu, Tom. In den letzten zwei Monaten habe ich dich kaum zu Gesicht bekommen. Drei Wochen USA, zwei Wochen Japan, ein Kolloquium in Barcelona, ein Wochenende als Referent an der Sorbonne. Nicht zu vergessen der Erdbebeneinsatz in Udine. Wenn hier jemand Grund zur Eifersucht hat, dann bin ich das – und zwar auf deinen Job.«

Überrascht stellte Tom fest, dass Nancy Tränen in die Augen schossen. Als würde sie sich dafür schämen, wandte sie sich von ihm ab und verschwand in die Küche. Tom blieb einigermaßen ratlos im Flur zurück. Zu Nick sagte er: »Wie's aussieht, sollte ich mich ein bisschen um Mom kümmern. Tust du mir den Gefallen und gehst rüber zu Billy?« Billy Patterson war der Nachbarjunge und Nicks bester Freund.

»Okay, Daddy.« Es klang nicht gerade glücklich.

Tom drückte seinen Sohn an sich. »Wenn du nachher zurückkommst, vertragen Mom und ich uns wieder – versprochen«, sagte er. »Mach dir keine Sorgen, in Ordnung?«

Der Fünfjährige nickte tapfer, gab Tom noch einen Kuss auf die Wange und verschwand dann nach draußen.

Mit gemischten Gefühlen ging Tom in die Küche. Nancy stand am Fenster und tupfte sich mit einem Taschentuch die Tränen aus dem Gesicht. Als er auf sie zukam, um sie in die Arme zu nehmen, drehte sie sich von ihm weg. »Bitte, Tom – ich fühle mich gerade überhaupt nicht danach.«

Enttäuscht goss Tom sich eine Tasse Tee ein. Er nippte daran, setzte sich an den Tisch und wartete eine Minute, ehe er das Schweigen brach. »Was ist los mit dir, Nancy? Seit ich dich kenne, gab es immer wieder Zeiten, in denen ich viel unterwegs war, und nie hattest du damit ein Problem. Warum ist es diesmal anders?«

Das Taschentuch in der Hand, starrte sie aus dem Fenster. Bitter sagte sie: »Wir verändern uns, Tom. Wir sind nicht mehr dieselben wie früher. Vor zehn Jahren wusste ich noch nicht, was ich vom Leben erwarte. Heute ist das anders.«

Tom seufzte innerlich, weil er ahnte, worauf diese Unterhaltung hinauslief. Der Wunsch nach einem zweiten Kind überschattete ihre Ehe schon seit einem halben Jahr. Im Gegensatz zu Tom war Nancy jedoch um einiges ungeduldiger, nicht zuletzt, weil sie die biologische Uhr ticken hörte. Sie war achtunddreißig Jahre alt und fürchtete, dass ihr die Zeit allmählich davonlief.

»Es tut mir leid, dass ich dich in den letzten Wochen so sehr vernachlässigt habe«, sagte Tom, »aber wie du weißt, steht Rossburry finanziell nicht gerade auf starken Beinen. Da ist von jedem von uns voller Einsatz gefordert.«

»Komm mir nicht *damit*, Tom! Du bist ein Workaholic!«

»Ich liebe meinen Job, aber das tust du auch. Der einzige Unterschied ist, dass ich viel ins Ausland muss. Außerdem steht es um Rossburry wirklich nicht besonders gut. Erst heute Mittag hat Dexter mir klargemacht, wie ernst die Situation ist. Er will meine Abteilung bis zum Jahresende um wenigstens acht Leute reduzieren. Vielleicht spielt er sogar mit dem Gedanken, mich ebenfalls zu feuern. Jedenfalls kann ich es mir momentan nicht leisten, weniger als hundert Prozent zu geben.«

Nancy schwieg und starrte wieder aus dem Fenster. Dann sagte sie leise: »Ich denke, es wäre das Beste, wenn wir uns trennen.«

Zum zweiten Mal an diesem Tag fühlte Tom sich völlig überfahren. Zuerst Dexter, und jetzt auch noch Nancy – das war mehr, als er verkraften konnte. Er hatte das Gefühl, in einen bodenlosen Abgrund zu stürzen.

»Ich brauche Abstand, Tom«, fuhr Nancy fort. Nach wie vor sah sie dabei mit leeren Augen aus dem Fenster. »Ich muss mir über einige Dinge klar werden, vor allem darüber, wie meine Zukunft aussehen soll. Wir leben seit Monaten nebeneinander her, wie Fremde, die zufällig unter demselben Dach wohnen. Das ist nicht das Leben, das ich mir vorgestellt habe.«

Die Hiobsbotschaft schnürte Tom die Kehle zu, in seinem Kopf rasten die Gedanken. Hatten er und Nancy sich tatsächlich auseinandergelebt? Zugegeben – in den letzten Monaten war das Familienleben, vor allem ihre Beziehung, deutlich zu kurz gekommen. Aber niemals hätte Tom es für möglich gehalten, dass Nancy sich deswegen von ihm trennen würde.

»Das passt doch nicht zusammen, Nancy!«, sagte er schroffer als beabsichtigt. »Seit Monaten sprechen wir von einem zweiten Kind, und jetzt gehst du plötzlich auf Abstand?«

Er sah, wie ihr eine Träne die Wange hinablief. »Ich dachte, es würde unsere Liebe retten, wenn wir noch ein Baby bekämen«, sagte sie mit zitternder Stimme. »Ich dachte, dann würde alles wieder wie früher. Aber inzwischen glaube ich, dass ich mich geirrt habe. Mir fehlt nicht unbedingt ein zweites Kind, sondern das Gefühl der Zusammengehörigkeit. Der Geborgenheit. Das Gefühl, das Leben mit jemandem zu teilen.«

»Nancy, ich *liebe* dich!«

»Ich weiß. Und ich liebe dich auch. Aber vielleicht sind wir einfach nicht dafür geschaffen, ein ganzes Leben miteinander zu verbringen.«

Tom lag so viel auf der Zunge, was er Nancy sagen wollte, um sie umzustimmen, doch er spürte, dass ihr über Monate hinweg gereifter Entschluss feststand. Tiefe Resignation machte sich in ihm breit, er fühlte sich mit einem Mal hohl und kraftlos. Dieser Tag gehörte mit Sicherheit zu den schwärzesten seines Lebens.

»Es tut mir leid, Tom«, sagte Nancy leise. »Aber ich kann nicht länger so tun, als sei alles in bester Ordnung. Als würde unsere Ehe noch wunderbar funktionieren. Es hat keinen Sinn, sich etwas vorzumachen. Man belügt sich nur selbst, wird dabei aber nicht glücklich.«

Das Telefon klingelte. Nach dem dritten Läuten sprang der Anrufbeantworter an.

»Hallo Tom, ich bin's noch mal«, tönte Hayden Dexters sonorer Bariton durchs Haus. »Wenn Sie da sind, dann nehmen Sie ab, es ist wichtig. *Sehr* wichtig. Möglich, dass davon die Zukunft Ihrer Abteilung abhängt. Also gehen Sie endlich ran. Oder rufen Sie mich zurück, sobald Sie dieses Gespräch abhören. Ich bin noch bis mindestens sieben Uhr im Büro erreichbar.«

Obwohl es Tom missfiel, die Diskussion mit Nancy zu unterbrechen, griff er zum Hörer. Das verschaffte ihm eine kleine Pause, die er bei Gott dringend benötigte. Außerdem hoffte er, dass dieser grauenvolle Tag mit Dexters Anruf vielleicht doch noch eine positive Wendung nahm.

»Hayden? Hier Tom. Ich hoffe, Sie haben ein paar gute Neuigkeiten für mich, denn die könnte ich offen gesagt ziemlich gut vertragen.«

»Gute Neuigkeiten? Durchaus möglich!« Hayden Dexter sprach so laut, dass Tom den Hörer eine Handbreit vom Ohr weghalten musste. »Vor einer halben Stunde hat mich ein alter Freund angerufen, Professor Pavel Jula, ein Ungar, mit dem ich zu meiner Zeit in Cambridge ein paar Semester das Zimmer geteilt habe. Er leitet inzwischen die Forschungsabteilung von PECO, einem Londoner Pharma-Unternehmen. Zurzeit betreibt er im Kongo ein wenig Feldforschung, um Tropenpflanzen auf ihre medizinische Tauglichkeit hin zu untersuchen, so wie das heutzutage fast alle machen. Jedenfalls sind er und seine Botaniker dort unten auf etwas ziemlich Merkwürdiges gestoßen. Wenn es stimmt, was er mir erzählt hat, handelt es sich um eine wissenschaftliche Sensation. Eine völlig neue Art der Symbiose zwischen Pflanzen und Insekten. Allerdings benötigt er zur endgültigen Beurteilung der Situation einen Entomologen – und an dieser Stelle kommen Sie ins Spiel.«

Tom verzog das Gesicht. »Hayden, verschonen Sie mich! Ich

kann jetzt nicht nach Afrika.« Er ging in den Flur und senkte die Stimme, damit Nancy ihn nicht hören konnte. »Meine Ehe steckt in einer Krise. Meine Frau macht mir gerade die Hölle heiß, weil ich so wenig zu Hause bin. Ich war die letzten zwei Monate fast ständig unterwegs. Geben Sie mir ein paar Wochen, bis ich mein Privatleben wieder im Griff habe.«

Er hörte Hayden Dexters schweren Atem am anderen Ende der Leitung. »Jula benötigt unsere Hilfe *sofort*. Bei ihm scheinen sich die Dinge ziemlich rasant zu entwickeln.«

»Hayden – hören Sie nicht, was ich sage? Meine Ehe steht auf dem Spiel. Können Sie nicht jemand anderen schicken?«

»Ich habe Jula meinen besten Mann zugesagt, und das sind nun mal Sie. Außerdem tragen Sie die Verantwortung für Ihre Abteilung.« Er ließ eine kurze Pause, um die Bedeutung seiner Feststellung zu unterstreichen, dann fuhr er eindringlich fort: »Tom, Sie scheinen den Ernst der Lage noch immer nicht zu begreifen. Dabei dachte ich, ich hätte mich heute Mittag klar genug ausgedrückt. Es geht um Ihren Arbeitsplatz – und um den Ihrer Mitarbeiter. Professor Jula könnte sich als Retter in der Not erweisen. Wenn wir sein Anliegen ablehnen, wird es für ihn ein Leichtes sein, jemand anderen zu finden, der ihm hilft – und der anschließend die ganze Publicity erhält. Deshalb schlage ich vor, dass Sie diese einmalige Chance beim Schopfe packen und dafür sorgen, dass die Rossburry-Stiftung im Zusammenhang mit diesem Kongo-Phänomen in so ziemlich jeder wissenschaftlichen Zeitschrift dieses Planeten erscheint, und zwar möglichst vorgestern.«

»Hayden, ich ...«

»Ihr Flug geht morgen Früh um sieben Uhr vierzig ab Heathrow. Ich habe bereits alles arrangieren lassen. Sind Sie gegen Gelbfieber geimpft? Das ist Vorschrift bei der Einreise in den Kongo.«

»Ich bin gegen so ziemlich alles geimpft.«

»Bestens, dann wird es keine Komplikationen geben. Clifford wird Sie begleiten. Er weiß über alles Bescheid und wird auch die Tickets und alle anderen erforderlichen Unterlagen dabei haben.«

Seine Stimme wurde plötzlich milder. »Tom, es ist doch nur für ein paar Tage – aber genau diese Tage könnten über das Schicksal unserer Stiftung entscheiden. Ich würde Ihnen diese Reise nicht aufhalsen, wenn ich nicht davon überzeugt wäre, dass sie sich lohnt. Nancy wird das verstehen.«

Tom hätte Dexter am liebsten erwürgt. Dieser verfluchte Sklaventreiber besaß ein Herz aus Granit! Andererseits: Wenn Tom die Reise ablehnte, konnte er sich ebenso gut gleich nach einem neuen Job umschauen, wozu er nicht die geringste Lust hatte. Ihm gefiel die Arbeit bei Rossburry, trotz Dexters herrischer Art und seiner cholerischen Anfälle. Abgesehen davon war der Arbeitsmarkt für Entomologen äußerst überschaubar. Seine Ehe wollte er aber auch nicht riskieren. Er steckte in einem unlösbaren Dilemma, und er musste eine Entscheidung treffen. *Jetzt.*

»Also gut«, brachte er widerwillig hervor. »Ich fliege.« Seine Ehe schien ihm immer noch sicherer als sein Job – immerhin hatte Nancy vorhin gesagt, dass sie ihn noch liebte. Allerdings war ihm klar, dass er nach seiner Rückkehr einiges wiedergutzumachen haben würde. Nancy war eine willensstarke Frau. Sie zurückzugewinnen, würde alles andere als leicht werden. Dennoch war er tief im Innern davon überzeugt, es zu schaffen.

Er ließ sich von Dexter ein paar letzte Details bezüglich der Reise geben, dann beendete er das Gespräch und ging wieder in die Küche.

»Also Afrika?«, fragte Nancy. Es klang nicht vorwurfsvoll, sondern nur matt und traurig.

Tom nickte. Offenbar hatte Nancy einen Teil des Telefonats mitgehört und sich den Rest zusammengereimt. »Ich habe keine Wahl«, sagte Tom, der das Gefühl hatte, sich rechtfertigen zu müssen.

»Du hättest Dexter ganz einfach sagen können, dass er diesmal auf dich verzichten muss!«

Als wäre das so einfach, dachte Tom. »Es geht nicht darum, was Dexter will«, erklärte er. »Ich bin für meine Mitarbeiter verantwortlich. Wenn ich nicht alles daransetze, unsere Abteilung zu retten, stehen einige von ihnen nach Weihnachten auf der Straße. Ich muss mein Möglichstes versuchen, um das zu verhindern, sonst kann ich mir im Spiegel nicht mehr in die Augen schauen.«

Nancy lächelte ihn traurig an. »Siehst du, genau das ist es, was ich meine. Du bist mit deinem Job mehr verheiratet als mit mir. Ich will in deinem Leben nicht immer nur die zweite Geige spielen.«

»Nancy, das ist nicht fair! Du und Nick, ihr seid für mich das Wichtigste – und das weißt du. Aber ich habe auch eine Verpflichtung meinen Mitarbeitern gegenüber. Wie würdest du dich an meiner Stelle entscheiden?«

Sie schwieg und tupfte sich wieder eine Träne von der Wange.

Tom seufzte. Mit sanfter Stimme sagte er: »Ich bitte dich, Nancy – lass uns noch mal in Ruhe über alles reden, wenn ich wieder aus Afrika zurück bin. Gib mir eine Chance, wiedergutzumachen, was in den letzten Monaten schiefgelaufen ist, einverstanden?«

Sie blickte ihn aus großen, feucht glänzenden Augen an. Dann schüttelte sie langsam den Kopf und sagte mit einer Mischung aus Liebe und Resignation: »Ich weiß es nicht, Tom. Ich kann es dir nicht versprechen.«

Mit diesen Worten verließ sie die Küche. Tom hörte, wie sie im Flur die Treppen hinaufging und sich im Schlafzimmer einschloss. Kurz darauf hörte er sie leise schluchzen.

Nick kehrte um sieben Uhr von den Pattersons zurück. Tom saß bei einem Glas Bier im Wohnzimmer und erwartete ihn bereits. Bei dem Gedanken an das bevorstehende Gespräch fühlte er sein Herz bleischwer in seiner Brust. Er hatte Nick versprochen, sich wieder mit Nancy zu vertragen, nun musste er ihm beichten, dass er dieses Versprechen nicht hatte halten können. »Komm her, Sportsfreund. Wie war's bei Billy?«

»Ganz okay. Wir haben Eisenbahn gespielt.« Nick setzte sich auf die Couch, und Tom legte den Arm um ihn. »Wo ist Mom?«

»Oben, im Schlafzimmer.«

»Fühlt sie sich nicht gut?«

»Das kann man so sagen, ja.«

»Heißt das, ihr streitet noch?«

»Wir haben versucht, den Streit aus der Welt zu schaffen, aber es ist uns nicht so richtig gelungen. Mom braucht ein bisschen Zeit zum Nachdenken.« Auf Nicks Nachfrage erzählte Tom ihm etwas genauer, wie die Unterhaltung mit Nancy gelaufen war. Mit ungutem Gefühl beichtete er ihm auch, dass er schon morgen nach Afrika abreisen würde, doch wider Erwarten war Nick darüber keineswegs traurig, sondern geradezu Feuer und Flamme. Afrika interessierte ihn seit einiger Zeit sehr, vor allem die Tiere. Dass sein Dad höchstpersönlich dorthin fliegen würde, erfüllte ihn mit Stolz.

Dann wurde sein kleines Kindergesicht plötzlich traurig. »Wenn du nach Afrika musst, bist du dann an meinem Geburtstag gar nicht da?«

Tom drückte den Jungen an sich. »Dein Geburtstag ist erst in zwei Wochen. Bis dahin bin ich *längst* zurück.«

»Versprochen?«

Tom zögerte einen Moment. Er hatte keine Ahnung, was ihn im Kongo erwartete, und wollte Nick nicht schon wieder etwas versprechen, was er nicht halten konnte. Aber Nick sah ihn so flehend an, dass Tom einfach nicht anders konnte. »Ich schwöre es sogar«, sagte er. »An deinem Geburtstag bin ich wieder hier, selbst wenn ich dafür zu Fuß aus Afrika zurücklaufen muss.«

Kapitel 4

Tom schreckte aus dem Schlaf hoch und wusste im ersten Moment nicht, wo er sich befand. Jedenfalls nicht in seinem Bett, so viel stand fest. Träge blickte er sich um. Im trüben Licht der Morgendämmerung, das von draußen hereinsickerte, nahmen die Konturen des Wohnzimmers allmählich Gestalt an. Noch während er sich fragte, weswegen er auf der Couch lag, kehrten auch schon die Erinnerungen zurück. Nach der gestrigen Auseinandersetzung hatte Nancy sich im Schlafzimmer eingeschlossen und sich hartnäckig geweigert, ihn hereinzulassen. Wenn sie wütend oder enttäuscht war, konnte sie stur wie ein Esel sein. Gegen Mitternacht hatte Tom eingesehen, dass seine Überredungskünste ihm nicht weiterhalfen, und es sich im Wohnzimmer bequem gemacht, so gut es eben möglich war.

Draußen hupte es. Tom stand auf, schob den Vorhang zur Seite und warf einen Blick hinaus in das neblige Grau. In der Auffahrt parkte ein Dodge Ramcharger. Hinter der offenen Fahrertür stand, in eine dicke Lederjacke gehüllt, Jason Clifford, Toms langjähriger Freund und Kollege – ein perfekter Sunnyboy, allerdings einer mit zwei Doktortiteln.

Als Tom das Fenster öffnete, schlug ihm ein eisiger Hauch entgegen. »Guten Morgen, Cliff. Komm rein. Willst du einen Kaffee?« Bei jedem Wort bildete sich eine Kondenswolke vor seinem Mund.

»Wir sind schon spät dran. Lass uns lieber am Flughafen Kaffee trinken.«

Tom stöhnte innerlich auf. Er hasste es, zu verschlafen und anschließend hetzen zu müssen, aber natürlich würde der Flieger nicht auf sie warten. »In Ordnung, ich bin gleich bei dir. Ich muss nur noch kurz ins Bad.«

Keine zehn Minuten später verließ er das Haus.

»Das war neuer Geschwindigkeitsrekord«, kommentierte Cliff süffisant, während Tom auf dem Beifahrersitz Platz nahm. »Aber du hast etwas vergessen. Dein Gepäck.«

»Vergessen? Ich wünschte, es wäre so. Nancy hat mich heute Nacht aus dem Schlafzimmer ausgesperrt. Ich muss mich unterwegs mit allem Nötigen eindecken.«

»Ist sie sauer wegen der Afrikareise?«

»Das wäre die Untertreibung des Jahres.«

Cliff klopfte ihm aufmunternd auf die Schulter. »Kopf hoch, alter Junge, das wird schon wieder. Vertrau mir. Solange Nancy dir eine Szene macht, hängt sie noch an dir.«

»Ich hoffe, du hast recht«, sagte Tom.

In Heathrow stattete er sich mit allem aus, was er für die bevorstehende Reise benötigte. Da die Flughafen-Shops nicht gerade billig waren, beschränkte er sich aufs Wesentliche, sein Gepäck passte mühelos in die ebenfalls neu erworbene Sporttasche. In Afrika würde er auch ein paar Tage lang ohne allzu großen Luxus auskommen.

Nachdem er die Einkäufe erledigt hatte, versuchte er, Nancy anzurufen – vergeblich. Zu Hause ging niemand an den Apparat, und auf dem Handy sprang nur die Mailbox an. Entweder war Nancy beschäftigt oder noch immer so eingeschnappt, dass sie nicht mit ihm sprechen wollte. Oder beides. Tom hatte jedenfalls nach wie vor ein ungutes Gefühl, als er das Flugzeug betrat. Doch im Moment gab es nichts, was er tun konnte, um seine Beziehungsprobleme wieder in den Griff zu bekommen.

Cliff, der für sie beide die Formalitäten erledigt hatte, nahm neben Tom Platz. »Hat Dexter dir eigentlich irgendetwas Genaueres über diese Kongo-Sache erzählt?«, fragte er, während er sein Handgepäck unter dem Sitz verstaute.

»Ich dachte, *du* könntest mir ein bisschen mehr darüber erzählen. Mir gegenüber hat er nur ein paar vage Andeutungen über eine angebliche Sensation gemacht – was immer das bedeuten mag. Da ich mitten im Streit mit Nancy war, habe ich ihn nicht weiter danach gefragt. Welche Ausrede hast du?«

»Dexter hat mich mit seinem berüchtigten aggressiven Charme vor die Wahl gestellt, entweder in den Kongo zu fliegen oder zum Arbeitsamt zu marschieren. Da habe ich mich doch glatt für Afrika entschieden, ohne weitere Fragen zu stellen.«

»Scheinst mir ein schlaues Kerlchen zu sein.« Tom grinste. »Ich schätze, somit bleibt unsere Reise bis zum Schluss spannend.«

Der Einsatz in Italien und die unbequeme Nacht auf der Couch steckten Tom so sehr in den Knochen, dass er nahezu den kompletten Flug verschlief. Als er von Cliff geweckt wurde, befanden sie sich bereits im Landeanflug auf Kinshasa, der Hauptstadt der Demokratischen Republik Kongo. Im Westen stand der glühende Feuerball der Sonne knapp über dem Horizont. Ein orangeroter Schimmer überzog die Millionenmetropole und ließ den Malebo Pool, eine Verdickung des Kongo-Flusses im Norden von Kinshasa, wie einen See aus Gold glänzen – ein Anblick wie im Bilderbuch, der Tom zumindest ein klein wenig für den Streit mit Nancy entschädigte.

Da er sich halb verhungert fühlte, beschloss er, am Flughafen einen Happen zu essen. Als er zu Cliff zurückkehrte, steckte dieser in einer Unterhaltung mit einer ziemlich Ehrfurcht gebietenden Erscheinung, einem muskulösen Schwarzen in Khaki-Uniform, dessen kahlgeschorenes Haupt sogar Tom noch um mindestens einen halben Kopf überragte. Die Stirn des Mannes war mit einem rituellen Narbenmuster versehen, ein Raubtierzahn diente als Ohrring, und das Weiße in seinen Augen schien von innen heraus zu glühen, so intensiv war sein Blick.

»Tom, darf ich dir Samuel Ewembe vorstellen?«, sagte Cliff. »Professor Jula hat ihn geschickt, um uns ins PECO-Lager zu bringen.«

Das Gesicht des Schwarzen verzog sich zu einem breiten Grinsen, das eine Reihe strahlend weißer Zähne offenbarte. »Freut mich, Sie kennenzulernen, Dr. O'Connor«, sagte er und reichte Tom die Hand.

»Ganz meinerseits. Aber bitte nennen Sie mich Tom.«

»Gerne. Ich bin Sam.«

Cliff meldete sich wieder zu Wort: »Sam hat unser Gepäck und unsere Ausrüstung bereits verladen lassen. Seine Maschine steht abflugbereit vor dem Hangar.«

»Wir fliegen schon wieder?«

»Das lässt sich nicht vermeiden. Kinshasa liegt am westlichen Rand des Landes – wir müssen etwa dreihundert Kilometer weiter in Richtung Nordosten.«

Tom stöhnte innerlich auf, sagte aber nichts.

Wenig später saß er neben Cliff auf einer gepolsterten Pritsche im Frachtraum einer einmotorigen Pilatus PC 12, weiter hinten waren drei Transportkisten mit der Aufschrift *Rossburry Explorations* verstaut. Durch die bullaugenartigen Fenster präsentierte sich der Abendhimmel inzwischen bläulich-violett. Nicht mehr lange, und die letzten Strahlen der untergehenden Sonne würden von kühler, nachtschwarzer Dunkelheit verdrängt. Die Dämmerung dauerte in Äquatornähe nicht einmal eine halbe Stunde.

Tom konnte es kaum fassen, wie rasant sein Leben momentan verlief. Noch heute Morgen war er über die neblig-kühlen Straßen von Sussex gefahren, jetzt befand er sich mitten im Herzen Afrikas, in einer völlig anderen Welt. Hätte Nancy ihm keinen Vorwurf daraus gemacht, hätte ihm das sogar gefallen.

Weit unter ihnen gingen die weißen Wohnblöcke von Kinshasa allmählich in verwahrloste Barackensiedlungen über, danach folgten Gehöfte, die von kleinen Feldern oder Viehzäunen umgeben waren. Anschließend gab es nur noch Buschland und Wald, der sich zunehmend in Dunkelheit hüllte.

»Wie es scheint, verlassen wir gerade die zivilisierte Welt«, schrie Cliff gegen das Röhren der Motoren an. »Ab jetzt befinden wir uns wieder mal in der Wildnis. Kannst du dir etwas Schöneres vorstellen?«

Tom erwiderte darauf nichts.

Drei Stunden, nachdem sie den *Aéroport international de Ndjili* verlassen hatten, änderte sich das Motorengeräusch der Pilatus, weil Samuel Ewembe Gas wegnahm. »Bitte schnallen Sie sich an, oder halten Sie sich zumindest an Ihren Sitzen fest!«, rief er aus der Pilotenkabine. »Wir befinden uns im Landeanflug auf Kwamali. Draußen hat sich leider ein ziemliches Unwetter zusammengebraut, weswegen die nächsten Minuten ein wenig holprig werden könnten!«

Der Warnung zum Trotz gelang ihm eine vorbildlich sanfte Landung. Als die Maschine endlich stand und er die Tür öffnete, pfiff ihnen jedoch eine ordentliche Bö um die Ohren, und es goss wie aus Eimern. Keine Spur mehr von der tropischen Abendidylle in Kinshasa.

Inmitten des strömenden Regens kamen ein paar dunkle Gestalten auf sie zugelaufen. Sam Ewembe rief ihnen etwas in einer Sprache zu, die Tom nicht verstand, daraufhin stiegen sie ins Flugzeug, lösten die Ausrüstungskisten von den Gurten und wuchteten sie nach draußen, um sie in der Dunkelheit abzutransportieren.

»Kommen Sie mit!«, sagte Ewembe und stieg aus der Pilatus. Tom und Cliff stapften ihm mit geschultertem Reisegepäck hinterher. Im flackernden Licht eines niederzuckenden Blitzes erkannte Tom, dass die Landepiste, über die sie marschierten, nichts weiter als eine schmale, in den Urwald geschlagene Schneise war. Rings um sie erhob sich der Dschungel wie eine riesige schwarze Mauer. Tom kam sich plötzlich vor wie in einem Gefängnishof, aus dem es kein Entrinnen gab.

Der markerschütternde Donner, der dem Blitz folgte, riss ihn aus seinen Gedanken, und er ging weiter. Als er hinter Sam Ewembe und Cliff eine erstaunlich große, gemütlich eingerichtete Holzhütte betrat, war er bis auf die Haut durchnässt. Wenigstens herrschte hier behagliche Wärme. In einer Ecke prasselte ein Kaminfeuer, in einer anderen Ecke stand ein Tresen. Der Rest des Raums war mit Tischen und Stühlen bestückt, offenbar handelte es sich um eine Art Kneipe.

Ewembe wechselte ein paar Worte mit dem Mann an der Bar, dann wandte er sich wieder Tom und Cliff zu. »Wir werden heute Nacht hierbleiben. Gleich nebenan steht eine Hütte mit ein paar Betten, die wir benutzen können – nicht gerade das Sheraton, aber die beste Unterkunft weit und breit.« Er grinste und zuckte vieldeutig mit den Schultern. »Ich schlage vor, dass wir hier einen Schlummertrunk zu uns nehmen, bevor wir uns hinlegen. Das wird Ihnen die Käfer und Spinnen erträglicher machen, die einem im Schlaf übers Gesicht krabbeln können.« Er lachte auf, gab dem Wirt ein Handzeichen und bestellte drei Gläser *Molamola* – was immer das war.

Die Nacht entwickelte sich für Tom zur reinsten Tortur, was weniger am Ungezieferbefall lag als vielmehr am unbequemen Bett und am Schnarchkonzert seiner beiden Zimmergenossen. Außerdem ließ das tobende Gewitter regelmäßig die ganze Hütte erzittern. Erschwerend kam hinzu, dass Tom kein bisschen müde war, weil er schon während des Flugs geschlafen hatte. Erst in den frühen Morgenstunden fielen ihm allmählich die Augen zu.

Umso geräderter fühlte er sich, als Cliff ihn weckte.

»Guten Morgen, Sportsfreund. Wünsche, wohl geruht zu haben.«

»Du scheinst ja glänzende Laune zu haben. Kannst du die nicht noch ein bisschen für dich behalten?«

»Draußen herrscht strahlender Sonnenschein. Ich glaube, es wird ein herrlicher Tag.«

In der Tat hatte sich das nächtliche Gewitter verzogen und einem wolkenlosen, azurblauben Himmel Platz gemacht. Obwohl es noch früh am Morgen war, entfaltete die Sonne bereits ihre wärmende Kraft. Der angrenzende Wald wirkte durch das schöne Wetter ebenfalls freundlicher. Bäume, Sträucher und Farne bildeten zwar noch immer eine wuchtige, steil aufragende Masse, aber sie schillerte heute in Dutzenden von Grüntönen, die von den Farbklecksen unzähliger Blüten und Früchte durchsetzt waren. Nur der Boden zeugte noch vom nächtlichen Unwetter und hatte etwas geisterhaft Bedrohliches: Die komplette Lichtung war gespickt mit dampfenden Pfützen und Schlammlöchern.

Samuel Ewembe hatte die Rossburry-Ausrüstungskisten bereits auf einen Jeep verladen lassen und auch einen Proviantbeutel besorgt. »Wenn Sie einverstanden sind, frühstücken wir unterwegs«, sagte er, während Tom und Cliff ihr Gepäck verstauten. »Sonst verlieren wir zu viel Zeit. Professor Jula kann es kaum erwarten, Ihnen seinen Fund zu zeigen. Ich ehrlich gesagt auch nicht.«

Aber er ließ sich nicht überreden, schon mehr darüber zu verraten.

Tom überließ Cliff den Beifahrersitz, er selbst nahm auf der Ladefläche zwischen den Kisten und dem Gepäck Platz. Dann ging es auch schon los. Ewembe lenkte den Jeep an der leer stehenden Pilatus PC 12 vorbei und hielt auf eine unscheinbare, dunkle Stelle am Waldrand zu, die sich als Einfahrt zu einem unbefestigten Pfad entpuppte, gerade breit genug für ein Auto. Was danach folgte, war die reinste Schlitterpartie. Mit maximal fünfundzwanzig Stundenkilometern kämpfte sich der Vierradantrieb durch den morastigen Untergrund. Herabgefallene Zweige und Äste überfuhren sie einfach, einmal mussten sie jedoch aussteigen, um einen umgekippten kleinen Baum aus dem Weg zu räumen. Mithilfe der am Jeep angebrachten Seilwinde stellte das glücklicherweise kein ernstes Problem dar.

Toms Armbanduhr zeigte zehn vor elf, als sie eine künstliche Lichtung erreichten. Auf ihr standen eine ganze Reihe von Zelten unterschiedlicher Größe, allesamt mit dem Schriftzug PECO versehen. Tom erinnerte sich daran, dass PECO die Gesellschaft war, für die die hiesigen Wissenschaftler arbeiteten. Dexter hatte das in seinem Telefonat erwähnt.

Als Ewembe den Wagen anhielt und sie ausstiegen, sah Tom sich interessiert um. Die kleineren Zelte waren ringförmig angeordnet und dienten offenbar als Schlafstätten. Im Zentrum standen mehrere große, begehbare Zelte, jedes einzelne mindestens fünf Meter lang und vier Meter breit. Oben, weit über den Zeltdächern und völlig unberührt von der Rodung des Lagerplatzes, bildeten die ausladenden Kronen der umstehenden Baumriesen einen kuppelförmigen Baldachin, durch den das Sonnenlicht nur als gedämpfter Schimmer drang. Tom hatte den Eindruck, in einer großen, grünen Höhle zu stehen.

»Das ist das Basislager«, erklärte Ewembe. »Wir schlafen hier und führen unsere Versuche durch – ein paar der großen Zelte dienen als Labor. Das da drüben ist eine Art Gemeinschaftsraum. Dort haben wir ein paar Stühle aufgestellt und eine improvisierte Küche mit einem Gaskocher eingerichtet. Nicht besonders komfortabel, aber funktionell und vor allem unempfindlich, was am wichtigsten ist. In diesen Breitengraden neigt das Inventar dazu, einem unter dem Hintern wegzuschimmeln. Aber wem sage ich das – Sie sind ja nicht zum ersten Mal im Dschungel.«

Tom nickte. Gestern Abend hatte er Sam bei der dritten oder vierten Runde *Molamola* von seiner und Cliffs Arbeit erzählt, auch von ihren Einsätzen in Borneo und Brasilien. In beiden Urwaldgebieten hatten sie viele Wochen zugebracht. Sie kannten sich mit den Tücken des äquatorialen Klimas bestens aus, hatten sogar schon erlebt, dass Schimmelpilze sich im Innern von hochwertigen Mikroskopen und angeblich wasserdichten Fotoapparaten bildeten. Hitze und Luftfeuchtigkeit nagten an jeder Art von Material, weshalb man bei der Zusammenstellung der Camp-Ausrüstung mehr Wert auf Robustheit als auf Bequemlichkeit legte.

»Weshalb ist hier alles wie ausgestorben?«, fragte Cliff, denn weit und breit war keine Menschenseele zu sehen.

»Um diese Zeit ist selten jemand hier«, sagte Ewembe. »Bei Tageslicht sind wir meistens vor Ort bei unseren Forschungsprojekten. Wir kehren erst am späten Nachmittag oder Abend hierher zurück.«

»An wie vielen Projekten arbeiten Sie?«

»Fünf – alle im Umkreis von etwa zwei Kilometern. Wir analysieren tropische Pflanzenarten auf ihre pharmazeutische und medizinische Nutzbarkeit hin. Doch dann entdeckten wir unweit von Camp 4 etwas, was keiner von uns je zuvor gesehen hatte, weder in freier Natur noch in Büchern oder Filmen. Wir haben auch im Internet recherchiert. Nichts. Wir nennen es die *Ameisenkathedrale* und glauben, dass unser Fund auf der Welt ziemlich einzigartig sein dürfte. Aber unser Team besteht nur aus Botanikern, von Insekten verstehen wir nicht allzu viel. Deshalb hat Professor Jula Sie um Ihre Unterstützung gebeten.«

Es war das erste Mal, dass Ewembe eine Andeutung über die vermeintliche Sensation machte, die laut Dexter hier auf sie wartete. *»Ameisenkathedrale?«*, fragte Tom. »Was genau meinen Sie damit?«

Ewembe schien einen Moment lang zu einer Erklärung ansetzen zu wollen, besann sich dann jedoch eines Besseren und grinste. »Wenn ich Ihnen das sage, wird der Professor mich umbringen. Eigentlich habe ich schon zu viel verraten. Jula hasst es, wenn man ihm die Schau stiehlt. Aber Sie werden bald selbst sehen, was ich gemeint habe. Sind Sie damit einverstanden, wenn wir Ihr Gepäck erst später ausladen?«

Tom und Cliff hatten nichts dagegen.

»Okay, dann bitte hier entlang, Gentlemen.«

Ewembe schlug einen schmalen Trampelpfad ein, der sich in unzähligen Biegungen um Sträucher, ausladende Brettwurzeln und andere unpassierbare Stellen schlängelte. Tom und Cliff folgten dem Mann, hatten aber Mühe, Schritt zu halten, weil der matschige Boden eine einzige Stolperfalle war. Hinzu kam, dass Hitze und Luftfeuchtigkeit den Wald immer mehr in ein Treibhaus verwandelten.

»Schätze, ich bin etwas aus der Übung«, keuchte Cliff nach einer halben Stunde. Wie bei Tom klebte auch ihm die Kleidung am Leib. »Sam, wie weit ist es noch?«

»Die Hälfte haben wir geschafft. Wollen Sie eine Pause einlegen?«

»Nein, es geht schon. Schalten Sie nur einen Gang zurück, damit Dr. O'Connor nicht kollabiert.«

Tom lachte, ließ es jedoch dabei bewenden – nicht nur, weil er in der Tat ziemlich außer Puste war, sondern vor allem, weil er Cliff lange genug kannte, um seinen frechen Humor richtig einschätzen zu können. Auch wenn er gelegentlich übers Ziel hinausschoss, war er ein herzensguter Mensch, in dessen Gesellschaft es nie langweilig wurde. Tom konnte sich keinen besseren Freund vorstellen.

Sie setzten ihren Marsch in gemäßigterem Tempo fort, dennoch wurde das Vorankommen immer beschwerlicher. Um sich von der körperlichen Anstrengung abzulenken, lauschte Tom den Stimmen des Waldes. Getragen von der modrig-feuchten Luft, drangen die unterschiedlichsten Eindrücke an sein Ohr: glucksende Vogelrufe, das Klopfen eines Spechts, Affengebrüll – und natürlich das allgegenwärtige Summen und Zirpen der Insekten. Doch abgesehen von ein paar aufdringlichen Mücken, die Tom hartnäckig umschwirrten, entzogen sich die Tiere seinen Blicken.

Irgendwann – Tom hatte inzwischen aufgehört, ständig auf seine Armbanduhr zu sehen – wurde die Harmonie des Klangteppichs durch menschliche Stimmen unterbrochen. Kurz darauf tat sich vor seinen Augen eine Lichtung auf, ähnlich dem Basislager, nur viel kleiner. Auf einer Fläche von etwa acht mal acht Metern standen vier Zweimannzelte. In der Mitte befand sich eine kleine Feuerstelle. Etwas abseits war eine Plane schräg zwischen vier Baumstämme gespannt worden, offenbar als Regenschutz. Darunter stapelten sich hinter einem Klapptisch und ein paar Campingstühlen wasserfeste Kisten mit Laborausrüstung.

Im Gegensatz zum Basislager herrschte in Camp 4 reger Betrieb. Auf Anhieb fielen Tom ein halbes Dutzend Wissenschaftler ins Auge. Einer von ihnen hatte sie auch schon erspäht und ging mit freudig ausgestreckten Armen auf sie zu, um sie zu empfangen.

»Ah, da sind Sie ja endlich! Sie müssen Dr. O'Connor und Dr.

Clifford sein! Ich freue mich, dass Sie den weiten Weg aus England gekommen sind, um uns mit Ihrem Rat zur Seite zu stehen!« Der Mann war Mitte fünfzig, groß und so hager, dass bei jedem Wort sein Adamsapfel auf- und abhüpfte. Sein eisengraues Haar hatte er in Fünfziger-Jahre-Manier glatt nach hinten gekämmt. Hinter einer dicken Hornbrille funkelten freundliche kleine Augen.

Tom schüttelte die ihm dargereichte, knochige Hand. »Sie müssen Professor Jula sein. Ich bin Thomas O'Connor, aber bitte nennen Sie mich Tom. Und das hier ist mein Kollege, Dr. Clifford. Ich bin sicher, Sie würden ihm einen Gefallen tun, wenn Sie ihn einfach Cliff nennen.«

Der Professor musterte die beiden Neuankömmlinge über den Rand seiner Brille hinweg. Auf seinem makellos rasierten Gesicht zeigte sich ein amüsiertes Lächeln. »Da brat mir einer einen Storch! Die ersten englischen Wissenschaftler, die keinen Stock verschluckt haben! Sehr sympathisch! Sie werden feststellen, dass es bei uns im Lager ebenfalls sehr locker zugeht. Wie war die Reise?«

»Bestens«, sagte Tom.

»Wenn man vom Fußmarsch hierher absieht«, schob Cliff hinterher.

Jula lachte auf. »Möchten Sie etwas zu trinken? Eine Tasse Kaffee vielleicht?«

»Kaffee wäre jetzt genau das Richtige«, sagte Tom.

»Für mich bitte einen Becher Wasser«, bat Cliff.

Während Sam Ewembe sich um die Getränke kümmerte, fragte ihn der Professor: »Hast du schon etwas über unsere Entdeckung erzählt?«

»Nichts Konkretes, keine Sorge.«

Julas Äuglein funkelten hinter den Brillengläsern. Über sein Gesicht huschte ein Lächeln der Vorfreude. »Ausgezeichnet!«, sagte er und rieb sich die Hände. »Ausgezeichnet! Ich schlage vor, dass Sie in Ruhe austrinken und sich in der Zwischenzeit ein wenig hier umsehen. Sam wird Ihnen das Team vorstellen. Ich selbst muss ein dringendes Telefonat führen. Das dauert aber nur fünf Minuten.

Anschließend werde ich Ihnen unseren Fund zeigen.« Er strahlte wie ein kleines Kind an Weihnachten. »Ich bin gespannt, was Sie dazu sagen werden.«

Während Tom und Cliff tranken, führte Sam Ewembe sie herum. Sie schüttelten Hände, machten ein wenig Small Talk und wurden von Julas Crew-Mitgliedern aufs Wärmste willkommen geheißen.

Sie sprachen gerade mit Charlotte McKenzie, einer Botanikerin, die sich auf Epiphyten – Aufsitzerpflanzen – spezialisiert hatte, als Jula, der ein wenig abseits gestanden hatte, sein Gespräch am Satellitentelefon beendete.

»Tut mir leid, dass es etwas länger gedauert hat«, sagte er, »aber die Geschäftsführung in London will über den Fortschritt unseres Projekts zu bestimmten Zeiten informiert werden. Die reagieren äußerst sensibel, wenn der Report nicht pünktlich erfolgt. Aber wie ich sehe, haben Sie inzwischen ausgetrunken. Dann schlage ich vor, dass wir nun zum eigentlichen Grund Ihres Besuchs kommen. Wenn Sie mir bitte folgen wollen.« Er machte auf dem Absatz kehrt und führte sie zu einem Waldpfad.

Bitte nicht *noch* eine Wanderung!, seufzte Tom in Gedanken, doch seine Befürchtung stellte sich als unbegründet heraus. Schon nach wenigen Minuten erreichten sie ihr Ziel, und beim Anblick dessen, was der Professor ihnen präsentierte, verschlug es ihm beinahe den Atem: Eingerahmt von den säulenartigen Stämmen dreier riesiger Akazien und durchwoben von einem dichten Geflecht aus Lianen und hängendem Moos, ragte vor ihm ein mächtiger Hügel aus Erde und Laub in die Höhe wie eine surreale Skulptur. Es war ein Gebilde von wahrhaft kathedralenartiger Erhabenheit, riesig, ja geradezu monumental, und scheinbar natürlich gewachsen. Beim Anblick dieses einzigartigen Baum- und Pflanzengeflechts wurde Tom von spontaner Ehrfurcht ergriffen. Was hier vor ihm stand, mochte vor hundert Millionen Jahren vielleicht alltäglich gewesen sein, aber es passte irgendwie nicht so recht in die heutige Zeit, selbst hier nicht, mitten im Urwald. Irgendetwas an diesem Objekt war magisch, mehr noch – mystisch. Sakral. Es war ein Ort, der eine beinahe greifbare Energie und eine Aura der Macht verströmte.

Tom hatte schon vieles gesehen. Am meisten beeindruckt hatte ihn bisher ein Blattschneiderameisen-Nest, das er im vergangenen Jahr im brasilianischen Regenwald untersucht hatte – ein unterirdischer Bau mit einer flächenmäßigen Ausdehnung von fünfzig Quadratmetern, der bis in eine Tiefe von acht Metern hinabreichte. Er bestand aus nahezu zweitausend einzelnen Kammern, manche davon so groß, dass ein ausgewachsener Mensch darin Platz gefunden hätte. Doch die *Kathedrale* setzte selbst für einen erfahrenen Entomologen wie ihn völlig neue Maßstäbe. »Sie haben nicht zu viel versprochen, Professor«, murmelte Tom mit belegter Stimme. »Das hier ist definitiv eine Sensation.«

Kapitel 5

Tom blickte durch den Zoom des Digital-Fotoapparats, den Professor Jula ihm gegeben hatte, und ließ den Bildausschnitt langsam über das monumentale Pflanzengeflecht gleiten, das vor ihm in den Himmel wuchs. Noch immer war er gefangen von seinen ersten Eindrücken – von Ehrfurcht und Faszination. Und von einem diffusen Unwohlsein. Dieser Ort strahlte etwas Düsteres, geradezu Unheimliches aus, aber vielleicht lag das auch einfach daran, dass etwas Derartiges noch nie zuvor gesichtet worden war – nirgends auf der Welt.

Wenigstens verstand Tom mittlerweile, weshalb die PECO-Wissenschaftler dieses Gebilde als *Ameisenkathedrale* bezeichneten: Überall wimmelte es von den wuseligen Sechsbeinern. Das ganze gigantische Netzwerk aus Lianen, Ästen, Luftwurzeln und Hängepflanzen war bevölkert von ihnen. Wohin Toms Sucher auch wanderte, überall herrschte geschäftiges Treiben.

»Wir haben diesen Ort vor zwei Wochen entdeckt«, erklärte Jula, während Tom die Ameisen weiter beobachtete. »Die Akazien und die Lianen bilden eine Art Skelett, alles andere hat sich dazwischen eingepasst wie Fugenmaterial. Wir haben ein paar Proben entnommen und analysiert. Nichts Besonderes, nur Erde und Pflanzenbestandteile. Unsere Messungen haben ergeben, dass dieses *Ding* zweiundvierzig Meter hoch ist und am Sockel einen Durchmesser von rund zwölf Metern hat. Nach oben hin verjüngt es sich, sodass der Durchmesser an der Spitze nur noch etwa einen Meter beträgt. Kurzum: Es ist gewaltig.«

»Und es wird von den Ameisen wie ein Schatz bewacht«, fügte

Samuel Ewembe hinzu, der die ganze Zeit über schweigend neben ihnen gestanden hatte.

»Wie meinen Sie das?«, fragte Cliff.

Jula räusperte sich, als habe er einen Kloß im Hals. »Nun – Mike Handerson, der Kollege, der die Bio-Proben entnommen hat, wurde von den Ameisen angefallen und erlitt einen anaphylaktischen Schock. Wir mussten ihn ins Krankenhaus nach Inongo fliegen, etwa hundertzwanzig Kilometer von hier. Das war auch einer der Gründe, weswegen wir uns an Rossburry gewandt haben. Wir brauchen fachkundigen Beistand. Wir sind Botaniker, keine Entomologen. Ich will meine Leute nicht unnötig in Gefahr bringen.«

»Wie geht es dem Mann inzwischen?«, fragte Tom.

»Viel besser. Er arbeitet auch schon wieder, allerdings haben wir ihn in Lager 2 eingesetzt. Wenn Sie die Geschichte aus erster Hand hören wollen, haben Sie heute Abend gewiss Gelegenheit dazu.«

Tom schwieg, nahm sich aber vor, Mike Handerson später genauer über den Vorfall zu befragen. Dass Ameisen auch Menschen und größere Tiere anfielen, kam öfter vor, als man landläufig annahm. Offiziellen Statistiken zufolge büßte die Viehwirtschaft allein in Texas, USA, jährlich zweihundert Millionen Dollar ein, weil Rinder auf der Weide von Ameisen getötet wurden – das hatte Tom erst vor Kurzem in einer Fachzeitschrift gelesen. Und dass auch Säuglinge und schlafende Erwachsene gelegentlich zu den Opfern eines Ameisenangriffs gehörten, war ebenfalls traurige Realität. Allerdings stellten nur wenige Ameisenarten wie Feuer- und Treiberameisen eine ernsthafte Gefahr für Menschen und Rinder dar.

Er hielt sich die Kamera wieder vor die Augen. »Darf ich ein paar Bilder schießen?«

»Nur zu«, sagte Jula. »Fotografieren Sie, so viel Sie wollen. Aber Sie brauchen künftig nicht mehr zu fragen, wenn Sie unsere Ausrüstung benutzen wollen. Fühlen Sie sich ganz wie zu Hause.«

Mit der Fertigkeit eines geübten Fotografen spielte Tom mit den Objektiveinstellungen. Hatte er die Kamera zuvor nur benutzt, um sich einen Überblick zu verschaffen, begann er jetzt, den Sucher systematisch über das gigantische Motiv vor sich wandern zu lassen, langsam und sorgfältig wie einen Scanner. Wann immer ihm irgendetwas bemerkenswert erschien, drückte er auf den Auslöser, meist sogar mehrmals, mit unterschiedlicher Blende und Belichtungszeit, um auf Nummer sicher zu gehen. Er benötigte Details und dafür wiederum höchste Bildqualität. Deshalb wollte er nichts dem Zufall überlassen.

Tom und Cliff verbrachten den kompletten Nachmittag damit, die *Kathedrale* abzufotografieren und sie gewissermaßen zu kartografieren, um besondere Stellen, die sie genauer unter die Lupe nehmen wollten, später wieder lokalisieren zu können. Außerdem machten sie eine ganze Reihe von Filmaufnahmen. Bis sie damit fertig waren, senkte sich bereits die Dämmerung über den Urwald.

Gemeinsam mit den Botanikern aus Camp 4 kehrten sie zum Basislager zurück. Der lange Fußmarsch fiel Tom eigenartigerweise leichter als am Vormittag, obwohl er den ganzen Tag über mit Hitze und Luftfeuchtigkeit zu kämpfen gehabt hatte. Offenbar gewöhnte sich sein Körper bereits an die neue Umgebung.

Als sie sich dem Lager näherten, stieg Tom ein köstlicher Duft in die Nase. Erst jetzt fiel ihm auf, dass er seit dem Frühstück nichts mehr gegessen hatte.

Auch Cliff lief offenbar das Wasser im Munde zusammen. Wie von einem Magneten angezogen, hielt er auf das Küchenzelt zu. Als Tom die dralle Blondine hinter der Gaskocherplatte entdeckte, wurde ihm jedoch klar, dass Cliff sich nicht ausschließlich fürs Essen interessierte. Er war zwar eingefleischter Single, aber dennoch notorischer Draufgänger – und die Frauen flogen auf ihn.

»Ich sterbe vor Hunger!«, schmachtete er die kochende Blondine an. Er warf einen Blick in den großen Topf auf dem Kocher und schnupperte daran, als würde sie ein Haute-Cuisine-Menü zubereiten. »Gott, wie das duftet! Was gibt es denn?«

»Geschmorte Beutelratte.« Es kam so selbstverständlich, dass Cliff merklich zurückzuckte. Die Frau begann zu lachen. »Das war ein Scherz. Es gibt ganz normalen Doseneintopf. Tut mir leid, ich konnte einfach nicht widerstehen.«

Cliff entspannte sich wieder, mehr noch, er fand offenbar Gefallen an dem frechen Humor der Frau, der seinem eigenen ziemlich nahe kam. »Ich muss gestehen, ich bin voll darauf reingefallen. Der Punkt geht an Sie.«

»Ich bin Lisa Bennett, Professor Julas Assistentin.« Sie reichte ihm die Hand. »Sie müssen Dr. O'Connor sein.«

Tom, der drei Meter entfernt stand, grinste.

Cliff bemerkte das und deutete mit dem Kinn auf ihn. »Der etwas ältere Herr dort drüben, das ist Dr. O'Connor. Ich bin Dr. Clifford. Aber bitte nennen Sie mich Cliff.«

Lisa Bennett lachte wieder und klimperte ihn mit ihren langen Wimpern an. Ganz offensichtlich stieß seine lockere Art bei ihr auf fruchtbaren Boden, und gewiss war sein Sunnyboy-Strahlen auch nicht gerade hinderlich.

Tom seufzte innerlich auf. Das Gespräch der beiden Turteltauben brachte ihm schmerzlich in Erinnerung, wie es um seine eigene Beziehung bestellt war. Er entsann sich, dass Professor Jula von Camp 4 aus ein Telefonat geführt hatte, und fragte ihn, ob es im Basislager ebenfalls einen Satellitenanschluss gab. Sein Handy, so modern es war, hatte hier keinen Empfang.

»Selbstverständlich«, sagte Jula und deutete auf eines der Zelte. »Dort drüben – das ist gewissermaßen unser Kommunikationszentrum. Von dort aus können Sie telefonieren, faxen und bei schönem Wetter sogar im Internet surfen. Die Verbindung reißt zwar manchmal ab, aber wenn man bedenkt, dass wir hier weitab von jeglicher Zivilisation leben, finde ich unsere technischen Möglichkeiten ziemlich bemerkenswert. Nur zu, der Apparat gehört Ihnen. Ich habe Ihnen ja gesagt, Sie sollen sich wie zu Hause fühlen.«

Tom dankte ihm und verschwand im Zelt, hatte aber leider keinen Erfolg. Als nach etlichen Anläufen endlich eine Verbindung zu Stande kam, nahm niemand zu Hause ab. Er hinterließ eine Nachricht auf Band, in der er Nancy nochmals darum bat, nach seiner

Rückkehr in Ruhe über alles mit ihm zu sprechen. Anschließend versuchte er es auf ihrem Handy, aber es sprang nur die Mailbox an. Eine E-Mail schreiben wollte er nicht, das schien ihm irgendwie zu unpersönlich. Morgen oder übermorgen würde er noch einmal versuchen, mit Nancy zu telefonieren. Vielleicht hatte er dann mehr Glück.

Er trat ins Freie und gesellte sich wieder zu den anderen, die inzwischen das Küchenzelt belagerten. Nicht nur die Wissenschaftler aus Camp 4 hatten sich hier versammelt, sondern die gesamte Crew – rund zwei Dutzend Menschen. Als Professor Jula Tom sah, klatschte er in die Hände, bis alle Gespräche verstummten, dann hielt er eine kleine Ansprache, um Tom und Cliff noch einmal im Namen aller willkommen zu heißen.

Das anschließende Essen war für Tom ein Festschmaus, Doseneintopf hin oder her. Er hatte Hunger wie ein Bär und verdrückte zwei ansehnliche Portionen. »Deine kleine Köchin rettet mir das Leben«, raunte er Cliff zu, der neben ihm saß.

»Sie ist keine Köchin, sondern Doktorandin bei Jula. Aber sie ist niedlich, nicht wahr?«

»Brich ihr nur nicht das Herz. Denk daran, dass wir in ein paar Tagen wieder weg sind.«

Cliff, der sich um die Gefühle seiner Eroberungen noch nie allzu viele Gedanken gemacht hatte, zuckte leichthin mit den Schultern. »Ich will doch nur ein bisschen flirten. Das hat noch niemandem geschadet. Du solltest es vielleicht auch mal wieder versuchen, bevor du völlig einrostest. Es macht Spaß, du fühlst dich gut dabei, und ich bin sicher, es kommt deinem Liebesleben mit Nancy nur zugute.« Er warf Lisa Bennett, die ein Stück entfernt saß, ein aufforderndes Lächeln zu, das sie prompt erwiderte. Es war schon faszinierend, wie ungezwungen Cliff mit neuen Bekanntschaften umging. Tom gestand sich ein, dass er diesbezüglich ziemlich aus der Übung gekommen war. Die letzten elf Jahre hatte er selten das Bedürfnis verspürt, mit anderen Frauen zu flirten. Er war mit seiner Beziehung vollauf zufrieden gewesen, und selbst jetzt sah er keine

Veranlassung, irgendeiner der Wissenschaftlerinnen um ihn herum schöne Augen zu machen – obwohl, wie er zugeben musste, durchaus ein oder zwei dabei waren, an denen er unter anderen Umständen hätte Gefallen finden können. Aber alles, was er im Moment wollte, war, dass sich das unterkühlte Verhältnis zu Nancy wieder einrenkte.

Nach dem Essen luden Tom und Cliff, unterstützt von zwei PECO-Wissenschaftlern, ihre Ausrüstungskisten ab und packten aus. Als Erstes kam ein drei mal drei Meter großes Zelt zum Vorschein, das sie mit geübten Handgriffen aufstellten. Es war hoch genug, um aufrecht darin stehen zu können, und bot genügend Platz für das restliche Rossburry-Equipment, ein voll funktionsfähiges Feldlabor für entomologische Forschungen. Schon nach einer halben Stunde war alles eingerichtet.

Tom und Cliff gingen wieder zum Küchenzelt, wo der Andrang mittlerweile deutlich nachgelassen hatte. Nur noch zwei Männer und drei Frauen saßen dort, die anderen hatten sich zurückgezogen, um ihre Arbeit für den Tag zu beenden – Daten auswerten, Berichte schreiben, Gerätschaften reinigen und dergleichen.

»Weiß jemand von Ihnen, wo wir Mike Handerson finden können?«, fragte Tom in die Runde.

Ein junger Mann, der mit einer Bierdose in der Hand lässig in einem Klappstuhl saß, richtete sich auf. Er trug einen Dreitagebart, ein Batman-T-Shirt und Jeans, die bis zu den Knien mit Schlammspritzern übersät waren. »*Ich* bin Mike Handerson. Was kann ich für Sie tun?«

Tom und Cliff setzten sich zu ihm.

»Wen muss man hier umlegen, um ebenfalls ein Bier zu bekommen?«, fragte Cliff.

Handerson lachte auf. »Warten Sie, ich besorge Ihnen eins. Für Sie auch?« Dabei sah er Tom an.

»Das wäre wunderbar!«

Handerson holte aus dem Kühlschrank zwei Dosen und reichte sie den beiden. Für Tom war es der reinste Hochgenuss, als das herbe Bier seine Kehle von innen kühlte. »Professor Jula hat uns erzählt, dass Sie von den Ameisen in Camp 4 angegriffen wurden«, begann er. »Wir würden gerne Genaueres darüber erfahren. Wie kam es zu der Attacke?«

Handerson strich sich mit der Hand übes Gesicht, als würde er sich nicht allzu gerne an den Vorfall erinnern. »War 'ne fiese Geschichte«, sagte er und zeigte Tom die Innenseite seiner Unterarme. Im Schein der Laterne, die am Küchenzelt baumelte, waren dunkle Hautrötungen und Pusteln zu sehen, die sich vom Handballen bis zum Ellbogen zogen. »Das sind nur die letzten Überbleibsel«, sagte Handerson. »Sie hätten mich am Tag nach dem Vorfall sehen sollen. Arme, dick wie Oberschenkel. Ich sah aus wie Popeye. Außerdem hat der Ausschlag gebrannt wie Feuer.«

Es fiel Tom nicht schwer, das zu glauben. Ein paar Ameisenarten gehörten zu den giftigsten Insekten weltweit. *Pogonomyrmex maricopa* konnte nachweislich mit nur zwölf Stichen eine Ratte töten, und der Stich einer *Paraponera clavata* galt als ebenso schmerzhaft wie eine Schussverletzung.

»Wie ist das passiert?«, fragte Tom.

Handerson seufzte. »Pavel – Professor Jula – wollte, dass ich Bioproben von der *Kathedrale* in Camp 4 sammle. Also habe ich mir ein paar verschließbare Gläser und eine kleine Schaufel geholt und damit begonnen, ein bisschen im Boden herumzustochern. Natürlich bin ich schön auf Distanz geblieben – dachte ich zumindest. Aber plötzlich habe ich gemerkt, dass ich mitten in den Biestern stehe, und sie sind mir an den Stiefeln und den Jeans hochgekrabbelt. Ich hab Panik bekommen, bin drauflos gerannt und prompt gestolpert. Als ich versuchte, mich wieder aufzurichten, waren die Viecher auch schon auf meinen nackten Armen. Sie haben mich gebissen und gestochen, es tat höllisch weh. Ich habe um mich geschlagen, aber es half nichts. Je mehr ich mich wehrte, desto aggressiver wurden sie. Dann habe ich das Bewusstsein verloren. Den Rest erfuhr ich erst im Krankenhaus. Meine Kollegen haben mich wohl ins Basislager transportiert und mir Schmerzmittel, Adrenalin und Antihistamin verabreicht. Als das nichts half, flog Sam Ewembe mich in die Klinik nach Inogo.« Handerson machte eine Pause, wirkte plötzlich nachdenklich. »Was halten Sie davon? Denken Sie, dass diese Biester in Camp 4 irgendwie – na ja, eben *nicht normal* sind? Die *Kathedrale* ist es schließlich auch nicht.«

Tom schüttelte den Kopf. »Soweit ich es bisher beurteilen kann, handelt es sich in Camp 4 um völlig gewöhnliche Ameisen. Es sind nicht einmal besonders aggressive Arten dabei.«

»Dennoch haben sie mich angegriffen.«

»Sie haben sich *verteidigt*. Das ist ein gravierender Unterschied. Aus deren Sicht waren *Sie* der Angreifer. Sie sind in ihren Lebensraum eingedrungen, haben Bioproben entnommen und mit Ihrem Körper ein Chaos in der Ameisenkolonie verursacht.«

»Ich bin *gestürzt*.«

»Ich weiß – aber das spielt für die Ameisen keine Rolle. Allerdings will ich keine voreiligen Schlüsse ziehen. Vielleicht wird die *Kathedrale* tatsächlich auch von ein paar aggressiveren Arten bevölkert, die mir bei der ersten Sichtung nicht aufgefallen sind. Mit Gewissheit können wir das erst sagen, wenn wir unser Bildmaterial ausgewertet haben. Ich schätze, morgen Abend sind wir so weit.« Er klopfte Handerson freundschaftlich auf die Schulter. »Vielleicht stoßen wir dabei auch auf eine noch völlig unbekannte Art. Wenn Sie wollen, können wir sie dann nach Ihnen benennen, wie klingt das?«

Handerson schien sich die Option einen Moment lang durch den Kopf gehen zu lassen, zog dann aber die Mundwinkel nach unten. »Fragen Sie mich noch mal, wenn Sie einen Namen für einen neuen Sportwagen brauchen«, sagte er. »Aber für Ameisen? Nein, danke!«

Kapitel 6

Kaukasus-Gebirge, Russland

Dreissig Kilometer nördlich der georgischen Grenze

In der wolkenverhangenen, mond- und sternenlosen Nacht war die menschliche Gestalt, die sich bereits seit Stunden eng an den nackten Fels schmiegte, nicht auszumachen. Wie ein natürlicher Schatten fügte sie sich in die zahllosen Grau- und Anthrazittöne der Berge ein, wurde eins mit ihnen, wie unsichtbar.

Die Gestalt trug einen dunklen Tarnanzug und bewegte sich nicht, außer wenn sie gelegentlich das Nachtsichtfernglas vor die Augen führte, um das Geschehen achthundert Meter weiter hangabwärts zu beobachten. Viel zu sehen gab es allerdings nicht. Nicht mehr. Seit Einbruch der Nacht hatte das zwanzigköpfige Archäologenteam die Arbeit an der Ausgrabungsstätte eingestellt. Eine Weile hatten die Männer und Frauen sich noch in einem großen Zelt versammelt, miteinander geredet und getrunken. Dann waren sie einer nach dem anderen schlafen gegangen – bis auf die vier bewaffneten Wachen. Aber man sah sofort, dass sie keine ausgebildeten Söldner waren, sondern lediglich Bergführer, die sich von den Archäologen hatten anheuern lassen, um für sich und ihre Familien ein wenig Geld dazuzuverdienen.

Durch das Fernglas betrachtete der Schatten der Reihe nach die vier Wachleute. Der jüngste von ihnen mochte um die zwanzig sein, der älteste vielleicht vierzig. Sie trugen zerschlissene Kleidung, jeder von ihnen hatte eine Jacke aus Schafsfell gegen die bittere Kälte der kaukasischen Bergnächte übergeworfen. Drei von ihnen rauchten. Die glimmenden Zigaretten waren auch ohne Nachtsichtgerät deutlich zu erkennen und gaben hervorragende Ziele ab. Offenbar rechneten die Wachen nicht wirklich mit einem

Angriff. Im Grunde bestand dazu auch kein Anlass. Wilde Tiere würden instinktiv einen Bogen um das Lager machen, und so weit oben in den Bergen gab es kein plünderndes Gesindel, weil sich normalerweise niemand hierher verirrte, den zu überfallen sich gelohnt hätte.

Ein weiteres Licht glomm in der Nacht auf. Offensichtlich hatte der vierte Wachmann sich in Unkenntnis der drohenden Gefahr ebenfalls eine Zigarette angesteckt. Über so viel Nachlässigkeit konnte der Schatten nur Schmunzeln. Diese vier blutigen Anfänger aus dem Verkehr zu ziehen, würde keine Kunst darstellen. Die einzige Schwierigkeit war, es so zu bewerkstelligen, dass keiner von ihnen Alarm schlagen und das ganze Lager wecken konnte, denn das hätte womöglich die komplette Mission zum Scheitern gebracht.

Aber der Schatten war zuversichtlich – je weiter die Nacht voranschritt, desto müder und unaufmerksamer würden die Wachen. Die Zeit arbeitete für ihn, deshalb hatte er es nicht eilig. Er musste nichts anderes tun, als abzuwarten, bis sich ihm eine günstige Gelegenheit bot. Dann würde er die Wachen gemeinsam mit den schlafenden Archäologen auf dem Altar des Glaubens opfern, so wie es seine Bestimmung war.

Der Schatten am Fels bekreuzigte sich und sprach ein kurzes Gebet, aber Gewissensbisse oder gar Zweifel verspürte er keine. Was er tat, *musste* getan werden, um das Ansehen Gottes und der Kirche zu schützen. Dazu war er, Brian Quint, berufen.

Im Geist ging er noch einmal das Dossier durch, das er drei Tage zuvor auf dem Flug nach Rostov studiert hatte und das seinen Auftrag konkret beschrieb: Oberstes Ziel war es, die Ausgrabungsstätte unwiederbringlich zu zerstören, ebenso wie die bisher sichergestellten Fundstücke. Außerdem musste jeder Mitwisser der Expedition eliminiert werden. Zwar waren bereits etliche Informationen durchgesickert, sonst hätte Quints Auftraggeber nie von der sensationellen – und verhängnisvollen – Entdeckung erfahren, die hier oben gemacht worden war. Aber sobald Quint die Ausgrabungsstätte vernichtet hatte, konnte die Fachwelt nur noch darüber spekulieren, ob der Fund tatsächlich existiert hatte oder lediglich eine Fälschung gewesen war. Die Mehrheit der Menschen würde Letzteres glauben, davon war Quint überzeugt, und damit würde das öffentliche Interesse an dieser Kaukasus-Expedition rasch erlahmen. Alles, was am Ende übrig bleiben würde, wären ein paar weitere belanglose Gerüchte über die Sintflut-Geschichte.

Wieder betrachtete er durchs Nachtsichtfernglas das Camp. Die Situation war unverändert. Er schob den Ärmel seines Tarnanzugs zurück und warf einen Blick auf die Leuchtziffern seiner Uhr. Zehn nach zwölf. In ein, zwei Stunden würde er zuschlagen.

Wieder wanderten seine Gedanken zu der Ausgrabung in der Bergsenke. Das Archäologenteam um einen bisher völlig unbedeutenden Franzosen namens René Palissier hatte eine Entdeckung gemacht, die selbst Schliemanns Troja und Carters Tutanchamun weit in den Schatten stellte. Palissier hatte gefunden, wonach ganze Generationen von Archäologen und Abenteurern vor ihm gesucht hatten, und zwar nicht wie allgemein angenommen auf dem Großen Ararat, sondern etwa vierhundert Kilometer nördlich davon. Quint schüttelte fassungslos den Kopf. Wer hätte gedacht, dass ausgerechnet dieses gottverlassene Bergmassiv mitten im tiefsten Kaukasien ein Geheimnis von solcher Tragweite barg?

Gottverlassen – das trifft es wohl ziemlich gut, dachte Quint bitter.

Tatsache war, dass Palissier die Überreste der *Arche* entdeckt hatte und damit beweisen konnte, dass die Sintflut-Geschichte keine bloße Fantasterei war, sondern auf historischen Fakten beruhte. Das Problem war nur, dass der Franzose mit den Schiffsbalken und -streben auch eine Reihe von Beweisen ausgegraben hatte, die eindeutig belegten, dass der Erbauer dieser Arche nicht Noah, sondern *Atramchasis* hieß.

Quint unterdrückte ein Seufzen. Ihm war schon lange bewusst, dass die Sintflut-Geschichte in unzähligen Variationen überliefert worden war – vergleichende Religionswissenschaft hatte zu seiner Ausbildung gehört. Neben der biblischen Noah-Erzählung war das altbabylonische Gilgamesch-Epos wohl am bekanntesten. Aber Sintflut-Überlieferungen gab es durchaus auch in Indien, China und Amerika. Natürlich unterschieden sich die einzelnen Fassungen voneinander – die Dauer des großen Unwetters, die Konstruktion der Arche, die Anzahl und die Arten der auf ihr transportierten Tiere, der Berg, auf dem die Arche strandete und wo Menschen und Tiere ein neues Leben begannen. Die Hauptperson variierte in diesen Überlieferungen ebenfalls: Im Alten Testament war es Noah, im Gilgamesch-Epos Utnapischtim, bei den Sumerern Ziusudra, in Indien Manu oder auch Satyavrata. Und auch die Namen der beteiligten Götter unterschieden sich: Ea, Enlil, Vishnu. Oder einfach nur Gott.

Bislang hatten all diese Varianten gleichberechtigt nebeneinander existiert. Jede hatte ihre Anhängerschaft, jede ihre Gegner. In der Fachwelt – gleich, ob religiös oder historisch motiviert – hatten sich daraus immer wieder Dispute und Zwistigkeiten ergeben, weil jede Fraktion behauptete, sie allein kenne die Wahrheit, freilich ohne dies zweifelsfrei belegen zu können.

Genau das hatte sich mit Palissiers Fund geändert. Alles deutete jetzt darauf hin, dass das mesopotamische Atramchasis-Epos die *echte* Sintflut-Geschichte beschrieb, in der ein Gott namens Enki den frommen König Atramchasis vor der nahenden Katastrophe warnte und ihm zum Bau einer Arche riet. Das legte wiederum den Schluss nahe, dass alle anderen Sintflut-Erzählungen auf dieser Ur-Fassung basierten und im Lauf der Jahrhunderte mit diversen Abwandlungen an die verschiedenen Religions- und Kulturkreise angepasst wurde.

Für die Glaubwürdigkeit der Bibel und der christlichen Kirchenlehre konnte das fatale Folgen haben, denn die Widerlegung des Noah-Mythos’ würde an ihren Grundpfeilern rütteln. Viele, die sich ihres Glaubens nicht hundertprozentig sicher waren – und die Zahl dieser armen Kreaturen stieg bedauerlicherweise jährlich –, würden zu zweifeln beginnen, angestachelt von Atheisten, Bibel-Gegner und Andersgläubigen. Selbst gefestigte Christen hätten sich mit kritischen Fragen auseinanderzusetzen: Gab es neben der Noah-Geschichte weitere Bibel-Passagen, die erfunden oder zumindest aus anderen Religionen übernommen und modifiziert worden waren? Oder: Wenn Noah *nicht* von Gott auserwählt worden war, um nach der großen Flut ein neues, gottgefälliges Menschengeschlecht zu begründen, worauf basierte dann das gesamte Alte Testament? Und am wichtigsten: Welche Rolle spielte Gott in der Bibel tatsächlich? Weshalb wurden ihm Taten zugeschrieben, die er nie vollbracht hatte? War – oder ist – er im Vergleich zu Enki und den anderen altbabylonischen Göttern nur von untergeordnetem Rang?

Allein bei dem Gedanken, dass Christen auf der ganzen Welt sich mit diesen und ähnlichen Fragestellungen konfrontiert sehen würden, überkam Brian Quint ein Gefühl der Beklemmung. Noch mehr als zuvor spürte er die Verantwortung seiner Mission auf sich lasten. Auf dem Spiel stand nichts Geringeres als die Zukunft jener Religion, die ihm mehr als alles andere bedeutete, die ihn führte, die sein Leben bestimmte und für die er sogar bereit war zu töten, um sie in den Herzen der Gläubigen als das zu bewahren, was sie sein sollte: eine Quelle der Kraft und der Zuversicht.

Keine Quelle des Zweifels.

Je mehr Brian Quint über alles nachdachte, desto heftiger verspürte er den Wunsch, endlich seinen Auftrag erledigen zu können. Er war der verlängerte Arm Gottes, ein Racheengel in Menschengestalt, dessen Aufgabe es war, darüber zu wachen, dass dem christlichen Glauben nicht der Rang abgelaufen wurde – nicht von anderen Religionen und schon gar nicht von der modernen Wissenschaft. Um dieses Ziel zu erreichen, war ihm jedes Mittel recht. Im Vatikan hatte man ihm sogar Absolution für alle Sünden erteilt, die er im Dienste der Kirche begehen musste. Es gab nichts und niemanden, dem gegenüber er Rechenschaft für seine Taten ablegen musste.

Außer natürlich Gott.

Aber Brian Quint war überzeugt davon, in Seinem Sinne zu handeln. Er war der *Hüter des Glaubens.*

Die Leuchtziffern seiner Armbanduhr zeigten kurz nach drei. Noch immer verschluckte die dichte Wolkendecke am Himmel Mond und Sterne, die Temperaturen lagen deutlich unter dem Gefrierpunkt. Es war eine finstere, ungemütliche Nacht.

Beste Voraussetzungen für Quints Vorhaben.

Zudem hatte die Aufmerksamkeit der vier Wachen im Camp deutlich nachgelassen, wie ihm ein Blick durch das Fernglas verriet. Einer der Männer war eingedöst, die drei anderen standen um ein kleines Feuer herum und unterhielten sich leise. Wenn sie nicht gerade an ihren Zigaretten sogen, nippten sie an den dampfenden Bechern in ihren Händen. Vermutlich Tee, angereichert mit etwas Hochprozentigem, zumindest machten die drei einen nicht mehr ganz nüchternen Eindruck. Die Gewehre hatten sie abseits des Feuers an einen Felsen angelehnt.

Quint beschloss, seine Mission nun endlich durchzuführen. Der Plan war einfach: Zuerst würde er das Camp durch ein paar gezielte Explosionen verwüsten und dadurch nicht nur das Palissier-Team und die Wachen töten, sondern auch die gesamte Ausgrabungsstelle für immer vernichten, inklusive sämtlicher Funde, die bislang sichergestellt worden waren und sich noch in irgendwelchen Zelten dort unten befanden. Anschließend wollte Quint durch eine weitere Explosion weiter oben am Berg eine Gerölllawine auslösen, die sämtliche Spuren unter Tonnen von Fels und Gestein begrub. Auf diese Weise würde die Wahrheit über den Arche-Mythos auf ewig ein Geheimnis bleiben.

Quint gestattete sich ein zufriedenes Lächeln. Die Sprengsätze für den Bergrutsch – Phase 2 seines Plans – hatte er längst angebracht, die Fernsteuerung für die Zünder befand sich in seinem Rucksack. Jetzt musste er sich noch unbemerkt ins Lager schleichen, um dort den restlichen Plastiksprengstoff zu positionieren.

Er steckte das Fernglas weg und zog sich dafür das Nachtsichtgerät über den Kopf. Anschließend schraubte er einen Schalldämpfer auf seine 9 mm Parabellum, schulterte den Rucksack und verließ sein Versteck.

Fünfzehn Minuten später erreichte er das Camp. Zuerst wollte er die Wachen beseitigen, um danach ungestört die Sprengsätze verteilen zu können. Er schlich um die Zelte herum an die Nordseite, wo die drei Karten spielenden Wachen neben dem Feuer saßen. Die Flamme war so klein, dass Quint das Nachtsichtgerät nicht absetzen musste. Er pirschte sich hinter den Zelten näher heran, bis er nur noch fünf Meter von den ahnungslosen Männern entfernt war. Mit einem leisen Klicken, das vom böigen Wind und den flackernden Zeltplanen verschluckt wurde, entsicherte er seine Parabellum und zielte.

Die drei Schüsse, die kaum mehr als ein Ploppen verursachten, kamen in so rascher Folge, dass keine der Wachen auch nur den Hauch einer Chance hatte. Vermutlich begriffen sie nicht einmal, was vor sich ging. Die Kugeln durchschlugen ihre Köpfe wie Wassermelonen und rissen ihre Körper zu Boden, wo sie reglos liegen blieben.

Quint wartete einen Moment, um sicherzugehen, dass es im Lager ruhig blieb, und schlich dann im Schutz der Zelte weiter. Doch dort, wo vor einer Viertelstunde noch die vierte Wache zusammengesunken auf einem Felsblock geschlafen hatte, war niemand mehr. Der Platz war leer.

Quint ließ seinen Blick schweifen. Vielleicht folgte die vierte Wache nur dem Drang der Natur und hatte sich dazu in eine Felsnische begeben. Aber Quint suchte vergeblich nach dem Mann.

Sein Magen begann zu kribbeln. Es war nicht unangenehm – im Gegenteil: Er fand es belebend. Das Kribbeln im Bauch steigerte die Spannung und zeigte ihm, dass er trotz der Skrupellosigkeit, die er sich im Lauf der Jahre antrainiert hatte, noch zu Gefühlen fähig war.

Wo steckte der vierte Wachmann? Unternahm er womöglich einen Rundgang durchs Camp? Dann würde es nicht mehr lange dauern, bis er auf seine drei toten Kollegen stieß und Alarm schlug.

Quint eilte zurück zum Lagerfeuer und versteckte sich im Schatten dreier großer Holzkisten, die dort deponiert waren. Die Parabellum im Anschlag, wartete er, geduldig wie eine Spinne im Netz. Als nach zehn Minuten noch immer alles ruhig blieb, war er sicher, dass der Wachmann sich schlicht einen bequemeren Schlafplatz gesucht hatte und friedlich vor sich hindöste, vermutlich in seinem Zelt.

Quint änderte seinen Plan. Anstatt weiter tatenlos hier herumzusitzen, wollte er endlich die Sprengladungen verteilen. Er streifte seinen Rucksack von den Schultern, holte das erste Stück Plastiksprengstoff heraus und brachte es an einer der Holzkisten an. Dann steckte er einen Fernzünder in die knetartige Masse.

Wieder huschte ein dünnes Lächeln über sein Gesicht. Plastiksprengstoff war ein wahrhaft sonderbares Material. In seinem jetzigen Zustand war es ebenso harmlos wie ein Stück Butter. Man konnte mit dem Hammer daraufschlagen, darauf schießen und es sogar ins Feuer werfen. Erst der Fernzünder machte es zu einem tödlichen Instrument, indem er eine hochexplosive Kettenreaktion auslöste.

Quint schlich noch einmal um das Lager, wobei er diesmal in regelmäßigen Abständen weitere Sprengladungen anbrachte. Er legte gewissermaßen einen Feuerring. Als er damit fertig war, stieß er ins Camp vor. Auch dort deponierte er an diversen, strategisch sinnvollen Stellen seine explosive Fracht.

Endlich erreichte er das Zentrum des Palissier-Lagers, gewissermaßen das Herzstück – die Ausgrabungsstätte selbst. Auf den ersten Blick wirkte sie auf ihn beinahe enttäuschend. Sie schien nichts weiter zu sein als eine große, tiefe Mulde im steinigen Geröll. Doch dann erkannte Quint am östlichen Muldenhang weite, geschwungene Formen, die sich deutlich vom Gestein abhoben, und er wusste sofort, dass es sich dabei um Schiffsbalken handeln musste. Seine Haut fühlte sich plötzlich wie elektrisiert an. Auch wenn nicht Noah, sondern Atramchasis diese Arche erbaut hatte, war es irgendwie bewegend, sich vorzustellen, dass darin vor Tausenden von Jahren Menschen und Tiere einer der größten überlieferten Naturkatastrophen getrotzt hatten.

Ich bin der Letzte, der die Überreste der wahren Arche mit eigenen Augen sieht, dachte Quint beinahe ehrfürchtig. Aber natürlich änderte das nichts daran, dass er in wenigen Minuten seine Mission zu Ende führen würde.

Er wollte soeben in die Mulde hinabsteigen, um die letzten Sprengladungen zu positionieren, als er ein metallisches Klicken hörte, laut und deutlich, direkt hinter sich. Eine raue Stimme stieß einen Schwall Worte auf Russisch aus. Er verstand nichts, erahnte aber den Sinn. Langsam hob er die Hände und drehte sich um. Vor ihm stand der vierte Wachmann. Die Mündung seines Gewehrs zeigte unmittelbar auf Quints Brust.

Wieder brüllte er irgendetwas Unverständliches, wobei er mit einer Kopfbewegung auf die Pistole in Quints erhobener Hand wies.

»In Ordnung, ich verstehe«, sagte Quint, den weniger das Gewehr störte, als vielmehr die Lautstärke, in der der Mann auf ihn einredete. Prompt wurde nur zwei Meter weiter auch schon eine Zeltplane aufgeschlagen, und eine untersetzte Gestalt mit Halbglatze und Brille kroch dahinter hervor. Nicht nur Quint warf automatisch einen Blick in die Richtung, auch der Wachmann, und wie immer in derartig brenzligen Situationen übernahmen auch jetzt Quints untrügliche Instinkte die Kontrolle über sein Handeln. Im Bruchteil einer Sekunde ließ er sich in die Hocke sinken, um sich aus der Gefahrenzone zu bringen. Gleichzeitig riss er seine Pistole nach vorn und drückte ab. Zwei ploppende Schüsse trafen den Wachmann mitten ins Herz. Während er rückwärts taumelte und mit einem dumpfen Aufprall auf dem nackten Felsboden landete, feuerte Quint zwei weitere Kugeln auf den bebrillten Glatzkopf ab. Dann war der ganze Spuk vorbei.

Er blieb noch ein paar Augenblicke in der Hocke. Als er sicher war, dass keine weiteren Überraschungen auf ihn warteten, richtete er sich langsam wieder auf und nahm ein paar tiefe Atemzüge, um seinen Puls wieder in den Griff zu bekommen.

Dreißig Minuten später war auch die Ausgrabungsmulde mit Sprengsätzen bestückt, und Brian Quint befand sich ein gutes Stück abseits des Camps. Von hier aus hatte er freie Sicht, ohne Gefahr zu laufen, von der Explosion erfasst oder unter den Trümmern begraben zu werden. Der Wind hatte nachgelassen, und am Himmel riss die Wolkendecke auf, sodass man den einen oder anderen Stern zu sehen bekam. Jemand, der nichts von den Morden wusste, hätte bei diesem Bild wohl so etwas wie Geborgenheit verspürt. Ein kleines Zeltlager inmitten der friedlichen, nächtlichen Berge.

Die blanke Illusion.

Quint nahm sein Nachtsichtgerät ab und holte aus seinem Rucksack die Auslöser für die Fernzünder. Nachdem er einen letzten Blick auf das nächtliche Idyll geworfen hatte, drückte er die Knöpfe. Eine Sekunde lang herrschte Stille, dann zerbarst das Camp in einer gewaltigen Explosion. Der Boden erzitterte unter Quints Stiefeln. Dort, wo sich eben noch eine archäologische Ausgrabungsstätte befunden hatte, gab es jetzt nur noch einen gleißenden Feuerball, der träge in den Himmel stieg.

Quint drückte die zweite Knopfreihe, woraufhin einige weitere Explosionen, weiter oben am Steilhang, die Erde beben ließen. Da die Sprengsätze mehr auf das Innere des Berges ausgerichtet waren, gab es diesmal keinen so spektakulären Feuerpilz zu sehen, nur einen kurzen, flackernden Lichtschimmer. Dann, quälend langsam, geriet der komplette Steilhang unter ohrenbetäubendem Grollen in Bewegung, um schließlich immer schneller hinabzurollen und das Wenige, was vom Palissier-Lager noch übrig war, unter einer meterhohen Schicht aus Stein und Geröll zu begraben.

Brian Quint kniete sich nieder, bekreuzigte sich und sprach ein kurzes Gebet für die Toten und ihre Angehörigen. Dann kehrte er dem Trümmerfeld den Rücken und machte sich auf den Weg bergab. Auf ihn wartete bereits der nächste Auftrag. Er musste zurück nach Rom.

Kapitel 7

Obwohl Cliff wieder schnarchte wie ein Sägewerk, schlief Tom in dieser Nacht ausgezeichnet. Im Zelt war es zwar stickig und feucht, aber zumindest sank die Temperatur auf ein erträgliches Maß ab. Einmal wachte er durch entferntes Affengebrüll auf, danach lag er eine Weile wach in seinem Schlafsack und dachte wieder einmal über seine festgefahrene Beziehung nach. Vorläufig konnte er kaum etwas daran ändern. Also beschloss er, sich zunächst einmal auf seine hiesige Arbeit zu konzentrieren. Wenn er in ein paar Tagen wieder in England war, würde er sich um seine Ehekrise kümmern. Mit diesen Gedanken schlief er wieder ein.

Der zweite Tag im PECO-Lager stand ganz im Zeichen der Datenauswertung. Zu diesem Zweck übertrugen Tom und Cliff die digitalen Foto- und Filmaufnahmen des Vortags auf den Laptop ihres improvisierten Feldlabors. Auch die Vermessungsdaten der *Ameisenkathedrale* speisten sie in den Computer ein.

Währenddessen wurde es im Lager immer ruhiger – Professor Julas Botaniker bezogen wieder Stellung in ihren Camps. Nur drei von ihnen blieben in der Basis zurück: zwei Wissenschaftler, die sich ihren biochemischen Versuchen widmen wollten, und Samuel Ewembe, der als Ansprechpartner für Tom und Cliff abbestellt worden war.

Das mobile Rossburry-Labor wirkte schon bei zwei Zeltinsassen äußerst beengt, zu dritt kam man sich vor wie in einer Sardinenbüchse. Tom saß vor dem Laptop und gab die Befehle ein, Cliff und Sam saßen ihm rechts und links zur Seite, sahen ihm über die

Schulter und wiesen ihn darauf hin, wenn ihm irgendwelche Fehler unterliefen.

Aktuell war auf dem Monitor ein Modell der *Kathedrale* in Camp 4 zu sehen. Für Samuel Ewembe erklärte Tom: »Cliff und ich haben das Objekt gestern vermessen und fotografiert. Von oben bis unten, aus allen vier Himmelsrichtungen – zumindest, soweit das vom Boden aus möglich war. Mithilfe der Messdaten haben wir ein grobes 3D-Gitternetz-Modell erstellt und anschließend die Fotos ihrem jeweiligen Platz zugeordnet, ähnlich wie bei einem Puzzle. Der Computer übernimmt die Feinarbeit. Er entfernt alle Bildteile, die nichts mit dem Ameisenbau zu tun haben – also den kompletten Hintergrund –, und fügt die Fotos so zusammen, dass keine Lücken oder Brüche entstehen. Außerdem korrigiert er perspektivische Verzerrungen. Kurz: Er fügt das Grobraster und die Bilder zu diesem plastischen Modell hier zusammen. Natürlich kann man es aus unterschiedlichen Blickwinkeln betrachten.« Er griff zur Computermaus und rollte sie hin und her, woraufhin das Monitormodell sich zuerst nach links, dann nach rechts drehte.

»Beeindruckend«, gab Ewembe zu. »Was haben die kleinen roten Punkte zu bedeuten, die über den Baum verteilt sind?«

»Das sind die Stellen, von denen wir genaueres Bildmaterial aufgenommen haben«, sagte Tom. »Entweder Detailfotos oder Filmaufnahmen.« Er zog den Cursor auf einen der Punkte, woraufhin sich automatisch ein Auswahlfenster öffnete. Darin wurden fünf JPG-Dateien angezeigt sowie ein MPEG-Video. Tom klickte die erste JPG-Datei an. Es erschien ein Foto, das gut die Hälfte des Monitors einnahm und ungefähr zwei Dutzend Ameisen auf einem Stück Baumrinde zeigte. Am unteren Rand des Fotos war als Größenvergleich ein Querbalken eingeblendet, der genau einem Zentimeter entsprach. »Dieses Foto zeigt einen Bildausschnitt von der Größe einer Handfläche«, kommentierte Tom. »Auf den ersten Blick sind zwei Ameisenarten zu erkennen. Bei dieser hier« – er zog den Cursor auf eine Gruppe kleiner, tiefschwarzer Tiere mit glänzenden Panzern und auffallend dünner Taille – »handelt es sich um eine *Cremato-*

gaster-Art.« Er ließ den Zeiger weiter nach links wandern, wo sich mehrere okkerfarbene Tiere mit langgezogenem Körperbau aufhielten. »Das hier ist eine *Tetraponera*-Art, gut zu erkennen an der markanten Kopfform und den Knopfaugen.« Er schloss das Bild und öffnete die nächsten drei. Es waren Aufnahmen mit höherem Zoomfaktor, wodurch die Ameisen deutlich imposanter, beinahe gefährlich wirkten. Bild Nummer 5 war ein Makro – der quaderförmige Schädel einer *Tetraponera*-Soldatin. Die silbernen Facettenaugen sahen aus wie aufgeklebt und machten einen kalten, berechnenden Eindruck. Die weit gespreizten Kieferzangen ließen das Tier in der Vergrößerung geradezu monströs wirken.

Tom klickte ein Bild zurück. Mit der Maus zog er eine Linie von den Kauwerkzeugen bis zum Körperende. Sofort erschien über der Linie der Vermerk *4,3 mm*. Auf dieselbe Weise vermaß er auch noch den Kopf, die Antennen und die einzelnen Körpersegmente. Dann schnitt er die Umrisse der Ameise mithilfe eines Bildbearbeitungsprogramms aus, um schließlich sämtliche Informationen in eine Vergleichsdatenbank einzuspeisen. Wenige Sekunden später erschien ein Antwortfenster auf dem Laptop-Montior:

Datenabgleich erfolgreich

Gesuchte Art: Tetraponera unidens

Treffergenauigkeit: 98,3 %

Verbreitung: vorwiegend Tropen und Subtropen

Körperbau: ockerfarbener/gelber Panzer; Kopf und Gaster dunkler gefärbt, teils rotbraun

Besonderheiten: quaderförmige Kopfform; gestreckter Körper; Facettenaugen silbern oder schwarz; Antennen befinden sich weit vorn am Kopf, unweit der Mandibeln

Weitere Details erwünscht? J/N

Tom überflog die Angaben und sagte: »Genau wie ich vermutet habe. Mal sehen, ob es bei den Crematogastern irgendwelche Überraschungen gibt.«

Die Analyse ergab folgende Computerauswertung:

Datenabgleich erfolgreich
Gesuchte Art: Crematogaster margaritae (vgl. Knotenameise)
Treffergenauigkeit: 98,3 %
Verbreitung: vorwiegend Tropen und Subtropen
Körperbau: Arbeiterin ca. 3–3,5 mm; stachelförmiger Fortsatz am Propodeum ist kleiner als bei anderen Crematogaster-Arten; braun-schwarzer Körper
Besonderheiten: leicht konvexes Mesotonum
Weitere Details erwünscht? J/N

»Bis jetzt gibt es keine Auffälligkeiten«, bemerkte Cliff.

»Gar nichts, was aus dem Rahmen fällt?«, fragte Sam Ewembe. Es klang beinahe enttäuscht.

»Momentan nicht«, sagte Tom. »Aber wir haben ja gerade erst begonnen.«

Drei Stunden später war das komplette Fotomaterial gesichtet und ausgewertet. Neben *Crematogaster margaritae* und *Tetraponera unidens* beherbergte die *Kathedrale* noch siebzehn weitere Ameisenarten, darunter die kleinen, ockerfarbenen *Pyramica serrula*, die stark behaarten, rostbraunen *Myrmicaria exigua* sowie die langbeinigen *Anoplolepis gracilipes* – aufgrund ihrer ruckartigen Bewegungen auch »verrückte Ameisen« genannt. Sie alle schienen friedlich an diesem Ort zusammenzuleben – für Ameisen durchaus nicht selbstverständlich.

Es gab sogar Anzeichen für eine weitere Ameisenart: Manche Fotos zeigten zumindest ansatzweise Tiere, die definitiv zu keiner der bereits identifizierten Arten gehörten, aber ihre Körper waren stets von dunklen Schatten oder ins Bild ragenden Blättern verdeckt, sodass eine eindeutige Zuordnung unmöglich war.

Das friedliche Miteinander erstreckte sich nicht nur auf die Ameisen, sondern teils auch auf andere Insekten – und hier begann die

Sache allmählich, für Tom und Cliff interessant zu werden. Dass Ameisen Symbiosen mit pflanzensaugenden Insekten – meist Blatt-, Rinden- oder Schildläusen – eingingen, war hinlänglich bekannt. Sie hielten sie als Nutztiere zur Gewinnung des stark zuckerhaltigen Honigtaus, der für Ameisen eine wichtige Kohlenhydratquelle ist. Im Gegenzug beschützten sie ihre »Herden« vor Fressfeinden.

Bei der Sichtung der Filmaufnahmen aus Camp 4 stießen Tom und Cliff jedoch auf Symbioseformen, die weit über dieses Normalmaß hinausgingen, beispielsweise auf folgende Sequenz:

Drei Wespen, in den Kiefern je eine tote Käferlarve, nähern sich fliegend der Kathedrale. *Als sie dort landen, werden sie augenblicklich von einigen* Pyramica serrula-Exemplaren *umringt, die sie jedoch nicht angreifen, sondern nur mit ihren Antennen betrillern. Die Wespen scheinen einige Sekunden lang unentschlossen, geben dann jedoch ihre Beute frei. Ein paar Ameisen schleppen die toten Larven in den Bau. Die anderen Ameisen überreichen den Wespen kleine, gelbe Kügelchen, die wie Blütenpollen aussehen. Damit ausgerüstet, fliegen die Wespen davon.*

An dieser Stelle endete der Film. Nach eingehender Diskussion und insgesamt siebenmaligem Ansehen, kamen Tom und Cliff zu dem Schluss, dass sie es hier mit einer Art Tauschhandel zu tun haben mussten. Eine andere sinnvolle Interpretation fiel ihnen nicht ein.

»Tauschhandel?«, wiederholte Sam Ewembe ungläubig. »Bei Insekten? Klingt für mich ziemlich weit hergeholt.«

»Jede Form von Symbiose ist ein Tauschhandel«, sagte Tom. »Aber ich gebe zu, dass eine derartig weit entwickelte Form des Handels zwischen Insekten noch nirgends dokumentiert ist.«

Sie klickten sich durch ein paar weitere Filmchen, die jedoch nichts Außergewöhnliches zeigten. Erst einige Zeit später stießen sie auf die nächste Überraschung.

Gelbe Spinnerameisen krabbeln in ihren typisch hektischen Bewegungen um ein Dutzend Blattläuse, die als Herde gehalten werden. Dann, wie auf ein geheimes Zeichen hin, ändert sich das Verhalten der Ameisen abrupt: Ein Teil von ihnen greift mit den Kieferzangen nach den Blattläusen und zerrt sie in eine kleine Öffnung im Bau, die anderen eilen dem linken Bildschirmrand entgegen, wo in diesem Moment ein Schnabel auftaucht. Filmende.

Dass Ameisen sich auf einen für sie unbesiegbaren Gegner stürzen, um sich oder ihre Herde zu verteidigen, ist nicht ungewöhnlich, auch nicht, dass sie versuchen, ihre Nutztiere vor Feinden in Sicherheit zu bringen. Was die in Camp 4 aufgenommene Szene so besonders machte, offenbarte sich erst in der Zeitlupe richtig: Alle Ameisen auf dem Bild reagierten *absolut gleichzeitig*, genauer gesagt: alle, bis auf eine, die am oberen Rand des Monitors in einem kleinen, schattigen Astloch saß. Zu Beginn des Films war nur ihr Kopf zu sehen. Zudem rührte sie sich nicht, weshalb sie Tom und den beiden anderen zunächst gar nicht aufgefallen war. Doch kurz, bevor die Massenverteidigung einsetzte, stieß sie blitzschnell einen Zentimeter aus ihrem Versteck hervor, als habe sie den angreifenden Vogel entdeckt. Tom vergrößerte den Bildausschnitt um das Astloch und ließ die Sequenz noch einmal in extremer Zeitlupe durchlaufen. Dabei wurde deutlich, dass die Ameise nicht nur aus ihrem Versteck hervorstieß, sondern gleichzeitig mit ihrem Hinterleib pumpte. Kaum hatte sie damit begonnen, änderte sich auch schon das Verhalten der anderen Ameisen, als hätten sie den Befehl dazu erhalten.

Tom klickte mit der Maus. Das Bild fror ein.

»Das gibt's doch nicht«, murmelte Cliff vor sich hin. »Siehst du, was ich sehe? *Cataglyphis fortis.* Wie kommt die denn hierher?«

Tom konnte selbst kaum glauben, was sich ihm da auf dem Monitor präsentierte. Es ergab keinen Sinn.

»Offenbar ist das eine Späherin, die die anderen vor der Gefahr warnt«, sagte Ewembe. »Was ist daran so außergewöhnlich?«

»Dass diese Späherin eine *Wüsten*ameise ist«, sagte Tom. »Eine Wüstenameise mitten im tropischen Regenwald.« Um ganz sicherzugehen, vermaß er das Tier und speiste die Daten ins Analyseprogramm ein. Wenige Sekunden später bestätigte der Computer

Toms Vermutung mit einer Trefferwahrscheinlichkeit von 98,8 Prozent. Ein besseres Ergebnis lieferte das Programm so gut wie nie.

Es stand also fest: Die Ameise auf dem Monitorbild war eine *Cataglyphis*. Diese Tatsache warf allerdings mehr Fragen auf, als sie beantwortete: Woher stammte sie und wie war sie hierhergekommen? Wie hatte sie sich an einen Lebensraum anpassen können, der das komplette Gegenteil einer trockenen Sandlandschaft darstellte? Und nicht zuletzt: Gab es hier noch mehr von ihnen?

Im Verlauf des Mittags stießen die drei Wissenschaftler noch auf zwei weitere Filmausschnitte, die neben den in diesen Gefilden üblichen Ameisenarten auch Wüstenameisen zeigten. Eine der beiden Sequenzen ähnelte der ersten, nur dass die drohende Gefahr diesmal nicht von einem Vogel ausging, sondern von einer Eidechse. Auch hier gab die *Cataglyphis* das Alarmsignal, woraufhin sich alle – ausgenommen sie selbst – auf das Reptil stürzten, bis es nach wenigen Sekunden das Weite suchte.

Folgende Sequenz zeigte eine völlig andere Situation:

Eine Ameisenstraße zieht sich von oben nach unten durchs Bild, die Tiere bewegen sich in beide Richtungen. Der nach oben gerichtete Strom ist bepackt mit Blattstücken, Blütenblättern und zerlegten Insektenkadavern – offenbar handelt es sich um eine Art Nahrungstransport. Die Ameisen, die nach unten krabbeln, tragen nichts mit sich.

Flankiert wird die Kolonne von mehreren Wüstenameisen, die scheinbar teilnahmslos dasitzen, die Situation in Wahrheit jedoch höchst aufmerksam beobachten. Denn als eine der unbepackten Ameisen plötzlich die Spur wechselt, um einer Trägerin einen Libellenflügel zu entreißen und zu fressen, pumpt die Wüstenameise wieder mit dem Hinterleib. Augenblicklich fallen ein Dutzend Ameisen über die Ausreißerin her und beißen sie tot.

Cliff brach als Erster das Schweigen. »Nach den ersten beiden Filmen dachte ich, dass unsere Wüstenameisen als Späherinnen nur eine untergeordnete Rolle in der Lebensgemeinschaft dieses Baus spielen. Aber das hier beweist wohl das genaue Gegenteil. Sie sind keine Späherinnen, sondern eher Aufseherinnen, die alle anderen dominieren und ihnen befehlen.«

Tom nickte. »Sie scheinen sich zu einer Art Alpha-Gruppe entwickelt zu haben, auch wenn mir schleierhaft ist, wie sie das schaffen konnten. Sie leben an einem Ort, für den sie eigentlich nicht geschaffen sind, und befinden sich überdies weit in der Unterzahl. Fest steht jedoch, dass sie einen Weg gefunden haben, mit den anderen Ameisenarten im Bau zu kommunizieren und sie – freiwillig oder nicht – zur Kooperation zu bewegen.« Tom schüttelte ein wenig ratlos den Kopf. »Ich muss zugeben, dass diese Sache immer mysteriöser wird. Und ich habe das seltsame Gefühl, dass wir noch längst nicht alle Geheimnisse der *Ameisenkathedrale* gelüftet haben.«

Kapitel 8

Tags darauf wollten Tom und Cliff die Erkenntnisse aus den Auswertungen der Filmaufnahmen vor Ort überprüfen und mit weiterem Datenmaterial unterlegen. Während die PECO-Wissenschaftler am Morgen noch damit beschäftigt waren, die Vorbereitungen für ihre Arbeiten in den Camps zu treffen, marschierte Tom mit einer dampfenden Tasse Kaffee in der Hand hinüber zum Kommunikationszelt. Er hatte bereits alles Nötige gepackt und wollte nun noch einmal versuchen, mit Nancy Kontakt aufzunehmen. Es war acht Uhr, demnach musste es in England genau sieben Uhr sein. Um diese Zeit war Nancy normalerweise zu Hause. Aber er hatte auch diesmal kein Glück, hinterließ eine Nachricht auf Band und legte auf.

Allmählich keimte in ihm der Verdacht auf, dass Nancy ihm ganz bewusst auswich, um sich zu rächen und ihm gleichzeitig ein schlechtes Gewissen zu machen. Je mehr er darüber nachdachte, desto mehr ärgerte er sich, und er beschloss, für die Dauer seines Afrikaaufenthalts keinen weiteren Kontaktversuch mehr zu starten. Nancy war eingeschnappt? Na schön! Sollte sie eben eingeschnappt sein! Wenn er wieder in England war, würden sie sich aussprechen und, so hoffte er wenigstens, eine neue Basis für ihr Zusammenleben finden. Aber er würde sich nicht länger in die Rolle des Bittstellers drängen lassen.

Er versuchte, sich wieder auf seine Arbeit zu konzentrieren, und rief sich noch einmal die Auswertungsergebnisse des Vortages ins Gedächtnis. Hayden Dexter, sein Chef, hatte nicht übertrieben: Das PECO-Team war auf eine echte entomologische Sensation gestoßen. Allein Größe und Form des Ameisenbaus waren weltweit einzigartig, aber auch der Artenreichtum der Kolonie und das beobachtete Sozialverhalten suchten ihresgleichen.

Ein zuversichtliches Lächeln legte sich auf Toms Antlitz. Er war entschlossen, die Herausforderung anzunehmen und das Rätsel der *Kathedrale* zu lösen.

Der einstündige Fußmarsch zu Camp 4 entwickelte sich trotz angenehmer Morgentemperatur zu einer schweißtreibenden Tortur, denn ein Gutteil des Rossburry-Equipments, vor allem die Kamera- und Kletterausrüstung, musste mit Tragen dorthin transportiert werden. Tom und Cliff wurden dabei von den in Camp 4 arbeitenden PECO-Botanikern unterstützt, sodass sich die Last gleichmäßig unter ihnen aufteilte – selbst Professor Jula machte da keine Ausnahme –, dennoch war es die reinste Schufterei.

Den Aufbau der Ausrüstung vor Ort übernahmen Tom und Cliff allein. Sie wussten genau, welche Teile zusammengehörten, bei ihnen saß jeder Handgriff. In sicherer Entfernung zur *Kathedrale* präparierten sie die unterschiedlichsten Arten von Filmkameras: Sie verpackten sie in wasserdichte Hüllen, statteten sie mit drahtlosen Sendern aus und befestigten an ihnen Stative oder Aufhängungen aus Nylonband.

Anschließend brachten sie die Kameras in Position. Um nicht ein ähnliches Schicksal wie Mike Handerson zu erleiden und von den Ameisen angefallen zu werden, näherten sie sich dem Baum nicht zu Fuß, sondern mithilfe einer raffiniert angelegten Seilkonstruktion, die sie in der Vergangenheit schon öfter für Aufnahmen in luftiger Höhe benutzt hatten. Dazu befestigte Tom einen dreizackigen Kletterhaken an einem dünnen Stahlseil und legte ihn in eine eigens dafür vorgesehene Armbrust. Nachdem er die Waffe gespannt hatte, zielte er auf eine stabile Astgabel, gut dreißig Meter über dem Boden, und drückte den Abzug durch. Surrend flitzte der Haken nach oben, das Stahlseil wie einen Schweif hinter sich herziehend. Schon der erste Versucht glückte. Der Haken passierte die Astgabel, verlor an Geschwindigkeit und pendelte schließlich ein paar Meter darunter aus. Vorsichtig zog Tom an dem Seil, bis die Hakenspitzen sich fest ins Holz gebohrt hatten. Anschließend spannten er und Cliff das andere Ende des Seils um den Stamm eines Gummibaums in ihrer Nähe.

Dreißig Minuten später verlief ein weiteres Drahtseil etwa fünf Meter entfernt und parallel zum ersten. An beiden waren Rollvorrichtungen mit elektrischem Antrieb angebracht. Von den Rollen führten über mehrere elektrische Winden fingerdicke Kunstfaserseile, an deren Enden sich stabiles Gurtzeug befand, das Tom bereits angelegt und festgezurrt hatte. Hinter ihm lag ein Seesack auf dem Boden, der ebenfalls mit dem Rollensystem verbunden war. Darin befand sich die Kameraausrüstung.

Tom nahm die Fernsteuerung zur Hand, die um seinen Hals baumelte, und drückte zwei Schalthebel nach vorn. Mit leisem Surren setzten sich die Rollen an den schräg gespannten Seilen in Bewegung. Langsam, wie in Zeitlupe, straffte sich das Gurtzeug. »Bist du bereit?«, fragte er mit einem Blick über die Schulter.

Cliff stand zwei Meter hinter ihm über den Seesack gebeugt. Seine Aufgabe war es, darauf zu achten, dass die Kameras in dieser ersten, holprigen Phase des Aufstiegs keinen Schaden nahmen.

»Von mir aus kann's losgehen!« Cliff hob den Sack mit hörbarem Keuchen an, immerhin wog er gut und gerne dreißig Kilo.

Tom spürte ein Ziehen an Schultern und Hüften, als die Gurte sich weiter spannten. Er machte einen Schritt nach vorn, dann noch einen. Nach dem dritten Schritt konnte er nur noch auf Zehenspitzen stehen, kurz darauf hing er frei zwischen den Drahtseilen – ein sonderbares Gefühl, denn es war schon eine ganze Weile her, seit er die Ausrüstung das letzte Mal benutzt hatte.

Er ließ sich weiterziehen. Als er zurückblickte, sah er, dass der Seesack inzwischen ebenfalls über dem Boden schwebte. Cliff wischte sich mit einem Taschentuch den Schweiß aus der Stirn und grinste. »Sieht irgendwie sexy aus, wie du da so hilflos hängst«, flachste er.

»Vielleicht sollten wir tauschen.«

»Würde ich ja gerne, wenn da nicht meine Höhenangst wäre. Und die zwingt mich leider dazu, mir jetzt ein schönes kühles Bier zu besorgen und einen kleinen Schwatz mit Lisa Bennett zu halten, während du dich hier mit der Ausrüstung abmühst. Viel Spaß bei der Arbeit! Wir sehen uns später.« Und etwas ernster fügte er hinzu: »Wenn du Hilfe brauchst – ruf mich. Ich bleibe in Hörweite.«

Tom sah im Augenwinkel, wie Cliff seine Ankündigung in die Tat umsetzte und irgendwo zwischen den Bäumen verschwand. Er lächelte in sich hinein und konzentrierte sich wieder auf seine Aufgabe. Erhaben und mächtig erstreckte sich die *Kathedrale* vor ihm in die Höhe. Tom war gespannt darauf, welche Erkenntnisse die nächsten Tage bringen würden.

Er genoss seinen sanften Aufstieg über Gestrüpp und Büsche hinweg, immer weiter hinauf und immer näher an das seltsame Gebilde heran. Auf den ersten Blick wirkte es reglos, wie eingefroren oder tot. Aber es war nicht tot, das wusste Tom, auch wenn das pulsierende Leben darauf nur langsam mit bloßem Auge erkennbar wurde. Überall wuselte und wimmelte es. Der ganze gigantische Bau war überzogen von Chitinkörpern, die vor allem dort, wo das Sonnenlicht durch die Baumwipfel fiel, wie dunkle Edelsteine schillerten. Außerdem verursachte das emsige Getrappel der zahllosen Sechsbeiner ein Geräusch wie Öl, das in einer Pfanne brutzelte. Tom, dem bewusst wurde, dass er diesem Baum näher gekommen war als jeder Mensch zuvor, verspürte plötzlich Ehrfurcht vor der Größe dieses Moments. Was er hier im Zeitlupentempo auf sich zukommen sah, wirkte so gewaltig und erhaben, wie nur ein Wunder es sein konnte. Und genau das war es: ein Wunder der Natur.

Gleichzeitig wurde Tom sich seiner eigenen Lächerlichkeit bewusst – nicht nur, weil er in seinem Gurtzeug hing wie eine Wurst am Haken, sondern vor allem, weil er sich angesichts dieses monumentalen Bauwerks klein und unbedeutend fühlte. Irgendetwas gab ihm in diesem Moment die tiefe innere Gewissheit, dass es etwas Größeres auf Erden geben musste als den Menschen, etwas, was außerhalb der Grenzen seiner eigener Vorstellungskraft existierte. Und genau davon bekam er in diesem Moment einen Vorgeschmack.

Er hing jetzt in luftiger Höhe, nur noch zwei Meter von der *Kathedrale* entfernt. Angst hatte er keine, jedenfalls nicht vor den Insekten – eher, dass die Seilkonstruktion nachgab, und er dreißig Meter in die Tiefe stürzte. Aber er verdrängte den Gedanken sofort wieder und konzentrierte sich auf seine Aufgabe.

Die nächsten zwei Stunden vergingen wie im Flug. Mithilfe aller möglichen Arten von Klemm- und Hängestativen montierte Tom Kamera für Kamera. Ganz oben beginnend, arbeitete er sich Stück für Stück weiter nach unten. Sein Gurtzeug war so konstruiert, dass es nicht nur Auf- und Abwärtsbewegungen zuließ, sondern er sich innerhalb des von den Spannseilen vorgegebenen Fünfmeterkorridors auch seitwärts bewegen konnte. Nach anfänglichen Schwierigkeiten erinnerte er sich rasch wieder an die Handhabung der Winden und Seilzüge, sodass er behende hin und her glitt, mal nach links, mal nach rechts, dann wieder nach unten. Es erstaunte ihn selbst, dass er damit so gut zurechtkam.

Insgesamt installierte er sechs Kameras an Stellen, die ihm besonders interessant erschienen. Um zu gewährleisten, dass die Ameisen nicht auf die Objektive krabbeln und dadurch die Übertragung beeinträchtigen konnten, waren alle Teleskopstangen und Hängevorrichtungen mit einer Laufbarriere für Insekten versehen. Es handelte sich um eine Spezialbeschichtung mit extrem glatter Oberfläche, von der die Ameisen unweigerlich abrutschten.

Tom entnahm dem Ameisenbau auch eine ganze Reihe von Bioproben – Ameisen, die er mit einem kleinen Spatel vorsichtig in durchsichtige Plastikbehälter schaufelte, um sie später einer genaueren Untersuchung zu unterziehen. Endlich war alles erledigt, und er glitt zu seinem Ausgangspunkt zurück. Dort entledigte er sich des Gurtzeugs, um abschließend noch drei schwenkbare Bodenkameras zu installieren. In sicherer Entfernung zur *Kathedrale* positionierte er die stabilen, ebenfalls mit Laufbarrieren versehenen Dreibeinstative. Als er damit fertig war, fühlte er sich trotz der immensen Luftfeuchtigkeit wie ausgedörrt. Er brauchte dringend etwas zu trinken.

In Camp 4 standen Cliff und Lisa Bennett beisammen wie die sprichwörtlichen Turteltäubchen. Sie waren so ins Flirten vertieft, dass sie Tom erst wahrnahmen, als er Cliff auf die Schulter klopfte.

»Darf ich kurz stören?«, fragte er. »Ich sterbe nämlich vor Durst.«

Cliff hielt ihm seine Bierflasche hin.

»Nein, mir ist eher nach Wasser. Möglichst viel und möglichst kalt.«

»Ich hole Ihnen etwas«, sagte Lisa und verschwand, nicht ohne Cliff noch einen aufreizenden Augenaufschlag zu schenken. Das Flirten beherrschte sie mindestens ebenso gut wie er. Tom fragte sich amüsiert, wo man so etwas lernen konnte – dieses spielerische Kokettieren, das zwar alles versprach, aber zu nichts verpflichtete. Als das in der Schule dran war, muss ich gefehlt haben, dachte er.

»Wollen wir prüfen, ob die Übertragung funktioniert?«, schlug Cliff vor.

»Gute Idee.«

Sie gingen in die Mitte von Camp 4, wo der Rossburry-Laptop auf einem Campingtisch stand. In einem USB-Port steckte ein kleines Kästchen, aus dem eine etwa vierzig Zentimeter lange Antenne nach oben ragte – das Sender-Empfänger-Modul. Mehr Technik benötigten sie nicht.

Während Cliff den Rechner startete, kam Lisa mit einer Flasche Mineralwasser und einem Becher zurück. Dankbar nahm Tom beides entgegen. Nachdem er getrunken hatte, fühlte er sich wie neugeboren.

Inzwischen hatte Cliff das Programm für die Kameraüberwachung hochgefahren. In einem Auswahlfenster erschienen die Positionen »Kamera 1« bis »Kamera 9«. Mithilfe der Menüleiste am linken Bildschirmrand konnte man den einzelnen Kameras bestimmte

Befehle, zum Beispiel Zeitlupen- oder Zeitrafferaufnahme, erteilen und Zeitfenster für die Aufzeichnungen vordefinieren, wenn man nicht durchgehend filmen wollte.

»Kamera 1 ist ganz oben in etwa dreißig Metern Höhe«, erklärte Tom Lisa, die ihm und Cliff über die Schulter sah. »Die anderen folgen der Reihe nach in etwa fünf Metern Abstand. Ganz unten ist Kamera 6. Die Nummern 7 bis 9 stehen für die Bodenkameras.«

Cliff startete mit einem Doppelklick die erste Übertragung. Beinahe augenblicklich erschien auf dem Monitor ein Ausschnitt der *Kathedrale*, der etwa vier Quadratmeter umfasste. Zuerst war das Bild noch ein wenig unscharf, doch das änderte sich sofort, als der Autofocus ansprang.

»Das Bild zeigt den äußersten Weitwinkel, den das Objektiv zulässt«, sagte Cliff. »Innerhalb dieses Areals können wir jede beliebige Stelle bis auf einen Ausschnitt von fünf mal fünf Zentimetern heranzoomen. Wir wollen gleich mal ausprobieren, ob die Technik auch wirklich funktioniert.«

Er legte die Hand auf die Computermaus und rollte sie nach allen Richtungen. Die Kamera folgte mit etwas Zeitverzug jeder seiner Bewegungen. »Sieht schon mal gut aus«, kommentierte er. »Jetzt noch der Zoom.«

Er betätigte das Mausrad, und das Bild kam immer näher heran. Plötzlich hielt er inne. »Das gibt's doch nicht!«

Tom wusste sofort, was Cliff meinte: Obwohl die Kamera exakt auf die Fernsteuerungssignale zu reagieren schien, fing sie nur ein Standbild ein. Es sah aus, als würde sie lediglich Bildausschnitte von einem Fotoplakat übertragen, denn obwohl Hunderte von Ameisen zu erkennen waren, bewegten sie sich nicht.

Cliff tippte auf der Computertastatur herum und schüttelte die Maus – ohne Ergebnis. »Verdammte Technik! Tom, wenn wir wieder in England sind, solltest du unserem knausrigen Chef endlich mal eine neue Kameraausrüstung aus den Rippen leiern. Mit diesem Schrott machen wir uns nur selbst das Leben schwer!«

Tom seufzte innerlich auf. Angesichts der angespannten Finanzlage der Rossburry-Stiftung schien dieses Ansinnen nicht gerade Erfolg versprechend, dennoch wallte auch in ihm spontaner Ärger über die fehlerhafte Übertragung auf. Cliff litt an Höhenangst, was im Klartext hieß, dass Tom sich für die Kamerareparatur ein zweites Mal würde anseilen müssen.

Cliff klickte die zweite Übertragung an – mit demselben Ergebnis. »Ich verstehe das nicht!«, maulte er. »Wie zum Teufel ist es möglich, dass ich schwenken und zoomen kann und dennoch nur ein Standbild bekomme?«

Er wollte schon die dritte Kamera anklicken, als Tom ihn mit einer Handbewegung zurückhielt. »Das ist kein Standbild! Hast du das gesehen? Hier« – er deutete auf eine Stelle am Monitor – »hier hat sich eines der Tiere bewegt.«

Cliff setzte ein Gesicht auf, als habe Tom soeben den Verstand verloren. »Wie meinst du das – *eines* der Tiere? Willst du etwa behaupten …«

Was sich in diesem Moment auf dem Bildschirm abspielte, ließ ihn prompt verstummen: Durch die glitzernde Masse der Chitinpanzer auf dem Hügel ging plötzlich ein Ruck. Es war eher eine Veränderung im Farbspiel als eine echte Bewegung und dauerte nur den Bruchteil einer Sekunde. Dann erstarrte das Monitorbild wieder.

Noch ehe Tom, Cliff oder Lisa etwas sagen konnten, begann das Schauspiel von Neuem. Gleichzeitig drang von irgendwoher, scheinbar aus den entferntesten Tiefen des Dschungels, ein dumpfes Pochen.

»Was ist das?«, flüsterte Lisa.

Wieder war das Pochen zu hören, diesmal lauter. Hohl, archaisch und irgendwie beängstigend.

»Fahr mit dem Zoom näher heran und starte eine Aufnahme!«, sagte Tom.

Cliff betätigte das Mausrad, bis der Bildausschnitt der Kamera zehn mal zehn Zentimeter betrug und ein Stück vom Stamm einer Akazie zeigte. Dann klickte er einen Befehl in der Menüleiste an.

Erneut erklang das Pochen, durchdringend und unheimlich. Beinahe glaubte Tom, dieses Geräusch nicht nur hören, sondern geradezu körperlich spüren zu können. Unwillkürlich erinnerte er sich an jene Szene in Jurassic Park, in der sich der T-Rex durch Vibrationen in einem Wasserglas ankündigte.

Professor Jula und ein paar seiner Wissenschaftler eilten aus dem nahen Gebüsch herbei, sichtlich verwirrt.

»Was ist da los?«, fragte er, als sie bei den anderen angekommen waren. »So etwas habe ich noch nie erlebt!«

»Wir auch nicht«, gab Tom zu. »Aber vielleicht kommen wir der Sache auf die Spur.« Er wartete ein weiteres Pochen ab, dann stoppte er die Aufnahme und ließ die letzten Sekunden noch einmal in Zeitlupe Revue passieren.

Zunächst war das Bild wieder wie eingefroren. Sechzig oder siebzig Ameisen saßen ohne erkennbare Ordnung auf dem Baum und regten sich nicht. Dann jedoch hoben sie alle im selben Moment ihre Hinterleiber an und ließen sie wie winzige Klöppel synchron auf den Untergrund niederfahren.

»Irre!«, kommentierte Cliff. »Es ist zwar bekannt, dass einige *Camponotus*-Arten Klopfzeichen zur Verstärkung ihrer chemischen Alarmkommunikation geben, aber *das hier* geht weit über alles hinaus, wovon ich je gehört oder gelesen habe.«

»Weshalb tun sie das?«, fragte Jula.

»Ich wünschte, ich wüsste es«, sagte Tom. »Aber offen gestanden habe ich nicht den blassesten Schimmer. Insekten geben gelegentlich Klopfsignale, um Partner für die Paarung anzulocken, aber in diesem Fall können wir das wohl ausschließen.«

»Ich schätze, das Geräusch kann man kilometerweit durch den Wald hören«, sagte Cliff. »Und *spüren*. Ich würde wetten, dass es der Einschüchterung dient. Die Frage ist nur, gegen wen es sich richtet.«

Tom ahnte, worauf er hinauswollte. »Glaubst du, es hat etwas mit uns zu tun?«, fragte er. »Weil ich die Kameras installiert und ein paar Bioproben eingesammelt habe?«

»Es ist zumindest nicht auszuschließen, oder?«

Tom glaubte zwar nicht recht daran, konnte Cliffs Erklärungsversuch aber auch nicht gänzlich von der Hand weisen. Wenn Insekten sich in die Ecke gedrängt fühlten, vollführten sie gelegentlich abschreckende Drohgebärden. Waren diese Klopfgeräusche genau das – eine an die Wissenschaftler gerichtete Warnung, ihnen nicht noch einmal zu nahe zu kommen?

»Was machen wir jetzt?«, fragte Professor Jula. »Denken Sie, wir können bedenkenlos hierbleiben, oder halten Sie das für zu gefährlich?«

Tom spürte die Blicke der PECO-Mitarbeiter auf der Haut. Sie erwarteten eine Antwort von ihm. Er dachte an Mike Handerson und daran, dass man ihn ins Krankenhaus hatte fliegen müssen, weil er von den Ameisen angefallen worden war, aber er wollte auch keine unnötige Panik schüren. »Ich denke, wir sollten das Camp für heute verlassen und den Baum vom Basislager aus beobachten«, sagte er. »Ich kann mir zwar nicht vorstellen, dass die Ameisen uns tatsächlich angreifen würden – aber sicher ist sicher. Wenn sie sich bis morgen beruhigt haben, kehren wir hierher zurück. Wenn nicht – nun, das sollten wir besprechen, falls es wirklich so weit kommt.«

Kapitel 9

Rom, Italien

Die Sonne stand tief und tauchte die Ewige Stadt in überschwängliche Orangetöne, was ihr beinahe so etwas wie einen Heiligenschein verlieh. Der hektische Feierabendverkehr – in Rom alltäglicher Wahnsinn – hatte inzwischen ein erträgliches Maß angenommen, Lärm und Abgasgestank von Autos und Mopeds waren nicht mehr ganz so erdrückend wie noch eine Stunde zuvor. Dafür füllten sich die Gehwege nun immer mehr mit verliebten Pärchen, die am Tiberufer entlangschlenderten, und von Passanten, meist gläubige Katholiken, die das Postkartenpanorama des im Abendlicht daliegenden Vatikanstaats genießen wollten.

Unter ihnen befand sich auch Brian Quint. Er spazierte schon eine ganze Weile zwischen der Engelsburg und dem Justizpalast hin und her, scheinbar ziellos und unentschlossen, aber das war er nicht. Er schlug nur Zeit tot, während er auf seinen Auftraggeber wartete, der bereits seit dreißig Minuten überfällig war.

Sein Blick wanderte die Lungotevere Castello entlang nach Osten, dann nach Westen. Obwohl es von Menschen nur so wimmelte, fehlte von Kardinal Vargas jede Spur.

Quint seufzte. Obwohl er ein Gottesmann war, sah er keineswegs so aus, eher wie ein Bankangestellter oder ein Versicherungsvertreter: dunkler Anzug, schwarze Lackschuhe, weißes, manschettenloses Hemd und eine blau-grau gestreifte Krawatte. Nichts Auffälliges – im Gegenteil, seine Kleidung wirkte sehr dezent und zurückhaltend, was ganz in seiner Absicht lag. In seinem Job war es von existenzieller Bedeutung, unauffällig zu bleiben.

Auch der Rest seiner Erscheinung erfüllte diese Anforderung perfekt. Er wirkte sportlich, aber nicht übertrieben athletisch, hielt sich gerade, ohne allzu großes Selbstbewusstsein auszustrahlen, und mit einer Körpergröße von ein Meter fünfundsiebzig entsprach er in Rom ungefähr dem Durchschnitt seines Geschlechts. Er hielt sich weder für übermäßig attraktiv noch für hässlich. Es gab kaum etwas, wodurch er sich von der Masse abhob, genau, wie es sein sollte.

Neben ihm hielt am Straßenrand eine schwarze Limousine. Hinten auf der Beifahrerseite surrte die getönte Scheibe nach unten und gab den Blick auf Kardinal Vargas frei.

Endlich, dachte Quint und warf einen demonstrativen Blick auf seine Armbanduhr. »Sie sind spät dran, Hochwürden.«

Vargas bedachte ihn mit einem dünnen Lächeln. »Das hat seine Gründe.« Mehr nicht. Kein Wort des Bedauerns oder gar eine Entschuldigung. »Steigen Sie ein. Ich muss zum Flughafen und bin in Eile. Ihren Auftrag erhalten Sie auf der Fahrt.« Seine Stimme war heiser und für einen Mann ungewöhnlich hoch, aber bei ihm wirkte das nicht lächerlich, sondern eher bedrohlich.

Quint umrundete den Wagen und setzte sich neben den Kardinal, der rein optisch das krasse Gegenteil von ihm selbst darstellte. Der Würdenträger trug eine schwarze Soutane mit scharlachrotem Gürtelband, auf dem Hinterhaupt ein ebenso scharlachrotes Scheitelkäppchen, das sogenannte Pileolus. Im Gegensatz zu Quints Allerweltsgesicht prägte sich das des Kardinals sofort ein. Es war markant, aber dennoch fein geschnitten, und verströmte eine Aura von unumstößlichem Selbstbewusstsein und Kultiviertheit. Die dunklen Augen verliehen seinem Blick eine gewisse Härte, darüber konnte auch die goldumrandete, eckige Brille nicht hinwegtäuschen, die auf seiner Habichtnase ruhte. Wäre seine Berufskleidung nicht gewesen, hätte Kardinal Vargas auch ein hervorragendes Model für Davidoff abgegeben.

So unterschiedlich die beiden Männer äußerlich auch waren, sie verband ein gemeinsames Ziel. Als Präfekt der Kongregation für die Glaubenslehre – dem Nachfolger der römischen Inquisition – stand Kurienkardinal Vargas der sogenannten *Nova Militia Dei* vor, einer geheimen kirchlichen Unterorganisation, deren Ziel die bedingungslose Verteidigung des katholischen Glaubens war. Vargas war der Kopf dieser Organisation, der Stratege, derjenige, der die Fäden in der Hand hielt, Entscheidungen traf und Aufträge erteilte. Quint und eine Hand voll weiterer Glaubenshüter führten diese Aufträge aus.

»Fahren Sie weiter, Angelo«, sagte Vargas zu seinem Chauffeur. Gleichzeitig ließ er eine Trennscheibe hochfahren, damit er sich ungestört mit Quint unterhalten konnte.

»Wie ich Ihrem Bericht entnommen habe, war der Einsatz im Kaukasus ein hübscher Erfolg«, sagte er, während er den Inhalt einer roten Mappe überflog, die auf seinen Oberschenkeln lag. Darin befanden sich die Unterlagen zur Arche-Noah-Mission, darunter auch der obligatorische Abschlussbericht, den Quint ihm hatte zukommen lassen. »Aus Russland erreichte mich heute die Nachricht, dass die Bergungsarbeiten eingestellt wurden, weil man sie für aussichtslos hielt. Tote wurden nicht gefunden, und nach archäologischen Fragmenten hat man gar nicht erst gesucht. Die Zeitungen berichten einhellig von einem tragischen Erdrutsch. Auf die Idee, dass er künstlich ausgelöst wurde, scheint bislang niemand gekommen zu sein. Wie dem auch sei – wichtig ist, dass die Grabungsstätte zerstört wurde, und das ist Ihnen auf eindrucksvolle Weise gelungen. Sie haben dem Herrn und der heiligen katholischen Kirche dadurch einen weiteren wertvollen Dienst erwiesen. Meinen aufrichtigen Respekt dafür, mein Sohn.«

Die letzten Worte klangen wie eine Floskel, dennoch verbuchte Quint sie für sich als Lob. Mehr Anerkennung würde er von Vargas nicht bekommen. »Danke, Hochwürden«, sagte er bescheiden.

Sie verließen das Tiberufer und bogen in die Viale di Trastevere ein. Im Schein der untergehenden Sonne wirkte der Straßenzug wie mit Gold überzogen.

Vargas klappte die Akte zu und ließ sie in einem schwarzen Lederkoffer im Fußraum verschwinden. Als er sich wieder aufrichtete, hielt er eine andere Akte in der Hand. »Wie Sie wissen, wartet bereits der nächste Fall auf Sie«, sagte er und begann, die Papiere durchzublättern. »Ziemlich mysteriös, wie ich meine. Aus dem Tschad erhielt ich die Nachricht, dass ein paar junge Abenteurer in der Sahara einen Baum entdeckt haben. Das war vor etwa zwei Jahren. Fragen Sie mich nicht, weshalb ich erst jetzt davon erfahre – in Afrika vergeht die Zeit scheinbar langsamer. Jedenfalls stießen diese Abenteurer unweit des Baums auf Steinfragmente mit eingravierten Schriftzeichen. Bei dem Versuch, sich dem Baum zu nähern, wurde einer von ihnen verletzt. Ein junger Mann, soweit ich weiß. Seine Freunde konnten ihn retten und brachten ihn nach Djoum-Dourà, einem Fünfhundert-Seelen-Nest, wo sich ein katholischer Missionar um den Verwundeten kümmerte. Ein gewisser Pater ...« – er blätterte in seinen Unterlagen, bis er den gesuchten Namen fand – »Tswami. James Tswami. Im Verlauf seiner Genesung erzählte der Verwundete Tswami seine Geschichte. Er zeigte ihm auch eines der Steinfragmente. Tswami fand die Sache zwar sehr interessant, maß ihr aus religiöser Sicht jedoch keinerlei Bedeutung bei und ließ sie auf sich beruhen. Erst bei einem Besuch in N'Djamena erzählte er Erzbischof Makambe von dem Vorfall. Tswami gab ihm sogar ein Stück Papier, auf das er die Schriftzeichen des Steinfragments kopiert hatte.« Vargas sah von der Akte auf und richtete seinen Blick auf Quint. »Man kann über Makambe sagen, was man will – ich persönlich halte ihn für einen eingebildeten Snob –, aber er verfügt zweifellos über eine ausgezeichnete Allgemeinbildung. Die von Pater Tswami abgezeichneten Schriftsymbole kamen Makambe völlig unbekannt vor, dennoch konsultierte er den Vatikan. Er hatte einen guten Riecher: Keiner der von uns zu Rate gezogenen Schriftsachverständigen konnte die Symbole zunächst deuten. Es handelt sich um eine bis heute völlig unbekannte Schrift, niemand wusste, zu welcher Kultur sie gehört. Erst die Recherche in den geheimen Vatikanischen Archiven brachte uns weiter. Wir fanden ein Papyrus-Dokument mit genau jener Symbolschrift und überdies eine hebräische Übersetzung. Beides datiert etwa aus dem Jahr 1500 vor Christus. Die Dokumente schildern eine Begebenheit, die sich schon fünfhundert Jahre zuvor ereignet hatte und bis dahin nur mündlich überliefert worden war.« Er blätterte wieder in seinen Unterlagen. »Demnach waren die Talik ein kriegerisches afrikanisches Volk, das um 2000 vor Christus ins Land der Hebräer einfiel und einen Teil der Menschen verschleppte und versklavte. Noch schlimmer als die Sklaverei war für die Hebräer, dass man sie ihres Glaubens berauben wollte. In einer Textstelle wird eine Mauer erwähnt. Beschaffenheit und Größe sind zwar nicht überliefert, allerdings ihr Zweck. Sie wurde erbaut – ich zitiere – *mit dem Ziel, das Geheimnis des Allerhöchsten und der Menschheit für immer von der Erde zu tilgen und im Sand zu begraben.*«

Bislang hatte Quint sich gefragt, weshalb Vargas ihm das alles erzählte. Jetzt wurde er hellhörig. »Das Geheimnis des Allerhöchsten und der Menschheit? Was ist damit gemeint?«

Der Kardinal zuckte mit den Schultern. »Das wird in dem Text nicht erwähnt. Und andere Dokumente, in denen das Volk der Talik oder gar die Errichtung der Mauer erwähnt wird, existieren nicht.«

»Sie denken, das Steinfragment, das diese Abenteurer in der Sahara fanden, könnte ein Teil der Mauer der Talik sein?«

»Zumindest besteht die Möglichkeit. In dem Text wird der Ort, an dem die Hebräer ihre Gefangenschaft verbrachten, recht genau beschrieben. Es handelt sich mit hoher Wahrscheinlichkeit um das Gebiet des heutigen Zentral-Tschad. Genau dort wurde auch das Steinfragment mit der Inschrift gefunden.« Vargas sah ein paar Sekunden lang gedankenverloren aus dem Fenster. »Vielleicht handelt es sich nur um einen Zufall, und an der ganzen Sache ist überhaupt nichts dran«, sagte er. »Aber falls doch, will ich nicht, dass uns irgendjemand zuvorkommt. Was immer mit dem *Geheimnis des Allerhöchsten und der Menschheit* gemeint ist – es darf keinesfalls in die falschen Hände geraten.« Er verstaute die Akte wieder in seiner Tasche und zog einen versiegelten kleinen Umschlag hervor, den er Quint überreichte. Quint wusste, dass sich darin wie üblich eine CD-Rom mit allen relevanten Hintergrundinformationen befand.

»Wir haben bereits Kontakt mit den drei Findern des Steinfragments aufgenommen«, sagte Vargas, »aber dabei kam nicht viel mehr heraus als das, was wir ohnehin schon wussten. Daher wird es Ihre Aufgabe sein, nach Afrika zu reisen, um herauszufinden, ob die Steinfragmente tatsächlich von dieser ominösen Talik-Mauer stammen. Und falls das so ist, will ich wissen, was sich dahinter verbirgt!«

Kapitel 10

Tom nippte an seiner Kaffeetasse und warf einen Blick nach oben in den Baldachin des nächtlichen Regenwalds, wo einzelne Sterne und der Mond zu erkennen waren. Er fühlte sich ausgelaugt und verspannt. Um sich zu lockern, ließ er den Kopf kreisen. Als das nichts half, setzte er sich wieder ins Laborzelt zu Cliff, der auf seinem Stuhl saß und ausgiebig gähnte.

»Wehe du schläfst ein!«, sagte Tom.

»Wäre vielleicht nicht die schlechteste Idee. Die Langeweile bringt mich noch um.«

»Wenn du schläfst, schnarchst du. Was wiederum heißt, dass *ich* nicht schlafen kann.«

Cliff grinste. »Dann haben wir ein Problem. Besser gesagt – du hast ein Problem. Bei diesem Programm nicht schlafen zu können, ist wirklich bitter. Selbst der Bildschirmschoner ist spannender.«

Seit Stunden starrten sie nun schon auf den Laptop-Monitor, auch bei Nacht lieferten die Kameras noch ziemlich passable Bilder. Sie hatten zwar kaum Farbe, waren aber gestochen scharf. Was die lichtempfindlichen Objektive nicht hergaben, wurde vom Computer automatisch nachbereitet, sodass auch kleinste Details zu erkennen waren.

Allerdings bestand momentan nicht der geringste Bedarf an Details, denn Tom und Cliff bot sich noch immer derselbe Anblick wie am Nachmittag: Die Ameisen saßen vor allem auf den Stämmen und Ästen der drei Akazien, die den Bau wie mächtige Säulen flankierten, und klopften ihren archaischen Rhythmus in den Wald. Ansonsten regten sie sich nicht. Die kühle Nachtluft trug das gedämpfte Pochen sogar bis zu ihnen ins Basislager – immer wieder derselbe Ton. *Pam … pam … pam …* Mittlerweile im Zwei-Sekunden-Takt.

Auf einem Tisch in der Zeltecke standen die Kunststoffbehälter mit den Ameisen, die Tom als Bioproben mitgenommen hatte. Einige von ihnen krabbelten schon seit Stunden ruhelos hin und her, offenbar auf der Suche nach einem Ausweg aus dem künstlichen Gefängnis. Der Großteil von ihnen hatte sich jedoch dem allgemeinen Rhythmus angepasst und klopfte mit dem Hinterleib auf den Boden des Behälters. Offenbar waren sie in der Lage, die Schallwellen mithilfe ihrer Sinneshärchen zu registrieren und sich ihnen anzupassen.

Toms Blick schweifte aus dem Zelt durchs Lager. Obwohl das sonderbare Verhalten der Ameisen die PECO-Wissenschaftler mindestens ebenso beunruhigte wie ihn, hatten sich die meisten von ihnen in ihre Schlafzelte zurückgezogen. Nur Professor Jula, Samuel Ewembe und ein weiterer Botaniker saßen noch um die heruntergebrannte Feuerstelle und unterhielten sich leise. Tom verstand kein Wort, ahnte aber, dass es für sie momentan nur ein Thema gab.

Er widmete sich wieder dem Laptop und klickte sich durch die verschiedenen Kameraeinstellungen. Überall dasselbe Bild. Allmählich verlor Tom die Geduld.

»Es macht keinen Sinn, zu zweit die Zeit totzuschlagen«, sagte er zu Cliff. »Ich schlage vor, dass wir uns für den Rest der Nacht abwechseln. Ich übernehme die erste Schicht, du die zweite. Wenn sich irgendetwas Auffälliges ereignet, wird sofort eine Aufzeichnung gestartet und der andere geweckt. Einverstanden?«

Cliff nickte. »Einverstanden. Vor allem damit, dass du die erste Schicht übernimmst. Ich kann vor Müdigkeit kaum noch die Augen offen halten.«

Der Rest der Nacht verlief ruhig und ereignislos. Tom hielt bis vier Uhr die Stellung, aber das Verhalten der Ameisen änderte sich nicht. Anschließend kroch er – jetzt ebenfalls todmüde – in seinen

Schlafsack, während Cliff die Wache im Beobachtungszelt übernahm.

Irgendwann wurde Tom von Stimmen geweckt. Er öffnete die Augen, durch die Zeltwand schimmerte bereits das Tageslicht. Benommen warf er einen Blick auf seine Armbanduhr. Kurz vor halb neun. Er hatte nicht einmal viereinhalb Stunden geschlafen. Genauso fühlte er sich.

Nachdem er sich ein wenig frisch gemacht hatte, gesellte er sich wieder zu Cliff. »Irgendwas Neues?«

»Nicht die Spur. Die Ameisen sitzen nach wie vor da und hämmern sich ihre kleinen Hintern platt. Ich hau mich noch mal eine Runde aufs Ohr. Schätze, allzu viel werde ich nicht verpassen …«

Er hatte noch nicht zu Ende gesprochen, als sich das akustische Signal plötzlich änderte. Die Lautstärke schwoll zu einem Crescendo an, und die Taktzahl verdoppelte sich. Das Pochen ertönte jetzt im Sekundenabstand.

»Scheint so, als hätten sie gerade ihre Warnung verstärkt«, sagte Cliff.

Tom entgegnete nichts, aber ihm war bereits derselbe Gedanke gekommen. Das Klopfen klang wie ein Angriffssignal, wie ein Countdown, der unaufhaltsam rückwärts lief. Es war nur noch eine Frage der Zeit, bis er bei null anlangte. Was würde dann geschehen? Tom hatte keine Ahnung! Ein solches Verhalten war bei Ameisen nie zuvor beobachtet worden, es gab keinerlei Erfahrungswerte, auf die er zurückgreifen konnte. Sein Instinkt riet ihm, vorsichtig zu sein.

Flankiert von Sam Ewembe und Lisa Bennett eilte Professor Jula heran, eine ganze Traube weiterer PECO-Mitarbeiter im Schlepptau. Er wirkte nervös, tiefe Sorgenfalten durchzogen sein Gesicht. »Ich hatte gehofft, der Spuk würde über Nacht aufhören«, begann er, als er das Zelt erreicht hatte. »Aber die Situation scheint sich eher zuzuspitzen – oder sehe ich das falsch?«

»Ich wünschte, ich wüsste es«, sagte Tom. »Aber die Wahrheit ist, dass wir nach wie vor nur spekulieren können.«

Die eingefallenen Wangen des Professors zitterten. »Ihre Empfehlung lautet also, die Arbeit in Camp 4 weiter ruhen zu lassen?«

»Zumindest so lange, bis wir die Situation einigermaßen zuverlässig einschätzen können. Natürlich ist es letztlich Ihre Entscheidung, aber ich fürchte, Sie würden ein unkalkulierbares Risiko eingehen. Wie weit liegen die anderen Camps von Camp 4 entfernt?«

»Camp 3 und Camp 5 jeweils etwa einen Kilometer. Bei den anderen ist die Distanz noch größer.«

»Dann dürfte dort keine unmittelbare Gefahr bestehen. Ich halte es für vertretbar, wenn Ihre Teams in diesen Camps weiterarbeiten – vorausgesetzt, sie bleiben mit uns per Funk in Verbindung, damit wir sie gegebenenfalls warnen können.«

Jula schien einen Moment lang unentschlossen. Dann ging ein Ruck durch ihn, und er drehte sich zu seinen Mitarbeitern um. »Ihr habt Dr. O'Connors Meinung gehört! Ich schlage vor, dass wir seinem Expertenurteil vertrauen und uns auf die Arbeit in den anderen Camps konzentrieren. Jedes Team nimmt zur Sicherheit zwei Funkgeräte mit. Und bitte haltet die Augen offen. Es besteht kein Anlass zur Panik, aber vielleicht gibt es in diesem Wald weitere Merkwürdigkeiten, die uns bislang entgangen sind. Also seid auf der Hut.« Er klatschte zweimal laut in die Hände – das Signal, dass seine Ansprache beendet war. Murmelnd zerstreute sich die Gruppe, um die notwendigen Vorbereitungen für den Tag zu treffen.

Eine halbe Stunde später war das PECO-Basislager wie ausgestorben. Außer Tom und Cliff befand sich niemand mehr dort.

»Soll ich uns einen Kaffee holen?«, fragte Cliff. »Du siehst aus, als könntest du einen vertragen.«

»Sind das die Komplimente, mit denen du auch die Frauen bezirzt?«

»Nein – so etwas hebe ich mir speziell für dich auf.«

Tom grinste. »Na denn, einen Kaffee könnte ich jetzt wirklich gebrauchen.«

Cliff stand auf und ging hinüber zum Küchenzelt. Als er mit zwei dampfenden Tassen zurückkehrte, bemerkte Tom, dass der Takt des Klopfsignals abermals angezogen hatte.

»Ich werde daraus nicht schlau«, sagte er, während er sich durch die einzelnen Kamerapositionen klickte. »Sie sitzen immer noch nur da und klopfen auf den Untergrund, nur eben fester und schneller.«

In diesem Moment hörte das Pochen schlagartig auf. Die folgende Stille war von einer derartigen Intensität, dass sie noch viel beunruhigender wirkte als das Klopfkonzert zuvor. Für einen Augenblick schien der Wald wie ausgestorben. Weder das Summen von Insekten war zu hören noch Vogelgezwitscher, Affengeschrei oder sonst etwas. Nichts. Absolut gar nichts. Es gab nur diese alles verzehrende, lastende Stille.

Und dann kam plötzlich Bewegung in das Bild auf dem Monitor. Wie auf ein geheimes Zeichen hin wuselten die Tiere hin und her – nein, genau genommen strömten sie in eine bestimmte Richtung: abwärts. Von oben kamen immer mehr Ameisen nach. Irgendetwas am unteren Bildschirmrand schien sie geradezu magisch anzuziehen. Tom klickte sich durch sämtliche Baumkameras – überall dasselbe Bild.

»Schalt mal auf eine der Bodenkameras«, bat Cliff. »Vielleicht kann man dort etwas erkennen.«

Tom klickte Kamera 7 an, stellte den Weitwinkel ein und vollführte einen Neunzig-Grad-Schwenk, aber es war nichts zu erkennen, was das Verhalten der Ameisen erklärt hätte. Er wechselte zu Kamera 8 und wiederholte die Prozedur, diesmal mit mehr Glück.

»Sieh mal!« Er deutete mit dem Finger auf den Monitor. »Da bewegt sich etwas!« In einiger Entfernung, ein gutes Stück hinter der *Kathedrale*, kroch etwas Träges, Schwarzes über den Boden, das langsam, aber beständig näher kam.

»Tatsächlich«, murmelte Cliff. »Sieht aus wie ein Schatten. Ein *gewaltiger* Schatten. Was passiert da?«

»Ich schalte auf Kamera 9«, sagte Tom. »Von dort aus müsste

man besser sehen können.« Er tat es und spielte ein wenig mit den Kameraeinstellungen, aber noch war auf dem Monitor nichts zu erkennen. Während Tom und Cliff darauf warteten, dass sich der Schatten endlich ins Bild schob, beobachteten sie das Verhalten der Ameisen weiter, und abermals wurden sie Zeugen eines in der Insektenwelt einmaligen Phänomens.

»Heute kommt es aber geballt!«, platzte Cliff heraus. »Siehst du das? Zoom mal näher ran, das muss ich mir genauer anschauen!«

Als Tom der Bitte nachkam, erkannte er, was Cliff gemeint hatte: Mit Erreichen des Bodens teilte sich die herabdrängende Ameisenmasse wie ein Vorhang in zwei Hälften, die in entgegengesetzte Richtungen auseinanderströmten und einen weiten, nach vorn offenen Halbkreis bildeten. Dieses Schauspiel vollzog sich langsam, mit fließenden Bewegungen und wirkte dadurch umso mehr wie ein gut organisiertes militärisches Manöver, bei dem alle Beteiligten genau wussten, was sie zu tun hatten.

Tom schoss ein paar digitale Standbilder und ließ sie mithilfe des Analyseprogramms auswerten. Bei rund achtundneunzig Prozent der Tiere handelte es sich – wie die bisherigen Untersuchungen bereits gezeigt hatten – um typisch tropische Ameisenarten, die sich zu größeren Verbänden zusammengeschlossen hatten. Nur zwei Prozent der Tiere waren Wüstenameisen. Diese traten jedoch nicht geschlossen auf, sondern hatten sich mehr oder weniger gleichmäßig auf die einzelnen Gruppen verteilt, als würden sie diese befehligen.

Während Tom einen Schluck Kaffee nahm, wanderte sein Blick hinüber zu den Bioprobenbehältern. Die darin gefangengehaltenen Ameisen hatten ihr Klopfkonzert ebenfalls beendet und krabbelten nun in wilder Aufregung durcheinander.

Tom schaltete wieder zurück auf Weitwinkel. Prompt war jetzt auch der Schatten zu sehen. Ebenso fließend wie das Manöver der Ameisen schob er sich von unten ins Bild und wanderte weiter in Richtung der *Kathedrale*.

»Das sieht organisch aus«, kommentierte Tom, in dem allmählich ein Verdacht aufkeimte. Er vergrößerte den Bildausschnitt, und ein paar Mausklicks später sah er seine Vermutung bestätigt. Bei dem vermeintlichen Schatten handelte es sich in Wahrheit um einen riesigen Ameisenteppich, genauer gesagt um eine Armee von Treiberameisen auf Eroberungszug.

Treiberameisen hatten die Eigenheit, dass sie keinen festen Bau bewohnten, sondern ein räuberisches Nomadendasein führten, wobei ein einzelnes Volk durchaus fünfzehn bis zwanzig Millionen Tiere umfassen konnte. Obwohl nur etwa einen Zentimeter groß und nahezu blind, jagten sie in bis zu zwanzig Meter breiten Fronten und griffen alles an, was sich nicht rechtzeitig in Sicherheit bringen konnte. Irgendjemand hatte sie einmal als die »Hunnen der Insektenwelt« bezeichnet – durchaus zutreffend, wie Tom fand. Ihr Hunger war nahezu unersättlich, ihre Aggressivität legendär. In Ostafrika wurden *Dorylinae*-Treiberameisen früher angeblich sogar für Exekutionen eingesetzt.

Tom ließ den Computer ein paar Hochrechnungen anstellen und kam zu dem Ergebnis, dass die beiden Heere, die sich auf dem Monitor formierten, jeweils etwa zwanzig Millionen Tiere umfassten. Doch trotz zahlenmäßiger Ausgeglichenheit stand ein ungleicher Kampf mit den Tieren der *Kathedrale* bevor, denn Treiberameisen waren ein kriegerisches Volk, das die Kunst des Raubzugs über Jahrmillionen hinweg perfektioniert hatte. Für Tom stand der Ausgang des Kampfs schon jetzt fest. Die Treiberameisen würden alles töten, was sie zwischen ihre Kieferzangen bekamen, und wie üblich einen Hort der Verwüstung zurücklassen.

Tom seufzte innerlich auf. Wie viel würde nach dem Kampf von der *Kathedrale* noch übrig sein, wie viele ihrer Bewohner würden überleben? Genug, um weitere Forschungen anstellen zu können? Oder stand diese einzigartige Kolonie bereits kurz vor ihrem Ende, was aus wissenschaftlicher Sicht einer Katastrophe gleichkam?

Er beobachtete weiter das Geschehen auf dem Monitor. Die angreifenden Treiberameisen drängten entschlossen nach vorn. Die Verteidiger strömten am Sockel ihres Baus noch immer wie ein zweigeteilter Vorhang in einem weitläufigen Bogen auseinander. Und während sie sich wie im Zeitlupentempo formierten, begann Tom allmählich zu begreifen.

»Sie legen einen Hinterhalt«, murmelte er erstaunt. Es war so unfassbar, dass er es selbst kaum glauben konnte.

»Wovon sprichst du?«, fragte Cliff.

Tom deutete auf den Monitor. »Sie schwärmen nach links und rechts aus, um die Gegner einzukreisen oder sie zumindest über die Flanken anzugreifen.«

»Weißt du, was du da sagst, Tom? Wir haben es hier mit Ameisen zu tun, nicht mit Kriegsstrategen der Royal Army!«

»Ich weiß, es klingt verrückt! Aber wie erklärst du dir sonst ihr Verhalten?« Als Cliff nichts entgegnete, fuhr er fort: »Zuerst haben sie versucht, die Treiberameisen durch das Klopfkonzert abzuschrecken. Das hat nicht funktioniert. Jetzt müssen sie sich dem Kampf stellen. Und sie versuchen, die Übermacht ihrer Gegner durch Taktik wettzumachen.«

Cliff erwiderte immer noch nichts. Doch sein Gesichtsausdruck zeigte, dass es ihm schwerfiel, sich Toms Theorie anzuschließen. Allerdings fand er offenbar keine bessere Erklärung, sonst hätte er sie geäußert. »Wir werden sehen«, sagte er nur.

Tom nickte. Danach konnten sie nur noch auf das Zusammentreffen der beiden ungleichen Ameisenheere warten.

Kapitel 11

Der Kampf dauerte mehrere Stunden. Da die Treiberameisen irgendwann die Laufbarriere der Bodenkamera überwanden und somit auch über das Objektiv krabbelten, gab es Phasen mit stark eingeschränkter Übertragungsqualität. Dennoch konnten Tom und Cliff den Verlauf der Auseinandersetzung recht passabel mitverfolgen: Die Treiberameisen führten den für sie typischen Frontalangriff aus – simpel, aber über Jahrmillionen hinweg bewährt und fest in ihrem Erbgut verankert. Die Verteidiger, die sich am Fuß der Kathedrale in Position gebracht hatten und die erste Angriffswelle abbekamen, hielten zunächst die Stellung, zogen sich jedoch zurück, als die Übermacht erdrückend wurde. Die Treiberameisen setzten nach und verfolgten ihre Opfer, zunächst am Boden, dann sogar den Pyramidenbau hinauf.

Cliff schaltete auf Kamera 6, die unterste Baumkamera, und ging auf Weitwinkel. Die Verteidiger zogen sich immer weiter nach oben zurück, während von unten die Treiberameisen nachrückten. Cliff klickte Kamera 5 an, aber noch hatten die Ameisen den Bildausschnitt nicht erreicht.

»Schalt noch mal auf die Bodenkamera«, bat Tom.

Cliff tat es. Obwohl wieder ein paar Treiberameisen auf der Linse die Übertragungsqualität beeinträchtigten, war das Geschehen von hier aus gut zu beobachten. Noch immer befand sich der Großteil beider Ameisenheere am Fuß der Kathedrale.

Tom schüttelte den Kopf. »Weshalb greifen die Verteidiger nicht endlich über die Flanken an? Sie könnten die Treiberameisen inzwischen problemlos umzingeln – genau deshalb haben sie sich doch im Halbkreis postiert! Stattdessen rühren sie sich kaum von der Stelle. Das ergibt keinen Sinn!«

»Wir haben *angenommen*, dass sie die Flanken attackieren wollen«, gab Cliff zu bedenken. »Aber was nach unseren Maßstäben sinnvoll ist, muss nicht zwangsläufig auch für Insekten gelten.«

Tom biss die Zähne zusammen. Selbstverständlich hatte Cliff recht! Wie dumm von ihm, das Verhalten der Ameisen nach menschlichen Gesichtspunkten zu beurteilen. Geradezu laienhaft! Er hatte sich so sehr auf seine Theorie der Zwei-Flanken-Verteidigung versteift, dass er gar keinen abweichenden Gedanken mehr zugelassen hatte. Aber natürlich galten im Reich der Insekten ganz andere, instinktgesteuerte Gesetze und Verhaltensregeln.

Der Krieg der Ameisen ging wie im Zeitlupentempo weiter. Angesichts der am Boden nachströmenden, breiten Masse an Treiberameisen, weitete sich der Halbkreis der Verteidiger zusehends und spaltete sich schließlich in zwei auseinanderdriftende Hälften.

»Sie flüchten«, kommentierte Cliff.

Tom pflichtete ihm schweigend bei.

Die Hauptarmee der Treiberameisen war mittlerweile am Fuß der *Kathedrale* angekommen und erstreckte sich wie ein großer dunkler Teppich vor dem ausladenden Wurzelwerk. Immer mehr Angreifer drängten nun den Pyramidenbau hinauf.

Sie werden diese Schlacht gewinnen, dachte Tom beinahe enttäuscht. Beflügelt von den Beobachtungen der letzten Tage hatte er die Fähigkeiten der Verteidiger offenbar überschätzt.

»Mist, was ist das?«, riss Cliff ihn plötzlich aus seinen Gedanken.

Tom wusste sofort, was er meinte, auch wenn er seinen Augen kaum traute: Auf dem Bildschirm ging ein Ruck durch die *Kathedrale*. Die der Kamera zugewandte Seite sackte in sich zusammen, nur ein paar Zentimeter, aber dennoch deutlich erkennbar. Nach einer Sekunde, in der sich die Statik wieder zu stabilisieren schien, geriet ein gewaltiger Teil des Baus ins Rutschen, zunächst langsam, dann immer schneller, wie eine Lawine, die den Großteil der Angreifer – Vorhut und Haupttross – unter sich begrub. Binnen weniger Augenblicke hatten sich die Kräfteverhältnisse der beiden Gegner komplett geändert.

Darauf schienen die Verteidiger auf dem Boden nur gewartet zu haben. Wie die Hälften einer gewaltigen Zange bewegten sie sich nun aufeinander zu, schlossen sich zu einem weiten Ring und hatten die wenigen verbleibenden Treiberameisen umzingelt.

»Ihre Taktik ist viel besser als die, die ich mir ausgedacht hatte«, sagte Tom fasziniert. »Sie haben es nicht auf einen offenen Schlagabtausch ankommen lassen, sondern ihre Flucht vorgetäuscht und die Treiberameisen dadurch in eine vernichtende Falle gelockt. Erst jetzt, da sie den Sieg schon fast in der Tasche haben, greifen sie an.« Tom wusste, dass er schon wieder im Begriff war, die Ameisen nach menschlichen Maßstäben zu beurteilen, andererseits konnte man ein solches Maß an taktischem Gespür und Organisationstalent doch nur als *menschlich* bezeichnen! Welches andere Lebewesen wäre dazu in der Lage gewesen?

Aber woher kam diese außergewöhnliche strategische Weitsicht und Intelligenz? Wie weit reichten die kognitiven Fähigkeiten dieser Ameisen? Und weshalb war es ausgerechnet hier, mitten im afrikanischen Äquatorialgebiet, zu dieser Entwicklung gekommen? Fragen über Fragen, auf die es noch keine Antworten gab – aber Tom war fest entschlossen, sie zu finden.

Kapitel 12

»Einen Drink für Sie, Sir?«

Brian Quint sah zu einer überaus attraktiven Blondine in blauer Stewardessenuniform auf. »Ein Glas Mineralwasser, bitte«, sagte er. »Und eine Kopfschmerztablette.«

»Gerne, Sir.« Sie schenkte ihm das Wasser ein und reichte es ihm. »Die Tablette kommt sofort.«

Er nickte nur, dankbar, dass die Frau ihn offenbar ernst nahm und sich beeilte. Der Druck hinter den Augen brachte ihn noch um den Verstand, ein Leiden, gegen das er machtlos war. Jedes Mal, wenn er in einem Flugzeug saß – was bei den Aufträgen, die Kardinal Vargas ihm erteilte, ziemlich häufig vorkam –, meldete sich irgendwann dieser grauenvolle Schmerz. Normalerweise hatte er stets einen kleinen Vorrat an Aspirin bei sich, aber auf dem Rückflug von Russland nach Italien hatte er seine letzte Tablette verbraucht und vergessen, sich mit neuen einzudecken. Jetzt saß er in der First Class eines Airbus A380 auf dem Flug nach N'Djamena, und sein Schädel fühlte sich an, als würde er jeden Moment platzen.

Die Stewardess kam zurück und gab ihm zwei Tabletten.

»Sie retten mir das Leben«, sagte Quint.

»Keine Ursache. Wenn ich noch etwas für Sie tun kann, lassen Sie es mich bitte wissen.«

Quint nickte, nahm beide Tabletten auf einmal in den Mund und spülte sie mit einem großen Schluck Wasser hinunter. Während er darauf wartete, dass der schraubstockartige Druck hinter den Augen endlich nachließ, warf er einen Blick aus dem Fenster.

Der Himmel war wolkenlos, sodass man mühelos auf die Erde hinabsehen konnte. Das Mittelmeer lag als tiefblaue, scheinbar spiegelglatte Fläche unter ihm. Er konnte auch schon die nordafrikanische Küste und die ersten Ausläufer des Atlasgebirges erkennen, der erste Vorposten der Sahara. Und irgendwo weit dahinter barg diese gewaltige Wüste ein Geheimnis, das er zu enträtseln hatte.

Er spürte, wie der Schmerz in seinem Kopf allmählich verebbte. Es war eine Wohltat. Endlich konnte er die CD-Rom, die Vargas ihm in Rom überreicht hatte, ungestört studieren.

Wie bei all seinen Reisen hatte er einen Doppelplatz in der letzten Reihe der Maschine gebucht, um nicht Gefahr zu laufen, dass allzu neugierige Fluggäste ihm von hinten in den Laptop schauten. Vargas' Unterlagen waren nur für ihn bestimmt, für niemanden sonst.

Während er sich in die Dateien seines neuen Falls vertiefte, kam er sich beinahe wie James Bond vor. Allein der Name des verschlüsselten Dateiordners – Mission Sahara – verströmte Geheimdienstatmosphäre. Und wenn man es recht bedachte, war dieser Gedanke gar nicht so weit von der Realität entfernt. Auch er, Brian Quint, war in gewisser Weise ein Agent. Ein Agent Gottes – mit der Lizenz zu töten.

Quint gestattete sich ein Lächeln, rief sich aber sofort wieder zur Ordnung. Es war nicht nur albern, sondern auch eitel, sich mit einem Roman- und Kinohelden wie James Bond zu vergleichen. Er beschloss, sich dafür bei der nächsten Beichte vier Ave Maria als Buße aufzuerlegen.

Begleitet vom gedämpften Heulen der Maschinen vertiefte Quint sich weiter in seine digitalen Ordner und Verzeichnisse. Zwei Stunden lang las er sämtliche von Vargas zusammengestellten Unterlagen: Notizen, Gesprächsprotokolle, Übersetzungen alter Vatikandokumente und Bibelpassagen mit möglichen Hinweisen darauf, was mit dem *Geheimnis des Allerhöchsten und der Menschheit* gemeint sein konnte.

Normalerweise stellte sich bei Quint in dieser frühen Phase eines neuen Falles ein wonniges Gefühl der Vorfreude ein, gespeist aus der tiefen Dankbarkeit, dem Herrn auf seine ganz besondere Weise dienen zu dürfen. Doch heute war es anders. Als Quint mit der Lektüre fertig war, blieb ein ungewohnter, schaler Nachgeschmack zurück, ohne dass er wusste, weshalb.

Er ließ sich eine weitere Tablette gegen die erneut aufkeimenden Kopfschmerzen geben, klappte den Laptop zu und schloss eine Weile die Augen, um sich besser entspannen zu können. Er ließ seinen Gedanken freien Lauf, ließ sie treiben, wohin sie wollten, vergaß für ein paar Minuten alles um sich herum.

Und wusste plötzlich, was heute anders war als sonst: Normalerweise erhielt er von Kardinal Vargas mit jedem neuen Fall sämtliche relevanten Informationen. Er hatte also von Anfang an eine ziemlich konkrete Vorstellung davon, was ihn erwartete. Vom Umfang her entsprachen die Unterlagen der *Mission Sahara* durchaus dem Standard, doch ihr *Inhalt* ließ mehr Fragen offen, als er beantwortete. Im Grunde wusste Quint noch immer nicht viel mehr als das, was Vargas ihm in Rom erzählt hatte.

Das gab der Angelegenheit zwar einerseits mehr Würze und Spannung, andererseits hatte Quint in seiner Laufbahn erst einen einzigen Fall mit einem derartig großen Informationsdefizit erlebt, damals am Toten Meer. Ein israelisches Archäologenteam war in einer Felsenhöhle unweit von Qumran auf einen Knochenfund und einige Dokumente gestoßen, die den Schluss nahelegten, dass es sich um die sterblichen Überreste von Jesus Christus handelte. Quint hatte den Fall aufgrund unzureichender Informationen von Grund auf falsch eingeschätzt, völlig übereilt gehandelt und ihn dadurch prompt verpatzt. Neun ganze Monate hatte er in einem stinkenden Gefängnisloch in Hebron verbracht, ohne darauf hoffen zu dürfen, dass Rom ihm aus der Klemme helfen würde. Das war eine der Spielregeln, die Quint akzeptiert hatte, denn aus naheliegenden Gründen existierte Kardinal Vargas' kleine, militante Spezialeinheit offiziell gar nicht. Wäre Quint nicht irgendwann die Flucht gelungen, würde er vermutlich noch heute in einer heruntergekommenen Zelle dahinvegetieren, wenn er nicht längst das Zeitliche gesegnet hätte.

Doch der Gefängnisaufenthalt allein war es nicht, der Brian Quint den Qumran-Fall vergällte. Viel schlimmer war für ihn die Schmach, versagt zu haben. Da war es ihm auch kein Trost, dass das vermeintliche Jesus-Skelett wenig später als Fälschung entlarvt worden war.

Informationsmangel hatte den Einsatz am Toten Meer zu Quints persönlichem Waterloo werden lassen. Und bei der bevorstehenden *Mission Sahara* waren die ihm zur Verfügung stehenden Hintergrundinformationen genauso dünn.

Er fuhr sich mit der Hand übers Gesicht, massierte sich die Augen. Qumran. Die Geschichte lag über fünfzehn Jahre zurück, damals war er noch jung und unerfahren gewesen. Mit den Erfahrungen von heute würde er denselben Fehler nicht noch einmal begehen. Er würde nichts übereilen, sondern in bewährter Manier sehr sorgfältig und bedacht vorgehen. Erst wenn er sich ein genaues Bild der Lage verschafft hatte, würde er sich einen Plan zurechtlegen und handeln. Dann jedoch mit aller Konsequenz.

Kapitel 13

Als Tom am kommenden Morgen den Fußweg zu Camp 4 antrat, fühlte er sich ein wenig verkatert. Am Vorabend hatten er und Cliff die PECO-Mitarbeiter über den aktuellen Sachstand informiert. Die Freude darüber, dass das unheimliche Klopfkonzert sich nicht gegen die Wissenschaftler, sondern gegen das Treiberameisen-Heer gerichtet hatte, war so groß gewesen, dass Professor Jula kurzfristig ein Fest anberaumt hatte – mit Bier und südafrikanischem Rotwein. Zunächst hatte Tom sich beim Trinken zurückgehalten. Erst nachdem er seinem Vorsatz zum Trotz einen neuerlichen Versuch unternommen hatte, mit Nancy zu telefonieren – wieder erfolglos –, war sein Bedürfnis nach Alkohol erwacht. Er hatte Nancy noch eine kurze E-Mail geschrieben, dann war er zu den anderen zurückgekehrt, hatte alle Bedenken verworfen und sich schon beinahe vorsätzlich betrunken. Jetzt musste er dafür büßen.

Obwohl Cliff noch wesentlich mehr getrunken hatte, zeigte er keinerlei Anzeichen eines Katers. Im Gegenteil: Offenbar bester Laune stiefelte er an der Seite von Lisa Bennett den schmalen Pfad entlang, vertieft in ein angeregtes Gespräch. Vom ersten Tag an hatte er ein Auge auf die hübsche Assistentin des Professors geworfen, und die vergangene Nacht hatte er jedenfalls nicht im Zelt neben Tom verbracht.

Blieb nur zu hoffen, dass dieser Casanova der jungen Frau nicht das Herz brach – oder schlimmer noch: sie ihm. Cliff litt jedes Mal wie ein Schlosshund, wenn er von einer Frau zurückgewiesen wurde, was in der Regel spätestens dann passierte, wenn sie feststellte, dass er es entgegen aller Ernsthaftigkeitsbeteuerungen nur auf eine vorübergehende Affäre angelegt hatte. Gekränkter Männerstolz ließ ihn dann wochenlang schmollen.

In Camp 4 erwartete sie ein befremdlicher Anblick. Noch immer ragte die *Kathedrale* wie ein riesiges sakrales Monument in die Höhe, doch eine Seite des Hügels war nun aufgerissen. Eine riesige Kerbe, dreißig Meter hoch, klaffte wie eine offene Wunde in der ansonsten makellosen Architektur. Das herabgerutschte Material bildete am Fuß des Baus eine breite, fächerförmige Rampe – eine massive Schicht aus Erde und zersetzten Pflanzenteilen, die den Großteil der Treiberameisen-Armee unter sich begraben hatte.

»Irgendwie unheimlich«, flüsterte Lisa Bennett, die neben Cliff stand. »Wie auf einem Friedhof.«

Tom pflichtete ihr schweigend bei, insbesondere, weil auf der Rampe kaum ein Bewohner der *Kathedrale* zu sehen war. Wohin hatten sich die Tiere zurückgezogen?

Er ging zur nächstgelegenen Bodenkamera, betätigte den Zoom und suchte den Bau ab. An der offenen Flanke der Ruine herrschte reges Treiben: Tausende von Arbeiterinnen krabbelten scheinbar unkoordiniert und dennoch einem höheren Plan folgend hin und her und reparierten Stück für Stück das filigrane Netzwerk aus Gängen, Schächten und Höhlen, das sich Toms Auge bot.

Dennoch waren hier erstaunlich wenige Tiere am Werk. Er ließ die Kamera weiter wandern – überall dasselbe Bild.

»Irgendwie kommt mir das Spanisch vor«, sagte er zu Cliff, während er ein Headset überstreifte und begann, das Gurtzeug anzulegen. »Ich werde mir das mal aus der Nähe ansehen. Unsere Schützlinge müssen die gestrige Auseinandersetzung haushoch gewonnen haben. Ich verstehe nicht, wo sie sind. Normalerweise müsste die Wiederherstellung des Baus für sie oberster Priorität haben.«

Er klinkte die Karabinerhaken ein, testete die Fernsteuerung für die Elektromotoren und zog ein letztes Mal die Gurte nach. Dann begann er mit der Seilbahnfahrt hinauf in die schwindelerregende Höhe von dreißig Metern.

Je näher er dem Bau kam, desto deutlicher erkannte er die exakten Strukturen der Bruchkanten, die im Gegensatz zur eher urtümlich wirkenden, organisch gewachsenen Fassade der restlichen *Kathedrale* klaren geometrischen Gesetzen folgte. Obwohl Tom wusste, dass die Ameisen die Lawine künstlich ausgelöst haben mussten, ging ihm erst jetzt auf, mit welcher mathematischen Präzision sie dabei vorgegangen waren. Ein menschliches Sprengkommando mit dem Auftrag, einen Erdrutsch an einem Berghang herbeizuführen, hätte keine sauberere Arbeit leisten können.

Tom spürte, wie sich eine angenehme Wärme in seiner Magengegend ausbreitete. Bislang basierten die meisten der von ihm und Cliff entwickelten Theorien auf Foto- und Filmaufnahmen, die unterschiedliche Interpretationen zuließen. Die Geometrie der Bruchkanten war der erste unwiderlegbare Beweis für den klaren analytischen Verstand der hier lebenden Ameisen sowie für ihre Fähigkeit, komplexe Pläne auch in die Tat umzusetzen. Aus irgendeinem Grund verspürte Tom so etwas wie Stolz, aber auch eine gewisse Beunruhigung. Diese Ameisen hatten eine Armee angreifender Treiberameisen in die Knie gezwungen. Wozu waren sie *noch* in der Lage?

Langsam ließ Tom sich heruntergleiten. Während er im Zeitlupentempo tiefer sank, suchte er die Bruchfläche der *Kathedrale* nach Auffälligkeiten ab, konnte aber keine entdecken. An ihm vorbei zog das aufgebrochene Innenleben eines – abgesehen von der Größe – völlig normalen Ameisenbaus mit unzähligen Röhren, Schächten und Kammern. Allerdings bestätigte sich der erste Eindruck: Am Wiederaufbau der Kolonie beteiligte sich nur ein kleiner Teil der hier lebenden Tiere.

Einen Meter, bevor seine Füße das herabgestürzte Material der *Kathedrale* auf dem Boden berührten, stoppte Tom den Elektromotor. Er brachte sich in eine waagerechte Position und hing nun mit dem Gesicht nach unten über der Erde, wobei er sich vorkam wie Tom Cruise in *Mission Impossible*. Um sich zu stabilisieren, streckte er die Füße durch eine hinter ihm baumelnde Gurtschlaufe.

Auf den ersten Blick entdeckte er unter sich keine Auffälligkeiten. Die Schuttrampe bestand, wie vermutet, aus Erde und einer Vielzahl von mehr oder weniger vermoderten Pflanzenteilen, die für die Errichtung des Baus verwendet worden waren. Ameisen gab es hier nur vereinzelt.

Dann bemerkte Tom etwas, was seine Aufmerksamkeit erregte: Ein gutes Stück neben ihm befand sich eine Vertiefung – nicht nur eine zufällig entstandene Mulde, sondern ein kreisrundes Loch, etwa dreißig Zentimeter im Durchmesser. Wieder ein deutlicher Beweis für geometrisches Verständnis. Und da die Mulde sich auf der Schuttrampe befand, musste sie in jüngster Vergangenheit entstanden sein – *nach* dem Kampf der beiden Ameisenvölker.

»Ich glaube, ich habe etwas entdeckt«, sprach Tom in sein Headset.

»Du *glaubst*?« Cliffs Stimme klang blechern in seinen Ohren. »Könntest du etwas konkreter werden, oder muss ich erst betteln?«

Tom erklärte es ihm, während er gleichzeitig die Fernsteuerung betätigte. Begleitet vom leisen Surren der Elektromotoren schwebte er dicht über dem Boden auf die Vertiefung zu. Jetzt bemerkte er, dass es noch weitere derartige Mulden gab, mindestens zwanzig oder dreißig. Da sie unterschiedlich groß waren und kein regelmäßiges Muster bildeten, hatte Tom sie zunächst gar nicht bemerkt, doch je näher er kam, desto seltsamer erschien ihm der Anblick. Die Mulden wirkten wie Miniaturausgaben von Meteoritenkratern. Die Kraterwände glänzten, als seien sie mit Obsidian-Splittern besetzt. Schnell erkannte Tom, was diesen Glanz tatsächlich hervorrief: tote Ameisenkörper, dicht an dicht aneinandergereiht wie die sprichwörtlichen Ölsardinen in der Büchse.

Tom ließ sich noch ein Stück weiter sinken, sodass er jetzt nur noch drei Handbreit über dem Boden schwebte. Mit geübtem

Blick betrachtete er die toten Tiere genauer. Es handelte sich ausschließlich um Vertreter der auf dem Baum lebenden Ameisenvölker. Treiberameisen waren nicht darunter.

»Erde an Tom, bitte kommen!«, tönte Cliffs Stimme in seinen Ohren.

»Du wirst kaum glauben, was ich hier sehe«, sagte Tom.

»Lass es darauf ankommen – nur sprich mit mir, Kumpel! Ich platze nämlich vor Neugier.«

Tom schilderte ihm seine Entdeckung. »Was hältst du davon?«, fragte er.

Er hörte Cliff tief Atem holen. »Ehrlich gesagt – keine Ahnung.«

Tom beschloss, einen Blick auf die nächste Mulde zu werfen, und schwebte weiter. Dasselbe Bild. Erst bei der übernächsten Vertiefung – der letzten, die sich in seinem Aktionsradius befand – gab es eine Besonderheit. »Hier regt sich etwas«, murmelte er.

»Was meinst du? Dass die Ameisen im Krater noch leben?«

»Sieht so aus.«

Tom betrachtete seinen neuesten Fund genauer. Die Mulde maß etwa zwanzig Zentimeter im Durchmesser. Während die eine Hälfte der Kraterwand wie üblich mit toten Ameisenkörpern bestückt war, herrschte auf der anderen Seite fleißige Betriebsamkeit. Mindestens zwei Dutzend Arbeiterinnen tummelten sich dort.

Im ersten Moment erkannte Tom hinter ihrem Treiben keinen Sinn. Er bemerkte jedoch schnell, dass sie nach kurzem Aufenthalt den Krater wieder verließen, während andere von außen nachrückten. Diese sahen deutlich größer und irgendwie deformiert aus, wie siamesische Zwillinge, als wären jeweils zwei Körper miteinander verwachsen. Einer bildete den Unterbau, der andere eine Art Rucksack. Die nicht benötigten Gliedmaßen standen starr nach allen Richtungen ab. In der Mulde trennten sich die beiden Körper jedoch: Die Arbeiterinnen legten ihre Rucksäcke ab.

In diesem Moment begriff Tom. »Es ist ein Totenkult!«, platzte er heraus.

»Was hast du gesagt?«

»Sie bringen die Opfer des gestrigen Angriffs hierher, um sie gewissermaßen aufzubahren.« Tom konnte seine Aufregung nur noch mühsam verbergen, denn die Tragweite dieser Feststellung war ungeheuerlich. Bislang gab es nur eine einzige Spezies auf Erden, die Totenkulte zelebrierte: den Menschen.

Jetzt gab es eine zweite.

Als ihn etwas am Hinterkopf berührte, versuchte er, es geistesabwesend mit einer Handbewegung zu verscheuchen. Dann hörte er neben sich ein Geräusch, als würde ein großer Regentropfen auf Laub treffen. Instinktiv warf er einen Blick in die Richtung. Was er sah, war allerdings kein Wassertropfen, sondern ein kleines Kügelchen, kaum größer als ein Stecknadelkopf. Es prallte vom Boden ab, hüpfte ein paar Mal hin und her und blieb schließlich unmittelbar neben der Kraterwand liegen.

Neugierig hob Tom das Kügelchen vom Boden auf. Es war der Kopf einer Treiberameise, eindeutig zu erkennen an den mächtigen, säbelartigen Kieferzangen. Kein Rumpf, keine Beine, keine Fühler. Nur der Kopf mit den Beißwerkzeugen und den Facettenaugen. Wieder tropfte etwas vor ihm auf den Boden, diesmal zwei abgetrennte Rumpfteile. Und dann drang das Plätschern plötzlich aus allen Richtungen an sein Ohr wie ein Regenschauer, und die verstümmelten Ameisenleiber prasselten auf ihn nieder.

Als Entomologe war er zwar einiges gewöhnt, aber *das* war selbst für ihn zu viel. Nicht die Nerven verlieren!, sagte er sich. Sie sind tot. Sie können dir nichts mehr tun. Dennoch war das Ekelgefühl überwältigend und Tom einer Panikattacke nahe. Die Insektenleiber waren überall – auf seinem Rücken, in seinen Haaren, in seinem Genick, von wo aus ihm einige in den Hemdkragen rutschten. Der Drang, sich die Kleidung vom Leib zu reißen und sich abzuklopfen, war überwältigend, aber irgendwie schaffte Tom es, die nötige Ruhe zu bewahren und den Elektromotor zu betätigen. Langsam schwebte er rückwärts und gleichzeitig nach oben – egal wohin, Hauptsache weg.

In seinen Ohren dröhnte Cliffs Stimme: »Tom, was ist los mit dir?« Dann hörte er noch etwas wie: »Wir müssen ihm helfen!« Der letzte Satz war offenbar an die PECO-Wissenschaftler gerichtet.

»Bleibt, wo ihr seid!«, keuchte Tom. »Es ist halb so schlimm …« Etwas, worüber er lieber nicht so genau nachdenken wollte, geriet ihm in den Mund. Er musste husten und spuckte es aus.

»Tom? Was hast du gesagt? Wir haben dich nicht verstanden.«

»Dass ihr bleiben sollt, wo ihr seid!«

In diesem Moment ließ das Plätschern ebenso schnell nach, wie es begonnen hatte. Erleichtert und vorsichtig öffnete Tom die Augen – er war sich gar nicht darüber bewusst gewesen, dass er sie geschlossen hatte – und stellte fest, dass er sich etwa fünf Meter über dem Boden befand. Unter ihm war die Erde übersät mit einer dünnen, glitzernden Schicht aus Chitinfragmenten.

Tom ließ die Fernsteuerung los, zog die Beine aus der Schlaufe und nahm jetzt wieder eine sitzende Position ein. Die Ameisenteile, die sich auf seinem Rücken angesammelt hatten, rieselten zu Boden. Anschließend fuhr Tom sich so lange mit den Händen durchs Haar, bis er das Gefühl hatte, wenigstens einigermaßen »sauber« zu sein.

»Tom?«, kam es aus dem Headset.

»Alles in Ordnung.«

»Was war das eben?«

»Eine Art Insektenregen. Die Tiere haben nicht mehr gelebt – also keine Gefahr. Aber eklig war's trotzdem.«

Er hörte Cliff am anderen Ende der Leitung aufatmen. »Du hast uns eine Heidenangst eingejagt.«

»Das wollte ich nicht. Aber es ist ja nicht gerade so, dass ich mir das für euch ausgedacht habe.« Er warf einen Blick hinauf ins Geäst. »Ich will versuchen herauszufinden, was genau passiert ist. All die toten Tiere müssen schließlich irgendwoher kommen.«

»Aber sei vorsichtig. Du weißt nicht, welche Überraschungen dich noch erwarten. Also geh kein unnötiges Risiko ein, okay?«

»Ja, *Mom*.«

Cliff lachte auf. »Braver Junge. Wenn du heil zurückkehrst, bekommst du von mir auch einen Schokoladenkeks.«

Tom bediente wieder die Fernsteuerung und schwebte senkrecht nach oben. In etwa zwölf Metern Höhe setzte ein zweiter Insektenschauer ein. Tom kniff die Augen zusammen, hielt sich den Kragen zu und wartete. Nach wenigen Sekunden war auch dieses Intermezzo vorbei. Wieder schüttelte er sich gründlich, dann setzte er seinen Aufstieg fort.

Als er fast ganz oben angekommen war, setzte der dritte Schwall ein. Allerdings hätte Tom ihn beinahe verpasst, weil er sich nicht *auf* ihn ergoss, sondern seinen Ursprung irgendwo *unter* ihm hatte. Rasch ließ er sich wieder ein Stück hinunter. Auf den ausladenden Ästen, Zweigen und Blättern einer der drei riesigen Akazien, die die Säulen der *Kathedrale* bildeten, saßen die Ameisen dicht an dicht. Es mussten Millionen sein. Vermutlich waren sie schon bei Toms erster Sichtung dort gewesen, nur hatte er sie nicht bemerkt, weil er seine Aufmerksamkeit auf den zerstörten Bau gerichtet hatte.

Tom fuhr näher heran. Eigenartigerweise wuselten die Tiere nicht wild durcheinander: Jede Ameise schien ihren festgelegten Platz zu haben. Allerdings bewegten sich ihre Antennen und Mandibeln in unruhiger Rast hin und her, weil sie, wie Tom jetzt bemerkte, eine Art Trägerkette bildeten: Tausende von Treiberameisen – meist noch zappelnd, aber schwer verletzt – wurden weitergereicht, als würden sie von einem fließenden Strom getragen, nur dass dieser Strom sie an ihren letzten Bestimmungsort führte, wo sie von winzigen Kiefern zerschnitten und zerrissen wurden, bevor die zerlegten Körperteile in den Abgrund gestoßen wurden.

Allmählich dämmerte Tom, dass er Zeuge eines Opferrituals war. Die Besiegten wurden hingerichtet.

Kapitel 14

Später standen Tom, Cliff und die PECO-Wissenschaftler in Camp 4 zusammen und diskutierten über die neuesten Erkenntnisse.

»Sie begraben ihre Toten und opfern ihre Gegner?« Professor Jula klang wenig überzeugt. »Ich bin zwar nur Botaniker, aber – verzeihen Sie – was Sie da erzählen, klingt für mich absolut fragwürdig!«

Sam Ewembe pflichtete ihm bei. »Ich habe noch nie von Insekten gehört, die Totenkulte zelebrieren. Das ist doch nicht normal.«

»Genau darum geht es«, sagte Tom geduldig. »*Es ist nicht normal.* Was wir hier erleben, wurde nie zuvor beobachtet. Übrigens im gesamten Tierreich nicht. Es gibt kein einziges Tier auf der Welt, von dem bekannt wäre, dass es seine Toten beerdigt. Nicht einmal Schimpansen oder Gorillas tun das, nur der Mensch.«

»Und offenbar diese Ameisen«, ergänzte Cliff. »Was uns zwangsläufig zu der Frage führt, wie sehr sie dem Menschen insgesamt ähneln – vom Wesen her, meine ich.«

»Nun machen Sie mal halblang!« Professor Jula schüttelte verärgert den Kopf. »Ich habe Verständnis dafür, dass Sie von derartigen Theorien fasziniert sind. Ihr Institut steckt in Geldschwierigkeiten, und Sie brauchen dringend eine medienwirksame Sensation, um neue Sponsoren zu gewinnen. Ich leugne nicht einmal, dass das auch der Grund war, weshalb ich meinen alten Freund Hayden Dexter als Ersten über diesen außergewöhnlichen Ameisenbau informiert habe. Ich wollte ihm einen Gefallen tun. Aber die Art, wie Sie hier voreilige Schlüsse ziehen, geht mir entschieden zu weit! Mit Ihren aberwitzigen Vermutungen werden Sie sich allenfalls blamieren – und ein Teil der Blamage wird auf PECO zurückfallen, weil ich Sie engagiert habe. Daher bitte ich Sie eindringlich, Ihre Beobachtungen genauestens zu verifizieren, bevor Sie damit an die Öffentlichkeit treten. Nichts wäre peinlicher als eine Sensation, die sich als Ente entpuppt. Gewiss gibt es eine ganze Reihe weiterer Erklärungsmöglichkeiten für das Verhalten dieser Ameisen.«

»Zum Beispiel?«, warf Cliff dazwischen.

»Zum Beispiel … zum Beispiel …« Jula fuchtelte in der Luft herum, als ränge er um eine plausible Antwort. Schließlich ließ er die Arme sinken. »Tut mir leid«, sagte er versöhnlicher. »Ich wollte Ihre Kompetenz nicht infrage stellen. Es ist nur … die ganze Geschichte ist so fantastisch, dass es schwerfällt, sie zu glauben.«

Tom klopfte ihm freundschaftlich auf den Rücken. Er war Jula nicht böse wegen seines Ausbruchs, im Gegenteil, er konnte die Verwirrung des Kollegen gut verstehen. Ihm selbst ging es kaum anders. Er wusste, wie irrwitzig seine Erklärung klang, und ihm war klar, dass es im Fall einer Veröffentlichung unzähligen Skeptikern das größte Vergnügen bereiten würde, ihm die Lücken seiner Logik vorzuführen. Andererseits gab es für Tom kaum einen Zweifel. Er hatte die Ameisen aus nächster Nähe beobachtet, und so sehr er sich auch bemühte, ihm fiel keine andere Erklärung für ihr sonderbares Verhalten ein.

Den Rest des Nachmittags verbrachte er damit, Berichte zu schreiben – nicht nur, weil Hayden Dexter gewiss schon sehnsüchtig auf den ersten Report wartete, sondern weil ihm das Schreiben für gewöhnlich beim Denken half. Es zwang ihn, die Fakten zu strukturieren und noch einmal alles kritisch zu hinterfragen. In diesem Fall war das nötiger denn je, weil Inkompetenz so ziemlich das Letzte war, was er sich von Dexter vorwerfen lassen wollte.

Wenn ich diesen Auftrag versiebe, könnte mir das beruflich das Genick brechen, dachte Tom. Er schloss nicht aus, dass Dexter ein Scheitern zum Anlass nehmen würde, ihn wegen Unfähigkeit vor die Tür zu setzen. Darauf wollte er es nicht ankommen lassen. Also legte er diesmal besondere Sorgfalt in seine Berichterstattung.

Er begann mit der Beschreibung des Ameisenbaus und fügte entsprechende Bilder in seinen Text ein. Anschließend beschrieb er ausführlich, welche Untersuchungen er und Cliff angestellt hatten, angefangen bei der Vermessung des Pyramidenbaus über die Foto- und Filmaufnahmen bis hin zu den undokumentierten Beobachtungen, die er an diesem Vormittag gemacht hatte. Schwerpunkt seines Berichts war natürlich die Beschreibung sämtlicher abnormer Verhaltensmuster der in der *Kathedrale* lebenden Ameisen. Im letzten Kapitel ging er auf die Schlussfolgerungen ein, die sich seiner Meinung nach daraus ergaben. Zusammengefasst lautete seine Theorie, dass diese Ameisen aus noch ungeklärtem Grund analytische Fähigkeiten und Verhaltensweisen an den Tag legten, die denen des Menschen verblüffend ähnelten. Dabei nahmen die Wüstenameisen eine zentrale Rolle ein. Er räumte ein, dass diese Theorie noch nicht zweifelsfrei bewiesen werden konnte, machte jedoch deutlich, dass er seinen Erklärungsversuch unter den gegebenen Umständen für den plausibelsten hielt.

Nachdem er die Rohfassung seines Berichts beendet hatte, schüttelte er seufzend den Kopf. Auch beim Schreiben waren ihm keine gravierenden Logikbrüche aufgefallen. Und Cliff, den er bat, den Bericht kritisch zu lesen, teilte seine Ansichten voll und ganz.

»Danke für die Blumen«, sagte Tom. »Bleibt nur noch zu hoffen, dass Dex uns das Ding nicht um die Ohren schlägt.«

Wie aufs Stichwort kam Lisa Bennett in diesem Moment aus dem Kommunikationszelt zu ihnen herübergeeilt. »Telefon für Sie, Tom!«, rief sie schon aus der Entfernung. »Es ist Ihr Boss. Er sagt, es sei dringend!«

»Was zum Teufel machen Sie da unten in Afrika?«, dröhnte Hayden Dexters Stimme durch den Lautsprecher. »Ich habe Sie dorthin geschickt, um Ihnen die Chance zu geben, Ihre Abteilung zu retten, aber Sie melden sich nicht. Erzählen Sie mir nicht, es läge an der Verbindung! Ich weiß, dass Sie hundert Mal bei Ihrer Frau auf Band gesprochen haben!«

Schlechterdings eine Übertreibung, Dexter wollte ihn nur provozieren, wie es nun mal seine Art war. Allerdings fragte sich Tom, woher Dexter davon wusste. Hatte er mit Nancy gesprochen? Weshalb sollte er?

»Cliff und ich stecken bis zum Hals in Arbeit«, entgegnete Tom unbeirrt. »Professor Jula hat nicht übertrieben. Aus entomologischer Sicht haben wir es mit einer echten Sensation zu tun – einem Ameisenstaat, der alles Herkömmliche weit in den Schatten stellt. Hier passiert ständig etwas Ungewöhnliches, sodass wir mit den Auswertungen kaum nachkommen. Aber der erste Bericht ist vor fünf Minuten fertig geworden. Ich schicke ihn gleich per E-Mail.«

»Tun Sie das! Und packen Sie anschließend Ihre Sachen.«

Tom glaubte, sich verhört zu haben.

»Sie haben schon richtig verstanden!«, setzte Hayden Dexter nach, als könne er Gedanken lesen. »Ihre Arbeit im Kongo ist beendet.«

Es klang so endgültig, dass Tom einen trockenen Hals bekam. Eine Flut von Fragen stürzte auf ihn ein. Was hatte Dexter vor? Bedeutete der vorzeitige Abbruch des Kongo-Einsatzes womöglich das Aus für die entomologische Abteilung von Rossburry? Hatte Dexter ihn nur nach Afrika geschickt, um ungestört seine Umstrukturierungen vornehmen zu können?

Tom war sich plötzlich sicher, dass es so sein musste. Unwillkürlich stieg Wut in ihm hoch. »Das haben Sie ja geschickt eingefädelt!«, presste er hervor. »Schicken mich zum entlegensten Winkel des Plancten, um in der Zwischenzeit meine Abteilung einzustampfen. Sie sind ein Mistkerl, Hayden!«

Es trat eine kurze Pause ein. »Wovon zum Teufel sprechen Sie, Tom? Ich habe keineswegs vor, die Entomologie einzustampfen – schon gar nicht nach den letzten Informationen, die ich vor etwa zwanzig Minuten hereinbekommen habe.«

Tom verstand gar nichts mehr. Offenbar war Dexter trotz der

Beschimpfung keineswegs sauer, dabei konnte er ziemlich nachtragend sein. Was hatte er gesagt? Dass er Toms Abteilung nicht auflösen wollte? Aber was waren das für Neuigkeiten, von denen er gesprochen hatte? Tom schluckte den Kloß im Hals hinunter und fragte Dexter danach.

»Der Kongo scheint mittlerweile nicht mehr der einzige Ort zu sein, an dem es Anomalien mit Ameisen gibt«, erläuterte Dexter. »Ein Wissenschaftsteam in der Sahara hat offenbar ähnliche Beobachtungen gemacht. Sie wollen, dass wir uns das ansehen. Die Leiterin des Instituts, eine gewisse Dr. Silva, hat angefragt, ob wir in diesem Zusammenhang mit ROBIN aushelfen können. Sie hatte einen Internetartikel über die Bergungsarbeiten in Italien gelesen und wollte wissen, ob wir diese Technik auch bei Ameisen anwenden können. Ich gab ihr zu verstehen, dass das für uns kein Problem sei, und als sie erwähnte, welchen Tagessatz sie zu zahlen bereit ist, habe ich ihr spontan zugesagt. Deshalb: Schließen Sie Ihre Untersuchungen im Kongo noch heute ab, Tom! Auf Sie wartet ein Einsatz in der Sahara.«

Tom unterdrückte ein Stöhnen. Er verspürte nicht die geringste Lust auf eine weitere Reise. Er wollte seine Arbeit im Kongo beenden und dann nach Hause fliegen, um endlich mit Nancy ins Reine zu kommen.

»Hayden, ich war seit einer halben Ewigkeit nicht mehr daheim, weil Sie mich dauernd irgendwo in der Weltgeschichte herumscheuchen«, sagte er.

»Der Aufenthalt in der Sahara wird nur ein paar Tage dauern!«

»Das behaupten Sie jedes Mal, weil Sie wissen, dass ich keine halben Sachen mag und so lange bleibe, bis ich ein vorzeigbares Ergebnis habe. Aber wenn ich Nancy erst in vier Wochen wiedersehe, ist meine Ehe womöglich zerstört.«

Dexters Tonfall wurde schärfer, wie immer, wenn er keine Lust hatte, sich auf eine Diskussion einzulassen. »Vielleicht sollten Sie sich weniger Gedanken um Ihre Frau als um Ihren Job machen. Mit Nancy habe ich bereits gesprochen, und sie versteht die Situation offenbar besser als Sie, Tom. Ich soll Ihnen ausrichten, dass Sie ohne Gewissensbisse in die Sahara reisen können.«

Tom war mehr als verwundert. »*Das* hat sie gesagt?«

»Sogar wörtlich. Sie hat auf mich einen sehr vernünftigen Eindruck gemacht. Sie weiß, wie sehr man sich heutzutage für seinen Job einsetzen muss.«

Das klang in der Tat ganz nach Nancy. Als PR-Managerin von Bürgermeister Barrymore kämpfte sie wie eine Löwin für dessen Wahlerfolge. Dennoch fiel es ihr oft schwer, Verständnis für Toms häufige Reisen aufzubringen. »Hayden, ich glaube nicht …«

»Was soll ich denn *noch* für Sie tun?«, fiel Dexter ihm ins Wort. »Verstehen Sie nicht? Ich will Ihren Arsch retten, Tom! Und den Ihrer Mitarbeiter. Aber dazu müssen Sie schon ein bisschen mithelfen! Ich kann die Kartoffeln nicht allein für Sie aus dem Feuer holen. Dass Ihre Abteilung nicht gerade profitabel ist, wissen Sie so gut wie ich. Daran muss sich schleunigst etwas ändern.«

»Genau deshalb bin ich ja hier, Hayden.«

»Bei dieser Kongo-Geschichte *dachte* ich, sie könne uns helfen. Bei der Sahara-Sache *weiß* ich es hingegen, weil ich ein konkretes Angebot auf dem Tisch liegen habe. Dreitausend Pfund pro Tag zuzüglich sämtlicher Nebenkosten – das ist ein respektables Angebot, finden Sie nicht?«

Tom zögerte mit seiner Antwort. Dreitausend Pfund waren tatsächlich enorm – soweit er sich erinnern konnte, der höchste Tagessatz in der Geschichte der Rossburry-Stiftung. Das Angebot klang so verlockend, dass daran irgendetwas nicht stimmen konnte. »Wo ist der Haken?«

»Es gibt keinen Haken.«

»Weshalb sollte man uns das Geld nachwerfen?«

»Unsere Mini-Bioroboter-Technologie ist weltweit führend.«

»Das kann nicht der einzige Grund sein.«

Dexter machte eine kurze Pause. »Die einzige Bedingung, die wir erfüllen müssen, ist die Verpflichtung zu absoluter Diskretion. Das heißt, wir dürfen das, was wir dort mitbekommen oder herausfinden, nicht veröffentlichen. Wenn Sie das als Haken bezeichnen wollen – bitte. Aber ehrlich gesagt ist mir ein Barscheck im Moment lieber als die vage Aussicht auf Publicity.«

»Hayden – hier im Kongo gibt es Dinge, die es wirklich wert sind, näher untersucht zu werden.«

»Das können Sie meinetwegen auch gerne tun, Tom – *nachdem* Sie in der Sahara waren. Und jetzt Ende der Diskussion, ich habe nicht den ganzen Tag Zeit. Freunden Sie sich mit dem Gedanken an, dass Sie von mir in die Wüste geschickt werden – im wörtlichen oder aber im übertragenen Sinn, wenn Sie verstehen, was ich meine.« Die Drohung war unüberhörbar. »Ich maile Ihnen jetzt die Zieldaten. In ein paar Minuten müssten sie bei Ihnen ankommen. Dr. Silva erwartet Sie im Lauf des morgigen Tages. Also, enttäuschen Sie mich nicht, Tom, ich zähle auf Sie.« Es klickte, und die Leitung war tot.

Tom starrte fassungslos auf den Hörer. Er hasste Dexters Art, mit Menschen umzuspringen, als seien sie willenlose Maschinen, bei denen man nur einen Knopf drücken musste, damit sie funktionierten! Andererseits hatte Dexter es wieder einmal geschafft, Tom gegen seinen Willen neugierig zu machen.

Wortfetzen des Telefonats geisterten durch seine Gedanken und schienen dort ruhelos hin und her zu wandern wie auf der Suche nach einem tieferen Sinn. Irgendwann blieb nur noch ein einziges Wort übrig – *Wüste*, und Tom drängte sich die Frage auf, ob die Vorkommnisse in der Sahara etwas mit den Wüstenameisen hier im Kongo zu tun hatten. Natürlich musste nicht zwangsläufig ein Zusammenhang bestehen, aber falls doch, hätte Tom in der Sahara eine gute Chance, mehr über das außergewöhnliche Verhalten der Wüstenameisen in Camp 4 zu erfahren.

Er versuchte, Nancy zu erreichen, um mit ihr persönlich zu sprechen. Es war ihm ein Bedürfnis, sich bei ihr für ihr Verständnis zu bedanken und ihr zu versichern, dass er sich nach seiner Rückkehr ausgiebig Zeit nehmen würde, damit sie sich aussprechen konnten. Außerdem wollte er ihr sagen, dass er sie vermisse und sich auf ein baldiges Wiedersehen freue. Aber es sprang wieder einmal nur der Anrufbeantworter an.

Ein Info-Fenster auf dem Computerbildschirm kündigte an, dass die E-Mail von Hayden Dexter eingetroffen war. Außer den angekündigten Inhalten enthielt sie auch eine Reihe weiterer Anweisungen, zum Beispiel, dass Cliff möglichst rasch nach England zurückkehren solle. Eine genaue Begründung nannte Dexter nicht, nur, dass seine Anwesenheit im Büro dringend erforderlich sei.

Dexter schrieb auch, dass ein Eilpaket mit dem ROBIN-Equipment bereits auf dem Weg in die Sahara sei und etwa zeitgleich mit Tom in Abéché eintreffen müsse. Außerdem nannte er die Kontaktdaten, die Tom benötigte, um mit dem Forschungsteam von Dr. Maria Silva in Verbindung zu treten, die ein Projekt namens GAIA leitete. Tom wurde am kommenden Tag um vierzehn Uhr am Flugplatz von Abéché erwartet. Abholen würde ihn eine gewisse Dr. Ashley Crawford.

»Dr. Maria Silva. Dr. Ashley Crawford«, wiederholte Cliff, der neben Tom im Kommunikationszelt stand und Dexters Nachricht las. Er stieß Tom den Ellbogen in die Seite. »Die Welt ist ungerecht. Der strenge Monogamist wird in ein Lager voller heißer Amazonen beordert, während Mr. Love zurück ins einsame Büro muss.«

Tom lachte. »Das Leben kann grausam sein«, sagte er.

Da weder er noch Cliff jemals von GAIA gehört hatten, versuchten sie, übers Internet etwas darüber herauszufinden. Doch auf die Schnelle hatten sie keinen Erfolg. Wenigstens fanden sie einen Linienflug von Kinshasa nach N'Djamena im Tschad, und von dort einen Anschluss-Charterflug nach Abéché im Osten des Landes. Tom buchte die Tickets für den kommenden Tag und bezahlte per Kreditkarte. Anschließend informierte er Professor Jula über die neueste Wendung.

»Bedauerlich, dass Sie uns schon wieder verlassen müssen«, sagte Jula. Es klang ehrlich. »Ich hatte gehofft, dass Sie wenigstens so lange bleiben, bis wir mit Sicherheit wissen, ob diese Ameisen gefährlich sind oder nicht. Immerhin trage ich die Verantwortung für das PECO-Team.«

»Die Ameisen in Camp 4 sind die außergewöhnlichsten Insekten, die mir jemals untergekommen sind«, sagte Tom, »aber ich halte sie nicht für grundsätzlich gefährlich. Provozieren Sie sie nicht, bleiben Sie ein wenig auf Distanz, und halten Sie die Augen offen. Solange es zu keinen weiteren gravierenden Auffälligkeiten kommt, können Sie Ihre Arbeit hier fortführen, denke ich.«

Jula nickte, wirkte aber noch immer nicht recht überzeugt. »Wann werden Sie ihre Forschungen an der *Kathedrale* wieder aufnehmen?«, fragte er.

»Ich weiß es nicht. Cliff muss nach England zurück – und ich nach meinem Sahara-Abstecher ebenfalls. Es kann ein paar Wochen dauern.«

»Und wenn Dr. Clifford einige Ameisen mitnähme, um sie im Rossburry-Labor näher zu untersuchen? Wenn es sich herausstellt, dass die Tiere gefährlicher sind als erwartet, könnte er uns warnen. Das wäre wirklich eine große Beruhigung für mich.«

Tom überlegte, was Hayden Dexter wohl von Julas Vorschlag halten würde. Die Ameisen waren eine Sensation und mussten ihm daher grundsätzlich gut ins Konzept passen. Sobald fundierte Forschungserkenntnisse vorlagen, konnten diese veröffentlicht werden – und derlei Publicity würde der Stiftung zugutekommen. Andererseits waren die Rossburry-Labors meist schon lange im Voraus fest ausgebucht, sodass Tom kurzfristig kaum eine Chance auf freie Kapazitäten sah.

»Wir könnten die Ameisen in meinem privaten Labor unterbringen«, sagte er.

Jula zog die Augenbrauen hoch. »Sie betreiben ein eigenes Labor?«

»Nun, es handelt sich eher um einen umfunktionierten Kellerraum«, räumte Tom ein. »Aber ich habe ihn im Lauf der Jahre mit allem ausgestattet, was für entomologische Untersuchungen notwendig ist. Momentan ist er ungenutzt, weil ich in letzter Zeit viel unterwegs war. Insofern wäre mein Labor geradezu ideal.«

Cliff, der mit Tom schon unzählige Nächte und Wochenenden in dessen Keller zugebracht hatte, nickte begeistert. »Gute Idee. Ich kann es ohnehin nicht leiden, wenn Dexter mir dauernd auf die Finger schaut.«

»Ein Problem gibt es aber noch«, warf Tom ein. »Um zuverlässige Laborergebnisse zu erhalten, benötigen wir eine ausreichende Anzahl an Ameisen – ein paar Tausend Exemplare –, und wir wissen, wie die Kolonie reagiert, wenn sie sich angegriffen fühlt. Ich erinnere an Mike Handerson. Wir müssen also äußerst behutsam vorgehen. Außerdem: Wie wollen wir die Ameisen transportieren?«

»Das dürfte unsere geringste Sorge sein«, sagte Jula. »Für unsere Feldforschung haben wir jede Menge Kunststoffbehälter im Lager. Wir benutzen sie normalerweise zur Pflanzenhaltung. Welche Größe brauchen Sie? Fünfhundert Liter? Tausend? Zweitausend? Sie können es sich aussuchen.«

Sie diskutierten noch ein paar Minuten lang über Pro und Contra, beschlossen dann aber, Julas Bitte nachzukommen. Allerdings würde Tom es Cliff überlassen, die notwendigen Vorbereitungen für den Transport der Ameisen zu treffen. Er selbst musste noch heute abreisen.

Sam Ewembe fuhr Tom zum Kwamali-Rollfeld und flog ihn nach Kinshasa, wo dieser sich unweit des Ndjili-Flughafens ein Hotelzimmer nahm und seit einer Woche erstmals wieder ausgiebig duschte. Es war eine Wohltat. Anschließend gönnte er sich im Hotelrestaurant ein feudales Abendessen und zwei Gläser Wein, bevor er in sein Zimmer zurückkehrte und im Fernsehen die Nachrichten auf CNN einschaltete.

Mit dem Gedanken an die schweißtreibende Hitze und den heißen Staub der Wüste schlief er schon nach wenigen Minuten ein.

Kapitel 15

Obwohl die Nacht wolkenlos war und ein Meer aus Sternen den Vollmond säumte, war die staubige Wüstenpiste kaum auszumachen, daran änderte auch das Fernlicht des Geländewagens nichts. Ohne das GPS hätte Brian Quint sich hoffnungslos verfahren.

Seit Stunden saß er in dem 4WD-Grand Cherokee und ließ sich bei konstanten achtzig Stundenkilometern durchschütteln. Achtzig Stundenkilometer war die Geschwindigkeit, bei der ein Fahrzeug die Unebenheiten der Piste am besten ausgleichen konnte, das hatte er einmal irgendwo gehört oder gelesen. So wie er sich momentan fühlte, kamen ihm jedoch Zweifel an der Richtigkeit dieser Aussage. Sein Körper fühlte sich durch die permanente Vibration schon ganz taub an.

Wenigstens hatte die glühende Hitze des Tages nachgelassen. Genau genommen war es sogar so frisch geworden, dass Quint die Heizung hatte aufdrehen müssen, um nicht zu frieren. Ohne die Geschwindigkeit zu drosseln, nahm er einen Schluck Wasser aus der auf dem Beifahrersitz liegenden Plastikflasche. Das Navigationssystem zeigte an, dass es nur noch zehn Kilometer bis nach Djoum-Dourà waren. Bald hatte er es geschafft.

Im Geiste ging er noch einmal die Audienz bei Erzbischof Makambe in N'Djamena durch. Zunächst hatte der bischöfliche Assistent versucht, ihn mit einem Hinweis auf den straff geplanten Tagesablauf des Bischofs abzuwimmeln, doch nachdem Quint ihm zu verstehen gegeben hatte, dass er direkt aus Rom komme und im Auftrag des Vatikans unterwegs war, hatte es keine zehn Minuten gedauert, bis er vorgelassen worden war.

Bischof Makambe empfing ihn in seinem mit Lederohrensesseln und opulenten Ölgemälden ausgestatteten Arbeitszimmer, das mit seinen weitläufigen Bücherregalen und dem polierten Edelholztisch an die Privatbibliothek eines englischen Aristokraten erinnerte. Makambe schien bezüglich seiner Inneneinrichtung einen altmodischen, aber dennoch erlesenen Geschmack zu haben. Es fragte sich nur, woher er das Geld für seinen aufwendigen Lebensstil nahm.

Auch seine Leibesfülle – Makambe war ein Mann von wenigstens zweihundertfünfzig Pfund – zeugte davon, dass er den weltlichen Genüssen durchaus zugetan war. Seine Soutane schmiegte sich eng wie eine Pelle an seinen Körper. Quint erinnerte der Anblick an eine Presswurst, aber natürlich ließ er sich das nicht anmerken.

»Sie sind also im Auftrag von Vargas hier?«, begann Makambe das Gespräch. Nur Vargas. Kein Kardinal. In dem tiefschwarzen Gesicht schien das Weiße seiner Augen beinahe zu glühen. Beim Sprechen bewegten sich nur seine Unterlippe und die fleischige Kinnpartie. Die restliche Erscheinung schien wie eingefroren im Lederohrensessel festzustecken. »Ich hoffe, der Grund für Ihr unangemeldetes Erscheinen ist so wichtig, dass er meine Verspätung bei der Einweihung der neuen katholischen Schule rechtfertigt.«

Quint missfiel der schneidende Unterton, doch er beschloss, höflich zu bleiben. »Ich werde Sie nicht lange aufhalten, Hochwürden«, sagte er. »Ich bin wegen eines Vorfalls hier, den Sie vor einiger Zeit nach Rom gemeldet haben. Ein Missionar namens James Tswami hat Ihnen von einem Steinfragment erzählt, das ein paar Jugendliche in der Wüste gefunden haben.«

»Er gab mir auch einen Zettel, auf dem er die Inschrift kopiert hatte. Ich erinnere mich. Ich fand die Geschichte nur deshalb interessant, weil mir die Schriftzeichen völlig unbekannt vorkamen. Es liegt mir fern, mich selbst zu loben, aber ich verfüge über ein recht passables Wissen, was alte Schriften betrifft. Vor meiner Berufung studierte ich ein paar Semester in Harvard – aber lassen wir das.

Jedenfalls war ich ziemlich sicher, die von Tswami wiedergegebenen Gravuren noch nie in irgendeinem Buch gesehen zu haben.« Er lächelte selbstgefällig und entblößte dabei seine strahlend weißen Zähne. »Ihre Anwesenheit lässt mich vermuten, dass meine Ahnung richtig war.« Es war keine Frage, sondern eine Feststellung.

Quint überlegte, wie viel er Makambe über den Fall erzählen konnte, und beschloss, ihm ein paar Details anzuvertrauen. Das würde einem Mann wie ihm schmeicheln und seine Zunge lockern – sofern er etwas wusste, was er noch nicht nach Rom gemeldet hatte.

»Sie haben recht«, sagte er. »Keinem der von uns zu Rate gezogenen Experten war diese Schrift bekannt. Aber in den Vatikanischen Archiven gibt es Hinweise darauf, dass sie von einem Volk stammt, das vor etwa viertausend Jahren in jener Region lebte, wo das Steinfragment gefunden wurde. Ein Volk, das Jahrhunderte lang Hebräer versklavte – worüber allerdings ebenfalls so gut wie nichts bekannt ist. Genau deshalb bin ich hier. Ich will mehr darüber in Erfahrung bringen.« Das entsprach zwar nicht der Wahrheit, aber irgendeinen Grund musste er Makambe schließlich nennen. Dass er auf der Suche nach einer Mauer war, unter der sich angeblich das Geheimnis Gottes und der Menschheit verbarg – was immer das sein mochte –, behielt er lieber für sich.

»Diesen Unsinn soll ich Ihnen glauben?« Makambe lächelte ihn noch immer voller Selbstgefälligkeit an. »Tun Sie mir den Gefallen und unterschätzen Sie meine Intelligenz nicht. Nur weil ich schwarz bin, bin ich noch lange kein Idiot, Pater Quint.«

Eigentlich war Quint gar kein Geistlicher, sondern eher so etwas wie ein freier Mitarbeiter der Kirche. Aber das ging Makambe nichts an. »Es tut mir leid, aber mehr kann ich Ihnen nicht sagen, Hochwürden.«

»Wie bedauerlich!« Makambe zuckte gleichmütig mit den Schultern. »Dann tut es mir ebenfalls leid, denn ich habe keine weiteren Informationen für Sie.«

Quint seufzte innerlich auf. Bischof Makambe war ein arroganter Hund und niemand, der leicht nachgab. Im Geist ging Quint seine Optionen durch. Am liebsten hätte er seine Waffe gezogen und Makambe damit ein wenig Angst eingejagt, doch das war nicht ratsam. Erstens hätte Rom ihm das niemals durchgehen lassen, und zweitens brächte ihn das auch nicht weiter. Ein Mann wie Makambe würde den Bluff durchschauen und sich stur stellen, wohl wissend, dass Quint nicht einfach einen hohen Würdenträger der Kirche erschießen konnte.

Quint entschied sich für eine andere Vorgehensweise. »Ich bin sicher, dass Rom sich für Ihre Hilfsbereitschaft erkenntlich zeigen wird«, sagte er.

»Erkenntlich? Inwiefern?« Makambes Lächeln wurde breiter, als habe er nur darauf gewartet, dass Quint ihm ein Angebot unterbreiten würde.

»Wie wäre es mit einer Spende, zum Beispiel für die Schule, die Sie eben erwähnt haben?« Zwar konnte Quint keine verbindlichen Zusagen machen, aber er war sicher, Kardinal Vargas etwas Geld abschwatzen zu können. Dabei war ihm klar, dass Makambe dieses Geld eher für den weiteren Ausbau seiner Residenz als für wohltätige Zwecke verwenden würde.

»Was glauben Sie, wie hoch diese Spende wohl ausfallen wird?«

»Das hängt ganz von der Qualität Ihrer Informationen ab.«

Makambe sah ihn ein paar Sekunden lang nachdenklich an. Dann sagte er theatralisch: »Wie könnte ich ein solches Angebot wohl ausschlagen? Was wollen Sie von mir wissen?«

Während Quint in seinem Geländewagen saß und das Treffen mit Makambe noch einmal Revue passieren ließ, kochte der Ärger wieder in ihm hoch. Obwohl Makambe alle Fragen in epischer Breite beantwortet hatte, war rasch klar geworden, dass er kaum etwas Konkretes über den Fund in der Sahara wusste. Die einzige echte Information, die Quint aus dem Gespräch mitnahm, war die Adresse von James Tswami, die aus irgendeinem Grund nicht in den Unterlagen des Vatikans gestanden hatte. Wenigstens würde die Spende an Makambe ziemlich übersichtlich ausfallen.

Der Geländewagen holperte unsanft über ein Schlagloch und holte Quint vollends in die Gegenwart zurück. Er musste sich auf den Weg konzentrieren. Wenn ihm hier draußen die Achse brach, würde die Reparatur vermutlich Tage dauern.

Die Silhouette von Djoum-Dourà zeichnete sich deutlich gegen den sternenklaren Nachthimmel ab, ein von Armut beherrschtes Dörfchen mitten im Niemandsland am Rand der Sahara. Der erste Eindruck bestätigte sich, als Quint seinen Wagen zwischen strohbedeckten Hütten ins Ortszentrum lenkte, wo das Bild etwas moderner wirkte. Hier gab es ein paar größere Lehmhäuser und sogar eine Hand voll klappriger Autos, die wenigstens einen Hauch von Zivilisation verströmten. Etwas abseits hockten einige Schwarze um ein hohes Lagerfeuer und unterhielten sich lautstark, ein paar von ihnen sangen auch. Von Quint nahm niemand allzu große Notiz, was ihm nur recht war.

Obwohl sein Navigationssystem in Djoum-Dourà mangels Straßennamen nicht funktionierte, brauchte er nicht lange, um die Mission von James Tswami zu finden. Über dem weiß getünchten Häuschen war ein kleiner Giebel mit einer Glocke angebracht, an der Eingangstür prangte ein Holzkreuz mit einer abgewetzten Christusstatue. Quint klopfte. Kurz darauf wurde die Tür einen Spaltbreit geöffnet, und aus dem Dunkel des Häuschens blickte ihm eine uralte hagere Männergestalt mit grauweißem Krauskopf und großen, ängstlichen Augen entgegen, die irgendetwas in einer ihm fremden Sprache sagte.

»Pater Tswami? Mein Name ist Brian Quint. Ich komme aus Rom, um mit Ihnen über den jungen Mann zu reden, den Sie hier vor einiger Zeit gepflegt haben. Einen Weißen.« Bischof Makambe hatte behauptet, dass Tswami Englisch verstand. Jetzt, da Quint in das schwarze faltige Gesicht sah, das keinerlei Miene verzog, kamen ihm plötzlich Zweifel. Er fragte sich, ob er womöglich einen Dolmetscher benötigen würde. Doch dann öffnete Tswami die Tür ganz, machte eine halb unterwürfige, halb einladende Handbewegung und sagte: »Treten Sie ein, Sir. Drinnen können wir reden.« Er sprach mit Akzent, aber dennoch sehr gut verständlich.

Quint folgte ihm in eine spartanisch eingerichtete Kammer, in der ein Schwarzweißfernseher flimmerte. Tswami stellte den Ton leise und bedeutete Quint, am Tisch Platz zu nehmen, auf dem noch das Abendessen stand – ein Becher Wein, ein Fladenbrot auf einem schäbigen Teller, daneben ein Stück Ziegenkäse. Ein karges Mahl, passend zu diesem kargen Fleckchen Erde.

»Darf ich Ihnen etwas zu Trinken anbieten?«, fragte Tswami.

Nach der stundenlangen Fahrt war Quint nicht abgeneigt. »Ein Glas Wein, bitte – wenn es keine Umstände macht.«

»Im Gegenteil. Es ist mir ein Vergnügen. In Gesellschaft trinke ich viel lieber als allein.« Er schien seine Scheu zu verlieren und warf Quint ein zahnlückenhaftes, schmallippiges Lächeln zu. Dann verschwand er aus dem Zimmer und kam kurz darauf wieder mit einer bauchigen Flasche und einem zweiten Becher zurück. »Kein Château Lafitte, aber genießbar«, sagte er und goss ein.

»Wo haben Sie so gut Englisch gelernt?«, fragte Quint.

»Als ich noch ein Kind war, gab es in meinem Heimatdorf zwei Entwicklungshelfer, ein Ehepaar aus Amerika. Nachdem meine Eltern gestorben waren, lebte ich ein paar Jahre bei ihnen – ich hatte Vater und Mutter verloren, sie ihren Sohn.« Er nahm sein Glas und prostete Quint zu. Beide nahmen einen Schluck, und Quint genoss es, wie der Wein samtig in seiner Kehle hinabrann. Es kam ihm vor, als sei er schon seit einer Ewigkeit nicht mehr zur Ruhe gekommen. Zuerst der Einsatz im Kaukasus, dann die Rückreise nach Rom, anschließend der Flug nach N'Djamena und von dort aus nach Abéché, zuletzt die stundenlange Autofahrt auf einer Schotterpiste am Südrand der Sahara. Plötzlich fühlte sich Quint müde und ausgelaugt. Er genoss die entspannende Wirkung des Alkohols, die wohltuende Trägheit, die sich gemächlich in seinen Adern ausbreitete. Vielleicht würde er hier sogar die Nacht verbringen und erst morgen weiterreisen – ein verlockender Gedanke, obwohl er in der Mission keinerlei Bequemlichkeit erwarten durfte.

Sie unterhielten sich eine Weile über das Leben im Dorf – über den permanenten Kampf gegen Armut, Krankheiten, Nahrungs- und Wassermangel, aber auch über Tswamis nunmehr dreißigjähriges Bestreben, die örtliche Christengemeinde zu vergrößern. Schließlich kam Quint auf den eigentlichen Grund seines Besuchs zu sprechen.

»Ich möchte gerne mehr über diese jungen Leute erfahren, die vor etwa zwei Jahren bei Ihnen waren – und über den Stein, den sie bei sich hatten«, sagte er.

»Was genau wollen Sie darüber wissen?«

»Einfach alles. Am besten, Sie erzählen der Reihe nach, von Anfang an.«

Im Gegensatz zu Bischof Makambe war Tswami kein Mann, der Fragen stellte oder feilschte. Er goss sich und Quint Wein nach und begann zu berichten: »Sie waren zu dritt. Zwei Männer und eine Frau, alle um die zwanzig. Studenten aus England, die in der Sahara einen Abenteuerurlaub verbringen wollten. Genauer gesagt wollten sie die Wüste mit dem Auto durchqueren, was auch so lange gut ging, bis sie sich verfuhren. Dann wurde aus dem Abenteuer plötzlich bitterer Ernst. Während sie versuchten, ihre Route wiederzufinden, gerieten sie in einen Sandsturm. Kurz darauf stießen sie auf einen kleinen Baum mitten in der Wüste – zumindest behaupteten sie das. Und unweit des Baums lag im Sand der Stein mit der Inschrift. Die jungen Leute nahmen ihn an sich und versuchten, sich dem Baum zu nähern, doch dann – und hier beginnt die Geschichte, wirklich seltsam zu klingen – versank einer von ihnen im Boden. Er hieß Bobby Claason, nein Clarkson, wenn ich mich recht erinnere. Was danach geschah, konnte keiner der drei genau sagen. Tatsache ist aber, dass dieser Bobby schwer verwundet war, als ich ihn in meine Obhut nahm. Sein Körper war von der Brust abwärts geschwollen und mit unzähligen Pusteln und winzigen roten Narben bedeckt – das heißt, ich *glaube*, es waren Narben. Das hat auch Dr. Boto gesagt, der einmal in der Woche hier vorbeischaut. Er meinte auch, dass es nicht gut sei, den jungen Mann zu transportieren, also gab er ihm ein Antibiotikum und ein paar andere Medikamente. Dr. Boto bat mich, ihn sofort zu informieren, falls sich der Zustand des Verletzten verschlechtern würde – was jedoch nicht der Fall war. Im Gegenteil, es ging bergauf mit ihm, langsam, aber beständig. Es gab keinerlei Komplikationen. Nach zwei Wochen ist er mit seinen beiden Begleitern weitergereist.«

»Hat Dr. Boto eine Diagnose gestellt?«

»Natürlich. Er sagte, die bösen Geister hätten versucht, von Bobby Clarkson Besitz zu ergreifen.« Tswami grinste breit und zeigte dabei wieder seine Zahnlücken. »Boto verfügt zwar über eine ärztliche Grundausbildung, aber in erster Linie ist er Medizinmann.«

»Mit anderen Worten, Sie haben keine Ahnung, was Bobby Clarkson in der Wüste tatsächlich zugestoßen ist.«

»Ja, ich denke, so könnte man es ausdrücken.«

Quint, dem der Wein bereits zu Kopf stieg, rieb sich mit der Hand übers Gesicht. Er hatte gehofft, ein paar handfeste Hinweise zu bekommen, musste jedoch feststellen, dass Tswami damit nicht dienen konnte. »Haben Bobby Clarkson oder seine Begleiter etwas Genaueres über das Steinfragment erzählt, das sie gefunden haben?«

Tswami schüttelte bedächtig den Kopf. »Nein – nur, dass es dort einen ganzen Haufen dieser Steine gab, die meisten davon mit Inschriften versehen.«

Quint verzog keine Miene, horchte aber auf. Wenn dort viele dieser Steine herumlagen, stützte das Kardinal Vargas' Theorie, dass dort vor Tausenden von Jahren eine Mauer gestanden hatte. Endlich ein konkreter Hinweis!

»Haben Sie die Abschrift, die Sie von der Gravur auf dem Stein erstellten, jemandem gezeigt?«

»Außer Bischof Makambe? Niemandem.«

Sehr gut, dachte Quint. »Und wo genau diese Steine sich befinden, wissen Sie nicht zufällig?«

»Aber natürlich.« Er sagte es, als sei es das Selbstverständlichste auf der Welt. »Die Stelle befindet sich etwa hundert Kilometer nördlich von hier. Eine Gegend, in der ich nicht begraben sein will. Die Tuareg-Nomaden nennen das Gebiet den *vergessenen Garten Allahs.*«

»Wie kommt man dorthin?«

»Theoretisch können Sie den Wagen nehmen. Dazu müssten Sie allerdings die Route kennen, und Sie dürfen sich nicht verfahren. Einfacher wäre es, wenn Sie einige Tage hier warten. Das Versorgungsfahrzeug von GAIA kommt alle paar Wochen, um sich mit verschiedenen Dingen einzudecken. Das meiste besorgen sie sich zwar mit dem Hubschrauber aus Abéché, aber gelegentlich gehen ihnen einige Vorräte aus, oder sie wollen ihren Speiseplan variieren. Dann kommen Sie hierher. Allmählich wäre es mal wieder an der Zeit.«

Das ging Quint nun doch ein wenig zu schnell. »GAIA? Was ist das?«, wollte er wissen.

»Eine Art Forschungsstation. Sie wurde genau dort errichtet, wo die drei jungen Leute aus England den Stein mit der Inschrift gefunden haben. Die Arbeiten dort wurden nur wenige Wochen nach Bobby Clarksons Genesung aufgenommen, aber Genaueres kann ich Ihnen leider nicht dazu sagen. Diese Forscher sind verschlossen wie Austern. Kommen ins Dorf, um einzukaufen, erzählen aber so gut wie nichts über sich und ihre Arbeit. Wenn man sie fragt, behaupten sie, an einem Programm zur Raumforschung zu arbeiten. Sie führen angeblich Tests durch, wie man in menschenfeindlichem Gebiet überleben kann, so wie es auf fremden Planeten der Fall wäre. Aber das soll glauben, wer will. Ich bin davon überzeugt, dort geht es um irgendein Geheimprojekt.«

Das klang ja äußerst vielversprechend! Zumindest schien es sich zu lohnen, die ganze Geschichte ein wenig genauer unter die Lupe zu nehmen – vorausgesetzt, dass die Fantasie nicht mit Tswami durchging. »Geheimprojekt? Wie kommen Sie darauf?«

»Werfen Sie einen Blick durch dieses Fenster.« Tswami machte eine Kopfbewegung zur Seite, ohne den Blick von Quint abzuwenden. »Dort draußen gibt es Millionen von Quadratkilometern Wüste, und diese Forscher suchen sich ausgerechnet jene Stelle aus, an der ein paar Jugendliche kurz zuvor einen Baum und eine Reihe beschrifteter Steinfragmente gefunden haben? Wenn das ein Zufall ist, fresse ich einen Besen!«

Natürlich glaubte auch Quint nicht an einen solchen Zufall. Die GAIA-Forscher hatten mit ziemlicher Sicherheit den Auftrag, diese besondere Stelle zu untersuchen, was wiederum bedeutete, dass sie logen. Ihnen ging es nicht um Raumfahrt, sondern um Archäologie, womit sie sich zwangsläufig mit demselben Geheimnis beschäftigten, dem auch Quint auf der Spur war – dem *Geheimnis Gottes und der Menschheit* – falls sie es nicht schon längst gelüftet hatten.

Allein der Gedanke rief bei ihm ein unangenehmes Gefühl in der Magengegend hervor. Am liebsten wäre er sofort aufgebrochen, um GAIA einen Besuch abzustatten, aber er wusste, dass er bereits zu viel getrunken hatte. Wenn er im Einsatz war, brauchte er einen klaren Kopf.

»Es ist schon spät«, sagte er mit einem Blick auf die Uhr. »Wo kann man im Dorf eine Unterkunft für die Nacht bekommen?«

»Bleiben Sie einfach in der Mission«, schlug Tswami vor. »Ich kann Ihnen zwar nur eine schlichte Kammer mit einem Bett anbieten, aber wenn Ihnen das genügt, würde ich mich freuen. So angenehme Gesellschaft findet man hier nicht alle Tage. Wollen Sie noch ein Glas Wein?«

Als Quint am nächsten Morgen aus dem Schlaf aufschreckte, wusste er zunächst nicht, wo er war – der Nachteil seiner ausgeprägten Reisetätigkeit. Doch dann erkannte er den kleinen, weiß getünchten Raum, in den Tswami ihn nach der dritten Flasche Wein geführt hatte. Quint, der selten Alkohol trank, brummte der Schädel.

Er blinzelte gegen den Sonnenschein an, der im flachen Winkel durchs Fenster fiel, und warf einen raschen Blick ins Zimmer. Ein Holztisch mit einer Schale Wasser, daneben ein Stuhl, auf dem seine

Kleidung lag. Ein hölzernes Kruzifix über der Tür. Und rechts neben dem Bett ein Beistelltischchen mit einer Bibel darauf.

Plötzlich durchzuckte Quint die Angst wie ein Stromschlag. Mein Gepäck!, dachte er. Wo ist mein Gepäck? Erst als er die beiden Koffer neben dem Beistelltischchen entdeckte, beruhigte er sich wieder, und allmählich kehrte die Erinnerung in dumpfen Bildern zurück. In der Nacht hatte er die Koffer aus dem Wagen geholt, weil er kein Risiko eingehen wollte. Ein Großteil des Inhalts unterschied sich zwar nicht von gewöhnlichem Reisegepäck, aber vor allem im kleinen Koffer befanden sich Dinge, die er nicht verlieren durfte – sein Laptop mit den Informationen zum Auftrag und seine Pistole, aufbewahrt in einem Spezialbehältnis, das Flughafendetektoren zuverlässig als Fotoausrüstung interpretierten. Diese Dinge führte Quint stets mit sich. Wenn sein Einsatz mehr Technik erforderte, besorgte er sich das Nötige vor Ort. Überall auf der Welt gab es Verbindungsleute, die ihm beinahe alles beschaffen konnten, was man für Geld kaufen konnte. Und Quint stand ein Dutzend Kreditkarten mit nahezu unbegrenztem Budget zur Verfügung.

Er stand auf, wusch sich und putzte sich die Zähne. Als er seine Armbanduhr überstreifte, zeigte sie kurz vor sieben. Er fragte sich, ob Tswami schon wach war.

Tatsächlich fand er ihn in der Küche. Der Greis stand an der Spüle und wusch das Geschirr des vergangenen Tages, während er leise ein Lied vor sich hinpfiff. Als Quint eintrat, drehte er sich zu ihm um.

»Guten Morgen! Schon ausgeschlafen? Was möchten Sie zum Frühstück?«

»Kaffee. Mit Milch und Zucker, bitte.«

»Nichts zu essen?«

»Ich bin nicht sicher, ob mein Magen das verkraften würde.«

Tswami lachte auf. »Nichts gewöhnt, die jungen Leute!«, sagte er. »Trinken ein Tröpfchen Wein, und schon sind sie platt! Aber warten Sie's ab. Ich habe da genau das Richtige für Sie. Das bringt Sie wieder auf die Beine.«

Kurz darauf kehrte er mit einer zerkratzten Flasche aus dem Nebenzimmer zurück und goss eine rotbraune Brühe in ein Glas.

»Was ist das?«, fragte Quint.

»Glauben Sie mir, das wollen Sie lieber nicht wissen. Aber es wird Ihnen helfen. Hier, bitte! Runter damit, worauf warten Sie?«

Das Wundermittel wirkte, und zwar noch rascher als erhofft. Bereits nach wenigen Minuten waren Kopfweh und Übelkeit wie weggeblasen. »In Europa könnte man damit ein Vermögen verdienen«, sagte Quint.

»In Europa ist schätzungsweise die Hälfte der Zutaten illegal.«

Unwillkürlich musste Quint grinsen. Tswami hatte es wirklich faustdick hinter den Ohren. Irgendwie mochte Quint seine unkomplizierte und für einen Geistlichen auch unorthodoxe Art, an die Dinge heranzugehen. »Sie sagten gestern, dass Sie die Route zu dieser Forschungsstation kennen. Wie hieß sie gleich?«

»GAIA.«

»Können Sie mir den Weg in eine Karte einzeichnen?«

»Natürlich, wenn Sie eine bei sich haben.«

»Ja, im Wagen. Ich hole sie.«

Als er zurückkam, hielt Tswami bereits einen Bleistift in der Hand. Er brauchte einen Moment, um sich auf der Karte zurechtzufinden, zeichnete dann aber forsch die Route ein. Anschließend erläuterte er sie Quint in allen Einzelheiten, insbesondere die Stellen, an denen man sich verfahren konnte.

»Ich muss jetzt meine Krankenbesuche machen«, sagte er seufzend. »Sie werden wohl nicht mehr da sein, wenn ich zurückkomme?«

»Ich fürchte nicht. Ich habe heute ein ziemlich volles Programm.«

Tswami nickte und wirkte fast traurig. »Ich danke Ihnen für Ihre Gesellschaft«, sagte er.

»Und ich Ihnen für die Gastfreundschaft.« Um das peinliche Schweigen zu überbrücken, drückte Quint den Alten an sich und tätschelte ihm den Rücken. Ein eigenwilliges Gefühl der Geborgenheit wallte in ihm auf, wie er es seit seiner frühesten Kindheit nicht mehr erlebt hatte. Seltsam, wie schnell ihm der Alte ans Herz gewachsen war.

»Leben Sie wohl«, sagte Tswami. Dann nahm er eine abgewetzte Bibel von der Kommode und machte sich barfuß wie er war auf den Weg zur Tür. Er verließ das Haus, ohne sich noch einmal umzudrehen.

Ein ungewohntes Gefühl der Einsamkeit beschlich Quint, aber so war nun einmal der Lauf der Welt: Menschen trafen sich und verloren sich wieder aus den Augen. Für einen Mann wie Quint, der ständig auf Achse war, galt das ganz besonders.

Er kehrte in seine Kammer zurück und überlegte, wie es nun weitergehen solle. Er musste sich diese Forschungsstation unbedingt genauer ansehen, um herauszufinden, wie weit die Ausgrabungen fortgeschritten waren. Das erforderte allerdings einiges an Ausrüstung.

Er nahm sein Mobiltelefon zur Hand, wählte die Nummer von Faruq Saud, seinem Verbindungsmann in N'Djamena, und gab ihm eine Liste von Dingen durch, die er benötigen würde, unter anderem ein Ultraleichtflugzeug und ein Richtmikrofon.

»Ist das alles?«, fragte Saud.

»Nein. Ich brauche auch noch ein Präzisionsgewehr mit Munition und C4-Sprengstoff inklusive Fernzünder, für den Fall, dass ich schnell handeln muss. Können Sie das alles bis heute Abend auftreiben?«

»Ich denke, das wird kein Problem sein. Ich melde mich wieder bei Ihnen, sobald ich es definitiv weiß. Dann können wir auch Zeit und Ort der Übergabe ausmachen.«

»Einverstanden. Was wird mich der ganze Spaß kosten?«

Saud überschlug die Kosten und nannte ihm einen fairen Preis.

»In Ordnung. Sie besorgen die Ware, ich das Geld. Wir hören später voneinander.«

Als er sein Mobiltelefon zusammenklappte, spürte er plötzlich instinktiv, dass er nicht allein im Zimmer war. Abrupt drehte er sich um. In der Tür stand James Tswami, der ihn wieder mit demselben ängstlichen Blick betrachtete wie am Abend zuvor, als sie sich zum ersten Mal begegnet waren.

Er hielt Quint eine schlecht verkorkte Weinflasche hin. »Ich habe Ihnen etwas von meinem Wundermittel abgefüllt«, sagte er mit sichtlichem Unwohlsein. »Bei uns ist es üblich, Gäste nicht ohne ein Abschiedsgeschenk gehen zu lassen.«

Quint zweifelte nicht an der Aufrichtigkeit von Tswamis Absichten, doch er wusste, dass der Alte zu viel gehört hatte. »Ich danke Ihnen«, sagte er und trat einen Schritt auf Tswami zu, um die Flasche entgegenzunehmen. »Ich hoffe, dass ich es nicht allzu oft brauchen werde, aber wenn doch, dann wird es mich stets an unser Treffen erinnern.« Und nach einem Moment des Schweigens fügte er hinzu: »Was mein Telefonat betrifft, wäre es besser, wenn Sie es möglichst rasch wieder vergessen würden.«

Tswami nickte. »Natürlich«, sagte er.

Als er sich umdrehte, um zu gehen, packte Quint ihn von hinten und hielt ihm Mund und Nase zu. Zuerst zappelte der Alte und versuchte, sich aus dem schraubstockartigen Griff zu befreien, doch gegen einen durchtrainierten Profi hatte er keine Chance. Schon nach wenigen Augenblicken wurde seine Gegenwehr schwächer, schließlich erstarb sie ganz.

Quint trug den Alten in den Wohnraum und setzte ihn auf den Stuhl, auf dem dieser am Vorabend gesessen hatte. Tswami machte den Eindruck, als sei er friedlich entschlafen, und aller Wahrscheinlichkeit nach würde Dr. Boto genau diese Diagnose stellen: altersbedingtes Herzversagen. Quint bekreuzigte sich und sprach für Tswami ein leises Gebet. Er hatte den Greis nicht gern umgebracht, im Gegenteil, es hatte ihn Überwindung gekostet. Aber es war notwendig gewesen, denn durch das, was Tswami gehört hatte, war er für Quint zum potenziellen Risiko geworden. Er wollte nicht noch einmal ein Debakel wie in Qumran erleben. Er wollte nicht noch einmal ins Gefängnis.

Dennoch – als er Tswamis Haus verließ und sich auf den Rückweg nach Abéché machte, fühlte er sich trotz der Absolution, die die Kirche ihm für die notwendigen Sünden seines Jobs erteilt hatte, zum ersten Mal seit langer Zeit schuldig.

Kapitel 16

Als Tom am Flughafen von Kinshasa eincheckte, fühlte er sich voller Energie. Verglichen mit seiner Unterkunft im PECO-Lager war sein Hotelzimmer die reinste Luxus-Suite gewesen. Er hatte es genossen, die Nacht in einem richtigen Bett mit einer richtigen Matratze zu verbringen, noch dazu in einem klimatisierten Raum. Wenn er an die bevorstehende Zeit in der Sahara dachte, wurde ihm schon jetzt ganz anders zumute. Tagsüber würde er schwitzen, nachts frieren. Keine besonders angenehmen Aussichten.

Auch der bevorstehende Geburtstag seines Sohns schmälerte Toms Vorfreude. In etwas mehr als einer Woche war es so weit. Tom konnte beim besten Willen noch nicht abschätzen, ob er es rechtzeitig schaffen würde. Aus langjähriger Erfahrung wusste er, dass seine Chancen alles andere als gut standen – die von Dexter angekündigten *Stippvisiten* erwiesen sich meist als besonders zeitaufwendig. Und falls in der Sahara tatsächlich die Antworten auf die im Kongo aufgeworfenen Fragen warteten, konnten aus ein paar Tagen schnell Wochen werden. Tom kam sich vor wie ein Rabenvater. Er hatte Nick ein Versprechen gegeben, das er im Begriff war zu brechen.

Der Flug nach N'Djamena verlief ohne Probleme. Nach den ereignisreichen letzten Tagen wirkte die Monotonie der Reise auf Tom überaus entspannend. Eingehüllt in das ewige Pfeifen der Turbinen, verlor sich sein Blick ohne festes Ziel irgendwo in den luftigen Weiten. Dass die schemenhaften Konturen am Boden sich allmählich änderten, dass Wälder, Berge und Flüsse des Kongo immer spärlicher wurden und dafür einer weiten Steppenlandschaft Platz machten, nahm er kaum wahr.

Von N'Djamena ging seine Reise in einer kleinen Chartermaschine weiter nach Abéché. Während er wieder gedankenverloren aus dem Fenster starrte, hinunter auf eine nahezu unendliche Weite aus heißem Sand und Geröll, wurde ihm erst richtig bewusst, dass sein Kongo-Einsatz vorüber war, zumindest fürs Erste. Irgendwie kam ihm das unwirklich vor. Gleichzeitig war er gespannt darauf, was die bevorstehenden Tage in der Sahara mit sich bringen würden.

Der Pilot verkündete über die Bordlautsprecher den Beginn des Landeanflugs. Tom schnallte sich an, das Turbinengeräusch änderte sich, und die Maschine begann zu sinken. Unten am Boden erstreckte sich eine weite Wüstenlandschaft bis hin zum Horizont, darin eingebettet lag Abéché wie die letzte Bastion der menschlichen Zivilisation am äußersten Rand der größten Wüste der Welt.

Als Tom die Wartehalle des kleinen Flughafengebäudes betrat, zeigte seine Armbanduhr ein Uhr achtunddreißig. Noch zwanzig Minuten bis zum vereinbarten Treffen. Er beschloss, einen Happen zu essen und etwas zu trinken und setzte sich in die Cafeteria. Kaum war er damit fertig, hörte er auch schon seinen Namen durch den Lautsprecher: »Dr. Thomas O'Connor, bitte melden Sie sich am Informationsschalter. Dr. Thomas O'Connor bitte zum Informationsschalter.«

Dort angekommen, erwartete ihn eine etwa fünfzigjährige Frau in weißer Hose, weißem T-Shirt und weißen Leinenschuhen. Ihr sonnengebleichtes Haar hatte sie zu einem Dutt zusammengebunden, auf der schmalen Habichtnase trug sie eine randlose Brille – zumindest optisch der Typ »strenge Erzieherin«. Augenblicklich fühlte Tom sich an seine Schulzeit erinnert.

»Dr. Crawford«, stellte sie sich vor. »Ashley Crawford. Sind Sie Dr. O'Connor?«

Er nickte, und sie schüttelten sich die Hände.

»Wie ich höre, kommen Sie geradewegs aus dem Kongo?«

»So ist es.«

»Nun, ich hoffe, Sie sind nicht zu müde für die weitere Reise.«

»Keineswegs. Wie lange wird es noch dauern?«

»Etwa anderthalb Stunden.«

Tom stöhnte innerlich auf, versuchte aber, sich nichts anmerken zu lassen. »Sind meine Geräte aus England schon eingetroffen?«

»Sie meinen die Sachen, die Dr. Dexter geschickt hat?«

»Ja.« *Doktor* Dexter – das hörte sich für Toms Ohren völlig ungewohnt an. Niemand in der Stiftung nannte den Rossburry-Chef so.

»Die Ausrüstung ist vor einer Stunde angekommen und schon verladen«, sagte Dr. Crawford. »Viel war's ja nicht.«

Wenigstens das hat geklappt, dachte Tom. Er hoffte nur, dass die empfindlichen Hightech-Geräte unter der langen Reise nicht gelitten hatten. »Also schön, von mir aus kann's losgehen«, sagte er.

Fünfzehn Minuten später saß er mit Sonnenbrille und Ohrenschützern ausgestattet neben Ashley Crawford in einem SAR-Hubschrauber vom Typ Bell-UH 1D und donnerte in dreihundert Metern Höhe über den kargen Wüstenboden. Anfangs versuchte er noch, mit der Wissenschaftlerin ins Gespräch zu kommen, aber er sah schnell ein, dass das keinen Sinn hatte, da das Dröhnen der Maschine jede Unterhaltung im Keim erstickte.

Während sie über weite Schotterfelder, festgebackene Senken und gleißende Sandebenen dahinflogen, wurde es in der Glaskanzel des Hubschraubers immer heißer.

»Die Klimaanlage ist leider ausgefallen!«, rief Dr. Crawford ihm zu.

Solange der Motor nicht ausfällt!, dachte Tom, sagte aber nichts.

»Hinter Ihrem Sitz liegt eine kleine Kühltasche«, fuhr die Wissenschaftlerin fort. »Nehmen Sie sich etwas zu trinken, wenn Sie durstig sind.«

»Okay.«

Das war das Ende ihrer Unterhaltung gewesen. Seitdem saßen sie schweigend nebeneinander.

Anderthalb Stunden und vier alkoholfreie Budweiser später tauchten in einiger Entfernung links und rechts vor ihnen zwei rötlich schimmernde Bergketten auf. Eigentlich waren es kaum mehr als sanft aneinandergereihte Hügel, aber sie hoben sich deutlich vom Rest der Ebene ab.

»Wir sind gleich da«, meldete sich Dr. Crawford wieder zu Wort, während sie den Hubschrauber genau zwischen den beiden Bergzügen hielt. »Da vorn ist es.«

Wie auf ein Stichwort begann in diesem Moment inmitten der weiten Senke etwas zu glitzern wie ein funkelnder Edelstein. Trotz Sonnenbrille musste Tom die Augen zusammenkneifen. Es war, als würde ihn jemand mit einem Spiegel blenden.

»Ich sehe es«, sagte er, erkennen konnte er allerdings nichts. Der gleißende Lichtfleck nahm erst Formen an, als der Hubschrauber näher kam. Was Tom sah, war jedoch ganz anders als erwartet.

»Was ist mit Ihnen?«, fragte Dr. Crawford. »Weshalb machen Sie ein solches Gesicht?«

»Nun – ich dachte, dass man hier ein paar Zelte aufgeschlagen und ein Feldlabor eingerichtet hat. Aber *das hier* ... Damit hatte ich nicht gerechnet.«

Zum ersten Mal lächelte die Wissenschaftlerin neben ihm. »Glauben Sie mir, Dr. O'Connor«, rief sie ihm zu, »das ging uns am Anfang allen so.«

Wie eine Libelle aus glänzendem Metall schwebte der Hubschrauber auf die Forschungsstation zu, einen hochmodernen Glaskuppelbau von den Ausmaßen eines Flugzeughangars. Die Stahlträger, die sich von der Kuppelspitze in weiten Bögen der Erde entgegenneigten, umfassten die Glasfacetten wie Klammern. Dutzende von Querstreben verbanden die Träger und gaben ihnen zusätzlichen Halt. Von oben sah die Stahlkonstruktion aus wie ein über eine Halbkugel geworfenes Spinnennetz. Durch die unzähligen Glasscheiben wirkte das Ganze im Licht der Nachmittagssonne wie ein riesiger geschliffener Diamant. Unwillkürlich drängten sich Tom Bilder von Biosphere II auf, einem US-Forschungsprojekt in der Wüste von Arizona, das Mitte der achtziger Jahre für Furore gesorgt hatte, mittlerweile jedoch eingestellt worden war.

Dr. Crawford nahm Gas weg, das Turbinengeräusch änderte sich. Der Hubschrauber verlor an Höhe und schwebte auf einen kreisrunden Aufsatz von etwa acht Metern Durchmesser auf dem Kuppeldach zu, dessen Kanten schwarz-gelb markiert waren. Im Zentrum der Platte war ein rotes H aufgemalt.

»Halten Sie sich fest«, rief Dr. Crawford ihm zu. »Hier landen wir. Es kann ein bisschen ruckeln.« Trotz ihrer Warnung setzte sie den Hubschrauber so sanft auf, als hätte sie ihr ganzes Leben lang nichts anderes gemacht.

»Wo haben Sie das gelernt?«, fragte Tom.

»Bei der Armee«, sagte sie, während sie den Motor abstellte und begann, Flugdaten von den Armaturen abzulesen und in ein kleines, organgefarbenes Heft einzutragen. »Ich war bei der britischen Luftwaffe, bevor ich zur Archäologie wechselte. Ist schon eine halbe Ewigkeit her.«

Tom zog die Stirn kraus. Diese Frau steckte voller Überraschungen. »GAIA ist also ein archäologisches Projekt?«, fragte er.

»Nur zum Teil – das macht die Sache so kompliziert. Aber die Details kann Ihnen Maria viel besser erklären. Dr. Silva. Ich bin sicher, sie sitzt schon wie auf glühenden Kohlen, weil sie Sie endlich kennen lernen will.« Dr. Crawford beendete ihre Notizen, klappte das Heftchen zu und verstaute es mitsamt Bleistift in einem Seitenfach an der Tür.

Mittlerweile waren die Rotorblätter zur Ruhe gekommen, der Motor schwieg. Nach dem Höllenlärm der letzten neunzig Minuten kam Tom die plötzliche Stille unnatürlich, beinahe befremdlich vor. Als er aus dem Cockpit ausstieg und eine Welt betrat, in der es keine Geräusche zu geben schien, kam er sich mit einem Mal unendlich isoliert vor.

Dr. Crawford, die neben ihn getreten war, folgte seinem Blick in die Ferne. »Ein Hort des Friedens und der inneren Einkehr, nicht wahr?«, meinte sie.

»Etwas Ähnliches ist mir auch gerade durch den Kopf gegangen«, sagte Tom.

Dr. Crawford holte einen kleinen Metallkoffer aus dem Laderaum und reichte Tom seine Sporttasche. Dann ging sie zu einer Stahlluke am Rand der Plattform voraus und öffnete sie. Von hier aus führte eine Stahlleiter hinab ins Innere der Glaskuppel.

»Weshalb befindet sich der Heliport auf dem Dach der Station?«, fragte Tom, während er der Wissenschaftlerin Sprosse für Sprosse abwärts folgte.

»Die Rotorblätter würden in Bodennähe so viel Sand und Staub aufwirbeln, dass man kaum noch etwas sehen könnte. Außerdem ist es auf dem Dach etwas kühler als unten. Das schont die Instrumente.«

Etwa vier Meter unter dem Dach erreichten sie eine weitere Plattform in Form eines Rondells. Tom stand vor einer Tür mit der Aufschrift »Lager/Hubschrauber«.

»Folgen Sie mir«, sagte Dr. Crawford und schritt zum gegenüberliegenden Rand des Rondells, wo eine Stahltreppe noch eine Etage tiefer führte. Unten angekommen, verschwand Dr. Crawford durch eine Tür mit der Aufschrift »Laborbereich«.

Tom beeilte sich, ihr zu folgen – und betrat eine Welt, die völlig anders war, als die, die er erwartet hatte. Glich GAIA von außen einem gigantischen Edelstein, wirkte das Innere so sachlich und nüchtern wie eine Fabrikhalle. Tom stand auf einer Brüstung, die sich ringförmig an die Innenseite der Glaskuppel schmiegte. In regelmäßigen Abständen führten Stahltreppen zu tiefer gelegenen Ebenen – drei an der Zahl –, die für einen Neuling ein ziemlich verwirrendes Geflecht aus Gitterstegen, Stahlträgern und Betonbauteilen bildeten. Tom erkannte auf allen Etagen durch schmucklose weiße Wände abgetrennte Räume, die ebenfalls ringförmig angeordnet waren – vermutlich Labors, Aufenthalts- und Schlafräume. Nur die Zentren der einzelnen Ebenen waren baulich ausgespart worden. Hier gab es keine Zwischenböden und keinerlei Stege, sodass Tom von seinem momentanen Standort aus freie Sicht bis ganz nach unten hatte.

Er folgte Dr. Crawford weiter. Nachdem sie ein wahres Labyrinth aus Stegen, Stahlsprossen und Betongängen passiert hatten, erreichten sie endlich das Erdgeschoss. Von hier unten wirkte alles sogar noch größer und imposanter – und nicht mehr ganz so nüchtern wie von oben, was wohl hauptsächlich an dem geschäftigen Treiben lag, das um sie herum herrschte. Auf Anhieb zählte Tom wenigstens zwei Dutzend Wissenschaftler, die an Computern saßen oder in kleinen Gruppen zusammenstanden und miteinander diskutierten.

Eine Frau kam auf ihn zugeeilt. Unter ihrem offenen Laborkittel trug sie ein rotes T-Shirt und einen beigefarbenen, knielangen Rock, dazu feine Ledersandaletten. Ihr tiefschwarzes Haar hatte sie nach hinten zusammengebunden, was ihr eine gewisse Strenge verlieh. Dennoch wirkte das Lächeln, das sie Tom entgegenbrachte, offen und ehrlich.

»Dr. O'Connor? Ich bin Maria Silva, die Leiterin dieses Labors.« Sie sprach mit einem leichten spanischen Akzent und mit rollendem »R«. Ihre dunkelgrünen Augen hatten etwas Geheimnisvolles. »Willkommen in GAIA. Ich hoffe, Sie hatten einen angenehmen Flug.« Wieder dieses gewinnende Lächeln.

Während sie sich die Hand schüttelten, musste Tom unwillkürlich an Cliff denken. Hätte der gewusst, wie attraktiv Dr. Silva war, wäre er vermutlich vor Neid gestorben.

»Danke, dass Sie es so schnell einrichten konnten, uns einen Besuch abzustatten«, fuhr Maria Silva fort. »Ich weiß das wirklich zu schätzen. Nachdem ich den Bericht über das Erdbeben in Italien gelesen und mitbekommen hatte, mit welcher Technik Sie bei den Bergungsarbeiten vorgegangen sind, hielt ich Sie für den kompetentesten Ansprechpartner für unser Problem. Aber wo bin ich nur mit meinen Gedanken? Darf ich Ihnen zuerst eine Erfrischung anbieten und Ihnen Ihr Zimmer zeigen? Anschließend führe ich Sie ein wenig durch die Station, damit Sie sich zurechtfinden. Danach mache ich Sie mit meinem Mitarbeiterstab bekannt. Einverstanden?«

Nachdem Tom seine Reisetasche verstaut und im Aufenthaltsraum auf Ebene 1 eine kühle Cola getrunken hatte, unternahm Maria Silva mit ihm den angekündigten Rundgang. Dabei erzählte sie ihm allerlei Wissenswertes über die Station, wodurch Tom allmählich ein genaueres Bild gewann: Nach einer Bauzeit von mehreren Monaten hatte das Team die Arbeit in GAIA vor etwas mehr als anderthalb Jahren aufgenommen. Die Einrichtung folgte rein funktionellen Anforderungen, Luxus gab es hier keinen – abgesehen von den wenigen privaten Dingen, die die Wissenschaftler mitgebracht hatten.

»Weshalb betreiben Sie diesen ganzen Aufwand?«, fragte Tom, während er mit Maria Silva an der Brüstung auf Ebene 2 stand, von wo aus sie einen Blick über alle Bereiche der Station hatten. »Eine derartige Forschungseinrichtung muss ein Vermögen kosten, sowohl der Bau als auch die laufenden Kosten. Was steckt also dahinter? Und weshalb brauchen Sie für ein archäologisches Projekt einen Entomologen?«

»Wir arbeiten hier an mehreren Projekten, die vermutlich in sehr engem Zusammenhang zueinander stehen«, sagte Maria Silva. »Einer unserer Schwerpunkte ist die Erforschung eines Ameisenstamms, der hier entdeckt wurde. Ich denke, Sie werden mir beipflichten, Dr. O'Connor, dass wir es dabei mit einer äußerst ungewöhnlichen Spezies zu tun haben – aber dazu später mehr. Lassen Sie mich zunächst noch auf die anderen Forschungsprojekte zu sprechen kommen.« Sie dachte kurz nach, bevor sie fortfuhr. »Unser zweiter Arbeitsschwerpunkt ist die Archäologie. Die Steinfragmente, die wir hier untersuchen, sind mindestens dreitausend Jahre alt. Die Schriftzeichen darauf gehören zu keiner uns bekannten Kultur. Wir stehen hier – ähnlich wie bei den Ameisen – vor einem absoluten Rätsel. Abgesehen von den Entomologen und den Archäologen haben wir auch noch ein paar Geophysiker an Bord, die sich mit den hier vorherrschenden elektromagnetischen Anomalien beschäftigen. Aber sie konnten ihre Arbeit erst vor vier Monaten aufnehmen, weil es bei der Einrichtung der geophysikalischen Labors ein paar Schwierigkeiten gegeben hatte, und stehen noch ziemlich am Anfang. Zu guter Letzt erwarten wir in Kürze auch noch eine Hand voll Botaniker. Sie sollen den Baum, der hier wächst, näher untersuchen. Warum sie nicht schon längst hier sind, weiß Gott allein – angeblich gab es Differenzen bei den Arbeitsverträgen. Auf diese Weise vergehen die Tage und Wochen, und wir kommen einfach nicht weiter.« Sie hielt einen Moment inne, besann sich. »Bitte entschuldigen Sie. Ich wollte Sie nicht mit meinen Problemen belästigen. Hier gibt es nur so viele ungelöste Fragen, dass ich bei der Suche nach den Antworten ein wenig ungeduldig geworden bin. Deshalb freue ich mich umso mehr, dass Sie jetzt bei uns sind. Ich bin sicher, Sie werden uns ein großes Stück voranbringen.«

»Zumindest werde ich mein Möglichstes tun«, versprach Tom. »Ich gebe zu, dass Sie mich ziemlich neugierig gemacht haben. Das hier scheint eine ganz und gar außergewöhnliche Oase zu sein.«

»*Oase?* Das wäre wohl ziemlich übertrieben. Hier wächst nur ein einzelnes kleines Bäumchen – wie es aussieht, ein entfernter Verwandter der Feige. Die Früchte stinken wie die Pest, abgesehen davon konnten wir an ihm bislang nichts Besonderes feststellen. Die Ameisen verteidigen den Baum allerdings wie einen Schatz, wohl, weil er für sie die wichtigste Nahrungs- und Wasserquelle darstellt. In den nächsten Tagen werden Sie ausreichend Gelegenheit bekommen, sich selbst ein Bild davon zu machen.«

In den nächsten Tagen ... So, wie Maria Silva es sagte, klang das ganz anders als der von Dexter angekündigte Kurzaufenthalt. Nicht, dass es für Tom wirklich überraschend kam, er hatte bereits damit gerechnet. Dennoch hoffte er, es noch rechtzeitig bis zu Nicks Geburtstag nach Hause zu schaffen.

Maria fuhr mit ihren Erklärungen fort und holte Tom damit aus seinen Gedanken. »Ganz oben, direkt unter dem Dach, haben die Geophysiker ihr Labor bezogen. Darunter, auf Ebene 3, wird die botanische Abteilung untergebracht. Wir befinden uns gerade auf Ebene 2. Hier ist die Archäologie angesiedelt. Ebene 1 gehört den Entomologen.«

Anschließend zeigte Maria Tom noch die Schlaf-, Aufenthalts- und Sanitärräume. Als ihre Führung sich dem Ende neigte, musste Tom ihr recht geben: Hier fehlte es tatsächlich an kaum etwas. Abgesehen vielleicht von der Anbindung an die menschliche Zivilisation.

Sie kehrten ins Erdgeschoss zurück – ins Reich der Entomologie. Unwillkürlich meldete sich in Toms Magengegend ein angenehmes Kribbeln. Er konnte es kaum erwarten, mehr über die hier lebenden Wüstenameisen und ihre Besonderheiten zu erfahren.

»Dort entlang«, sagte Maria Silva und führte Tom an den Labors vorbei zu einem enormen Glaszylinder, vier Meter hoch und zwanzig Meter im Durchmesser: das Herz der Station, wie Tom ahnte. »Der Zylinder ist oben geschlossen«, sagte Maria, »aber unsere Technik sorgt dafür, dass das Klima drinnen exakt dem Klima in der freien Natur entspricht. Das ist auch der Grund für die Spiegelkonstruktion dort oben.«

Toms Blick wanderte weiter hinauf und traf auf drei mächtige, an Schwenkarmen befestigte Parabolspiegel.

»Sicher haben Sie schon festgestellt, dass das Licht draußen viel greller ist als hier drinnen«, fuhr Maria Silva mit ihrer Erklärung fort. »Denn obwohl die Fassade von GAIA hauptsächlich aus Glas besteht, nimmt die Architektur natürlich einiges an Sonnenlicht. Mit diesen Spiegeln gleichen wir den Verlust aus.«

»Beeindruckend«, gab Tom zu. »Etwas Vergleichbares habe ich noch nirgends gesehen.«

»Freut mich, wenn es Ihnen bei uns gefällt.«

Um den Glaskubus herum standen in einem weiten Kreis Schaltpulte und Computerkonsolen, überall leuchteten und blinkten farbige Lämpchen. Eingehüllt in das leise Summen der Geräte, gingen die Wissenschaftler ihrer Arbeit nach, ohne von Tom wirklich Notiz zu nehmen.

»Wir stecken gerade mitten in einem Experiment«, sagte Maria Silva. »Aber in einer Stunde sollte alles vorbei sein, dann stelle ich Ihnen mein Entomologen-Team vor.«

Tom fühlte sich an Bilder aus der NASA-Zentrale in Cape Canavaral erinnert. Überall wurden Checklisten durchgegangen und Computerauswertungen überwacht. Hier schien man nichts dem Zufall zu überlassen, was aber auch kein Wunder war, wenn man bedachte, mit wie viel Aufwand diese Station mitten in der Wüste errichtet worden war.

Tom trat näher an den Glaszylinder heran, in dem sich ein scheinbar naturbelassenes Fleckchen Wüste befand. Umringt von einigen Beobachtungskameras erhob sich im Zentrum des Zylinders jedoch eine etwa mannshohe, schwarz-braun glitzernde Skulptur. Aus einem kegelförmigen Sockel wuchs ein schmaler Schaft, der sich sogleich wieder zu einer Kugelkrone, einer Art Kopf, ausweitete. Erst auf den zweiten Blick begriff Tom, worum es sich dabei handelte – um das von Maria Silva erwähnte Bäumchen, das, bedeckt von einer gewaltigen Masse von Ameisen, nicht mehr zu erkennen war. Es sah aus wie eine bizarre Lebensform aus einer fremden Welt, die eher auf den Mars oder irgendeinen fernen Wüstenplaneten zu gehören schien als hierher. Tom kam sich vor wie in einem Science-Fiction-Film.

»Sonderbar, nicht wahr?«, fragte Maria Silva, die neben ihn getreten war. »Wir wissen bis heute nicht, wie wir diese Tiere einschätzen sollen. Sie sind anders als alles, was meine Wissenschaftler und ich jemals zuvor gesehen haben. Das macht sie gewissermaßen unberechenbar. Sie sehen aus wie gewöhnliche Wüstenameisen, sind aber weit intelligenter als alle anderen uns bekannten Ameisenarten. Das ergaben zahlreiche Tests, die wir mit ihnen durchgeführt haben. Woran das liegt, wissen wir noch nicht. Wir gehen davon aus, dass die vorherrschende elektromagnetische Anomalie dafür den Ausschlag gibt, aber die Geophysiker müssen das noch verifizieren. Wie dem auch sei, fest steht, dass hier die klügsten Vertreter des ganzen Insektenreichs leben – so klug, dass wir in unseren Labors schon seit eineinhalb Jahren ernsthaft versuchen, mit ihnen zu kommunizieren.« Sie betrachtete Toms ungläubiges Gesicht und lachte. »Sehen Sie mich nicht so an. Ich weiß, es klingt verrückt, und bisher ist es uns auch noch nicht gelungen. Aber wir sind fest davon überzeugt, dass uns hier ein wissenschaftlicher Durchbruch gelingen kann. Es ist nur eine Frage der Zeit.«

Tom blieb skeptisch. Er betrachtete sich zwar selbst als Vorreiter der Entomologie und war daher offen für neue Wege der Insektenforschung, aber er hatte nie auch nur in Erwägung gezogen, dass es möglich sein könne, mit Ameisen zu kommunizieren. Allerdings sprach er seine Vorbehalte nicht offen aus. »Sind sie auch aggressiv?«, fragte er.

»Im Großen und Ganzen nicht – aber es gibt Ausnahmen. Sie haben ein paar meiner Wissenschaftler angegriffen, als diese versuchten, den Baum näher unter die Lupe zu nehmen. Sie wurden gebissen, einer von ihnen hat Ameisensäure in beide Augen bekommen. Nichts, was bleibende Schäden hinterlassen wird, aber durchaus unangenehm.«

Tom fühlte sich an Mike Handerson erinnert, den PECO-Mitarbeiter, der von den Dschungel-Ameisen attackiert worden war. Aber natürlich war es noch viel zu früh, um Rückschlüsse oder Parallelen ziehen zu können.

»Wir müssen also davon ausgehen, dass in diesen Tieren ein gewisses Gewaltpotenzial schlummert«, fuhr Maria Silva mit ernster Miene fort. »Ein junger Mann namens Bobby Clarkson könnte Ihnen das bestätigen. Vor zwei Jahren durchquerte er mit seiner Freundin und einem Kumpel die Sahara. Ein Abenteuertrip mit dem Jeep. Dabei gerieten sie in einen Sandsturm und entdeckten zufällig dieses Bäumchen. Als er aus dem Wagen ausstieg, um es sich genauer anzusehen, versank er plötzlich im Sand. Die beiden anderen konnten ihn zwar wieder herausziehen, aber sein Körper war vom Brustkorb abwärts blutüberströmt und mit rotweißen Pusteln übersät – die Folgen eines Ameisenangriffs, wie wir heute wissen. Der Junge kann von Glück sagen, dass er den Zwischenfall überlebt hat.«

Tom zog skeptisch die Mundwinkel nach unten. »Ein Ameisenangriff im Treibsand? Klingt für mich ziemlich weit hergeholt.«

»Kein *Treibsand*, Dr. O'Connor. Es handelt sich vielmehr um eine Art Fallgrube, die von den Ameisen künstlich angelegt wurde – ein weit verzweigtes Netz von Gängen und Höhlen unter der Erdoberfläche, das in sich zusammenbricht, wenn man es betritt. Es umfasst einen Radius, der ziemlich genau dem unserer Röhre entspricht. Wer versinkt, wird von den Ameisen schonungslos attackiert.«

»Ich gebe zu, dass das Anlegen von Fallgruben normalerweise nicht zum Verhaltensrepertoire von Ameisen gehört«, gab Tom zu, »aber ich würde diese Tiere dennoch nicht grundsätzlich als aggressiv einstufen. Ich denke, sie versuchen lediglich, sich vor Eindringlingen zu schützen.«

Maria Silva bedachte Tom mit einem vieldeutigen Blick. »Aber das mit aller Macht«, sagte sie.

Einige Zeit später meldete ein hagerer, kleiner Mann mit randloser Brille, schütterem Haar und stahlgrauem Schnauzbart, dass der letzte Versuch erfolgreich abgeschlossen worden sei.

»Tyson – darf ich dir Dr. O'Connor vorstellen?«, sagte Maria Silva in feierlichem Tonfall.

Dem äußeren Anschein zum Trotz verfügte das schmale Männlein über einen erstaunlich kräftigen Händedruck, und auch sein fester Blick und seine glasklare Stimme schienen nicht zu seiner optische Erscheinung zu passen.

»Dr. O'Connor – Tyson Murdock. Ich freue mich, Ihre Bekanntschaft zu machen.«

»Tyson ist in GAIA meine rechte Hand«, erklärte Maria Silva. »Er koordiniert alle Versuche und unterstützt mich, wo er nur kann. Wenn Sie im Verlauf Ihres Aufenthalts irgendwelche Fragen oder Wünsche haben und ich nicht zur Stelle bin, wenden Sie sich gerne an ihn.«

»Danke für das Angebot. Ich werde bestimmt darauf zurückkommen.«

»Sie werden ohnehin viel miteinander zu tun haben«, sagte Maria Silva. »Tyson ist nämlich unser Chef-Entomologe. Er leitet ein Team von rund einem Dutzend Wissenschaftlern – allesamt Kapazitäten auf ihrem Gebiet.«

»... die jedoch mittlerweile an ihre Grenzen gestoßen sind«, ergänzte Murdock mit bitterem Unterton. »An den Rätseln, die die Ameisen uns aufgeben, haben wir uns bislang die Zähne ausgebissen. Aber ich bin sicher, Maria hat mit Ihnen einen guten Griff getan, Dr. O'Connor.« Sein Mund verzog sich zu einem freundlichen Lächeln, seine Augen wirkten dabei jedoch eiskalt. Tom musste kein Hellseher sein, um zu begreifen, dass er Murdock schon jetzt ein Dorn im Auge war, vermutlich weil dieser sich durch seine Gegenwart zurückgesetzt fühlte.

»Auf gute Zusammenarbeit«, sagte Tom.

»Sie nehmen mir das Wort aus dem Mund.«

»Womit wir auch schon beim Thema wären«, sagte Maria Silva. Für Tom erklärte sie: »Wir arbeiten seit Wochen daran, uns ein Bild davon zu verschaffen, wie unser Beobachtungsterrain unter der Erdoberfläche aussieht – wie der Ameisenbau angelegt ist, aber auch, wie tief die Wurzeln dieses Bäumchens reichen. Irgendwoher muss es schließlich sein Wasser beziehen. Mit dem heutigen Versuch haben wir alle erforderlichen Messungen abgeschlossen.« Sie legte Tyson Murdock, der einen halben Kopf kleiner war als sie, die Hand auf die Schulter. »Ty, bis wann liegen die Ergebnisse vor?«

»Wir speisen gerade die letzten Daten in das Auswertungsprogramm ein und verknüpfen sie mit dem, was wir bereits haben. Das meiste ist bereits erledigt, der Rest dauert noch zehn Minuten. Vielleicht fünfzehn, aber nicht länger.«

»Ausgezeichnet!«, sagte Maria Silva. »Kommen Sie, Dr. O'Connor. Wir werden uns die Ergebnisse dort drüben ansehen.« Sie deutete auf einen kreisrunden Tisch, der von fünf Wissenschaftlern umringt wurde. Vor jedem von ihnen befand sich ein Laptop der neuesten Generation. Die Kabel liefen sternförmig zusammen und verschwanden in einem Loch in der Tischmitte.

Tyson Murdock ging voraus, um mit seinen Kollegen letzte Details zu besprechen. Tom und Maria schlenderten ohne Eile hinterher.

»Machen Sie sich wegen Ty keine Gedanken«, raunte Maria Silva Tom zu. »Ich kenne ihn schon seit über zehn Jahren. Im Grunde ist er ein herzensguter Kerl. Gegenüber Fremden gibt er sich anfangs immer ein wenig bärbeißig. Das hat nichts mit Ihnen persönlich zu tun. Sie beide werden sehr gut miteinander auskommen, wenn das Eis erst gebrochen ist.«

»Erwarten Sie lieber nicht zu viel«, sagte Tom. »Ich schätze, er betrachtet mich als Konkurrenten, der seine Kompetenz untergräbt. Es könnte also eine Weile dauern, bis wir miteinander klarkommen.«

»Nun, er war nicht gerade glücklich darüber, dass ich Hilfe von außen angefodert habe«, gab Maria Silva zu. »Männer neigen ja leider dazu, alles selbst machen zu wollen, Ty ist da keine Ausnahme. In gewisser Weise sind Sie für ihn ein Konkurrent. Aber ich glaube, er hat längst eingesehen, dass meine Entscheidung richtig war, Sie zu uns zu holen. Dieses Labor hat viele Millionen Euro gekostet. Wir wollen so schnell wie möglich vorankommen. Tun Sie mir also einen Gefallen und geben Sie Ty noch ein bisschen Zeit, sich an Sie zu gewöhnen. Zeigen Sie ihm, dass Sie ein umgänglicher Typ sind. Trinken Sie heute Abend ein Bier mit ihm. Alles Weitere ergibt sich dann von selbst, das verspreche ich Ihnen, Tom.« Sie zögerte einen Moment. »Ich darf doch Tom sagen? Wir nennen uns hier alle beim Vornamen.«

»Mir ist es sogar lieber so.«

Sie schenkte ihm ein unglaublich sympathisches Lächeln. »Sehr gut, das macht die Sache einfacher. Ich glaube, Sie werden gut in unser Team passen.«

Eine Viertelstunde später verkündete Tyson Murdock, dass die Datenaufbereitung abgeschlossen sei. Inzwischen hatten sich rund zwanzig Wissenschaftlerinnen und Wissenschaftler um die Computerinsel versammelt, knapp die Hälfte der GAIA-Belegschaft. Obwohl die meisten von ihnen alte Hasen mit einer Menge Erfahrung zu sein schienen, war ihnen die Aufregung anzusehen.

Bevor es losging, stellte Maria Tom den anderen vor. Auf die Gründe seiner Anwesenheit ging sie dabei zwar nicht ein, aber da keiner der Wissenschaftler nachfragte, lag für Tom auf der Hand, dass sie bereits informiert waren. Er erntete allgemeines Kopfnicken und ein kurzes, kollektives Murmeln, das er als Willkommensgruß interpretierte.

Dann erteilte Maria Silva Tyson Murdock das Wort, der die Gelegenheit für eine kleine Ansprache nutzte, als wolle er sein verletztes Ego aufpolieren, indem er sich selbst in den Mittelpunkt des Interesses rückte. »Wir alle haben die letzten sieben Wochen viel Zeit und Energie darauf verwendet, geologische Messungen vorzunehmen, um ein Bild davon zu bekommen, auf was für einem Fleckchen Erde wir uns hier bewegen«, sagte er. »Vieles haben wir schon herausgefunden – wir kennen die Bodenbeschaffenheit, wissen, wie die Sandschichten aufeinander aufbauen, und haben eine Vorstellung davon gewonnen, mit welchen Mitteln die Ameisen den Treibsandeffekt um den Baum erzeugen. Doch bei alldem handelt es sich nur um Ausschnitte. Um Puzzlestücke. Was uns bislang fehlt, ist der Zusammenhang, und genau den wollen wir heute herstellen.«

Er erntete zustimmende Pfiffe und Applaus und genoss es sichtlich, dass alle Augen auf ihn gerichtet waren.

»Lee – du bist dran«, sagte er, nachdem wieder Ruhe eingekehrt war.

Ein etwa fünfunddreißigjähriger Mann mit dunklem, störrischem Haar lächelte schüchtern in die Runde. Hinter seinen dicken Brillengläsern wirkten seine Augen riesig.

»Lee Nashagi, unser Computerexperte«, erklärte Maria für Tom. »Als das Selbstbewusstsein verteilt wurde, hat er vermutlich als Letzter den Finger gehoben, aber was PCs und Technik betrifft, ist er ein absolutes As.«

Tom bemerkte, dass nun niemand mehr an den Laptops arbeitete, abgesehen von Lee Nashagi. Seine dünnen Finger huschten wie Spinnenbeine über die Tastatur, woraufhin sämtliche Monitore an der Computerinsel dunkelblau wurden und ein Firmenemblem zeigten: eine stilisierte Weltkugel mit dem GAIA-Logo.

»Ich habe mich auf alle Rechner geschaltet, damit jeder sieht, was ich sehe«, kommentierte er.

»Scheint noch nicht besonders interessant zu sein«, witzelte ein Kollege und erntete ein paar Lacher, aber Nashagi ging nicht darauf ein. Stattdessen drückte er eine Taste, woraufhin die Bildschirme wie von Geisterhand zum Leben erwachten. Das GAIA-Logo brach auseinander und löste sich in einer glitzernden Pixel-Wolke auf. Zum Vorschein kam eine Benutzeroberfläche ähnlich dem Grafikprogramm, das Tom und Cliff im Kongo verwendet hatten.

Nashagi öffnete ein Menü und gab Befehle ein. Die Spannung war nun beinahe greifbar, sodass auch die letzten Gespräche verstummten. Die riesige Halle schien in diesen Sekunden auf die unmittelbare Umgebung des Computerblocks zusammenzuschrumpfen.

Auf den Monitoren begann sich jetzt, vor dunklem Hintergrund ein Muster aus feinen weißen Linien zu entwickeln, das sich vom Zentrum aus immer weiter ausdehnte und gleichzeitig immer komplexer wurde. Glaubte Tom anfangs noch, eine gewisse Struktur darin zu erkennen, verzweigten und verästelten sich die weißen Linien schließlich derart, dass nur noch ein wirres Netz übrig blieb.

»Was wir hier sehen, ist die Darstellung sämtlicher Messwerte der letzten drei Wochen«, erklärte Lee Nashagi. »Ziemlich unübersichtlich das Ganze. Ich werde jetzt versuchen, uns durch verschiedene Filterprozesse einen Blick für das Wesentliche zu verschaffen.«

Wieder flogen seine Finger über die Laptop-Tastatur, begleitet von leisem Klappern. Tom verfolgte mit, wie Lee Menüpunkte öffnete und Optionen auswählte, und zwar in einer Geschwindigkeit, die es dem Laien unmöglich machte nachzuvollziehen, was er genau tat. Doch als er schließlich zum Ursprungsbild zurückkehrte, war das Netz aus weißen Linien und Verflechtungen deutlich klarer strukturiert als zuvor.

»Das ist eine Ansicht aus der Vogelperspektive«, sagte Nashagi. »Ich habe die Architektur des Ameisenbaus komplett herausgefiltert. Die Steinfragmente ebenfalls. Was wir hier sehen, sind ausschließlich die Wurzeln des Baums, und zwar ab einer Dicke von drei Millimetern.«

Er griff zur Maus und rollte sie über das Pad neben dem Laptop, woraufhin die Grafik auf dem Monitor sich bewegte. Interessiert beobachtete Tom, wie die Vogelperspektive in eine Seitenansicht kippte.

»Das gibt's doch nicht!«, raunte ein Wissenschaftler und besah sich das Monitorbild genauer. »Da muss ein Fehler vorliegen!«

Rasch überprüfte Nashagi seine Eingaben. »Nein«, sagte er. »Es ist alles korrekt.«

»Dann waren vielleicht die Messungen falsch.«

Nashagis ratloser Blick suchte Tyson Murdock.

»Ausgeschlossen!«, sagte der Chef-Entomologe mit fester Stimme. »Kleinere Fehler würde ich nicht ausschließen – aber *das* hier? Das würde bedeuten, dass unsere Technik trotz Mehrfachmessung komplett versagt hat. Lee, kannst du uns bitte den ganzen Baum einblenden? Inklusive allem, was sich über der Erdoberfläche befindet – nur um einen Gesamteindruck zu gewinnen.«

Nashagi klickte sich wieder durch die Menüleiste, und während auf dem Monitor nun auch Stamm und Zweige des Feigenbäumchens sichtbar wurden, begriff Tom, was die Wissenschaftler so skeptisch machte: Die beiden Teile des Baums schienen von ihren Ausmaßen her überhaupt nicht zusammenzupassen, Stamm und Krone wirkten im Vergleich zum gewaltigen Wurzelwerk lächerlich klein.

»Wie weit reichen die Wurzeln in die Erde?«, fragte Tyson Murdock.

Nashagi blendete am linken Bildschirmrand eine Skala ein. »Etwa vierzig Meter. Bis zum Grundwasserspiegel«, sagte er und wartete ab, bis das allgemeine Raunen wieder verebbt war. Dann gab er ein paar Befehle in das Grafikprogramm ein, woraufhin Baum und Wurzeln zu einem grauen Schemen verschwammen. »Jetzt lasse ich den Ameisenbau darstellen«, sagte er, während seine Finger unablässig über die Tastatur tanzten. Es dauerte nicht lange, bis sich erneut ein Geflecht aus weißen Linien und Flecken auf dem Bildschirm aufbaute. Es ähnelte dem Wurzelwerk des Baums, erreichte jedoch »nur« eine Tiefe von fünfundzwanzig Metern. Unmittelbar um den Baum herum konzentrierten sich die Gänge und Schächte zu einem beinahe schwammähnlichen Gebilde – die Erklärung für den Treibsandeffekt. Nach etwa zehn Metern nahm diese Konzentration deutlich ab, dennoch wuchs das Höhlensystem immer weiter in die Breite wie ein endlos wucherndes Geflecht, das schließlich den Monitorrand erreichte. »Der Bildschirm entspricht etwa der Fläche von GAIA«, sagte Nashagi und wählte eine geringere Zoomstufe. Das Geflecht, jetzt kleiner dargestellt, dehnte sich unaufhaltsam weiter aus und stieß schließlich erneut an den Bildschirmrand. »Mehr haben wir nicht. Unsere bisherigen Messungen enden hier. Das Gebiet umfasst etwa einen halben Quadratkilometer.«

»Und es ist kein Ende in Sicht«, ergänzte Tyson Murdock, hauptsächlich an Tom gerichtet. »Wir haben in den letzten Monaten im Umkreis von zehn Kilometern Dutzende von Wüstenameisennestern entdeckt. Herausragende intellektuelle Fähigkeiten konnten wir bislang zwar nur bei den GAIA-Exemplaren feststellen, dennoch scheinen alle Nester zusammen eine Art Kolonie zu bilden.

Wir vermuten, dass GAIA das Zentrum dieser Kolonie bildet. Auch über große Distanzen hinweg können die Ameisen untereinander Informationen austauschen. Wir haben mehrere, teils Kilometer entfernte Nester genauer untersucht, wobei es sich nicht vermeiden ließ, Teile der Nester mit Schaufeln freizulegen. Jedes Mal haben die Pheromon-Sensoren hier im GAIA-Rondell ausgeschlagen, keine dreißig Sekunden nach unserem Eingriff. Die Tiere können also miteinander kommunizieren, und das ziemlich effizient. Über die flächenmäßige Ausdehnung des gesamten Ameisenstaats lässt sich im Moment nur spekulieren. Vermutlich geht sie weit über unseren bisherigen Aktionsradius hinaus.«

Tom spürte, wie ihm ein wohliger Schauer über den Rücken jagte. Weltweit waren mehrere riesige Ameisenkolonien bekannt – eine verlief von San Francisco nach San Diego, eine andere zog sich über Tausende von Kilometern an der Küste Europas entlang. Vielleicht gehörte die GAIA-Kolonie ebenfalls zu diesen beeindruckenden Mega-Ameisenstaaten. Die Angelegenheit wurde jedenfalls immer interessanter.

Kapitel 17

Maria Silvas Büro befand sich auf Ebene 1 und war wie alles, was Tom bislang von GAIA gesehen hatte, überaus funktionell eingerichtet: Edelstahlschränke an den Wänden, ein einfacher Resopalschreibtisch mit Computerausstattung und Telefon, ein ziemlich schlicht aussehender Drehsessel und ein paar Stühle, auf denen jetzt Tom, Tyson Murdock und Lee Nashagi saßen.

Durch die Glasfront hinter Maria Silva bot sich ein Bild von schier unendlicher Weite. Das fahle Licht der untergehenden Sonne tauchte die Wüste in ein weiches Farbenspiel aus Ockertönen und graubraunen Schattenfeldern. Die beiden Hügelketten, die sich in einiger Entfernung aus dem Boden erhoben, wirkten wie sanfte, schlafende Riesen.

Toms freudige Nervosität hatte sich noch immer nicht gelegt. Zuerst die *Kathedrale* im Kongo und jetzt das hier. Er war gespannt darauf, was die GAIA-Forscher bislang herausgefunden hatten, und er konnte es kaum erwarten, den gigantischen, unterirdischen Ameisenbau näher zu untersuchen.

»Ich denke, wir sollten Ihre Technologie möglichst rasch einsetzen, um uns ein genaueres Bild über diese Ameisen zu verschaffen«, sagte Maria Silva hinter ihrem Schreibtisch. »Wie lange brauchen Sie, um die nötigen Vorbereitungen zu treffen, Tom?«

»Was ich vor allem brauche, sind ein paar Träger-Ameisen. Tiere, auf denen ich die Robo-Packs anbringen kann.«

»Robo-Packs?«, fragte Lee Nashagi.

»So nennen wir unsere Mini-Hightech-Rucksäcke. Sender-Empfänger-Module, die es ermöglichen, Insekten vorübergehend als kleine Roboter zu missbrauchen. Über die Robo-Packs kann man sie fernsteuern. Die elektrischen Signale werden über Elektroden an den Fühlern übertragen und überlagern die eigenen Bewegungsimpulse des Tiers. Eine eingebaute Mini-Kamera überträgt Bilder in recht passabler Video-Qualität. Zuletzt habe ich ROBIN – so heißt die Technologie – dazu verwendet, um nach verschütteten Erdbebenopfern zu suchen.«

»Ich habe mir im Internet Video-Sequenzen Ihres letzten Einsatzes angesehen, die im italienischen Fernsehen ausgestrahlt wurden«, sagte Maria Silva. »Sehr beeindruckend. Ihre biotechnologischen Mini-Rucksäcke sind genau das, was wir hier in GAIA brauchen.«

Tom hörte, wie Tyson Murdock tief Luft holte, als läge ihm eine Erwiderung auf der Zunge. Aber er sagte nichts.

Maria Silva griff nach einem Edelstahlkoffer, der neben ihr stand, und stellte ihn auf den Tisch. »Das hier kam heute für Sie aus England. Ich gestehe, es interessiert mich brennend, was sich darin befindet – und wenn ich Lees Blick richtig interpretiere, gilt dasselbe für ihn. Selbst Tyson würde vermutlich seine Großmutter verkaufen, um diese Robo-Packs endlich ansehen zu können. Nur würde er es natürlich niemals zugeben.«

Murdock stieß ein unwilliges Schnauben aus, aber nicht wirklich böse, sondern eher so, als habe Maria Silva eine ihm unangenehme Wahrheit offenbart.

Sie lachte. »Komm schon, Tyson! Gib dir einen Ruck und spiel nicht länger den Griesgram. Du weißt, dass ich auf dich angewiesen bin. Dr. O'Connor wird in ein paar Tagen wieder weg sein, dann hast du GAIA wieder ganz für dich allein. Bis dahin solltest du ihm für seine Hilfe dankbar sein.«

Murdock nuschelte irgendetwas Unverständliches in seinen Schnauzbart, aber es klang versöhnlich.

Maria grinste. »Sehr gut! Nachdem nun so traute Harmonie herrscht, übergebe ich an Sie, Tom. Bitte – walten Sie Ihres Amtes.«

Tom ging zum Schreibtisch und öffnete die beiden Sicherheitsverschlüsse des Koffers, während Maria Silva, Tyson Murdock und Lee Nashagi ebenfalls aufstanden und sich zu ihm gesellten. Vorsichtig klappte Tom den Deckel auf und legte ein kleines, in eine dicke Schicht Schaumstoff gebettetes Kunststoffetui frei. Es hatte ungefähr die Ausmaße eines Taschenbuchs und sah ziemlich unscheinbar aus, doch sein Inhalt war Toms ganzer Stolz. ROBIN war *sein* Projekt. Gemeinsam mit den besten Rossburry-Technikern hatte er jahrelang getüftelt, bis die Robo-Packs endlich kompakt genug waren, um auch von kleinen Insekten getragen werden zu können. Denn Tom ging es nicht nur darum, eingestürzte Gebäude nach Verschütteten zu durchsuchen – auch wenn dieser humanitäre Ansatz ihm die nötigen Forschungsgelder beschert hatte –, nein, in Wahrheit hoffte er darauf, mithilfe der Robo-Packs die Methodik der Insekten-Beobachtung zu revolutionieren. Hier in GAIA würde er das erstmals an einem konkreten Beispiel ausprobieren, nicht nur unter Laborbedingungen. Diese Aussicht jagte ihm einen angenehmen Schauer über den Rücken.

Er öffnete das Etui, dessen Innenleben wie das des Koffers fast ausschließlich aus Schaumstoff bestand. Erst wenn man genauer hinsah, erkannte man zwei Reihen winziger Robo-Packs, jeweils sechs an der Zahl.

»Äußerlich scheinen sie in Ordnung zu sein«, sagte er, nachdem er sie eingehend betrachtet hatte. »Aber um auf Nummer sicher zu gehen, will ich sie einem Funktionstest unterziehen, bevor wir sie einsetzen. Die Geräte sind leider äußerst empfindlich. Sie könnten durch die Reise beschädigt worden sein.«

Maria Silva nickte. »Was brauchen Sie dazu?«

»Nur dieses Etui und meinen Laptop. Wenn es keine Probleme gibt, bin ich in etwa zwei Stunden damit fertig.«

»Haben Sie etwas dagegen, wenn ich dabei zusehe?«, fragte Lee Nashagi mit glänzenden Augen.

»Keineswegs. Sie können mir sogar helfen. Dadurch sparen wir etwas Zeit.«

»Hervorragend«, sagte Maria Silva mit feierlicher Stimme.

»Dann benötigen wir nur noch zwölf Ameisen, die wir mit den Rucksäcken ausstatten können.«

»Am besten Soldaten«, sagte Tom. »Die sind am kräftigsten.«

Tyson Murdock räusperte sich. »Darum kümmere ich mich«, sagte er.

Anderthalb Stunden später waren die Funktionstests erfolgreich absolviert. Sämtliche Robo-Packs arbeiteten einwandfrei.

Während Lee Nashagi die zur Steuerung der Ameisen notwendige Computersoftware auf den GAIA-Server überspielte, machte Tom sich in einem der entomologischen Labors daran, die Trägertiere, die Tyson Murdock besorgt hatte, mit ihren Rucksäcken auszustatten. Sieben von ihnen waren bereits präpariert, nun kam Nummer acht an die Reihe.

Vorsichtig fischte Tom mit einer gummierten Pinzette eine Ameise aus dem Plastikbehälter neben sich. Nachdem er sie mit Chloroform betäubt hatte, legte er sie auf eine kleine Arbeitsfläche auf dem Labortisch und brachte das an einem Schwenkarm befestigte Vergrößerungsglas in Position. Die Ameise wirkte dadurch zwar ein wenig verzerrt, aber immerhin so groß, dass Tom seine diffizile Arbeit vernünftig erledigen konnte.

Fünf Minuten später war der Hightech-Rucksack auf dem Rücken der Ameise festgeklebt und die winzigen Elektroden zur Steuerung des Tiers an dessen Fühlern angebracht. Die Mini-Kamera – nicht mehr als eine kleine glitzernde Halbkugel am schwarzen Kunststoffgehäuse – zeigte nach vorn. Die anderen Sensoren, die unter anderem zur Messung von Luftfeuchtigkeit, Temperatur und Pheromon-Zusammensetzung dienten, waren an der Oberseite angebracht.

»Fertig«, sagte Tom. Er setzte die noch bewusstlose Ameise zu den anderen, die bereits wieder munter in ihrem Plastikbehälter herumkrabbelten, und klappte den Deckel zu.

»Wollen Sie nicht alle zwölf präparieren?«, fragte Murdock, der ihm seit einiger Zeit bei der Arbeit zusah.

»Wir starten erst mal mit diesen acht«, antwortete Tom. »Die restlichen vier behalten wir besser als Reserve, falls es im spannendsten Moment zu Ausfällen kommt. Man kann nie wissen.«

»Hmhm«, machte Murdock. Nach einer kurzen Pause fragte er: »Woher haben Sie diese Dinger eigentlich?«

»Die Robo-Packs?«

»Ja. Ich habe gehört, dass weltweit mindestens ein Dutzend Laboratorien an der Entwicklung solcher Mini-Roboter arbeitet. Auch in Amerika und Japan. Aber ich wusste nicht, dass diese Dinger schon so weit fortgeschritten sind.«

Tom ließ den Kopf kreisen und massierte sich das Genick. Wenn er sich stark konzentrieren musste, so wie bei der Verdrahtung der Ameisen, neigte er dazu, sich zu verkrampfen. »Die Amerikaner und Japaner mögen auf vielen Hightech-Gebieten führend sein«, sagte er, »aber was diese Robo-Packs betrifft, hat England die Nase vorn. Ich beschäftige mich nämlich schon seit einer Ewigkeit damit. Genau genommen seit meinem Studium. Diese *Dinger*, wie Sie es bezeichnen, finden Sie weltweit kein zweites Mal, das garantiere ich Ihnen.«

»Das will ich hoffen«, brummte Murdock. »Ich kann nämlich Leute nicht ausstehen, die nur viel Geld kosten, keine Ahnung von ihrem Job haben und dabei so tun, als seien sie die Allergrößten.«

Zuerst war Tom nicht sicher, ob die Äußerung provozierend gemeint war. Doch als er sich zu Murdock umdrehte und dessen Gesicht sah, wusste er, dass es nur Murdocks Art war, ihm ein Friedensangebot zu unterbreiten. Vielleicht war er tatsächlich nicht der bärbeißige Kerl, den er gerne mimte. Jedenfalls war Tom froh, Murdock tatsächlich für sich gewonnen zu haben.

Sie verließen das Labor und gingen durch die große Halle hinüber zu der Computerinsel, an der Stunden zuvor die Präsentation der Messergebnisse stattgefunden hatte. Jetzt herrschte dort ein komplett anderes Bild: Abgesehen von Lee Nashagi befand sich niemand mehr dort, und nur der Monitor, an dem der Japaner arbeitete, war angeschaltet. Eine einzelne Lampe brannte über der

Computerinsel und tauchte sie in eine helle Lichtglocke. Darüber hinaus gab es nur das Dämmerlicht der nächtlichen Notbeleuchtung.

Nashagi starrte gebannt auf den Monitor, während seine Finger wie Spinnenbeine über die Tastatur flogen. Er war so in seine Arbeit vertieft, dass er Tom und Tyson Murdock erst wahrnahm, als sie neben ihn traten.

»Hat alles geklappt?«, erkundigte sich Tom.

Nashagis Finger erstarrten mitten in der Bewegung. »Haben Sie daran etwa gezweifelt?«

Tom lachte auf. »Nicht wirklich – nein.«

Nashagi hielt noch einen Moment inne, dann begannen seine Finger wieder zu fliegen. »Alles hat einwandfrei funktioniert. Die Software ist installiert, und die Sender-Empfänger-Frequenzen für die Robo-Packs sind voreingestellt. Von mir aus kann's losgehen.«

Tom folgte Tyson Murdock zum Glaszylinder und beobachtete, wie dieser sich an einem Schaltpult zu schaffen machte, das neben mehreren Knöpfen auch eine Reihe von Hebeln und Drehreglern aufwies. Nachdem Murdock einen Schlüssel herumgedreht hatte, begannen die Knöpfe zu leuchten.

»Wo wollen Sie Ihre acht Spione aussetzen?«, fragte Murdock. »Alle am Außenring, damit sie sich Stück für Stück ins Zentrum vorarbeiten können, oder lieber übers gesamte Areal verteilt?«

»Verteilt, wenn das möglich ist«, sagte Tom, der mit dieser Option nicht gerechnet hatte. »Ich dachte, der Treibsandgürtel ist unpassierbar.«

Murdock, der allmählich begriff, dass Tom ihm nicht das Wasser abgraben wollte, grinste ihn hinter seinem Schnauzbart breit an. »Ist er auch. Vorausgesetzt, man würde ihn betreten.« Er wandte sich wieder seinem Schaltpult zu und begann, die Hebel zu bedienen.

Zunächst begriff Tom nicht, was er vorhatte, dann erkannte er jedoch im Glaszylinder eine Bewegung. Da es darin ebenfalls dunkel war, musste er genau hinsehen. In etwa drei Metern Höhe löste sich eine Art Kanzel von einer Querstrebe. Zuerst senkte sie sich wie in Zeitlupe herab. Knapp über dem Boden hielt sie inne und ging in eine träge Seitwärtsbewegung über. Scheinbar schwerelos näherte sie sich einer Tür in der Glaswand.

»Eine hydraulische Arbeitsplattform«, kommentierte Murdock. »Ohne die wären wir aufgeschmissen. Damit kann ich Sie zu jedem beliebigen Punkt im Zylinder fahren. Sie müssen mir nur sagen, wohin.«

Tom entschied sich dafür, vier Ameisen über den Treibsandgürtel zu verteilen und die anderen vier in unmittelbarer Nähe des Bäumchens abzusetzen.

»Kein Problem.« Murdock nickte. »Wenn wir gleich die Röhre betreten – wundern Sie sich nicht. Sie werden dort drinnen eine Gänsehaut bekommen, wegen der elektromagnetischen Strahlung. Außerhalb der Röhre ist davon nichts zu spüren, weil unsere Techniker eine Art elektromagnetische Barriere errichtet haben. Fragen Sie mich nicht, wie das funktioniert. Ich weiß nur, dass es klappt. Drinnen hingegen bitzelt es auf der Haut ganz ordentlich, so als würde man sich einer alten Fernsehröhre nähern.«

Tom stieg hinter Murdock in die Röhre und bemerkte sofort die Veränderung: Die Luft war kühl und klar und im wahrsten Sinne des Wortes wie elektrisiert. Als sie die Plattform betraten, gab die Stahlkonstruktion ein leichtes Ächzen von sich, unter Toms Füßen wippte der Boden leicht. Er kam sich plötzlich vor wie in einer anderen Welt. Vor allem war er sich der Nähe der Ameisen plötzlich viel deutlicher bewusst als zuvor. Er konnte sie in der Finsternis zwar nicht sehen, aber er konnte hören, wie sie sich über den Baum und den Sand bewegten. Hunderttausende von ihnen, nein, Millionen. Es klang wie Öl, das leise in einer Pfanne brutzelte, und aus irgendeinem Grund glaubte Tom sogar, die Anwesenheit der Tiere *spüren* zu können.

Er gestand sich ein, dass er nervös war. Weniger, weil er glaubte, sich in Gefahr zu begeben – die GAIA-Wissenschaftler lebten hier schon seit anderthalb Jahren ohne gravierende Zwischenfälle –, sondern weil er sich fragte, wie seine Robo-Packs funktionieren würden. Im Labor waren sie schon hundertfach erprobt worden, gelegentlich auch bei Einsätzen wie dem in Italien. Jetzt musste sich jedoch zeigen, ob ROBIN wirklich für die Feldforschung taugte. Toms größte Sorge war, dass die Trägerameisen aufgrund ihrer ungewöhnlichen Last von ihren Artgenossen nicht mehr als Teil des eigenen Staats erkannt und von ihnen tot gebissen wurden. Dann wäre der Sahara-Einsatz vorbei, bevor er richtig begonnen hatte. Aber er wollte den Teufel nicht gleich an die Wand malen.

»Hier, ziehen Sie die auf«, sagte Tyson Murdock und reichte Tom eine Nachtsichtbrille. »Damit Sie Ihre Schützlinge auch im Dunkeln sehen können.«

Tom zog sie über den Kopf, woraufhin die Schwärze um ihn herum einen Grünstich bekam und an Kontrast gewann – die Nacht gab die von ihr verschluckten Strukturen wieder preis. Jede Unebenheit im Sand war durch die Brille zu erkennen.

Murdock stand in einer Ecke der Arbeitskanzel und hantierte an einem Bedienfeld. Tom spürte, wie ein Ruck durch die Hydraulik ging und die Plattform dicht über den Boden hinwegglitt – ein unwirkliches, beinahe schwebendes Gefühl.

Etwa fünf Meter von der Glaswand entfernt bat Tom um den ersten Stopp. Er öffnete den Plastikbehälter, den er bei sich hatte, fischte vorsichtig eine Ameise heraus und setzte sie behutsam auf den Sandboden. Anschließend bat er Murdock, das Bäumchen in einem weitläufigen Kreis zu umfahren. Nach jeweils einer Viertelrunde setzte er die nächste Ameise ab.

»Jetzt näher zur Mitte«, bat er Murdock. »Die nächsten vier Exemplare will ich direkt im Zentrum aussetzen.«

Die Plattform näherte sich mit leisem Surren dem Bäumchen. Das Geräusch der krabbelnden Ameisen wurde lauter, und auch das Kribbeln auf der Haut verstärkte sich. Von diesem Ort ging etwas Sonderbares aus, eine nahezu greifbare Energie. Eine *Aura*. Tom konnte nur noch nicht einordnen, ob diese Aura positiver oder negativer Natur war.

Er gab Murdock ein Zeichen, die Plattform anzuhalten, und setzte nun auch die letzten vier Ameisen auf dem Sandboden ab, etwa eineinhalb Meter vom Baum entfernt.

»Das war's«, sagte er. »Lassen Sie uns zu Lee zurückkehren und prüfen, ob wir ein paar anständige Bilder empfangen.«

Inzwischen war auch Maria Silva aus ihrem Büro zu ihnen gestoßen. Sie stand neben Lee Nashagi an der Computerinsel und studierte aufmerksam die Grafik auf dem Laptop-Monitor. Es handelte sich um eine vereinfachte Darstellung des Ameisenbaus. Aus Gründen der Übersichtlichkeit wurden nur die Hauptgänge angezeigt, alle anderen Wege wären für die mit den Robo-Packs bestückten Trägerameisen ohnehin nicht passierbar gewesen. Dennoch blieb das Netz aus Röhren und Schächten kompliziert genug.

Die Grafik zeigte außerdem acht rote, blinkende Punkte, die die Positionen der Trägerameisen markierten. Noch befanden sie sich außerhalb des Baus, doch das sollte sich in Kürze ändern.

Nashagi machte seinen Platz für Tom frei, der ab sofort die Steuerung übernahm. Mit der Maus klickte er auf einen der vier Markierungspunkte auf dem Treibsandgürtel, woraufhin ein Fenster aufpoppte, das die Kameraeinstellung der Trägerameise übertrug.

»Die Optik wird durch die Computersoftware automatisch aufbereitet«, erläuterte Tom. »Schärfe, Kontrast, Helligkeit, Farbgebung – das alles wird vom Programm nachkorrigiert.«

Nashagi stieß ein erleichtertes Seufzen aus. »Zum Glück funktioniert die Technik einwandfrei«, sagte er. »Wegen der elektromagnetischen Strahlung hatte ich meine Zweifel.«

Daran hatte Tom noch gar nicht gedacht, aber er war froh, dass es offenbar keine Probleme gab. Die Bildqualität hätte kaum besser sein können. Auf dem Monitor zeigte sich eine gestochen scharfe Miniaturlandschaft aus Sanddünen. Wüstenameisen krabbelten aufgeregt in alle möglichen Richtungen. Ihre langen Beine – tagsüber wichtiger Schutz vor der glühenden Bodenhitze – verliehen ihnen eine gewisse Eleganz. Außerdem befähigten sie die Tiere, sich mit der erstaunlichen Geschwindigkeit von einem Meter pro Sekunde fortzubewegen. Entsprechend hektisch wirkte die Szene auf dem Monitor.

Ihrem verdrahteten Artgenossen schenkten die Wüstenameisen keine Aufmerksamkeit, auch nicht, als Tom ihn mithilfe der Laptop-Pfeiltasten in Bewegung setzte.

Tom steuerte einen Dünenkamm an, der gewaltig aussah, in Wirklichkeit aber nur geschätzte zehn Zentimeter hoch war. Von dort hatte er einen guten Blick über einen Umkreis von etwa einem halben Meter. Was er suchte, war ein Eingang zum Ameisenbau. Der Treibsandgürtel war gespickt mit Röhren und Schächten, die bis zur Erdoberfläche hinaufreichten, dennoch musste Tom das Geschehen ein paar Minuten lang beobachten, bevor er eine Stelle entdeckte, an der wie aus dem Nichts immer wieder neue Ameisen auftauchten. Dorthin dirigierte er seinen kleinen Spion.

Bleibt zu hoffen, dass der Eingang und der dahinterliegenden Gang breit genug für die Ameise *und das* Robo-Pack sind, dachte Tom, aber glücklicherweise gab es diesbezüglich keinerlei Probleme.

Kritisch wurde es noch einmal, als die Trägerameise beim Eintritt in die Unterwelt von einem Wachsoldaten befühlt und betrillert wurde. Tom nahm die Finger vom Laptop und überließ das Trägertier seinen eigenen Instinkten – die richtige Entscheidung, wie sich herausstellte. Nach einigen Sekunden widmete sich der Soldat dem nächsten Neuankömmling. Tom drückte wieder die Geradeaus-Taste und setzte seinen Weg fort.

Auch in der Röhre blieb die Sicht hervorragend. Es herrschte reger Verkehr, abgesehen davon gab es jedoch keinerlei Besonderheiten.

»Ich gehe jetzt gewissermaßen auf Autopilot«, sagte Tom und drückte eine Tastenkombination. »Die Ameise wird sich so lange weiter geradeaus bewegen, bis sie auf ein Hindernis stößt. Die Software entscheidet dann aufgrund vordefinierter Parameter selbst, in welche Richtung es weitergehen soll, so lange, bis ich wieder die

Regie übernehme. Selbstverständlich wird auch im Autopilot-Modus die komplette Wegstrecke mitgefilmt, sodass wir sie bei Bedarf später ansehen können.«

Er klickte auf ein Bildschirmsymbol, woraufhin das Übertragungsfenster auf wenige Quadratzentimeter zusammenschrumpfte und sich an den unteren Monitorrand schmiegte. Anschließend klickte er nacheinander die Ameisen 2 bis 4 an und wiederholte die komplette Prozedur, bis auch sie glücklich den Weg in den Bau gefunden hatten.

Dann kamen die vier Tiere an die Reihe, die Tom näher am Baum ausgesetzt hatte. Bei ihnen zeigte die Kamera ein völlig anderes Bild als bisher: Von der miniaturisierten Dünenlandschaft war vor lauter Ameisen nichts mehr zu sehen. Dicht an dicht drängten sich die Tiere neben- und übereinander, es war ein einziges Gewimmel und Gewusel. Die Steuerung gestaltete sich dadurch wesentlich diffiziler als zuvor, doch getrieben von den elektrischen Impulsen des Computers kämpfte sich das Tier Zentimeter für Zentimeter durch das brodelnde Insektenmeer.

Auch als die Trägerameisen in den Bau vordrangen, ebbte das wilde Getümmel nicht ab. Durch die Enge in den Röhren und Schächten wurde die Lage sogar noch unübersichtlicher und ein Vorankommen stellenweise unmöglich. Irgendwann beschloss Tom, auch hier auf Automatik zu gehen, wohl wissend, dass es ihm nur mit Glück gelingen würde, brauchbare Übertragungen aus dem Zentrum des Baus zu erhalten.

»Das war's«, sagte er. »Alle Trägerameisen sind auf Position und erkunden computergesteuert den Bau, was einige Stunden in Anspruch nehmen wird. Ich schlage vor, dass wir uns morgen alles im Zeitraffer ansehen, sonst wird es eine verdammt lange Nacht.«

Lee Nashagi wollte noch ein wenig am Compter bleiben, aber die anderen waren einverstanden.

»Noch ein Schlummertrunk in der Cafeteria gefällig?«, fragte Murdock Maria Silva.

»Ein andermal, Ty«, sagte sie.

»Na schön, dann werde ich mich am besten aufs Ohr hauen. War ein anstrengender Tag. Gute Nacht zusammen, wir sehen uns morgen.« Murdock verschwand in Richtung Treppenaufgang.

»Was ist mit Ihnen, Tom?«, fragte Maria Silva. »Wollen Sie auch gleich ins Bett, oder darf ich Sie noch dazu einladen, mit mir einen Blick in die Archäologie zu werfen?«

Tom spürte zwar ebenfalls die Anstrengung des Tages in den Knochen, und er hatte sich auch nie zuvor in seinem Leben für Archäologie interessiert. Aber ihm gefiel der Gedanke, Marias Gesellschaft noch ein wenig länger zu genießen.

»Archäologie? Klingt verlockend!«, sagte er.

Er war ein verdammter Narr, und er wusste es.

Kapitel 18

Aus der Entfernung wirkte GAIA wie ein notgelandetes Ufo, vor allem bei Nacht. Es sah aus wie ein riesiges Ei aus Stahl und Glas, das zur Hälfte im Wüstenboden steckte. Mond und Sterne spiegelten sich in den unzähligen Facetten der Oberfläche wider und gaben der Konstruktion etwas höchst Surreales, als stamme sie von einer anderen Welt.

Brian Quint lag schon seit zwei Stunden auf einer sandigen Anhöhe, aber er konnte noch immer nicht fassen, was er durch sein Nachtsichtfernglas sah. Bei seinen Internetrecherchen am Nachmittag hatte er kein wissenschaftliches Sahara-Projekt namens GAIA entdeckt, und da James Tswami – Gott habe ihn selig – von einer *Forschungsstation* gesprochen hatte, war Quint von ein paar Zelten und Kisten ausgegangen, ähnlich dem Palissier-Lager im Kaukasus. Einen hochmodernen Glaskuppelbau hatte er nicht erwartet, schon gar nicht in dieser Größenordnung.

Das Ultraleichtflugzeug, mit dem er hergeflogen war, stand etliche Hundert Meter hinter ihm. Er hatte keine Aufmerksamkeit in der Station erregen wollen und war daher in sicherer Entfernung gelandet. Bislang schien ihn niemand bemerkt zu haben.

Er musste unbedingt herausfinden, was die Wissenschaftler über die Steinfragmente wussten. Ursprünglich hatte er ganz einfach geplant, das »Lager« auszukundschaften und sich später, wenn alle schliefen, dort umzusehen, um Fotos zu schießen und sich die nötigen Informationen zu beschaffen. So ging er in solchen Fällen meistens vor, bislang stets mit Erfolg. Doch hier lagen die Dinge anders. In eine Forschungseinrichtung wie GAIA einzudringen, barg ein ungleich höheres Risiko, entdeckt zu werden. Er würde sich eine neue Taktik einfallen lassen müssen.

Durch das Nachtsichtgerät beobachtete er eine kleine Gruppe von Wissenschaftlern im Erdgeschoss, die sich allmählich auflöste. Ein winziger Knopf im Ohr übertrug beeindruckend klar alle akustischen Signale, die das auf einem Dreibeinstativ montierte Hochpräzisions-Richtmikrofon neben ihm auffing.

»Was ist mit Ihnen, Tom? Wollen Sie auch gleich ins Bett, oder darf ich Sie noch dazu einladen, mit mir einen Blick in die Archäologie zu werfen?«

»Archäologie? Klingt verlockend!«

Für Quint klang das ebenfalls verlockend, sogar mehr als das: Es klang wie ein kleines Wunder, und zwar genau zur richtigen Zeit. Vielleicht konnte er sich dadurch einen Einbruch mit all seinen Unwägbarkeiten ersparen.

Zwei der Wissenschaftler – eine Frau und der Mann namens Tom – gingen über die Wendeltreppe in den ersten Stock und verschwanden in einem Labor, sodass Quint sie aus den Augen verlor. Der Empfang verschlechterte sich dadurch zwar, blieb aber dennoch verständlich.

Die Frau sagte: »Das ist Dr. Finea Blunt. Finea, darf ich dir Dr. Thomas O'Connor vorstellen? Er ist Leiter der entomologischen Abteilung der Rossburry-Stiftung.«

»Ah, der Insekten-Mann aus England. Willkommen in GAIA.« Dr. Finea Blunts Stimme klang jung, aber bestimmt, wie von jemandem, der ganz genau wusste, was er vom Leben erwartete.

»Das Labor ist beeindruckend«, sagte O'Connor, ohne auf den *Insekten*-Mann einzugehen.

»Das denke ich auch.« Es war wieder die erste Frau, die sprach. »Dennoch kommen wir leider nur zögerlich voran.«

»Selbst mit der besten Technik können wir keinen Erfolg erzwingen, Maria.« Finea Blunt klang genervt. »Diese Glyphen sind weltweit einzigartig. Wir haben keinerlei Vergleichsmöglichkeiten, nicht einmal einen Hinweis darauf, was sie bedeuten könnten. So was dauert nun mal seine Zeit, und das weißt du verdammt gut. Also hör endlich damit auf, mir und meinen Leuten an den Daumenschrauben zu drehen. Lass uns einfach nur in Ruhe unsere Arbeit erledigen!«

»Darf ich die Steinfragmente sehen?«, fragte der Mann, als wolle er dadurch den drohenden Disput abwenden.

»Selbstverständlich, wenn Sie wollen.«

Es trat eine kurze Pause ein. Dann meldete sich wieder der Mann zu Wort: »Aus welcher Zeit stammen die Bruchstücke?«

»Wir gehen von einem Alter von etwa drei- bis viertausend Jahren aus.« Das war eindeutig die Stimme von Blunt. »Damals verwandelte sich die Region mit ihrem bis dahin mediterranen Klima immer mehr in eine Trockenzone. Die Wildtiere wanderten ab, Ackerbau wurde zunehmend beschwerlicher. Die Kultur, die diese Steine hier bearbeitet hat, war damals schon dem Untergang geweiht.«

Über den Knopf im Ohr lauschte Quint der Unterhaltung weiter, aber es wurde nur noch allgemein über die Sahara, das Forschen in der Wüste und die Laboreinrichtung von GAIA gesprochen. Weitere Details zum aktuellen Stand der Ausgrabungen wurden nicht erwähnt.

Es war weit nach Mitternacht, als er die Ausrüstung wieder in seinem Rucksack verstaute und die sandige Anhöhe verließ, um zu seinem Flugzeug zurückzumarschieren. Zwar hatte er sich noch mehr Informationen erhofft, dennoch war er unter den gegebenen Umständen mit seinem nächtlichen Ausflug zufrieden. Dass er hier, jenseits der zivilisierten Welt, kein gewöhnliches Feldlager, sondern ein hochmodernes Forschungslabor vorgefunden hatte, zeigte ihm, dass dieser Ort tatsächlich von besonderer Bedeutung sein musste. Kardinal Vargas schien wieder einmal das richtige Gespür gehabt zu haben.

Das Geheimnis des Allerhöchsten und der Menschheit.

Was um alles in der Welt konnte damit gemeint sein? Wenigstens waren die GAIA-Wissenschaftler weit davon entfernt, die Schriftzeichen auf den Steinfragmenten zu entschlüsseln. Sie schienen noch nicht einmal zu ahnen, welches Geheimnis unter ihren Füßen im Sand schlummerte. Weshalb nicht? Hatten sie es einfach noch nicht entdeckt? Oder war es womöglich gar nicht mehr da?

Quint brauchte Gewissheit. Wenn hier irgendetwas verborgen lag, das nicht im Einklang mit der Bibel oder der kirchlichen Lehre stand, gab es nur zwei Möglichkeiten: Entweder würde er es an sich bringen und nach Rom schaffen, damit es für immer in den geheimen Archiven des Vatikans verschwand, oder er würde es vernichten. Ganz wie Gott es ihm durch Kardinal Vargas auftrug.

Kapitel 19

Den nächsten Tag verbrachte Tom gemeinsam mit Lee Nashagi und Tyson Murdock damit, das Bildmaterial auszuwerten, das die acht präparierten Ameisen über Nacht aufgenommen hatten. Sämtliche Daten wurden in das bereits existierende Computermodell des Ameisenbaus eingespeist, sodass die Röhren, Schächte und Höhlen mit realistischen Darstellungen ihres inneren Aufbaus ausgestattet wurden. Am späten Nachmittag war das überarbeitete Modell fertig.

Zum ersten Testlauf erschien auch Maria Silva.

»Du siehst nicht gerade glücklich aus«, bemerkte Tyson Murdock.

»Halb so schlimm. Es ist nur – wir bekommen morgen unerwarteten Besuch, und das geht mir gegen den Strich.«

»Besuch? Von wem?«

»Felby hat uns eine Art Gutachter aufs Auge gedrückt. Ein Anwalt, der sich im Auftrag eines potenziellen Investors ein Bild über unsere hiesige Arbeit machen soll.« Sie wandte sich an Tom. »Frank Felby ist der Vorsitzende unserer Muttergesellschaft ASTAC. Ihr gehört GAIA zu hundert Prozent. Anders ausgedrückt: Was Felby sagt, ist für uns Gesetz.«

»Das erinnert mich irgendwie an meinen eigenen Chef«, sagte Tom. »Der bekommt auch immer, was er will.«

Maria seufzte. »Dass wir hier langsamer vorankommen als erhofft, hatte ich ja schon erwähnt. Der Unterhalt von GAIA kostet ASTAC jeden Monat ein kleines Vermögen. Ein weiterer Geldgeber kommt Felby da wie gerufen. Also müssen wir diesen Anwalt wohl ein paar Tage bei uns aufnehmen und ihn ordentlich beeindrucken, damit sein Mandant bei uns einsteigt.«

»Das dürfte nicht weiter schwierig sein«, sagte Tom. »Wir haben heute einen großen Schritt nach vorn gemacht. Sie werden mir beipflichten, wenn Sie gesehen haben, was wir Ihnen gleich zeigen werden.«

Maria Silva wirkte nicht viel glücklicher. »Das Problem ist, dass dieser Anwalt – ein Mann namens Quint – nicht wegen der Ameisen hier ist, sondern wegen unserer archäologischen Ausgrabungen, und die stecken bekanntlich fest. Aber sei's drum.« Sie machte eine wegwerfende Handbewegung. »Um den Anwalt kümmern wir uns später. Jetzt lassen Sie erst mal sehen, was es bei Ihnen Neues gibt.«

Nashagi wollte von seinem Stuhl aufstehen, um Tom Platz zu machen, doch der legte ihm die Hand auf die Schulter. »Ich denke, das sollten *Sie* übernehmen. Ohne Sie säße ich noch in einer Woche hier, um das Modell zu erstellen. Falls GAIA Sie irgendwann feuert und Sie Lust haben, für einen Hungerlohn im regnerischen England zu arbeiten, wenden Sie sich an mich.« An Maria Silva gewandt, fügte er hinzu: »Ich hoffe, Sie wissen, dass Sie ein Computergenie in Ihrem Team haben.«

Nashagi erwiderte nichts, doch ihm stand der Stolz ins Gesicht geschrieben. Aufrecht sitzend – nicht wie bisher locker in seinem Stuhl lümmelnd – traf er die letzten Vorbereitungen für die Modellvorführung. Seine Finger flogen über die Tastatur, gleich darauf erschien auf dem Monitor ein übergroß abgebildeteter Ameisengang, eine Mischung aus Echtbild und Computergrafik – nahezu fotorealistisch in seiner Detailgenauigkeit. Auch die Ameisen im Gang wurden dargestellt, eingefroren mitten in der Bewegung.

»Rundgang gefällig?«, fragte Lee und bediente die Pfeiltasten, wodurch das Bild auf dem Monitor zu leben begann. Sie flogen gewissermaßen mit der Kamera durch den Höhlengang, besser gesagt in ihn hinein und über die Körper der nach wie vor unbeweglichen Ameisen hinweg.

»An welcher Stelle im Bau befinden wir uns gerade?«, fragte Maria Silva.

Nashagi ließ die Pfeiltaste los und wechselte die Bildschirmansicht. Jetzt sah man wieder die vereinfachte, schematische Darstellung des Vortages. »Der blaue Punkt markiert unsere Position. Wir befinden uns etwa drei Meter unter der Erdoberfläche, sieben Meter vom Baum entfernt, und wir bewegen uns auf ihn zu. Aber wir können natürlich jederzeit an eine andere Stelle springen. Du musst es nur sagen.«

Er wechselte wieder in die Ursprungsansicht und setzte den Höhlenflug fort. Nach einigen Sekunden erreichte er eine Gabelung. Als er die Kamera nach links schwenken ließ, änderte sich das Bild: Statt der perfekten Darstellung eines Ameisenhöhlengangs sah man nur noch eine stilisierte Röhre, grau und künstlich.

»Die Trägerameisen haben bisher nur etwa die Hälfte des Baus erkundet«, erläuterte Tom. »Daher sieht die andere Hälfte vorerst noch so aus. Ich denke, bis morgen müssten alle Gänge gescannt sein.«

Nashagi drehte die Kamera um hundertachtzig Grad und setzte den Weg fort. Jetzt war die Darstellung des Ameisenbaus wieder gestochen scharf.

Während sie auf diese Weise die unbekannte Welt unter ihren Füßen durchquerten, versank um Tom herum die Zeit, und Tyson Murdock schien es nicht anders zu ergehen. Immer wieder fielen den beiden Entomologen Details auf, die sie sich genauer ansehen wollten. Dann verzögerte Nashagi auf ihren Wunsch hin die virtuelle Reise, um sie später bei beschleunigtem Tempo fortzusetzen.

Dabei näherten sie sich in dem unterirdischen Labyrinth immer mehr dem Zentrum. »Wir befinden uns jetzt in etwa vier Metern Tiefe«, kommentierte Nashagi, »ziemlich genau unter dem Baum, irgendwo zwischen den Wurzeln ... Hey, was ist das?«

Tatsächlich änderte sich in diesem Moment die Grafik auf dem Monitor. Hatte es bisher nur Gänge und Schächte zu sehen gegeben, tat sich vor den Augen der Wissenschaftler nun erstmals eine Höhle auf.

»Wie groß ist sie?«, fragte Murdock.

Nashagi gab in den Computer einen Rechenbefehl ein. »Etwa vierzig Zentimeter lang, dreißig breit und zwanzig hoch.«

Die Ameisenpopulation war hier längst nicht so dicht wie in den Gängen. Die wenigen Tiere in der Höhle trugen meist kleine, länglich-ovale Eier zwischen ihren Kieferzangen. Weitere Eier – es mussten Tausende sein – lagen fein säuberlich in Reihen angeordnet auf dem Boden.

»Eine Brutkammer«, erläuterte Tom für Nashagi. »Die Ammen kümmern sich um den Nachwuchs, indem sie die Eier so lange sauber und feucht halten, bis die Larven schlüpfen. Ich frage mich nur, was *das hier ist*? Dieses Ding dort hinten.« Er deutete mit dem Finger auf einen Gegenstand, der sich mitten in der Höhle befand, eine kleine, nahezu perfekt geformte, schwarze Kugel – *nahezu* perfekt, denn einen Schönheitsfehler hatte sie: An einer Stelle ragte ein kleiner, gedrungener Stift aus ihr heraus wie ein verrosteter Nagel. Der Durchmesser der Kugel betrug nach Toms Schätzung etwa vier bis fünf Zentimeter. »Was zum Teufel ist das?«

»Die Frucht des Baums«, sagte Murdock. »Die Ameisen ernähren sich davon – viele Alternativen gibt es hier ja auch nicht.«

»Eine Frucht in Form einer mathematisch exakten Kugel?«

»Eben *nicht* vollkommen exakt. Dieser Fortsatz, der wie ein Nagel aussieht, das ist der Stiel.«

»Maria, sagten Sie nicht, dass es sich um eine Feigenart handelt? Feigen sind doch nicht rund!«

»Ich sagte, dass es sich um einen *entfernten Verwandten* der Feige handelt. Das ist ein Unterschied.«

»Eine Feige?« Die Stimme klang unbekannt und kam von irgendwo hinter ihnen. »Mitten in der Wüste? Das scheint ja hoch interessant zu sein!«

Die Wissenschaftler drehten sich um und sahen sich zwei Männern gegenüber. Der eine, ein junger Bursche im GAIA-T-Shirt, gehörte offenbar zur Belegschaft und hatte den anderen hergeführt – einen eher unscheinbaren Mann in kurzärmligem Hemd und Baumwollhose, der soeben seine Sonnenbrille nach oben schob und ihnen die Hand zum Gruß entgegenstreckte. »Quint. Brian Quint. Von der Kanzlei Hastings & Fuller. Ich hoffe, mein Besuch war angekündigt.«

Maria Silva trat einen Schritt auf ihn zu und begrüßte ihn. »Ja, wir haben Sie erwartet, nur offen gestanden nicht so früh. Aber das macht nichts. Willkommen in GAIA, Mr. Quint. Ich bin Maria Silva, die Leiterin dieser Forschungseinrichtung, und heiße Sie im Namen meines Teams herzlich willkommen. Das hier sind Tyson Murdock, mein Chef-Entomologe, Lee Nashagi, unser Computer-Experte, und Thomas O'Connor, ein Gast-Wissenschaftler vom Rossburry-Institut, der uns bei der Untersuchung eines hier entdeckten Ameisenbaus unterstützt.«

Sie reichten sich nacheinander die Hand.

»Wie sind Sie hierhergekommen?«, fragte Maria Silva.

»Ich habe mir einen Mietwagen genommen«, sagte Quint und deutete mit dem Daumen über die Schulter nach draußen. »Steht vor dem Eingang, ich hoffe, dort ist kein Parkverbot.«

Tom bemerkte, dass die für einen Anwalt untypisch flapsige Art bei Maria gut ankam. Ihre Förmlichkeit schmolz dahin wie Eis in der Sonne, von ihrer ursprünglichen Skepsis gegenüber dem ungebetenen Gast war kaum noch etwas zu spüren.

Tom seufzte innerlich auf. Dieser Gigolo hat mir gerade noch gefehlt, dachte er. Aber vielleicht ist es besser so. Immerhin bin ich verheiratet. Ich sollte lieber versuchen, meine Ehe zu retten, anstatt anderen Frauen schöne Augen zu machen, ich alter Narr!

»Keine Bange«, sagte Maria zu Quint. »Strafzettel werden hier selten verteilt. Darf ich Ihnen etwas zu trinken anbieten?«

»Vielen Dank, später vielleicht.«

»Lassen Sie es mich wissen, wenn Ihnen etwas fehlt.«

»Das werde ich. Ganz bestimmt.«

Tyson Murdock meldete sich zu Wort. »Wie lange werden Sie

bei uns bleiben, Mr. Quint?« Es klang eher wie: *Wann werden Sie endlich wieder abreisen?* Seinem Gesicht nach zu urteilen, brachte er dem Anwalt ungefähr dieselbe Sympathie entgegen wie einer Blinddarmoperation ohne Narkose.

Quint entging der feindselige Unterton nicht, wie man seinen Augen ansehen konnte. »Ich bin hier, um für meinen Mandaten ein Gutachten zu erstellen«, sagte er, noch immer betont freundlich, auch wenn es jetzt ein wenig aufgesetzt wirkte. »Ich denke, das wird ein paar Tage dauern. Vielleicht eine Woche. Das heißt, falls Sie nichts dagegen haben, Dr. Silva.«

»Ich bitte Sie, nennen Sie mich Maria. Und nein – ich habe überhaupt nichts dagegen. Fühlen Sie sich ganz wie zu Hause.«

Kapitel 20

Den Anwalt zu spielen, fiel Brian Quint nicht sonderlich schwer. Durch seinen Job war er es gewohnt, in unterschiedliche Rollen zu schlüpfen, um sich Zugang zu Informationen zu verschaffen, und als Gutachter eines potenziellen Großinvestors war er schon häufig aufgetreten. Dieses Vorgehen hatte sich bewährt. So war er nach seinem Lauschangriff auf die Forschungsstation mit dem Ultraleichtflugzeug nach Abéché zurückgeflogen, um von dort aus mit Kardinal Vargas zu telefonieren. Quint hatte ihm seinen Plan geschildert und ihn gebeten, ihn in GAIA einzuschleusen. Alles Weitere hatte Rom organisiert, wie immer rasch und zuverlässig.

Nun war der erste Schritt getan. Quint befand sich genau dort, wo er die größten Chancen hatte, etwas über die geheimnisvolle Überlieferung der alten Hebräer herauszufinden. Irgendwo unter ihm, tief in der Erde, war vor Tausenden von Jahren das *Geheimnis des Allerhöchsten und der Menschen* vergraben worden – was immer es damit auf sich hatte. Sofern sich dieses Geheimnis, oder zumindest etwas davon, in die heutige Zeit hatte retten können, würde er, Brian Quint, Hüter des katholischen Glaubens, es finden und in die Hände des Vatikans übergeben. Oder es für immer vernichten, falls sein Auftrag es erforderte.

Der Auftakt zu seinem Kammerspiel hatte recht gut funktioniert, und die wichtigste Hürde war genommen – mit seinem antrainierten Charme hatte Quint die Stationsleiterin mühelos für sich einnehmen können. Dennoch fühlte er sich noch ein wenig unbehaglich, was vor allem an der mehr oder weniger offen dargebrachten Feindseligkeit dieses schnauzbärtigen Männleins namens Murdock lag. Quint brauchte kein Hellseher zu sein, um den Grund dafür zu erahnen: Murdock war in Maria Silva verschossen, das lag auf der Hand. Dennoch musste Quint sie weiter bezirzen, denn nur mit ihrer Unterstützung würde er die benötigten Informationen erhalten. Weitere Konfrontationen mit Murdock waren also vorprogrammiert.

Nashagi, der Japaner, machte auf Quint einen von Grund auf harmlosen Eindruck. Der Mann konnte keiner Fliege etwas zu Leide tun. Was diesen Gast-Wissenschaftler betraf, war Quint sich noch nicht ganz schlüssig. Er wirkte zwar nicht unbedingt wie ein Quertreiber, doch sein Blick zeugte von Entschlossenheit, auch wenn er eher der zurückhaltende Typ zu sein schien. Er konnte sich durchaus zum Problem entwickeln. Zumindest musste Quint ihn im Auge behalten – ihn und vermutlich noch ein Dutzend anderer Forscher in der Station, die einem externen »Schnüffler« keine allzu große Sympathie entgegenbringen würden.

Quint beschloss, es vorerst langsam angehen zu lassen. Es gab keinerlei Grund zur Eile. Er wollte sich hier von seiner besten Seite zeigen und den Wissenschaftlern Zeit geben, ihn besser kennenzulernen. Besser gesagt, sein Alter ego als Anwalt. Wenn er ihr Vertrauen gewann, würde er viel schneller alle für ihn wichtigen Informationen erhalten.

Er seufzte in sich hinein. Ungeduld war eine seiner größten Schwächen. Er neigte zu schnellen Lösungen, was meist mit der Ausübung von Gewalt verbunden war. Aber trotz kirchlicher Generalabsolution war er sich darüber im Klaren, dass es nicht in Gottes Sinn sein konnte, unnötig Blut zu vergießen, um den Ruf der Kirche und der Bibel zu schützen.

Geduld!

Zuerst musste er sich ein Bild über die aktuelle Situation verschaffen und in Erfahrung bringen, ob die Steinfragmente tatsächlich die Überreste der Talik-Mauer waren. Erst wenn er das mit Bestimmtheit wusste, würde er über sein weiteres Vorgehen entscheiden.

Während Murdock, Nashagi und O'Connor sich wieder ihrer Computersimulation widmeten, ließ Quint sich von Maria Silva die Station und anschließend sein Zimmer zeigen. Außerdem überreichte er ihr eine bereits vorbereitete und von ihm unterzeichnete Verschwiegenheitserklärung. Sie sollte seinem Besuch eine gewisse Verbindlichkeit geben und die formelle Basis für ein vertrauensvolles Miteinander schaffen.

»Wenn Sie wollen, kann Ihnen einer meiner Assistenten gerne beim Entladen des Wagens helfen«, bot Maria Silva an.

»Vielen Dank, aber das wird nicht nötig sein«, erwiderte Quint. »Ich habe nicht viel Gepäck.« Vor allem wollte er nicht, dass jemand seine Waffe oder das Semtex fand, das er dabei hatte.

»Ganz wie Sie wollen«, sagte Maria Silva. »Sie finden sich selbst zurecht?«

»Machen Sie sich um mich keine Sorgen. Ich gehe schon nicht verloren.«

Wenig später hatte Brian Quint sein Zimmer bezogen. Es war sauber und roch leicht nach Desinfektionsmittel wie in einem Krankenhaus. An der Wand stand ein kleiner Stahlspind, daneben ein Bett. Fenster gab es in dem kleinen Raum keine.

Quint räumte seinen Schrank ein, beließ die Pistole mit dem Schalldämpfer jedoch in seinem Hartschalenkoffer, den er wieder abschloss und unter das Bettgestell schob. Den Sprengstoff hatte er im Wagen gelassen.

Nach der stundenlangen Fahrt durch die Wüste war er verschwitzt und machte sich in der Herrendusche ein wenig frisch. Danach fühlte er sich wie ein neuer Mensch. Als er in den Gemeinschaftsraum kam, herrschte dort geschäftiges Treiben. Ein Großteil der Belegschaft saß an kleinen runden Bistrotischen und aß, in angeregte Gespräche vertieft, zu Abend. Während er seinen Blick durch den Raum schweifen ließ, erhob sich eine Hand aus der Menge, und er erkannte Maria Silva, die ihm zuwinkte. An ihrem Tisch saßen Murdock und O'Connor wie ihre persönliche Leibwache. Quint ging hinüber und setzte sich zu ihnen.

»Genau zur richtigen Zeit«, sagte Maria Silva. »Holen Sie sich etwas zu Essen und zu Trinken. Dr. O'Connor wird in ein paar Minuten die ersten Untersuchungsergebnisse des Ameisenbaus präsentieren, damit alle im Bilde sind.«

»Ich bin sehr gespannt auf Ihren Vortrag, Doktor«, sagte Quint der Höflichkeit halber, bevor er zum Buffet ging und mit einem gefüllten Teller wieder an seinen Platz zurückkehrte. Mittlerweile war O'Connor aufgestanden, um sein Laptop an einen Beamer anzuschließen, der auf einem leeren Bistrotisch stand. Als Projektionsfläche diente die kahle weiße Innenwand.

Maria Silva stand auf und wartete, bis die Gespräche verstummt waren. Nachdem sie Brian Quint vorgestellt hatte, bat sie einen Assistenten, das Licht im Saal zu dimmen, und Dr. O'Connor, mit seinem Vortrag zu beginnen.

Brian Quint lehnte sich entspannt in seinem Sitz zurück. Zum Schein zog er einen Stift und einen kleinen Notizblock aus der Tasche, und während der Präsentation kritzelte er gelegentlich ein paar Stichworte aufs Papier. In Wahrheit ließ ihn das Thema Ameisen jedoch ziemlich kalt. Was ihn interessierte, war die Historie dieses Ortes, genauer gesagt, die Steintafeln mit den Inschriften.

Und die sollte er laut Maria Silva am nächsten Tag zu Gesicht bekommen.

Kapitel 21

Tom musste sich eingestehen, dass er aufgeregt war – nicht nur, weil es ihn stets ein wenig nervös machte, allein im Rampenlicht zu stehen, sondern vor allem, weil er gemeinsam mit Tyson Murdock und Lee Nashagi kurz vor dem Abendessen eine hoch interessante Entdeckung gemacht hatte, so unglaublich, dass er es selbst kaum fassen konnte.

Bevor er die große Neuigkeit verkündete, wollte er jedoch alle GAIA-Mitarbeiter, auch die Archäologen und Geophysiker, auf einen einheitlichen Kenntnisstand bringen. Deshalb schilderte er zunächst noch einmal sein Vorgehen bei der Untersuchung des Ameisenbaus, insbesondere das Präparieren der Trägerameisen und das Erstellen der Computersimulation auf Basis reeller Filmaufnahmen aus dem Erdinneren.

Begleitet wurde sein Vortrag von Bildern aus dem Bau, die er über den Beamer an die Wand warf. Nach einigen Aufnahmen, die lediglich einen Eindruck von der vernetzten Architektur des Baus vermitteln sollten, kam er schließlich auf die Entdeckung der Brutkammer zu sprechen.

»Ich habe mit Dr. Silva vereinbart, ein paar der Früchte ins Rossburry-Institut zu schicken, um sie dort näher untersuchen zu lassen – nur so lange, bis Ihre Botaniker hier die Arbeit aufnehmen. Dass der Baum, der hier wächst, eine Art Feige ist, wissen Sie ja schon. Aber vielleicht bekommen meine Kollegen in England etwas Genaueres heraus. Selbstverständlich werden wir sämtliche Untersuchungsergebnisse sorgfältig dokumentieren und ausschließlich GAIA zur Verfügung stellen.«

Er sah in die Runde, konnte an den auf ihn gerichteten Gesichtern jedoch nicht erkennen, ob die Hilfe willkommen war. Nach einer kurzen Pause kam er wieder auf die Architektur des Ameisenbaus zurück. Er ging auf einige Details ein, die ihm bei der Auswertung aufgefallen waren, spürte aber, wie ihm nach zwanzig Minuten allmählich die Aufmerksamkeit seines Publikums entglitt. Obwohl er noch Bildmaterial für mindestens weitere dreißig Minuten zusammengestellt hatte, beschloss er, seinen Vortrag vorzeitig zu beenden. Nur eines wollte er den GAIA-Wissenschaftlern noch zeigen. Das Beste hatte er sich nämlich für den Schluss aufgehoben.

Ein warmes Kribbeln durchrieselte ihn von Kopf bis Fuß. Er griff nach seinem Glas und trank einen Schluck. »Bevor ich zum Ende komme, möchte ich Ihnen noch eine letzte Sache zeigen – etwas, was Dr. Murdock, Dr. Nashagi und ich erst wenige Minuten vor dem Abendessen entdeckt haben, sodass wir noch nicht einmal Gelegenheit hatten, mit Dr. Silva darüber zu sprechen.« Er warf Maria einen entschuldigenden Blick zu. »Dennoch halte ich diese Neuigkeit für derart wichtig, dass ich sie niemandem vorenthalten möchte. Was ich Ihnen jetzt zeige, ist eine Aufnahme, die wir in einer Höhle, etwa sieben Meter unter dem Erdboden, gemacht haben. Die Höhle hat ungefähr die Ausmaße einer Badewanne, und was wir darin entdeckt haben, ist *das* hier.«

Er drückte eine Taste auf dem Laptop und erkannte in den Gesichtern der anderen dieselben Gefühle, die er selbst vor nicht einmal einer Stunde durchlebt hatte: absolute Verwirrung und Fassungslosigkeit. Inmitten der Ameisenhöhle stand eine Sandskulptur – das miniaturisierte Abbild der GAIA-Kuppel.

Kapitel 22

Die nächsten beiden Tage verbrachte Tom damit, den Ameisenbau von A bis Z auf weitere Besonderheiten zu durchforsten. Mit Tyson Murdock, Lee Nashagi und einem ganzen Stab an Wissenschaftlern arbeitete er wie im Fieber daran, dem Bau seine Geheimnisse zu entlocken, aber etwas ähnlich Spektakuläres wie das aus Sand errichtete GAIA-Modell fand er kein zweites Mal.

Allmählich machte sich Enttäuschung breit, nicht nur im Team, sondern auch bei Tom selbst. Seine Ehe kriselte, und sein Sohn hatte in ein paar Tagen Geburtstag, während er selbst irgendwo in der afrikanischen Wüste saß und mit seiner Arbeit in einer Sackgasse steckte. Hinzu kam, dass Maria Tom gar nicht mehr wahrzunehmen schien, seit dieser Anwalt in GAIA herumlungerte. Vielleicht war es besser so – dennoch wurmte es Tom. Alles sprach dafür, den hiesigen Aufenthalt abzubrechen und sich auf den Heimweg zu machen.

Also stattete er Maria an diesem Morgen einen Besuch in ihrem Büro ab, entschlossen, noch am selben Tag abzureisen. »Die Trägerameisen haben alle Gänge gescannt, die groß genug für die Robo-Packs sind«, sagte er. »Meine Arbeit in GAIA ist getan. Außerdem gibt es private Angelegenheiten, um die ich mich dringend kümmern muss. Ich habe mich deshalb entschlossen, die Station so bald wie möglich zu verlassen. Sobald es Neuigkeiten über die Untersuchung der Frucht oder der Ameisen gibt, werde ich Sie umgehend informieren.« Die Früchte, drei an der Zahl, waren bereits zwei Tage zuvor in einer Kühlbox nach England verschickt worden, gemeinsam mit einem in Styropor gebetteten Transportbehälter mit Wüstenameisen. Auch das war Marias ausdrücklicher Wunsch gewesen, weil sie jemanden brauchte, der Versuchsreihen wiederholen und dadurch nötigenfalls verifizieren konnte. Beides – Früchte und Ameisen – musste inzwischen in Toms Labor angekommen sein. Vielleicht hatte Cliff schon erste Ergebnisse vorliegen, wenn Tom daheim eintraf.

Maria Silva schien über Toms Entschluss, abzureisen, ehrlich überrascht. »Sie *dürfen* uns noch nicht verlassen! Auch wenn wir mittlerweile einen Überblick über den Ameisenbau haben, sind noch unzählige Fragen offen. Tom, ich bitte Sie, lassen Sie uns nicht im Stich.« Nach einer kurzen Pause fügte Sie zögernd hinzu: »Lassen Sie *mich* nicht im Stich!«

Einen Moment lang wusste Tom nicht, was er sagen sollte. Wie meinte Sie das – lassen Sie *mich* nicht im Stich? Dass sie es persönlich bedauern würde, wenn er abreiste? Dass sie es gar als Verlust empfinden würde? Oder bildete Tom sich da nur etwas ein?

»Sie haben in den letzten Tagen wundervolle Arbeit geleistet«, fuhr sie fort. »Seit Sie hier sind, haben wir riesige Fortschritte gemacht. Das liegt nicht nur an der Technik, die Sie mitgebracht haben, sondern auch an Ihrer zielstrebigen, geradlinigen Art. Ich würde es mehr als bedauern, wenn Sie uns jetzt schon verlassen würden.« Es klang beinahe traurig. »Ich mag Sie, Tom. Ich mochte Sie vom ersten Moment an, vielleicht sogar mehr als das. Und ich dachte, Ihnen würde es genauso gehen.«

Jetzt war es also heraus, es gab keinen Zweifel mehr. Tom fühlte sich hin- und hergerissen. Er bewunderte den Mut dieser Frau. Er selbst hätte sich vermutlich tage- und wochenlang gefragt, wann der richtige Augenblick für eine solche Eröffnung wäre und welche Worte er wählen solle. Sie hatte es ganz einfach gesagt – spontan und frei heraus. Gleichzeitig hatte sie ihn jedoch in Zugzwang gebracht, denn irgendetwas musste er nun erwidern. Wie sollte er auf ihre Annäherung reagieren? Tom fühlte sich hoffnungslos überfordert. Er brauchte mehr Zeit, um seine Gedanken und Gefühle zu ordnen.

»In den letzten zwei Tagen hatte ich nicht gerade das Gefühl, besonders von Ihnen beachtet zu werden«, sagte er. »Sie haben kaum noch ein Wort mit mir gewechselt.«

»Doch nur, weil ich dafür sorgen musste, dass Mr. Quint sich bei uns wohlfühlt. Das Votum dieses Anwalts entscheidet über einen Millionenbetrag. Wenn wir ihn nicht davon überzeugen können, dass es sich lohnt, bei GAIA zu investieren, wird man nach Schuldigen suchen und mit Fingern auf mich zeigen. Unser Start hier war alles andere als glücklich. Kostenüberschreitungen, Zeitverzug bei der Errichtung der Station, bürokratische Hemmnisse, Schwierigkeiten bei der Zusammenstellung der Teams … Sie wissen ja, dass wir immer noch keine Botaniker an Bord haben. Einen Ort wie diesen gibt es kein zweites Mal auf der Welt, aber wir sind nicht in der Lage, ihn mit der gebührenden Professionalität zu erforschen. Das ist eine Katastrophe!« In ihren Augen schimmerte ein feuchter Glanz. »Ich habe mir diesen Anwalt nicht herbeigewünscht, aber jetzt ist er da, und ich will die Chance nutzen, die sich mir bietet. Deshalb habe ich Sie in den letzten Tagen kaum beachtet. Mit meinen Gefühlen Ihnen gegenüber – *dir* gegenüber – hatte das nichts zu tun.«

Sie sah Tom offen an. Wie bei ihrer ersten Begegnung fielen ihm ihre dunkelgrünen, tiefgründigen Augen auf, deren Blick auf ihn warmherzig und feurig zugleich wirkte. Mehr denn je war er sich darüber bewusst, wie sehr er sich zu dieser Frau hingezogen fühlte. Am liebsten hätte er seine Hände in ihre rabenschwarzen Haare gegraben, sie an sich gezogen und geküsst.

»Ich wünschte, ich hätte eine Wahl«, sagte er mit belegter Stimme. »Wäre ich nicht verheiratet, müsste ich keine Sekunde lang überlegen. Aber so … Es tut mir leid. Ich hoffe, du kannst das verstehen.«

»Natürlich.« Es klang traurig, aber dennoch gefasst, als habe sie bereits mit dieser Antwort gerechnet. »Ich will auch nicht, dass du deine Ehe leichtfertig aufs Spiel setzt. Aber selbst wenn zwischen uns beiden nicht mehr als Freundschaft sein kann, bitte ich dich, noch ein paar Tage hierzubleiben. Tom, ich *brauche* deine Unterstützung.«

Er seufzte innerlich auf. Je länger er von zu Hause weg blieb, desto schwieriger würde es, seine angeschlagene Ehe zu retten. Aber wollte er das überhaupt noch? Oder redete er sich das lediglich ein, weil es sich nun mal gehörte, ein treuer Ehemann und Familienvater zu sein? Was war aus seiner einstigen Liebe zu Nancy nur geworden?

»Also gut«, sagte er. »Ich werde noch ein paar Tage hierbleiben.« Er hoffte nur, dass er damit keine Dummheit beging.

Da sich seit Brian Quints Ankuft auf Marias Schreibtisch jede Menge Verwaltungskram angesammelt hatte, den sie dringend bearbeiten musste, ließ Tom sie allein im Büro zurück.

»Wo haben Sie nur gesteckt?« Tyson Murdock trat aus einem der Labors und kam auf ihn zu. »Lee und ich haben Sie schon überall gesucht. Es gibt Neuigkeiten!«

Der ernste Tonfall verdrängte die Unterhaltung mit Maria und das schlechte Gewissen gegenüber Nancy und Nick. »Neuigkeiten? Welche?«, fragte Tom.

»Am besten, Sie kommen gleich mit.«

Gemeinsam eilten sie zu Lee Nashagi, der wieder an der Computerinsel neben der Glasröhre saß. Auch er machte einen ziemlich angespannten Eindruck.

»Gibt's Schwierigkeiten?«, fragte Tom.

»Sieht ganz danach aus. Wir haben einen Signalausfall. Seit etwa fünfzehn Minuten.«

»Bei welcher Trägerameise?«

»Bei *allen*. Das ist das Problem. Wir empfangen keinerlei Daten mehr, weder Bilder noch sonst etwas. Die Übertragung hat einfach aufgehört, von einer Sekunde auf die andere.«

»Kann es am Empfänger liegen?«

»Ausgeschlossen, das habe ich schon überprüft.«

Tom stand vor einem Rätsel. Wie war es möglich, dass acht voneinander unabhängige Sendemodule gleichzeitig ihren Geist aufgaben? »Können Sie die letzten Übertragungen einspielen? Vielleicht hilft uns das weiter.«

»Das wollte ich sowieso als Nächstes tun.« Wie gewohnt bediente Lee Nashagi die Tastatur mit fliegenden Fingern. Auf dem Monitor erschien eine Aufnahme aus dem Bau, verwackelt, aber dennoch deutlich zu erkennen. »Das ist Kamera 1, etwa zehn Sekunden vor dem Zusammenbruch«, sagte Lee. »Sieht für mich völlig normal aus.«

Tom pflichtete ihm bei. Derartige Filmsequenzen hatten sie in den letzten zwei Tagen zuhauf gesehen: Die Trägerameise bahnte sich unermüdlich ihren Weg durch das unterirdische Labyrinth, inmitten eines Gewimmels von Dutzenden anderer Ameisen, die ihr teils entgegenkamen, sie teils aber auch überholten.

Und dann, wie auf ein geheimes Signal hin, änderte sich das Verhalten schlagartig. Anstatt weiterzukrabbeln, hielten die Ameisen plötzlich inne, zögerten einen Augenblick lang – und griffen an. Von allen Seiten gleichzeitg krabbelten sie auf die Trägerameise zu, um sich auf sie zu stürzen und sie unter sich zu begraben. Der Bildschirm wurde schwarz.

»Wie sieht's mit Kamera 2 aus?«, fragte Murdock.

Nashagi startete die nächste Einspielung. Wieder wurde die Trägerameise ohne ersichtlichen Grund angegriffen, bis die Übertragung schließlich abbrach.

»Die beiden Tiere befanden sich in völlig unterschiedlichen Teilen des Baus, über zehn Meter voneinander entfernt«, sagte Nashagi und wies auf eine kleine digitale Zeitanzeige am unteren Bildschirmrand. »Dennoch fanden die Angriffe nahezu synchron statt.«

Wie sich herausstellte, galt das auch für alle anderen Fälle. Sämtliche Trägerameisen waren innerhalb eines Zeitfensters von nur einer halben Sekunde eliminiert worden, unabhängig davon, an welcher Stelle im Bau sie sich aufgehalten hatten. Der Angriff war eindeutig koordiniert worden.

»Die Kommunikation im Bau scheint offenbar bestens zu funktionieren«, sagte Tom. »Lassen Sie uns eine Datenanalyse vornehmen. Vielleicht finden wir heraus, wie die Tiere das schaffen.«

Die Robo-Packs, die Tom in GAIA einsetzte, besaßen nicht nur eine Mini-Kamera, sondern diverse winzige Sensoren, die neben Temperatur, Luftfeuchtigkeit und Luftdruck auch eine Fülle biochemischer Daten registrierten und an den Laptop sandten.

Es dauerte nicht lange, bis Nashagi die Daten eingespeist und einen Abgleich durchgeführt hatte. Aus allen zur Verfügung stehenden Parametern stachen zwei heraus, die jenseits jeglicher Norm lagen.

»Kurz vor dem Angriff ging durch die komplette Kolonie ein Ultraschallsignal«, sagte Tom.

»Vermutlich erzeugt durch Stridulation«, meinte Tyson Murdock. Als er Nashagis fragendes Gesicht bemerkte, ergänzte er: »Manche Ameisen sind in der Lage, solche Töne durch Reibung ihres Hinterleibs oder des hinteren Beinpaars zu erzeugen.«

»Und mit dem akustischen Signal geht gleichzeitig ein extremer Anstieg von Undecan einher«, sagte Tom. »Das ist ein Alarmpheromon, das in den Dufourschen Drüsen erzeugt wird. Ultraschall und Undecan-Ausstoß stellen offenbar ein Angriffssignal dar und veranlassen die bis dahin friedlichen Arbeiterinnen, sich auf die Eindringlinge im Bau zu stürzen. Und das binnen kürzester Zeit.«

Den restlichen Vormittag verbrachten die drei Männer mit der Auswertung der Daten. Alle Ergebnisse wurden sorgfältig mit den in Toms Archivdatenbank gespeicherten Vergleichswerten abgeglichen. »Die Tiere können zwar keine anderen Geräusche oder Pheromone erzeugen als ihre Artgenossen«, so Toms Fazit. »Sie haben es jedoch irgendwie geschafft, neue Kombinationen für sich zu entdecken. Es ist wie bei einem Klavier. Diese Ameisen spielen nicht mehr nur einzelne Töne, sondern ganze Akkorde und Melodien, was ihrer Kommunikation völlig neue Möglichkeiten eröffnet.«

Auf diese Weise mussten die Wüstenameisen im Kongo auch die Verteidigung der Kathedrale gegen das Treiberameisenheer koordiniert haben.

Die weitere Analyse gestaltete sich zäh und brachte kaum noch neue Erkenntnisse. Um halb eins beschlossen Murdock und Nashagi, in der Kantine zu Mittag zu essen. Tom, der nicht hungrig war, blieb allein zurück, konnte sich aber nicht mehr auf die endlosen Zahlen- und Buchstabenkolonnen auf dem Monitor konzentrieren. Um sich ein wenig die Beine zu vertreten, ging er ein paar Mal um die Glasröhre, während er gleichzeitig versuchte, seinen steifen Nacken zu entspannen. Dabei fiel ihm eine Veränderung in der Röhre auf, die er zunächst mehr erahnte als tatsächlich begriff. Erst nachdem er das Areal eine Weile auf sich hatte wirken lassen, entwickelte sich aus der vagen Ahnung ein konkreter Verdacht und schließlich Gewissheit: Der Wüstenboden sah ordentlicher aus als sonst – als habe ihn jemand bewusst so angelegt. Er wirkte flacher als in den Tagen zuvor, gleichzeitig waren Dutzende von leicht erhöhten Kegeln aufgeschüttet worden, einer davon, in unmittelbarer Nähe des Baums, zu einem zwanzig Zentimeter hohen Hügel. Je länger Tom das Innere der Glasröhre betrachtete, desto klarer erkannte er die neuen Formen und Strukturen. Dennoch blieben sie für ihn abstrakt, wenngleich ihm klar war, dass sie eine Bedeutung haben *mussten*.

Murdock und Nashagi kehrten vom Essen zurück, und Tom erörterte mit ihnen die neue Situation. Sie teilten seine Auffassung, es mit einem von den Ameisen bewusst angelegten Muster zu tun zu haben, der dahinterliegende Sinn blieb aber auch ihnen verschlossen.

Sie setzten sich wieder an die Computerinsel, um die Datenauswertung fortzuführen und dem Rätsel dieser Ameisen durch Systematik und Hartnäckigkeit beizukommen. Doch Tom fiel es schwer, sich zu konzentrieren, immer wieder schweifte sein Blick hinüber zur Röhre. Aus irgendeinem Grund hatte er das Gefühl, das Muster im Sand schon einmal gesehen zu haben, zumindest

Teile davon. Aber wo? Und weshalb hatten die Ameisen ausgerechnet dieses Muster gewählt?

Beinahe hatte er das Gefühl, dass es sich um eine Art Mitteilung handelte. Als wollten die Ameisen ihm damit etwas sagen. Aber natürlich wusste er, wie absurd dieser Gedanke war.

Kapitel 23

In seiner vermeintlichen Eigenschaft als Anwalt und Gutachter erhielt Brian Quint Zugriff auf nahezu alle Dateien und Aufzeichnungen, die seit Aufnahme der Forschungsarbeiten erstellt worden waren. Dass die GAIA-Archäologen bezüglich der Steinfragmente noch völlig im Dunkeln tappten, wusste er bereits durch seine nächtliche Abhöraktion – insofern bestand kein Grund zur Eile. Aber für die Experten des Vatikans benötigte er Fotografien der Inschriften, und genau das hatte man ihm bislang verwehrt. Er durfte zwar alles einsehen und sich auch Notizen machen. Mitnehmen, kopieren oder fotografieren durfte er allerdings nichts. Quint konnte verstehen, dass Maria Silva und ihr Team da eine Grenze zogen. Dennoch hatte er gehofft, mit seinem Rollenspiel leichter an die notwendigen Unterlagen zu gelangen. Er durfte sich nur unter Aufsicht in den Archäologielabors aufhalten. Bei jedem Schritt, den er tat, folgte ihm Dr. Blunt wie ein Schatten, und als ahne sie seinen Bluff, begegnete sie ihm mit äußerster Skepsis, woraus sie auch keinen Hehl machte.

Er hatte daher beschlossen, sich auf andere Weise Zugang zum Labor zu verschaffen. Einen Plan hatte er sich bereits zurechtgelegt. Wenn es die Situation erforderte, konnte er unglaublich charmant sein, und ein Zölibatsgelübde hatte er – gewissermaßen als freier Mitarbeiter des Vatikans – ohenhin nie abgelegt.

Sein auserwähltes Opfer war ein junges Ding namens Grace Miller, nicht nur, weil sie hübsch war und über einige äußerst aufregende Rundungen verfügte, sondern vor allem, weil sie Quint mit ihren Blicken vom ersten Moment an Sympathie signalisiert hatte.

Bisher hatte er sie einfach ignoriert und so getan, als bemerke er sie gar nicht. Doch nun kam ihm ihr augenfälliges Interesse gerade recht.

Sie stand an der weitläufigen Fensterfront vor der atemberaubenden Kulisse der Sahara und war damit beschäftigt, Steinproben zu zerkleinern, um sie in Glasröhrchen zu füllen und mit irgendwelchen chemischen Reagenzien zu versetzen. Obwohl sie sehr konzentriert wirkte, schielte sie immer wieder zu Quint herüber.

Er schenkte ihr ein gewinnendes Lächeln. Diesmal war sie es, die so tat, als würde sie ihn nicht bemerken. Aber sie errötete – alles lief nach Plan.

»Mr. Quint?«

Die schneidende Stimme riss ihn jäh aus seinen Gedanken. Er hatte Dr. Finea Blunt völlig vergessen, die neben ihm an einem großen Labortisch stand und mit einem Pinsel die Funde des Vormittags von Sand und Staub befreite. Sie war eine blass-blonde, nordisch wirkende Frau ohne den geringesten körperlichen Reiz. Obwohl sie, wie Quint wusste, erst Mitte zwanzig war, fehlte ihr jegliche Jugend. Alles an ihr wirkte ernst und verbissen, als gäbe es in ihrem Leben weder Erholung noch Spaß.

»Mr. Quint?«, wiederholte sie beinahe ärgerlich. »Ich dachte, Sie sind hier, um ein Gutachten über unsere Arbeit zu erstellen und nicht, um sich zu amüsieren.«

»Muss das eine das andere ausschließen?«

»Nicht unbedingt – es sei denn, Sie verschwenden dadurch meine kostbare Zeit. Und das tun Sie, wenn Sie mit meiner Assistentin flirten wie ein hormongesteuerter Teenager, während ich versuche, ein halbwegs vernünftiges Fachgespräch mit Ihnen zu führen.«

Die Frau hatte wahrhaftig Haare auf den Zähnen. »Sollte ich den Eindruck erweckt haben, unaufmerksam zu sein, tut es mir leid«, log Quint, während er in seinem Unterbewusstsein suchte, worüber Blunt zuletzt referiert hatte. »Wenn mich nicht alles täuscht, sprachen Sie über die Herkunft der Steinfragmente.«

»Um genau zu sein, hatte ich Sie nach Ihrer Meinung gefragt.« Sie machte eine ausladende Handbewegung über den riesigen Tisch in der Raummitte, auf dem alle Funde säuberlich aufgereiht lagen wie Fossilien in einem Museum. Zahlreiche Stücke waren wie ein Mosaik zusammengesetzt und rekonstruierten so die ursprüngliche Gestalt der Steine, die ganz offensichtlich eine Mauer gebildet hatten. Für Brian Quint bestand kaum mehr ein Zweifel, dass dies die Hinterlassenschaft der untergegangenen Kultur der Talik war. Aber davon ahnten Dr. Blunt und ihr Team nichts, nicht einmal ansatzweise.

»Ich habe Ihnen soeben zu erläutern versucht, dass die chemische Beschaffenheit des Mauergesteins in dieser Region nicht vorkommt – und in den letzten viertausend Jahren auch nicht vorkam. Es handelt sich um Gestein aus dem Tibesti-Gebirge das fünfhundert Kilometer nördlich von hier liegt. Weshalb schleppt jemand tonnenweise Steine hierher, nur um eine Mauer zu errichten und eine Inschrift einzugravieren?«

»Woher soll ich das wissen? *Sie* sind die Expertin. Vielleicht handelt es sich um ein Herrschergrab, und Tibesti-Gestein war damals besonders wertvoll.«

»Wir haben bislang keinerlei Hinweise auf eine Grabkammer entdeckt.«

»Sie könnte im Lauf der Jahrtausende geplündert oder zerstört worden sein.«

»Ich kann mir nicht vorstellen, dass die Lösung so einfach ist.« Finea Blunt schüttelte entschieden den Kopf. »Wenn man die Mauerstücke für sich allein nimmt, würde ich Ihnen vielleicht zustimmen. Aber es gibt ja auch noch diesen Ameisenbaum, ganz zu schweigen von einem bislang unerklärbaren elektromagnetischen Feld. Ich bin sicher, da steckt mehr dahinter, als wir im Moment ahnen. Und ich gehe jede Wette ein, dass Ihnen das vollauf bewusst ist. Man sieht es in Ihren Augen.«

Quint ging nicht darauf ein, doch Finea Blunt schien Gefallen daran gefunden zu haben, Katz und Maus mit ihm zu spielen.

»Nanu, ein Anwalt, der um eine Antwort verlegen ist? Habe ich Sie etwa ertappt, Mr. Quint?«

»Keineswegs – und ich gebe es offen zu: Mein bisheriger Eindruck ist, dass dieses Forschungsprojekt weltweit absolut einzigartig ist. Bleibt nur noch die Frage, ob eine Investition für meinen Mandaten ein lohnendes Geschäft sein könnte.«

»Ja, natürlich. Ich hatte für einen Moment vergessen, dass es hier ja letztlich nicht um Wissenschaft, sondern um Profit geht.« Finea Blunts Blick lag ruhig auf ihm. »Seit wann sind Sie schon Anwalt bei Harding & Fuller?«

»*Hastings* & Fuller«, korrigierte er, ziemlich sicher, dass sie gerade bewusst versucht hatte, ihm eine Falle zu stellen. Bei Blunt musste er vorsichtig sein. »Seit rund zehn Jahren. Warum?«

»Reine Neugier. Werden Sie öfter beauftragt, Gutachten für Investitionsentscheidungen zu erstellen?«

»Gelegentlich.«

»Welche Projekte haben Sie zuletzt betreut?«

Als Teil seiner Tarnung hatte Quint sich vor Beginn seines hiesigen Besuchs natürlich einen fiktiven Lebenslauf zurechtgelegt. Aber in den letzten Tagen hatte ihn nie jemand danach gefragt. Jetzt fühlte er sich ein wenig überrumpelt. »Nun … im letzten Monat habe ich zum Beispiel eine Ausgrabung in der Mongolei begutachtet.«

»Worum ging es dabei?«

»Tut mir leid, aber darüber darf ich nicht sprechen.«

»Berufsgeheimnis?«

»Genau.«

»Was war vor der Mongolei?«

Es war das reinste Verhör. Selbstverständlich konnte Quint sich immer wieder auf seine Verschwiegenheitspflicht als Anwalt berufen und die Auskunft verweigern, aber bei allgemeinen Fragen zu seinem Job musste er Rede und Antwort stehen, um keinen Argwohn zu erregen. Je länger Dr. Blunt ihn in die Mangel nahm, desto größer wurde das Risiko, dass er sich in Widersprüchen verstrickte. Doch in diesem Moment öffnete sich die Labortür und ein Mann im weißen Kittel steckte den Kopf herein: »Finea? Dr. Frederickson wartet auf dich. Er sagt, ihr hattet um zwei einen Termin in der Dunkelkammer. Er schien mir schon ziemlich geladen.« Erst sein gespielt schlüpfriges Grinsen offenbarte die Zweideutigkeit seiner Bemerkung.

»Ich lache an Weihnachten darüber, Gordon«, entgegnete sie. »Sag Frederickson, ich komme gleich. Ich muss nur noch ein paar Unterlagen aus dem Büro holen.« Sie wandte sich wieder Quint zu. »Tut mir leid, aber ich muss los. Ich hoffe, wir können unsere Unterhaltung ein andermal fortsetzen. Das war wirklich sehr interessant.«

Quint, der im Labor zurückblieb, fiel ein Stein vom Herzen. Für den Moment war er gerettet. Allerdings änderte das nichts an seiner grundsätzlichen Situation. Wenn Dr. Blunt ihn nicht selbst im Auge behalten konnte, übertrug sich diese Aufgabe auf ihre Assistenten. Er stand also nach wie vor unter Beobachtung – in diesem Fall durch Grace Miller.

Genau daraus konnte er einen enormen Vorteil ziehen. Sie fand ihn attraktiv, daran bestand kein Zweifel. Und sie besaß einen Laborschlüssel. Mit dessen Hilfe wollte sich Quint in der Nacht heimlich Einlass verschaffen, um seine Fotos zu schießen.

Kapitel 24

Die späte Nachmittagssonne ergoss ihr rotes Licht über die südliche Sahara, heiße Luft flimmerte über der noch immer glühenden Erdoberfläche – das Bild hätte ebenso gut von der Marsoberfläche stammen können.

Von den unsäglichen Temperaturen, die draußen herrschten, bekam Tom nichts mit. Er saß bei halb heruntergelassener Lamellenjalousie in Maria Silvas klimatisiertem Büro und versuchte schon seit zehn Minuten, eine Telefonverbindung nach England zu bekommen. Vergeblich. Immer belegt. Während er den nächsten Versuch startete, fiel sein Blick wieder einmal auf das gerahmte Foto, das neben dem Telefon auf dem Tisch stand. Es zeigte den langen weißen Strand der Copacabana, umsäumt von einer ebenso langen weißen Hotelkette. Im Hintergrund hob sich der Zuckerhut gegen den azurblauen Himmel ab, im Vordergrund hielt ein athletisch gebauter Mann eine strahlende, exotische Schönheit in den Armen – Maria Silva. Sie wirkte ein wenig jünger als heute, trug eine andere Frisur. Das Bild mochte vielleicht fünf oder sechs Jahre alt sein. Beim Anblick des sonnengebräunten Muskelprotzes verspürte Tom einen Stich Eifersucht, ob er wollte oder nicht. Maria sah so unbeschwert, so voller Energie und Freude – so *glücklich* – aus. Welche Rolle spielte der Typ auf dem Foto in ihrem Leben?

Am anderen Ende der Leitung klingelte es. Kein Belegtzeichen – ein kleines Wunder. Tom riss sich von Rio de Janeiro los und versuchte, sich auf das bevorstehende Gespräch zu konzentrieren.

»Hier ist der Anschluss von Dr. Thomas O'Connor. Jason Clifford am Apparat.«

»Na, endlich nimmt jemand ab. Ich dachte schon, ich komme nie mehr durch!«

»Tom?«

»Du hast es erfasst.«

»Wie geht's dir?«

»Jetzt wieder ganz gut. Du bist schwerer zu erreichen als die Queen.« Seit seiner Abreise aus dem Kongo hatte Tom keinen Kontakt mehr zu Cliff gehabt. »Ich habe im Institut angerufen. Dort sagte man mir, du bist zu Hause. Ich habe bei dir zu Hause angerufen, dort sagte mir dein Anrufbeantworter, dass du in meinem Kellerlabor erreichbar bist. Dann rufe ich dort an, und es ist ständig belegt.«

Kellerlabor – das klang klein, improvisiert und muffig, aber es war alles andere als das. Auf über fünfzig Quadratmetern bot es ausreichend Platz für Versuchsreihen, für die bei Rossburry weder Zeit noch Geld zur Verfügung gestellt wurden, die Tom und Cliff aber so sehr interessierten, dass sie oft genug ihre freien Abende oder die Wochenenden dort verbrachten. Da Tom das Labor vorwiegend mit abgeschriebenen Gerätschaften und ausrangierten Utensilien von Rossburry ausgestattet hatte, war es zwar nicht topmodern, dennoch ließ es für einen Entomologen kaum einen Wunsch offen.

»Wie geht's Nancy und Nick?«, wollte Tom wissen.

Die Pause, die Cliff benötigte, bevor er »Bestens« sagte, war einen Tick zu lang, um unverfänglich zu klingen.

»Was ist los? Ist Nancy immer noch sauer auf mich?«

»Könnte man so sagen.«

»Und sie will nicht mit mir sprechen?«

»Korrekt.«

Tom stöhnte auf. Nancy war mit Sicherheit die sturste Frau auf diesem Planeten! Einen Moment lang spielte er mit dem Gedanken, seine Entscheidung vom Morgen zu revidieren und augenblicklich nach Hause zurückzukehren, doch er besann sich eines Besseren, als ihm klar wurde, dass Nancy genau das beabsichtigte.

Nein!, dachte er. Diesen Gefallen werde ich dir nicht tun. Wenn du glaubst, mich erpressen zu können, irrst du dich gewaltig!

Er schluckte den aufwallenden Zorn hinunter und versuchte, sich wieder zu beruhigen. »Wie steht's mit Nick? Redet der wenigstens noch mit mir?«

»Ist zurzeit nicht zu Hause.«

Na klasse, dachte Tom. »Richtest du ihm etwas von mir aus?«

»Klar, schieß los.«

»Sag ihm nur, dass ich ihn wahnsinnig lieb habe und vermisse, und dass ich mir Mühe gebe, an seinem Geburtstag zu Hause zu sein.«

Wieder eine dieser kurzen, verunsichernden Pausen. Dann sagte Cliff: »Mach ich. Verlass dich auf mich.«

Tom lagen noch ein Dutzend Dinge auf der Zunge, die er Nancy und Nick mitteilen wollte, aber er wusste, dass er ihnen all das besser selbst sagen sollte, wenn er wieder zu Hause war. Im Moment war es das Beste, sich auf den Job zu konzentrieren. »Wie läuft's bei dir? Sind meine Proben angekommen?«

»Ja. Die Ameisen und diese Früchte. Allerdings hättest du mich vorwarnen sollen. Ich dachte, ich falle in Ohnmacht, als ich dein Paket öffnete.«

»Ich weiß. Chanel riecht besser.«

»Die Herrentoilette am Londoner Hauptbahnhof riecht besser.«

»Hast du schon etwas herausgefunden?«

»Nein. Ich habe Rooster McClusky eine der Früchte überlassen und ihn gebeten, ein paar Untersuchungen anzustellen.« McClusky war der Chefbotaniker im Rossburry-Institut. »Er sagt, es wird ein paar Tage dauern, bis seine Ergebnisse vorliegen. Ich halte dich auf dem Laufenden.«

»Was ist mit den anderen beiden Früchten?«

»Die habe ich hier im Labor. Mit einer davon wollte ich nachher selbst ein paar Versuche durchführen. Die andere liegt im Kühlschrank, um sie gegebenenfalls für spätere Versuche frisch zu halten.«

»Okay. Hast du in Bezug auf die Ameisen schon etwas herausfinden können?«

»Nicht allzu viel. Sowohl bei den Kongo- als auch bei den Sahara-Ameisen handelt es sich biologisch gesehen um absolut gewöhnliche Wüstenameisen. *Cataglyphis fortis.* Ich habe eine komplette Analyse durchgeführt. Keinerlei Besonderheiten, weder unter dem Mikroskop noch bei den Gen-Tests. Weshalb die Tiere sich so seltsam verhalten, bleibt also vorerst ein Rätsel. Allerdings gibt es eine Auffälligkeit: Beide Ameisenstämme sind unmittelbar miteinander verwandt. Das hat die Analyse des Pheromon-Nestgeruchs eindeutig ergeben.«

Cliff berichtete weiter, dass die GAIA-Ameisen offenbar der Ursprungsstamm waren. Von dort aus musste eine schwärmende Jungfer durch eine Laune der Natur in den Kongo gelangt sein, um dort – in völlig fremder Umgebung – eine neue Kolonie zu gründen.

»Wie sie dorthin gelangt ist, wird sich wohl niemals klären lassen. Vielleicht durch einen Sturm. Du weißt, dass schwärmende Ameisen schon in sechstausend Metern Höhe gesichtet wurden. Und Sahara-Sand wird zum Beispiel nachweislich über den kompletten Atlantik nach Südamerika geweht.«

»Schon möglich«, sagte Tom. »Oder die Jungfer hat sich im Gefieder eines Zugvogels eingenistet. Ameisen, die Sandskulpturen und Treibsandgürtel errichten können, sollten auch dazu in der Lage sein. Zecken reisen auf diese Weise rund um den Globus.«

Natürlich blieb das Spekulation. Fest stand lediglich, dass eine GAIA-Jungkönigin es irgendwie geschafft hatte, Tausende von Kilometern entfernt eine neue Kolonie im Regenwald zu gründen, eine Kolonie, die gelernt hatte, andere Ameisenstämme zu befehligen, um das eigene Überleben zu sichern.

In gewisser Weise empfand Tom Bewunderung für diese außergewöhnlichen Kreaturen. Sie besaßen Fähigkeiten, die sie von allen anderen Ameisen, ja von allen anderen Insekten unterschieden. Gleichzeitig flößte ihm diese Einzigartigkeit, insbesondere das taktische Geschick, Respekt ein. Er fragte sich, ob die Eliminierung der Trägerameisen eine Art Warnung gewesen war, den Bau künftig in Ruhe zu lassen.

Oder zog er wieder einmal voreilige Schlüsse? Dennoch überkam ihn ein leises Frösteln, als er sich vorstellte, wie es wäre, ein Ameisenheer mit ähnlicher Intelligenz wie der Mensch als Gegner zu haben.

Kapitel 25

Jason Clifford hängte den Hörer ein und fühlte sich dabei miserabel. Es war alles andere als angenehm, einen Freund belügen zu müssen.

Nun, im Grunde hatte er Tom nicht direkt belogen, er hatte ihm nur nicht die komplette Wahrheit gesagt. Unter dem Strich lief das allerdings auf das Gleiche hinaus. Andererseits hatte er Nancy, mit der er ebenfalls befreundet war, versprochen, Tom gegenüber nichts zu erwähnen. Er hatte also vor der Wahl gestanden, einen Freund zu belügen oder ein Versprechen zu brechen.

Seufzend widmete er sich wieder seiner Arbeit. Da Tom in letzter Zeit ständig auf Reisen gewesen war, hatte Cliff das Kellerlabor geradezu verwaist vorgefunden. Das hatte sich inzwischen gründlich geändert. In einer riesigen Fünfhundert-Liter-Glasvitrine befand sich die Versuchsanordnung für die Kongo-Ameisen. Cliff hatte sich größte Mühe gegeben, ihren Lebensraum realitätsnah zu gestalten. Er hatte Erdreich und allerlei Pflanzen aus dem Kongo mitgebracht und alles mit viel Liebe zum Detail arrangiert. Eine mit Stoff verhüllte Neonröhre simulierte gedämpftes Sonnenlicht.

Die Vitrine auf dem Tisch daneben war ebenso groß, aber ganz anders eingerichtet. Hier gab es außer einem kahlen Stück Holz nichts als Sand, der von einem gleißenden Halogenscheinwerfer beschienen wurde – das Reich der Wüstenameisen.

Cliff warf einen Blick auf die Uhr. Höchste Zeit für die Fütterung. Aus einem Einmachglas kippte er ein paar Käferlarven zuerst in die Kongo-, dann in die Wüsten-Vitrine. Als er damit fertig war, versicherte er sich noch einmal, dass der Deckel der Futterluke wieder sauber auflag, damit seine Schützlinge nicht ausreißen konnten. Dann widmete er sich einer anderen Testreihe, die er im Verlauf des restlichen Tages durchführen wollte.

Dazu hatte er bereits am Morgen aus dem Rossburry-Institut einige neutrale Versuchstiere geholt – gewöhnliche Waldameisen, Schaben und Kellerasseln –, die sich jetzt in schuhkartongroßen Glaskästen auf einem Tisch in der Kellermitte befanden. Auch ein paar Mäuse hatte Cliff besorgt, zehn, um genau zu sein, und sie in einen etwas größeren, mit Stroh ausgelegten Kasten gesetzt. Cliff hatte sich seine eigene Theorie zurechtgelegt. Er glaubte, dass die Früchte des Sahara-Baums eine zentrale Rolle bei der Verhaltensänderung der Wüstenameisen spielten. Zumindest war es ein durchaus plausibler Ansatz, auf den bislang noch niemand gekommen zu sein schien.

Um seine Theorie zu überprüfen, hatte er beschlossen, eine der Früchte an die Versuchstiere zu verfüttern. Er musste sich eingestehen, dass er noch nie eine Versuchsreihe durchgeführt hatte, die auch nur annähernd so spannend gewesen war wie die bevorstehende. Insbesondere fragte er sich, ob die Frucht auch bei Säugetieren Wirkung hinterließ. Nun, in wenigen Stunden würde er mehr wissen.

Die Frucht, die er sich bereitgelegt hatte, war in Zellophan eingewickelt. Als er die Folie entfernte, war der Gestank derart intensiv, dass er die beiden Kellerfenster öffnen musste. Erst danach war er in der Lage, an den Arbeitstisch zurückzukehren, die Frucht in mehrere Stücke zu zerschneiden und sie auf die einzelnen Kästen mit den Versuchstieren zu verteilen.

Fast alle Tiere trieb der Hunger dazu an, sich sofort über die Fruchtstücke herzumachen. Doch während die Waldameisen, Schaben und Asseln gar nicht mehr aufhören wollten, daran zu nagen, ließen die Mäuse nach einigen Minuten wieder davon ab. Statt weiterzufressen, verkrochen sie sich in einer Ecke unter dem Stroh und rührten sich kaum. Beinahe hatte es den Eindruck, als würden sie sich verkriechen, um Cliff aus einer geschützten Position heraus zu beobachten. Wie bedeutsam diese Beobachtung war, wurde ihm erst später bewusst.

Nach einiger Zeit beschloss er, sich eine Flasche Bier aus der Küche zu holen. Als er im Wohnzimmer Lärm hörte und nachsah, traf er auf Nick, in eine Folge *Pink Panther* versunken. Cliff setzte sich zu ihm und versuchte, mit ihm ins Gespräch zu kommen, um für Tom ein gutes Wort einzulegen. Doch als Nick den Namen seines Vaters hörte, schaltete er auf stur und tat so, als würde er gar nicht zuhören. Cliff begriff, dass er bei dem Jungen im Moment nichts erreichen würde und kehrte in den Keller zurück.

Bei den Waldameisen, Schaben und Asseln war die Situation unverändert – sie bildeten noch immer einen gefräßigen Kokon um ihre Fruchtstücke. Die Mäuse lagen jedoch tot im Stroh, alle zehn.

Cliff beschloss, die Mäuse einer genaueren Untersuchung zu unterziehen und sie zu sezieren. Vielleicht würde er auf diese Weise herausbekommen, woran die Tiere gestorben waren. Er holte ein Skalpell aus einer Schublade, legte sich ein paar Trägerobjekte zurecht und streifte sich Latexhandschuhe über. Als er jedoch in den Glaskasten griff und das Stroh beiseiteschob, geschah etwas, womit er nicht im Geringsten gerechnet hatte: Die Mäuse erwachten plötzlich zum Leben und stürzten sich auf ihn! Noch ehe seine Schrecksekunde vorbei war, hatten sie seine Hand erreicht und krabbelten mit flinken Schritten seinen Arm entlang. In den Augen der ansonsten so scheuen Tiere funkelte etwas, was Cliff in diesem Moment nur als Boshaftigkeit und Aggressivität interpretieren konnte. Die Nager hatten es auf ihn abgesehen!

Cliff schrie auf, was seinen Lähmungszustand löste. Panisch versuchte er, die Mäuse von seinem Ärmel abzuschütteln, als das nichts half, schlug er auf sie ein. Die meisten von ihnen purzelten ins Stroh zurück, nur eine kämpfte sich hartnäckig weiter. Schon hatte sie seine Schulter erreicht.

Dann spürte Cliff den Schmerz – das verdammte Vieh hatte ihn in den Hals gebissen! In diesem Moment verlor er die Kontrolle über seinen Körper. Unkoordiniert schlug er um sich, taumelte nach hinten, prallte gegen die Tische mit den Ameisen-Vitrinen. Aber die Maus ließ sich nicht abschütteln. Sie krabbelte auf seinen Rücken und biss erneut zu.

Wieder stieß Cliff einen Schrei aus. Seinen Reflexen gehorchend, wirbelte er wie wild im Kreis herum. In seiner Panik gab es plötzlich nur noch ihn und die Maus, die kreuz und quer über seinen Rücken jagte und ihm immer wieder ihre kleinen, scharfen Zähne ins Fleisch bohrte.

Der hysterische Tanz endete abrupt, als er an einen Stuhl stieß und aus dem Gleichgewicht geriet. Mit der Geschwindigkeit eines D-Zugs raste sein Schädel auf die Tischkante zu. Es war zu spät, um darauf reagieren zu können.

Dieser verdammte kleine Nager hat mich überrumpelt!, dachte er fassungslos. Dann prallte er auf und verlor das Bewusstsein.

Er trieb dahin in einem sternenlosen Universum, körper- und schwerelos, ohne jegliches Gefühl für Zeit und Raum. Es gab kein Oben, kein Unten, kein Links, kein Rechts. Minuten verstrichen oder auch Ewigkeiten.

Endlich begann die Finsternis sich zu lichten. Irgendwo in weiter Ferne machte sie einem hellen Schimmer Platz, der sich jedoch rasch zu einem gleißenden Blendwerk steigerte. Cliff öffnete die tonnenschweren Lider und kehrte in die Welt des Schmerzes zurück. Seine Augen brannten, sein Schädel pochte, insbesondere dort, wo er gegen die Tischkante geprallt war. Er fühlte sich, als hätte er eins mit dem Baseballschläger übergezogen bekommen. Mühsam richtete er sich auf. Jetzt spürte er auch wieder die zahlreichen Bisswunden.

Etwas Feuchtes, Weiches klebte an seinem Rücken. Als er mit der Hand danach tastete, stellte er fest, dass es die Maus war, die ihn attackiert hatte. Cliff hatte sie im Sturz unter sich begraben, sodass sie jetzt nur noch ein blutiges Fellknäuel war. Angewidert steckte er den Kadaver in einen Plastikbeutel, den er fest verschloss, bevor er ihn im Mülleimer entsorgte.

Er beschloss, sich erst einmal frisch zu machen.

»Meine Güte, was ist denn mit dir passiert?«, fragte Nancy, die in der Küche das Abendessen kochte.

»Das würdest du mir sowieso nicht glauben«, sagte Cliff. »Darf ich das Bad benutzen?«

»Klar.«

»Und kannst du mir eins von Toms Hemden leihen? Mein eigenes hat leider ein wenig gelitten.«

Nancy sah ihn an, als käme er von einem anderen Stern, sagte aber nur: »Ich bring dir eins.«

Eine Viertelstunde später stand Cliff frisch geduscht vor dem Badezimmerspiegel und begutachtete seinen geschundenen Körper. Seine rechte Gesichtshälfte war geschwollen und nahm bereits eine violette Färbung an. Die Verletzung war nicht gefährlich, aber schmerzhaft. Dasselbe galt für die Bisswunden am Rücken. Es fühlte sich an, als habe dort jemand glühende Zigaretten auf der nackten Haut ausgedrückt. Wenigstens bluteten die Wunden nicht mehr. Vorsichtig streifte Cliff das bügelfrische Hemd über, das Nancy ihm bereitgelegt hatte.

Zurück in der Küche lud Nancy ihn dazu ein, ihr und Nick beim Abendessen Gesellschaft zu leisten. Er merkte erst jetzt, wie hungrig er war, und nahm das Angebot gerne an.

»Du hast Tom am Telefon nichts erzählt, oder?«, fragte sie, während sie ihm einen Teller Spaghetti reichte.

Er schüttelte den Kopf. »Nein. Aber wohl fühle ich mich dabei nicht. Tom ist einer meiner besten Freunde.«

»Und ich?«

Er betrachtete sie mit einem gequälten Lächeln. »Du natürlich auch. Deshalb habe ich mein Versprechen auch gehalten. Dennoch glaube ich, dass du einen Fehler machst. Du und Nick, ihr solltet nicht …« Er ließ den Satz unvollendet. Allein die Vorstellung, dass nichts mehr so sein würde wie früher, erfüllte ihn mit Traurigkeit. Und Tom ahnte noch nicht einmal, dass sich seine Ehekrise so drastisch zugespitzt hatte. Während seines Afrika-Aufenthalts hatte Nancy eine folgenschwere Entscheidung getroffen.

»Ich wünschte, du würdest es dir noch mal überlegen«, sagte Cliff.

Nancy griff nach seiner Hand. »Ich weiß, aber ich muss tun, was für mich und für Nick am besten ist, selbst wenn ich Tom dadurch verletze und auch unsere Freundschaft aufs Spiel setze. Es tut mir leid.«

Für den Rest des Abendessens herrschte eine Stimmung wie auf einer Trauerfeier.

Cliff arbeitete bis tief in die Nacht hinein im Labor weiter. Noch mehr als zuvor war er davon überzeugt, dass die Früchte für die Verhaltensänderungen der Tiere verantwortlich waren. Die GAIA-Ameisen legten einen Treibsandgürtel zur Verteidigung an und errichteten Sandskulpturen. Die Kongo-Ameisen – unmittelbare Verwandte des GAIA-Stamms – hatten ihren Bau mit militärischer Präzision gegen das Treiberameisenheer verteidigt. Und die Versuchsmäuse im Labor hatten sich offenbar totgestellt, um ihn zu überlisten und sich auf diese Weise einen Weg in die Freiheit zu bahnen. Einer der Mäuse wäre das sogar um ein Haar gelungen.

Um seine Theorie weiter zu festigen, führte Cliff nun Versuche mit einem künstlichen Labyrinth durch. Das Ergebnis war eindeutig: Sämtliche Mäuse, die von der Frucht gefressen hatten, fanden in Rekordzeit den kürzesten Weg zum Ausgang.

Nach ein paar anderen klassischen Versuchsanordnungen, die die Tiere mit Bravour bestanden, führte Cliff mit ihnen sogar einen modifizierten Gallup-Test durch, der allgemein als Nachweis für die Existenz von Bewusstsein und Selbst-Bewusstsein galt. Dazu malte er ihnen einen farbigen Punkt auf die Stirn, bevor er ihnen einen Spiegel vorhielt. Ein Mensch erkennt sein Spiegelbild etwa ab dem zweiten Lebensjahr. Menschenaffen – mit Ausnahme von Gorillas – sind dazu ebenfalls in der Lage, außerdem alle Delfinarten, eine Reihe weiterer Zahnwale und möglicherweise auch Elstern. Mäuse reagieren auf ihr Spiegelbild normalerweise nicht.

Doch genau das taten die Mäuse, die von der Frucht gefressen hatten, und zwar in ganz eindeutiger Weise: Geradezu manisch fuhren sie sich mit den Vorderpfoten übers Gesicht, wobei sie den Fortschritt ihrer Säuberungsaktion immer wieder im Spiegel kontrollierten.

Cliff saß auf einem Laborstuhl und beobachtete das alles mit einer Mischung aus Faszination und Unbehagen. Ein paar Gramm dieser Frucht hatten die Intelligenz dieser Mäuse auf eine Stufe mit jener von Kleinkindern und Schimpansen gestellt. Hätte er es nicht mit eigenen Augen gesehen, hätte er es nicht geglaubt.

Kapitel 26

Brian Quint schlüpfte vorsichtig aus dem Bett und zog sich an. Im matten Schein des Nachttischlämpchens warf er einen Blick auf Grace Miller, deren langes, dunkles Haar sich wie Tinte über das Kopfkissen ergoss. Die Decke bedeckte lediglich ihren Po und ihre Beine, ihr makelloser, gebräunter Rücken ließ in Quint augenblicklich wieder die Lust aufsteigen. Eine so liebeshungrige Bettgefährtin wie Grace Miller hatte er lange nicht mehr gehabt.

Sie herumzukriegen war nicht schwierig gewesen. Sie hatte sich geradezu nach einem kleinen Abenteuer verzehrt und sich bereitwillig Quints Verführungskünsten hingegeben, wozu – in Ermangelung von Champagner – auch mehrere Gläser Sekt gehört hatten. Im letzten Glas hatte Quint heimlich drei Schlaftabletten aufgelöst. Nach einem kurzen, aber heftigen Liebesspiel war Grace dann selig ins Land der Träume entglitten. Morgen würde sie ihren Tiefschlaf auf den Alkohol zurückführen.

Ihr Schlüsselbund befand sich in ihrer Jeans. Quint nahm ihn an sich und gestattete sich ein Lächeln. Wie eng Arbeit und Vergnügen manchmal beieinanderlagen!

Er schulterte seinen Rucksack und schlüpfte, mit dem Schlüsselbund in der Hand, aus dem Zimmer. Im Gang herrschte dämmriges Schummerlicht – nur die Notbeleuchtung erhellte die Station. Weit und breit war niemand zu sehen.

Leise schlich Quint die Treppe hinauf zu den archäologischen Labors. Der vierte Schlüssel passte. Quint vergewisserte sich noch einmal, dass niemand ihn zufällig beobachtete, und trat ein.

Im Labor war es dunkel, nur das Licht der Sterne, das durch das riesige Panoramafenster fiel, tauchte den Raum in einen matten Schimmer. Quint kramte eine Taschenlampe und einen Fotoapparat aus dem Rucksack und begann, sich alles in Ruhe anzusehen. Zum ersten Mal seit seiner Ankunft in GAIA gehörte das Archäologielabor ihm ganz allein. Es gab keinen Aufpasser an seiner Seite, niemanden, der ihm auf die Finger sah. Es gab nur ihn und seine Kamera. Er hatte es nicht eilig. Grace Miller würde noch mindestens sechs Stunden lang schlafen. Zeit genug, alles in Ruhe unter die Lupe zu nehmen.

Er ließ die Jalousien herunter, wagte aber nicht, die Deckenbeleuchtung einzuschalten. Als Lichtquelle für seine Fotografien hatte er einen kleinen Halogenstrahler dabei, dessen Lichtkegel er – ähnlich wie bei seiner Taschenlampe – fokussieren konnte. Auf diese Weise vermied er verräterisches Streulicht. Ein kleines Dreibein mit Klemmvorrichtung diente ihm als Stativ.

Da die Fundstücke von den Archäologen peinlich genau auf den Tischen ausgerichtet worden waren, verwendete Quint viel Zeit darauf, sie nach dem Abfotografieren wieder in ihre ursprüngliche Position zurückzulegen. Er wollte das Labor wieder im Originalzustand verlassen, um nicht durch irgendeinen unglücklichen Umstand Verdacht zu erregen. Allerdings kam er dadurch langsamer voran, als er gehofft hatte.

Dennoch war er zufrieden. Unter den gegebenen Lichtverhältnissen konnte sich die Qualität der Bilder wirklich sehen lassen. Gegen zwei Uhr morgens hatte er über die Hälfte der Steinfragmente abgelichtet.

Er war so ins Fotografieren vertieft, dass er die Geräusche auf dem Gang erst spät hörte. Augenblicklich hielt er inne, um zu lauschen. Schritte. Schwer einschätzbar, wie weit sie entfernt waren, aber sie kamen näher.

Quint war es gewohnt, auch in brenzligen Situationen die Nerven zu behalten. Innerhalb einer Sekunde wog er seine Handlungsmöglichkeiten ab. Da Passivität meistens ein Fehler war, entschied er sich für Rückzug und packte in der gebotenen Eile seine Sachen in den Rucksack – alles, außer den Halogenstrahler, der so heiß war, dass er den Stoff angesengt und verräterische Gerüche entwickelt hätte. Also schob er ihn rasch in eine Nische, in der alle möglichen Gerätschaften lagerten. Wenn man nicht gezielt danach suchte, würde er dort nicht auffallen.

Die Schritte verstummten, ein Schlüssel wurde ins Schloss gesteckt. Lautlos glitt Quint unter den weitläufigen Tisch in der Mitte des Raums und kauerte sich zwischen die Unterbauten. Selbst bei Tageslicht herrschte hier das Reich der Schatten – ein ideales Versteck.

Die Tür schwang auf und fiel wieder ins Schloss. Das Licht ging an. Jetzt waren wieder Schritte zu hören. Kurz darauf erschienen in Quints Gesichtsfeld ein paar Jeans und Damenturnschuhe. Er tippte auf Dr. Finea Blunt.

Sie blieb eine Weile am Probentisch stehen – was sie dort tat, entzog sich seiner Kenntnis. Dann ging sie zu einem anderen Tisch und schaltete den Computer an. Quint seufzte innerlich auf. Offenbar stand ihm noch eine lange Nacht unter dem Tisch bevor.

Seine Chance, unbemerkt aus dem Labor zu verschwinden, kam jedoch schon eine halbe Stunde später, als Dr. Blunt die Toilette aufsuchte. Quint kroch aus seinem Versteck hervor, holte den inzwischen erkalteten Halogenstrahler aus der Gerätenische und trat leise in den menschenleeren Gang hinaus.

Er kehrte in sein Zimmer zurück, wo Grace Miller noch immer tief und fest schlief. Die Übertragung der Labor-Fotos via Breitband-Satellitenverbindung an den Vatikan verlief reibungslos. In einer Begleit-Mail kündigte Quint Kardinal Vargas an, die noch ausstehenden Fotos im Lauf der kommenden Tage nachzureichen.

Als er seinen Laptop wieder zusammenklappte, war er recht zufrieden mit sich und seiner Arbeit. Bedachte man die unerwartete Störung im Labor, hatte er das Beste aus der Situation gemacht. Er war ziemlich sicher, dass die Gelehrten in Rom es schaffen würden, die geheimnisvollen Inschriften zu enträtseln, immerhin besaß der Vatikan ein Talik-Dokument inklusive der dazugehörigen hebräischen Übersetzung. Mit etwas Glück würde das Ergebnis schon in den nächsten Tagen vorliegen. Der Baum und die Ameisen waren nur Nebensächlichkeiten. In Wahrheit ging es hier um etwas, was vor Tausenden von Jahren tief im Sand vergraben und von einer meterhohen – mittlerweile verwitterten – Mauer bedeckt worden war. *Das Geheimnis des Allerhöchsten und der Menschheit.* Was um alles in der Welt war das? Und weshalb hatten die GAIA-Wissenschaftler es trotz ihrer Bodenmessungen noch nicht entdeckt? Hatte die extreme Witterung es im Lauf der Jahrhunderte womöglich zerstört?

Nein, ausgeschlossen! Normale Menschen mochten gegenüber mystischen Schwingungen taub geworden sein. Er jedoch, Brian Quint, spürte hier etwas wie nie zuvor in seinem Leben, zumindest nicht in dieser Intensität: göttliche Präsenz.

Kapitel 27

Durchs Panoramafenster der GAIA-Kantine genoss Tom einen prächtigen Sonnenaufgang in der Sahara. Die Nacht war im wahrsten Sinne des Wortes ein einziger Albtraum gewesen – voller Ameisen, die die absonderlichsten Fähigkeiten entwickelt hatten und sie dazu einsetzten, Tom zu jagen wie ein Beutetier. Als er um fünf Uhr zum wiederholten Mal aus dem Schlaf geschreckt war, hatte er beschlossen, ein paar Liegestütze und Sit-ups zu machen, kalt zu duschen und dann zu frühstücken.

Noch war es ziemlich leer in der Kantine, erst nach und nach füllten sich die Plätze mit Frühaufstehern. Die meisten von ihnen nickten Tom nur einen freundlichen Gruß zu, ließen ihn ansonsten aber in Ruhe. Ihm war das nur recht. Der Sonnenaufgang war ihm Gesellschaft genug.

Das änderte sich, als Maria Silva den Raum betrat. Mit ihren kleinen Ringen unter den Augen wirkte sie übernächtigt, was sie verletzlich und dadurch noch attraktiver machte, als sie ohnehin schon war. Sie holte sich ihr Frühstück an der Theke ab und kam mit ihrem Tablett zu Tom herüber.

»Darf ich mich zu dir setzen?«, fragte sie.

»Ich würde mich freuen.«

Sie nahm Platz, schüttete Milch und Zucker in ihren Kaffee und rührte ihn langsam um. »Ein herrlicher Morgen, nicht wahr? Ich finde, um diese Zeit ist die Wüste am schönsten – wenn die Luft noch kühl und klar ist und der Tag erst allmählich zum Leben erwacht.«

»Mir geht's genauso. Also lass ihn uns genießen.« Er war froh, dass Maria ihm gegenüber nicht auf Abstand ging, obwohl er ihren gestrigen Annäherungsversuch zurückgewiesen hatte.

Während des Frühstücks unterhielten sie sich über alles Mögliche – über GAIA, über Rossburry, über ihre wissenschaftlichen Ambitionen. Tom erzählte auch von Nancy und Nick und fragte Maria, wie es um ihr Privatleben bestellt war.

»Privatleben? Was ist das?« Sie seufzte, während sie an ihrem Kaffee nippte. »Ich bin seit Monaten mit dem Aufbau von GAIA beschäftigt. Davor war ich drei Jahre lang in der kanadischen Tundra.«

»Klingt spannend.«

»Nicht, was das Liebesleben betrifft.« Sie lachte, aber es schwang auch ein Hauch Bitterkeit darin mit. »Bevor ich bei ASTAC begann, war das anders. Da stand ich noch mit beiden Beinen im Leben. Du wirst es vielleicht nicht glauben, aber es gab Männer, die mich attraktiv fanden.«

Im Gegenteil, das glaube ich dir sofort, dachte Tom, sprach es aber nicht aus.

»Meine Beziehungen hielten meistens nicht lange«, fuhr Maria in ihrer offenen Art fort. »Aber es war meistens auch nichts Ernstes. Nur einmal dachte ich, ich hätte den Richtigen gefunden. Den Mann fürs Leben, meine ich. Wir waren sogar verlobt, zumindest so lange, bis er es sich noch einmal anders überlegte und mit einer anderen durchbrannte.« Sie machte eine Pause, trank wieder von ihrem Kaffee. »Ist schon ziemlich lange her«, sagte sie. Es sollte wohl gleichmütig klingen, tat es aber nicht. »Danach brauchte ich unbedingt einen Tapetenwechsel.«

»Deshalb also die Tundra.«

»Genau. Und anschließend die Wüste. Das Problem ist nur, dass man dadurch seine Chancen auf ein Minimum reduziert, einem so gut aussehenden Mann wie dir zu begegnen.«

Tom fühlte sich geschmeichelt, ohne zu wissen, wie er darauf reagieren sollte. Glücklicherweise rettete ihn Dr. Finea Blunt, die in diesem Augenblick auf den Tisch zugesteuert kam.

»Kann ich kurz mit dir reden, Maria?«, fragte sie. »Es ist wichtig.«

»Selbstverständlich, setz dich.«

Dr. Blunt warf einen vieldeutigen Blick in Toms Richtung, der zum Ausduck brachte, dass ihr ein Gespräch unter vier Augen lieber wäre.

»Was immer du mir sagen möchtest – Dr. O'Connor genießt mein volles Vertrauen.«

Finea Blunt zögerte einen Moment, nickte dann aber und nahm Platz. »Es geht um Quint«, begann sie mit gesenkter Stimme. »Offen gestanden, ich glaube nicht, dass er ein Anwalt ist. Ich habe ihm ein wenig auf den Zahn gefühlt. Dabei kam er ganz schön ins Schwitzen.«

»Finea, ich weiß, dass du ihn nicht ausstehen kannst. Aber wir brauchen ihn. Sein Votum entscheidet über eine Menge Geld. Also tu mir den Gefallen und kooperiere mit ihm, bis er wieder weg ist.«

Was Blunt davon hielt, war ihr unschwer vom Gesicht abzulesen, aber sie schien die Aufforderung – wenn auch widerwillig – zu akzeptieren. Ihr Blick fiel auf etwas, was sich hinter Tom befand. »Wenn man vom Teufel spricht …«, sagte sie. »Ich geh dann mal besser. Wir sehen uns später.«

Tom drehte sich um und erkannte Brian Quint, der soeben die Kantine betrat. Dr. Blunt eilte an ihm vorbei, ohne ihn auch nur eines Blickes zu würdigen.

Quint versorgte sich mit frischem Kaffee und kam auf Tom und Maria zu. »Darf ich?«, fragte er, wartete die Antwort aber nicht ab, sondern setzte sich einfach zu ihnen. »Diese Nacht war die Hölle. Ich habe kaum ein Auge zugetan.«

»Davon kann ich ein Lied singen«, sagte Tom.

Was dann folgte, war ein Gespräch über Belanglosigkeiten. Sensibilisiert durch Dr. Blunts Aussage, achtete Tom zum ersten Mal genauer auf Quints Verhalten, aber er konnte beim besten Willen nichts Verdächtiges daran erkennen.

Zwanzig Minuten später gesellte sich Tyson Murdock zu ihnen, wodurch die Unterhaltung wieder an wissenschaftlichem Tiefgang gewann. Über Nacht hatten die Ameisen ihr Areal weiter eingeebnet, die Sandkegel jedoch gleichzeitig weiter aufgeschüttet. Die meisten waren inzwischen etwa zwanzig Zentimeter hoch, der große Hügel neben dem Baum kniehoch. An der Anordnung hatte sich nichts geändert, aber noch immer konnte niemand den darin liegenden Sinn erkennen.

Tom und Murdock wollten gerade aufbrechen, um ihre Beobachtungen fortzuführen, als ein Laborassistent herbeigeeilt kam. »Ein Telefonat für Sie, Tom«, sagte er. »Ein gewisser Dr. Clifford.«

»Wo kann ich das Gespräch annehmen?«

Der Assistent hielt ihm ein drahtloses Telefon hin. »Ich kann Ihnen das Gespräch aber auch gerne auf den Apparat in der Halle legen, wenn Sie wollen.«

»Aber nein, bleiben Sie hier, Tom«, sagte Maria schnell. »Schließlich wollen wir ebenfalls wissen, was Ihr Kollege herausgefunden hat.«

Tom nickte, nahm den Apparat entgegen und stellte den Lautsprecher an. »Guten Morgen, Cliff«, sagte er. »Alles klar bei dir?«

»Die Nacht war eine Katastrophe.«

»Willkommen im Club. Was ist passiert?«

»Abgesehen davon, dass sich ein paar Mäuse totgestellt und mich dann plötzlich angegriffen haben?«

Tom sah Maria an und zuckte mit den Schultern. »Geht's etwas genauer? Was haben die Mäuse mit unseren Forschungen zu tun?«

Cliff berichtete ausführlich von seinen nächtlichen Versuchen. »Die Bisswunden sind nicht weiter tragisch«, schloss er. »Aber die Mistviecher haben mir einen gehörigen Schrecken eingejagt. Irgendetwas in ihren Augen hat mir Angst gemacht, Tom. *Richtige* Angst. Das waren keine Mäuse mehr, sondern Wesen mit der Fähigkeit zu *hassen*. Ich bin absolut sicher, dass ihr sonderbares Verhalten auf die Früchte zurückzuführen ist. Dieser Baum – das ist nicht nur irgendeine Feigenart. Da steckt mehr dahinter.«

»Was war mit den anderen Versuchstieren?«, fragte Tom.

»Bei ihnen zeigten sich ebenfalls Verhaltensänderungen, wenn auch nicht so gravierend. Die Waldameisen haben begonnen, ihr Nest umzubauen. Die Schaben betasten sich seit Stunden gegenseitig mit ihren Fühlern, die Asseln ebenso. Keine Ahnung, weshalb, aber irgendetwas geht in ihren Ganglien vor. Jetzt überleg mal, was passiert, wenn Ameisen über Monate und Jahre hinweg von diesen Früchten fressen. Mir ist heute Nacht jedenfalls einiges klar geworden.«

Maria Silva schüttelte ungläubig den Kopf. »Dr. Clifford, können Sie mich hören?«, fragte sie laut.

»So einigermaßen.«

»Ich bin Dr. Silva, Leiterin und Gesamtverantwortliche für das Projekt GAIA. Sind Ihre Versuche über jeden Zweifel erhaben?«

»Ich habe noch keine Kontrollversuche durchgeführt, wenn Sie das meinen. Aber ich verwette mein letztes Hemd darauf, dass meine Theorie stimmt.«

»Bitte verstehen Sie mich nicht falsch, Dr. Clifford. Ich will Ihre Kompetenz nicht in Zweifel ziehen. Es fällt mir nur schwer zu glauben, dass der simple Verzehr einer Frucht solche Verhaltensänderungen bewirken kann.«

»Ich lasse zurzeit eine biochemische Analyse der Frucht durchführen«, sagte Cliff. »Vielleicht bringt das ein paar Antworten. Aber selbst wenn nicht, bleibe ich bei meiner Theorie.«

»Guten Tag, Dr. Clifford«, meldete sich jetzt Quint zu Wort und stellte sich als Anwalt von Hastings & Fuller vor. »Leider bin ich kein Experte auf dem Gebiet der Entomologie, aber als interessierter Laie frage ich mich, wie eine im Vergleich zum Menschen so primitive Lebensform wie eine Ameise eine derartige kognitive und schöpferische Kraft entwickeln kann – einmal völlig unabhängig von den Früchten. Worauf ich hinaus will: Wie kann das winzige Gehirn einer Ameise solche Leistungen vollbringen?«

»Diese Frage habe ich mir auch schon gestellt, und ich finde darauf nur eine passende Erklärung: Sie müssen unter dem Einfluss der Frucht eine Art Gemeinschafts-IQ ausgebildet haben, der weit über das übliche Maß von Kollektivintelligenz hinausgeht. Denkprozesse werden auf Hunderttausende oder Millionen von Individuen verteilt. Jede Ameise stellt gewissermaßen einen winzigen Teil eines gewaltigen, dezentral organisierten Gehirns dar. Grundsätzlich sind die molekularbiologischen Vorgänge im Gehirn einer Ameise dieselben wie in dem eines Menschen. Ein Nervenimpuls auf einem Oszillografenschirm sieht bei beiden absolut identisch aus. Es gibt wissenschaftliche Untersuchungen, die besagen, dass die Kollektivintelligenz eines gewöhnlichen Ameisenstaats – als Intelligenz eines einzelnen Tiers angenommen – auf dem Niveau eines Schimpansen anzusiedeln wäre. Rein rechnerisch könnte sie sogar der des Menschen nahekommen oder sie sogar übertreffen: Ein Ameisengehirn wiegt ungefähr 0,1 Milligramm und besteht aus etwa 250 000 Zellen – unter den Insekten haben Ameisen das größte Gehirn. Ein menschliches Gehirn besteht aus zehn Milliarden Zellen. Somit besäße eine Ameisenkolonie mit 40 000 Tieren dieselbe Hirnmasse wie ein Mensch. Und die GAIA-Kolonie umfasst vermutlich ein Hundertfaches davon.«

»Ein interessanter Ansatz«, sagte Maria Silva. »Haben Sie auch eine Erklärung dafür, weshalb unsere Ameisen hier und die Ameisen im Kongo derart verschiedene Verhaltensmuster an den Tag legen, wenn sie doch demselben Stamm entspringen?«

»Es könnte ganz einfach an den unterschiedlichen Umweltbedingungen liegen«, sagte Cliff. »Im Kongo waren die Ameisen von Anfang an gezwungen, sich gegen eine Vielzahl anderer Tiere zu behaupten. In der Sahara bestand dafür kaum Grund, weil es keine nennenswerten Nahrungs- und Nestkonkurrenten gibt. Daher haben die GAIA-Ameisen sich darauf beschränkt, einen Treibsandgürtel anzulegen – mehr war nicht erfoderlich. Erst mit der Ankunft des Menschen – sprich, mit der Errichtung Ihres Labors – waren die Ameisen gezwungen, irgendwie zu reagieren. Sie sind intelligent und lassen sich Zeit. Sie ergreifen nicht sofort die Initiative, sie greifen nicht an, fliehen aber auch nicht. Sie warten geduldig ab und studieren.«

»Sie *studieren*? Ich bitte Sie, Dr. Clifford – ist das nicht ein bisschen weit hergeholt?«

»Das würden Sie nicht sagen, wenn Sie heute Nacht bei mir gewesen wären. Die Mäuse *haben* mich studiert. Und dann haben sie eine Taktik entwickelt, um aus ihrem Käfig zu entkommen. Sie stellten sich tot, um mich anschließend zu überrumpeln.« Er stockte. »Tom, bist du noch da?«

»Ich bin ganz Ohr.«

»Hör zu, ich weiß, wie verrückt das alles klingt. Aber ich bin absolut sicher! Die Ameisen unter euren Füßen fressen vielleicht schon seit Jahren diese Früchte, und allein die Tatsache, dass sie diese Sandskulpturen geschaffen haben, zeigt doch wohl, dass sie etwas im Schilde führen. Ich habe keine Ahnung, *wann* sie ihre Studien beendet haben und zum nächsten Schritt übergehen, aber ich gehe jede Wette ein, *dass* es passieren wird. Also tu mir den Gefallen, und sei vorsichtig. Du sitzt auf einer tickenden Zeitbombe.«

Kapitel 28

Brian Quint wusste nicht, was er von dem Telefonat halten sollte. Seine Aufträge brachten ihn zwar immer wieder in die unglaublichsten Situationen, aber das hier stellte alles in den Schatten, was er bisher erlebt hatte. Ameisen, die in einer der lebensfeindlichsten Gegenden der Erde auf einen bislang nicht identifizierten Baum stießen, von seinen Früchten fraßen und daraufhin eine Art sprunghafte Evolution durchliefen? Das klang wie aus einem Science-Fiction-Film.

Nein, etwas Vergleichbares hatte er bislang nicht erlebt, und genau das war es, was ihn verwirrte und sogar ein wenig besorgt machte. Er konnte die Situation nicht einschätzen.

Unwillkürlich krochen wieder die Erinnerungen an Qumran und an das stinkende Gefängnis in Hebron in ihm hoch. Sein Auftrag hatte gelautet, die Höhle mit den vermeintlichen sterblichen Überresten von Jesus Christus ausfindig zu machen und den Fund im Falle seiner Echtheit an den Vatikan zu überführen. Falls das nicht möglich war, sollte er ihn vernichten. Wichtig war nur, dass die moderne Wissenschaft keine Gelegenheit bekam, am Skelett Jesu Christi herumzuexperimentieren, seine Knochen zu vermessen, sein Gehirnvolumen zu rekonstruieren oder womöglich aus irgendwelchen Zellfragmenten seine DNS zu entschlüsseln, um Jesus-Babys in der Retorte zu züchten. Das Neue Testament gab Christen auf der ganzen Welt Auftrieb, Mut und Kraft. Rom konnte es nicht zulassen, dass das zentrale Element ihres Glaubens durch wissenschaftliche Untersuchungen entmystifiziert wurde.

Da die Zeit drängte, war Quint völlig übereilt und ohne ausreichende Informationen nach Israel aufgebrochen – ein Fehler, der ihn zu falschen Einschätzungen veranlasst und letztlich zu seiner Festnahme geführt hatte. Nur aufgrund eines bürokratischen Formfehlers war ihm die Hinrichtung erspart geblieben. Doch einer der von Quint getöteten Archäologen war der Neffe eines ranghohen Politikers gewesen, und dieser schrie nach Gerechtigkeit, vor allem aber nach Rache. Die neun Monate im Gefängnis wurden für Quint daher zur unvergesslichen Qual. Er hatte nicht nur wie alle anderen mit Hitze, Hunger, Schmutz und Krankheiten zu kämpfen, sondern auch mit Wärtern, denen es Freude oder zumindest keine Gewissensbisse bereitete, ihn zu foltern, um Antworten mit Gewalt zu erzwingen. Manche Wunden, die sie ihm zugefügt hatten, verunstalteten seinen Körper noch heute.

Doch Quint hatte beharrlich geschwiegen. Nie war ihm auch nur ein Wort über die Lippen gekommen, dass er im Auftrag des Heiligen Stuhls gemordet hatte. Dann war ihm endlich die Flucht geglückt. Erst in Rom hatte er erfahren, dass sich das vermaledeite Jesus-Skelett als Fälschung entpuppt hatte. Monate des Leidens völlig umsonst, eine grausame Ironie des Schicksals.

Aus diesem Grund war es Quint zutiefst zuwider, nicht genug über seine Mission zu wissen. So wie damals. Und so wie jetzt. Etwas, was er noch nicht ermessen konnte, war hier im Gange. Dr. Clifford hatte GAIA mit einer tickenden Zeitbombe verglichen. Was, wenn *das Geheimnis des Allerhöchsten und der Menschheit* nicht gut, sondern bösartig war? Allein der Gedanke war Blasphemie, aber irgendwoher mussten die Früchte des Baums schließlich ihre potenzielle Gefährlichkeit beziehen.

Quint beschloss, seine Mission so schnell wie möglich zu Ende zu führen und dann von hier zu verschwinden.

Maria Silva ergriff nach dem Telefonat mit Dr. Clifford als Erste wieder das Wort. »Die Neuigkeiten sind ernst«, sagte sie in die Runde. »Dennoch dürfen wir jetzt nicht überreagieren. Wir haben viel Zeit und Arbeit in dieses Projekt investiert, und bislang gab es mit den Ameisen nie Schwierigkeiten. Ich sehe keinen Grund, weshalb sich das ausgerechnet heute oder in den nächsten Tagen ändern sollte. Daher schlage ich vor, dass wir vorerst ganz normal weitermachen, allerdings mit erhöhter Alarmbereitschaft. Sobald Gefahr im Verzug ist, evakuieren wir die Station.«

In diesem Moment kam Lee Nashagi wie von einem Dämon verfolgt in die Kantine gerannt. Am Tisch der anderen angekommen, musste er erst einmal verschnaufen. »Ich muss euch etwas zeigen«, keuchte er. *»Dringend!«*

»Kann das nicht bis nachher warten?«, entgegnete Maria gereizt. »Für dich mag das hier aussehen wie ein gemütliches Frühstück, dabei handelt es sich um eine waschechte Krisensitzung, und die würde ich gerne noch zu Ende führen.«

»Eine Krisensitzung? Dann bin ich genau richtig! An meinem Computer kriselt's nämlich auch – und zwar gewaltig!«

Maria sog hörbar die Luft ein. Ihr Blick haftete auf Nashagi und schien zu sagen: Wehe, wenn es nicht wichtig ist! Aber sie folgte ihm schließlich gemeinsam mit den anderen zur Computerinsel in der großen Halle. Quint musste zugeben, dass er ziemlich gespannt auf die angekündigte Neuigkeit war.

»Der Computer meldete vor einer halben Stunde ein Signal von einem der Robo-Packs«, erklärte Nashagi. Zu Tom sagte er: »Ich habe Ihr Programm gestartet und die einzelnen Frequenzen überprüft. Es ist Mikrochip Nummer 7. Allerdings überträgt er nicht wie bisher Bilder oder chemische Daten, sondern ... das hier.« Er stubste die Maus an, der Bildschirmschoner fiel in sich zusammen. Was daraufhin zum Vorschein kam, verschlug Quint beinahe den Atem. Den anderen ging es offenkundig ebenso, denn sekundenlang sprach niemand ein Wort. Aller Augen waren starr auf den von leuchtenden, pulsierenden Orangetönen erfüllten Computermonitor gerichtet. Es sah aus, als würde glühende Magma aus seinem Inneren hervorquellen. Und vor diesem rhythmisch fließenden Lavastrom zeichneten sich mehrere dunkle, flirrende Partikelwolken ab wie Moskitoschwärme, nur dass sie sich trotz des

Flimmerns zu konkreten Formen verdichtet hatten. Auf dem Bildschirm war eindeutig das Wort KONTAKT zu erkennen.

Quint schluckte. Irgendetwas ging hier nicht mit rechten Dingen zu. Leider hatte er nicht die geringste Ahnung, was das war.

Kapitel 29

KONTAKT – Tom konnte nicht glauben, was er da auf dem Monitor las. Seit er im Kongo erstmals mit diesen ganz besonderen Ameisen in Berührung gekommen war, hatte er beinahe täglich ungewöhnliche, ja geradezu phänomenale Fähigkeiten an ihnen entdeckt. Aber dass sie nun dazu übergingen, sich via Computer mit ihm und den GAIA-Wissenschaftlern in Verbindung zu setzen, überstieg seine Vorstellungskraft.

Maria Silva war ebenso verblüfft. »Bist du sicher, dass sich nicht irgendjemand einen dummen Scherz mit uns erlaubt?«, fragte sie Nashagi. »Ich meine: Stammt diese Botschaft *definitiv* von den Ameisen?«

»Ohne jeden Zweifel. Was wir seit anderthalb Jahren versuchen – nämlich mit diesen Tieren zu kommunizieren –, hat heute endlich geklappt.«

Tom hatte sich in den vergangenen Tagen bereits genauer über die Versuche der GAIA-Wissenschaftler erkundigt, mit den Ameisen in Kontakt zu treten. Im Lauf der letzten anderthalb Jahre hatten sie alles Mögliche versucht: Informationsaustausch auf optischem, akustischem, sensorischem und olfaktorischem Weg – auf nichts waren die *Cataglyphis* bislang eingegangen. Den größten Erfolg hatten die GAIA-Forscher mit Mikrochips erzielt, die sie über hauchdünne Drähte direkt mit den Ganglien der Ameisen verbanden. Im Gegensatz zu den Robo-Packs erforderte dies einen höchst komplizierten mikrochirurgischen Eingriff ins neuronale Netz der Ameisen, der sehr unbeständige Ergebnisse brachte. Immerhin war es den GAIA-Wissenschaftlern gelungen, die »Gedanken« einiger Versuchstiere in Form von Zahlenkolonnen auf dem Computerbildschirm darzustellen. Was diese bedeuteten, war bis heute jedoch ein Rätsel geblieben.

»Wie ist das möglich?«, fragte Maria Silva, die Augen auf den Monitor gebannt.

KONTAKT.

»Wie haben die Ameisen es geschafft, uns diese Botschaft zukommen zu lassen?«

»Die Robo-Packs haben das Wunder vollbracht«, sagte Nashagi. »Meine System-Checks haben das eindeutig ergeben. Die Robo-Packs dienen offenbar als eine Art Medium. Keine Ahnung, wie die Ameisen sie genau nutzen – ich weiß nur, dass es irgendwie funktioniert.«

»Von wo genau kommt das Signal?«, fragte Tyson Murdock.

»Aus einer Bruthöhle in etwa acht Metern Tiefe, unmittelbar neben dem Wurzelstock.«

»Kannst du uns Live-Bilder von dort zeigen?«

Nashagi schüttelte den Kopf. »Das hier ist die Live-Aufnahme. Etwas anderes empfange ich nicht. Es ist …«

Noch während er sprach, änderte sich das Bild, was ihn abrupt innehalten ließ. In einer langsamen, fließenden Bewegung wanderte das Wort KONTAKT nach unten, während sich weitere Buchstaben, schwarz und flimmernd, aus dem pulsierenden Pixelstrom materialisierten.

Gebannt beobachtete Tom das sonderbare Schauspiel. Schließlich stand auf dem Monitor:

CATAGLYPHIS – MENSCH: KONTAKT?

Noch immer sträubte Tom sich dagegen zu glauben, was seine Augen sahen. Gleichzeitig wusste er tief im Innern, dass es tatsächlich die Ameisen waren, die die Worte auf dem Bildschirm erscheinen ließen. Dies war ein historischer Moment in der Geschichte der Entomologie. Tom spürte, wie ihn ein wohliger Schauer erfasste.

»*Cataglyphis – Mensch: Kontakt?* Das ist eine Aufforderung zur Kommunikation«, murmelte er. »Wir sollten ihnen antworten.« Ohne eine konkrete Vorstellung davon zu haben, wie er das bewerkstelligen sollte, setzte er sich an den Computer und drückte auf die Enter-Taste. Erleichtert stellte er fest, dass auf dem Bildschirm ein Cursor erschien. Offenbar hatten die Ameisen damit gerechnet, dass er versuchen würde, ihre Benutzeroberfläche für seine Antwort zu nutzen.

Er überlegte und änderte nur ein einziges Zeichen der Botschaft, indem er das Fragezeichen durch ein Ausrufezeichen ersetzte:

CATAGLYPHIS – MENSCH: KONTAKT!

Er schickte die Antwort los und verspürte ein eigenartiges Kribbeln in der Magengegend. Würden die Ameisen seine Mitteilung verstehen? Die Zeit kroch dahin, Sekunden schienen sich zu Stunden zu dehnen. Je länger es dauerte, desto nervöser wurde Tom. Er überlegte bereits, ob er eine weitere Nachricht hinterherschicken sollte, als der Monitor sich abermals wie von Geisterhand änderte. Die schwarzen, flirrenden Pixel formierten sich wieder zu Worten, und zu Toms grenzenloser Erleichterung stellte er fest, dass die Ameisen seine Absicht richtig interpretierten. Auf dem Monitor stand geschrieben:

KONTAKT AUFGENOMMEN
KOMMUNIKATION ERFOLGREICH
WARUM SEID IHR HIER?

Kapitel 30

Die anfänglichen Schwierigkeiten, Botschaften so zu formulieren, dass die andere Seite sie sofort verstand, legten sich erstaunlich rasch. Der Austausch von Informationen gelang dadurch immer reibungsloser.

Der Vormittag verging wie im Flug. Umgeben von einer neugierigen Menschentraube bediente Tom den Computer, der in diesen Stunden das Tor zu einer anderen Welt wurde. Die Ameisen erwiesen sich als interessierte Kommunikationspartner, die viele Fragen stellten, aber auch bereitwillig Auskunft gaben. Es war ein gegenseitiges Geben und Nehmen. Von Aggression war nichts zu spüren, im Gegenteil – die Ameisen wirkten kooperativ, ja geradezu dankbar für die Gelegenheit, sich in der Isolation der Wüste mit anderem intelligenten Leben austauschen zu können.

Tom kam sich vor wie bei einem Live-Chat im Internet. Der einzige Unterschied bestand in der sprachlichen Vereinfachung, auf die beide Parteien zurückgriffen. Aber er stellte schnell fest, dass es nichts gab, was man nicht auch in simple Worte fassen konnte. Auf diese Weise tauschten er und die GAIA-Entomologen sich mit den Ameisen aus, Stück für Stück, und das Mosaik der vielen Einzelinformationen fügte sich allmählich zu einem Gesamtbild zusammen: Die Ameisenkolonie war das Herzstück eines Staatenverbunds, der aus vielen Tausend Einzelkolonien bestand und sich über dreitausend Kilometer vom Air-Gebirge im Westen bis weit in den Sudan im Osten erstreckte. Von GAIA aus lenkten und steuerten die Wüstenameisen ihr Imperium. Nur sie waren mit den geradezu übernatürlichen Fähigkeiten ausgestattet, die dafür nötig waren. Seit die Königin der

Kolonie sich an dieser Stelle eingegraben und die ersten Arbeiterinnen ihr rastloses Werk aufgenommen hatten, lebten die Ameisen hier. Sie ernährten sich von dem Baum und beschützten ihn. Wie lange er schon hier stand, vermochten sie nicht zu sagen.

Allmählich wurde die Kommunikation komplexer, und Tom wollte wissen, wie die Ameisen es geschafft hatten, sich in kürzester Zeit die menschliche Sprache anzueignen. Er tippte ein:

KOMMUNIKATION CATAGLYPHIS – MENSCH:
WIE IST DAS MÖGLICH?

Es dauerte nur wenige Augenblicke, bis die Antwort erschien:

DURCH DIE FRUCHT

»Cliffs Theorie scheint sich zu bestätigen«, murmelte Tom vor sich hin. Aber er hatte etwas anderes gemeint und formulierte seine Frage um:

WIE HABEN CATAGLYPHIS
DIE MENSCHENSPRACHE GELERNT?

Wieder kam die Antwort binnen weniger Sekunden.

FORSCHER FÜHRTEN VIELE EXPERIMENTE
MIT CATAGLYPHIS DURCH.
FORSCHER WOLLTEN MIT CATAGLYPHIS
KONTAKT AUFNEHMEN.
CATAGLYPHIS INTERESSIERT.
CATAGLYPHIS LERNTEN SCHNELL.
ABER TECHNIK WAR UNGEEIGNET.
JETZT IST TECHNIK GEEIGNET.
KOMMUNIKATION MÖGLICH.
INTERESSANT.

Für Tom bestand nun kein Zweifel mehr. *Jetzt ist Technik geeignet* – das konnte, wie Nashagi bereits festgestellt hatte, nur bedeuten, dass die Ameisen sich zur Kommunikation der Robo-Packs bedienten. Bei genauerer Betrachtung war das gar nicht so abwegig: Die winzigen Hightech-Rucksäcke waren an die Antennen der jeweiligen Trägerameise angeschlossen und übermittelten ihr auf diese Weise die Computersignale, die sie beispielsweise zwangen, eine bestimmte Richtung einzuschlagen. Gleichzeitig wurden über die Antennen unzählige von den Trägerameisen aufgenommene Daten an die Robo-Packs und von dort aus an den Computer zurückgespielt. Die Trägerameisen nahmen dadurch gewissermaßen die Funktion einer Schnittstelle ein.

Während Tom über die weiteren technischen Details nachdachte, merkte er auf einmal, wie verspannt und müde er war. Er warf einen Blick auf die Uhr. Schon halb vier, er hatte die Zeit völlig vergessen. Seine letzte Mahlzeit war das Frühstück gewesen, getrunken hatte er seitdem ebenfalls nichts mehr. Überdies steckte ihm die letzte Nacht noch in den Knochen, in der er, von Albträumen geplagt, kaum ein Auge zugemacht hatte. Er übergab seinen Platz an Tyson Murdock und ging in die Kantine, um sich eine Tasse Kaffee zu gönnen und wieder zu Kräften zu kommen.

Diese Ameisen waren wirklich etwas Einzigartiges, eine der irrwitzigsten Entdeckungen in der Tierwelt überhaupt. Tom wagte sich kaum vorzustellen, wie die Weltöffentlichkeit reagieren würde, wenn sie erfuhr, dass die menschliche Intelligenz nun eine mehr als ebenbürtige Konkurrenz bekommen hatte. Der Mensch, der sich selbst allzu gerne als Krone der Schöpfung betrachtete, war im Begriff, vom Thron gestoßen zu werden – ausgerechnet von winzigen Insekten mit nicht einmal stecknadelkopfgroßen Gehirnen. Gewiss gab es viele Leute, die damit ein ernsthaftes Problem haben würden.

Tom fiel ein, dass Cliff noch gar nicht über die aktuelle Entwicklung im Bilde war, und beschloss, ihn darüber zu informieren. Aller Voraussicht nach arbeitete er noch immer im Kellerlabor, weshalb Tom bei sich zu Hause anrief. Erstaunlicherweise kam die Verbindung schon beim ersten Versuch zu Stande.

Am anderen Ende wurde abgenommen. »Hallo Doyle! Hast du schon den Artikel über deine gestrige Wahlkampfrede gelesen? Bessere Werbung kann man sich doch gar nicht wünschen, oder? ... Doyle, bist du das?«

Tom schnürte es beinahe den Hals zu, als er Nancys Stimme hörte – zum ersten Mal seit beinahe zwei Wochen. Nein, seit *gefühlten Monaten*! Bislang war sie all seinen Versuchen der telefonischen Kontaktaufnahme erfolgreich aus dem Weg gegangen. Jetzt hatte er sie völlig unverhofft am Apparat. Gott, wie er sie vermisste! So sehr, dass er ihr sogar dieses *Doyle* verzieh, obwohl ihm *Bürgermeister Barrymore* um einiges besser gefallen hatte. Aber der Wahlkampf schweißte die beiden offenbar zusammen.

»Doyle?«

»Nein. Ich bin's, Tom.«

Sie schwieg. Offenbar wusste sie nicht, was sie sagen sollte.

»Schön, deine Stimme zu hören«, sagte Tom. »Wie geht's dir?«

»Gut, danke.«

»Und Nick?«

»Er vermisst dich.«

»Sag ihm, dass ich ihn ebenfalls vermisse. Und dass ich ihn lieb habe. Sag ihm auch, dass ich an seinem Geburtstag auf jeden Fall zu Hause sein werde.«

Wieder schwieg Nancy. Sie schien tatsächlich noch sauer zu sein.

»Liebling, ich kann verstehen, dass es dir nicht gefällt, wenn ich so lange weg bin«, sagte Tom. »Aber immerhin hast du Dexter gesagt, dass die Sahara-Reise für dich in Ordnung geht. Und wenn Cliff dir auch nur ansatzweise erzählt hat, was es mit diesen Ameisen auf sich hat, wirst du verstehen, dass hier etwas absolut Einzigartiges vor sich geht. Und das Beste wisst ihr noch gar nicht. Es ist ein *Wunder* ...«

»Tom?« Sie sprach nicht besonders laut oder scharf, dennoch brachte der Ton ihn augenblicklich zum Schweigen. »Eigentlich wollte ich es dir nicht am Telefon sagen, aber es wäre unfair, dir etwas vorzumachen. Ich habe mich entschlossen auszuziehen. Mit Nick. Wir haben unsere Sachen schon gepackt. Der Möbelwagen kommt morgen Früh. Wenn du aus Afrika zurückkommst, werden wir nicht mehr da sein.« Sie stockte, fügte noch ein »Es tut mir leid!« hinzu und legte auf.

Langsam ließ Tom das Handy sinken. Er fühlte sich, als habe er soeben einen Becher Gift getrunken. Vielleicht hätte er damit rechnen müssen, dass Nancy sich zu einem solchen Schritt entschließen würde. Aber das hatte er nicht. Er hatte gehofft, nein, fest damit gerechnet, dass er nach seiner Afrikareise Gelegenheit haben würde, seine Ehe wieder ins Lot zu bringen. Jetzt schien es dafür bereits zu spät. Selbst, wenn er sofort aufgebrochen wäre, hätte er es niemals rechtzeitig nach Hause geschafft, um Nancy zum Bleiben zu überreden. Ihm war zum Heulen zumute. Wäre er am Tag zuvor abgereist, so wie er es eigentlich vorgehabt hatte, wäre er jetzt schon wieder daheim gewesen. Dann hätte er vielleicht eine Chance gehabt. Aber wenn Nancy erst einmal ausgezogen war, würde es unendlich schwer werden, sie zur Rückkehr zu bewegen.

Er seufzte. Warum bin ich gestern nicht von hier verschwunden? Warum habe ich mich von Maria überreden lassen zu bleiben? Was bin ich nur für ein Idiot!

Doch für Selbstvorwürfe war es zu spät. Ohne sich dessen bewusst zu sein, hatte er sich gestern *für* seinen Beruf und damit *gegen* seine Familie entschieden.

Tief in Gedanken versunken saß Tom in der Kantine. Er starrte durchs Panoramafenster in die wunderbare Weite der Wüste hinaus, ohne etwas von deren Schönheit wahrzunehmen. Sein Blick verlor sich am Horizont, er fühlte sich wie eine leere menschliche Hülle. Das Schlimmste war, dass es nichts gab, was er tun konnte. Er spielte mit dem Gedanken, Cliff darum zu bitten, mit Nancy zu reden, wusste aber, dass das nichts bringen würde. Wenn überhaupt noch jemand das Ruder herumreißen konnte, dann war er es selbst, niemand sonst.

Er drückte auf seinem Handy die Wahlwiederholung, kam aber nicht durch. Beim nächsten Versuch kam zwar die Verbindung zu Stande, aber es meldete sich nur die Mailbox. Er bat Nancy eindringlich, an den Apparat zu gehen, als sie das nicht tat, beschwor er sie, ihren Auszug noch einmal zu überdenken oder zumindest so lange zu verschieben, bis sie persönlich miteinander gesprochen hatten. Dann verkündete ein akustisches Signal das Ende der Bandaufnahme. Resigniert schaltete Tom sein Handy ab.

Er blieb noch eine ganze Weile schweren Herzens auf seinem Platz sitzen, gefangen im Strudel der Gefühle. Ein Teil von Tom wollte sofort seine Sachen packen und verschwinden, um von seiner Ehe zu retten, was noch zu retten war. Der andere Teil war jedoch längst zu der Überzeugung gelangt, dass alle Bemühungen umsonst sein würden, zumindest zum jetzigen Zeitpunkt. Vielleicht war ein Neuanfang möglich, wenn etwas Gras über die Sache gewachsen war.

Dieser letzte Gedanke war wie ein Lichtschimmer in dunkler Nacht. Er gab ihm nicht nur Hoffnung, sondern auch eine klare Vorstellung davon, wie er sich verhalten sollte. Um seine Ehe würde er sich kümmern, wenn die Vorzeichen wieder günstiger für ihn standen. Jetzt würde er sich erst einmal mit voller Kraft der Arbeit in GAIA widmen. Eine Gelegenheit wie diese bot sich schließlich nicht alle Tage.

Tom trank noch eine Tasse Kaffee und kehrte dann zu den anderen zurück. Trotz anfänglicher Konzentrationsprobleme stellte er bald fest, dass die Arbeit ihm half, die privaten Sorgen zu vergessen oder wenigstens eine Zeit lang zu verdrängen. Je besser die Kommunikation mit den Ameisen klappte, desto mehr verblasste der Konflikt mit Nancy.

Flankiert von Tyson Murdock und Lee Nashagi saß er an der Computerinsel. Links hinter ihm hatte Maria Silva Platz genommen, rechts daneben Brian Quint, der sich die meiste Zeit über still verhielt und auf seine Beobachterrolle beschränkte.

»Wir wissen inzwischen, was die Hügel bedeuten, die die Ameisen rund um den Baum aufgeschüttet haben«, sagte Murdock. »Sie symbolisieren den Nachthimmel. Der große Hügel neben dem Baum steht für den Polarstern, die kleineren Hügel für die anderen Sterne. Solange die Ameisen noch nicht in der Lage waren, über die Robo-Packs mit uns in Verbindung zu treten, haben sie versucht, uns auf andere Weise verständlich zu machen, dass sie an einer Kommunikation mit uns interessiert sind. Daher auch die miniaturisierte Sandskulptur von unserer Station. Sie wollten unsere Aufmerksamkeit erregen, damit wir uns weiter bemühen, mit ihnen Kontakt aufzunehmen. Nur sind sie uns letztlich zuvorgekommen.«

Tom nickte. Endlich gab es eine Erklärung für das sonderbare Verhalten der Ameisen – glücklicherweise ohne aggressiven Hintergrund. »Haben Sie sie auch schon zu den Steinfragmenten befragt?«

Diesmal antwortete Maria Silva. »Ja, aber ohne Erfolg. Sie wissen darüber genauso wenig wie wir. Ich schätze, das wäre auch ein bisschen viel verlangt gewesen.«

In diesem Moment erschien auf dem Bildschirm die Frage:

WOZU DIENT KUGEL?

»Versteht jemand, was sie damit meinen?«, fragte Tom, erntete aber nur Kopfschütteln. Er tippte ein:

WELCHE KUGEL?

Diesmal kam die Antwort nicht in Form von Worten, sondern als Bildschirmanimation: Zunächst erschien ein dunkler Fleck, umgeben von vielen, scheinbar willkürlich angeordneten Punkten, darum herum ein Kreis. Kaum hatte alles seine Form angenommen, schrumpfte das ganze Gebilde auf die Größe einer Münze zusammen. Dann erschien auf dem Monitor ein zweiter Kreis, der den ersten weitläufig umschloss.

»Das ist unsere Station«, sagte Lee Nashagi. »Der große Kreis stellt die Grundfläche unserer Kuppel dar, der kleine Kreis darin ist die Glasröhre mit dem Baum und den Ameisenhügeln.«

Tom pflichtete ihm bei. Derselbe Gedanke hatte sich ihm ebenfalls aufgedrängt.

Das Bild schrumpfte erneut zusammen und erstarrte wieder. Unmittelbar neben der Station wurden zwei kleine Rechtecke dargestellt – der GAIA-Jeep und Quints Geländewagen. Dann erschien plötzlich ein kreisrunder Fleck auf dem Monitor, etwa ebenso groß wie eins der Autos, nur etwa vierhundert Meter von der Station entfernt.

»Was ist das?«, fragte Tyson Murdock. »Weiß jemand, was das sein soll?«

Als hätten die Ameisen es gehört, tauchte unter dem Bild ein Schriftzug auf:

DIESE KUGEL. WOZU DIENT SIE?

Kapitel 31

Brian Quints Stimmung besserte sich zusehends. Entgegen seiner Befürchtung verhielten sich die Ameisen keineswegs feindselig, und es deutete nichts darauf hin, dass sich dieser Zustand ändern würde – eine erfreuliche Stabilisierung der Situation, die ihm die nötige Zeit verschaffte, seine Mission zu Ende zu führen und die Inschriften auf den Steinfragmenten vollends abzufotografieren.

Überdies waren die Ameisen auf ein rätselhaftes Objekt außerhalb der Station gestoßen, und auch wenn er im Moment nur darüber spekulieren konnte, war er sich tief im Innern doch sicher, dass dieses Objekt genau das war, was er hier zu finden gehofft hatte: *Das Geheimnis des Allerhöchsten und der Menschheit.* Endlich! Quint hatte schon befürchtet, dass dieses Geheimnis womöglich längst durch Plünderer verschleppt oder durch die extreme Witterung zerstört worden war. Aber es schien die Jahrtausende überdauert und nur darauf gewartet zu haben, eines Tages wieder entdeckt zu werden. Dieser Zeitpunkt war nun gekommen. Wenn man einmal davon absah, dass er hier auf Dinge gestoßen war, die sich der menschlichen Logik in weiten Teilen entzogen, konnte er mit seiner Mission durchaus zufrieden sein.

Ich werde vielleicht Zeuge des wichtigsten religiösen Funds der Neuzeit, dachte er, während ein wohliger Schauer seinen Rücken hinabkroch. Er spürte die Bedeutsamkeit des Augenblicks in jeder Faser seines Körpers.

Die Kugel befand sich außerhalb des bisherigen Vermessungsradius der GAIA-Experten, daher war sie bislang noch nicht entdeckt worden. Nach Angabe der Ameisen lag sie unter einer drei Meter hohen Sandschicht begraben.

Maria Silva stellte ein Team von zwölf Personen ab, das sich der Ausgrabung mit oberster Priorität zu widmen hatte, und schon eine Stunde später war ein erster Erfolg zu sehen: Aus dem Grund des ausgehobenen Sandkraters ragte eine matte, dunkle Kugeloberfläche. Bis zum Abend hatte das Team das komplette Objekt freigelegt.

Quint beobachtete mit Spannung jeden Schritt der Ausgrabungsarbeiten, die nicht nur die Kugel zu Tage förderten, sondern auch jede Menge Steinfragmente. Die Mauer der Talik musste eine enorme Fläche eingenommen haben.

Die Kugel schien aus Metall zu bestehen, glänzte jedoch nicht. Im Gegenteil schien sie die gleißende Helligkeit der Abendsonne in sich aufzusaugen wie ein schwarzes Loch und nichts davon an ihre Umwelt zurückzugeben. Dieses völlige Fehlen von Lichtreflexionen ließ sie einerseits unscheinbar wirken, andererseits spürte Quint in ihrer Gegenwart jedoch eine geradezu greifbare Energie. Obwohl er sich mahnte, keine voreiligen Schlüsse zu ziehen, gab es für ihn keinen Zweifel: Diese Kugel war aus göttlichem Metall geschmiedet, erschaffen für die Ewigkeit.

Da sie sich als viel zu schwer erwies, um sie aus dem Loch zu rollen, benutzte das Bergungsteam die Seilwinden der beiden Jeeps. Die Sonne war bereits halb hinter dem Horizont verschwunden, als Maria Silva die Arbeiten einstellen ließ und alle Helfer in den verdienten Feierabend entließ.

Um keinen Argwohn zu erregen, folgte Quint den anderen in die Station, auch wenn es ihn danach drängte, das göttliche Objekt einer näheren Betrachtung zu unterziehen. Später, in der Nacht, würde er zurückkehren und seine Neugier befriedigen.

Die Dämmerung ging rasch in eine sternenklare Nacht über. Nach dem Abendessen unterrichtete Maria Silva in der Kantine die komplette Mannschaft über den aktuellen Stand der Arbeiten – sowohl, was die Ausgrabung betraf, als auch in Bezug auf den

Kontakt mit den Ameisen. Vielen GAIA-Wissenschaftlern stand der Stolz ins Gesicht geschrieben, Anteil an einer derart wichtigen wissenschaftlichen Entdeckung zu haben. In manchen Mienen erkannte Quint aber auch Skepsis, als könnten die Betroffenen noch nicht so recht begreifen, dass sie all das tatsächlich erlebten.

Nach Marias Rede zog Quint sich in sein Zimmer zurück. Er benötigte dringend ein paar Stunden Schlaf. Den Großteil der vergangenen Nacht hatte er im Archäologielabor verbracht, und diese Nacht wollte er dorthin zurückkehren, um die restlichen Steinfunde zu fotografieren, damit die Experten in Rom die geheimnisvollen Inschriften vollständig entschlüsseln konnten.

Er lag kaum im Bett, als es an der Tür klopfte. »Brian, bist du da?« Ein Flüstern, mehr nicht, aber Quint wusste sofort, wer es war.

»Brian?«

»Ich bin im Bett.«

»Perfekt!« Vorsichtig öffnete sich die Tür, und in dem entstehenden Lichtspalt erschien Grace Millers Silhouette. »Darf ich reinkommen?«

»Gracy – ich bin todmüde.«

Ohne auf seine Worte zu achten, schlüpfte Grace Miller ins Zimmer. »Ich denke, dagegen lässt sich etwas unternehmen«, kicherte sie in der Dunkelheit. Quint hörte, wie sie begann, sich auszuziehen.

Er stöhnte innerlich auf. Grace Miller war ein hübsches junges Ding, aber er hatte von ihr bekommen, was er wollte – den Laborschlüssel, von dem er sich mithilfe eines Wachsabdrucks eine Kopie angefertigt hatte. Jetzt, da er Grace Miller nicht mehr benötigte, verspürte er nicht einmal mehr körperliches Verlangen nach ihr. Die Lust von gestern war wie weggeblasen. »Grace, lass das«, sagte er barsch. »Zieh dich wieder an.«

Sie hielt inne. »Ist das dein Ernst?«

»Ja.«

»Gestern Nacht hast du dich aber nicht beklagt, dass ich so schnell bei der Sache war. Ganz im Gegenteil. Und ich bin sicher, dass du auch heute keinen Grund zur Klage haben wirst.« Prompt zog sie sich weiter aus.

»Grace, hör auf damit!«

Sie ignorierte ihn einfach.

»Grace!«

Quint erkannte, dass er sie nicht auf die sanfte Tour würde bremsen können. Gleichzeitig war er fest entschlossen, den fehlenden Schlaf nachzuholen. Seine Mission war wichtiger als alles andere. Er würde Grace Miller ordentlich vor den Kopf stoßen müssen, um sie loszuwerden. Betont schroff sagte er: »Hör sofort auf damit! Was gestern geschehen ist, war ein Fehler. Ich hätte mich nicht auf dich einlassen dürfen. Es tut mir leid.«

Grace Miller stand starr in der Dunkelheit und rang plötzlich nach Atem. »Ich war für dich nur ein Fehler?« Obwohl sie noch immer flüsterte, klang sie jetzt zutiefst verletzt. »Aber soll ich dir sagen, was du bist? Ein Riesenarschloch, und das ist noch geschönt!« Ohne ein weiteres Wort zog sie sich wieder an. Sie schlug die Tür so kräftig hinter sich zu, dass es vermutlich in der ganzen Station zu hören war.

Quint legte sich hin und schloss die Augen. Es dauerte keine Minute, bis er eingeschlafen war.

Das Summen seiner Armbanduhr weckte ihn um Punkt zwei Uhr. Schwerfällig richtete er sich auf und strich sich über das Gesicht. Er fühlte sich erschöpfter als vorher.

Um richtig wach zu werden, absolvierte er ein paar Dehnübungen und achtzig Liegestütze. Die körperliche Anstrengung machte seine Gelenke geschmeidig und den Kopf frei. Jetzt war er gewappnet für die Nacht.

Während er sich anzog, fiel ihm sein Handy ins Auge, das im Spind lag. Auf dem Display blinkte das Symbol für eingegangene Nachrichten. Er hörte seine Mailbox ab, dann überprüfte er seine SMS-Eingänge. Es gab nur eine wichtige Meldung: Kardinal Vargas bat dringend um Rückruf.

Die Nachricht war vom Nachmittag. Abgelenkt von den Ausgrabungsarbeiten hatte Quint wohl den Vibrationsalarm nicht mitbekommen. Er tippte Vargas' Nummer ein, hatte von seinem Zimmer aus jedoch keinen Empfang. Also beschloss er, sein Glück woanders zu versuchen. Außerdem warteten noch die Steinfragmente im Labor auf ihn. Mit Handy, Foto-Equipment und Laborschlüssel ausgerüstet, verließ er sein Zimmer.

Auf der Suche nach einem Ort mit Empfang durchstreifte er die Station. Das erste Stockwerk war nahezu verwaist. Wie in der Vornacht brannte lediglich die Notbeleuchtung, was den schummrigen Gängen eine nüchterne, geradezu abweisende Atmosphäre verlieh.

Kurz bevor er das Labor erreichte, zeigte sein Handy endlich Betriebsbereitschaft an, doch aus irgendeinem Grund hatte Quint plötzlich das Gefühl, heimlich beobachtet zu werden. Er blickte sich um. Obwohl er niemanden sah, blieb das komische Gefühl, und da sein Instinkt eine seiner zuverlässigsten Waffen war, beschloss er, auf Nummer sicher zu gehen. Er wollte nicht, dass jemand sein Gespräch belauschte.

Sich ins Labor zurückzuziehen, verbot sich von selbst – falls man ihn tatsächlich beobachtete, würde er sich dadurch nur Ärger einhandeln. Daher beschloss er, zum Telefonieren nach draußen zu gehen. Er fühlte sich ohnehin wie magisch von der frisch ausgegrabenen Kugel angezogen.

Die Nachtluft war glasklar und frostig. Am Himmel leuchtete ein funkelndes Sternenmeer. Quint schlenderte hinüber zur Fundstätte, wo die Kugel neben dem trichterförmigen Grabungsloch lag. Er sah sich noch einmal um und stellte zufrieden fest, dass er allein war. Auch das Gefühl, beobachtet zu werden, war verflogen.

Groß und schwarz ragte die Kugel über ihm auf. Ihr Durchmesser betrug etwa drei Meter. Sie war gleichermaßen schlicht wie imposant, schnörkellos und doch schön. Quint überkam plötzlich das Bedürfnis, sie zu berühren, und während seine Fingerspitzen ehrfürchtig über das kühle Metall streiften, glaubte er zu spüren, wie etwas von dieser Kugel auf ihn überging, ein Teil ihrer Energie, ihrer Aura, ihrer schöpferischen Kraft. Spätestens jetzt war er sich absolut sicher, dass weder der Baum noch die Früchte noch die Ameisen das eigentlich Besondere dieses Ortes waren, sondern allein die Kugel. Sie war das zentrale Element, der Kern, der Ursprung. Auf sie waren alle anderen Phänomene zurückzuführen. Daran bestand für Quint nicht mehr der geringste Zweifel. Die einzige offene Frage war für ihn noch, in welcher Weise der Schlüssel zu Gott in dieser Kugel verborgen sein mochte.

Er besann sich auf sein ursprüngliches Vorhaben, zog sein Handy aus der Tasche und wählte Vargas' Nummer. Der Empfang war gut, die Verbindung kam sofort zu Stande. Nach dem achten Klingeln meldete sich am anderen Ende eine verschlafene Stimme. *»Pronto, qui parla?«*

»Ich bin's. Quint. Ich sollte mich bei Ihnen melden.«

Vargas seufzte hörbar. »Eine christlichere Zeit wäre mir zwar lieber gewesen – aber in der Tat, es ist dringend. Ich dachte, Sie sollten wissen, dass unsere Experten im Vatikan bereits einen Teil der Inschriften, die sie gestern Nacht abfotografiert haben, entschlüsseln konnten. Was sie herausgefunden haben, klingt aber alles andere als beruhigend. Augenblick, ich hole die Unterlagen.« Am anderen Ende der Leitung wurde der Hörer beiseitegelegt, und es entstand eine Pause. Dann war Vargas wieder am Apparat. »Auch wenn bislang noch vieles unklar bleibt, steht eines fest: Die Inschrift stellt eine Warnung dar, geschrieben von den Talik. Sie lautet: *Wer diese Steine zum Einsturz bring, wird das Böse entfesseln.* Andere Passagen sprechen von der *schwarzen Plage* und von *Elions Zorn*. Elion – so nannten die Talik den hebräischen Gott. *Unseren* Gott. Was immer die Talik unter der Mauer begraben haben – sie hatten offenbar enorme Angst davor und wollten, dass es für alle Zeiten vom Sand verschluckt bleibt.«

Automatisch wanderte Quints Blick wieder zur Kugel, und er erzählte Vargas von diesem jüngsten Fund.

»Möglich, dass sie für die Hebräer ein Segen, für die Talik jedoch ein Fluch war«, sagte der Kardinal. »Macht sie einen gefährlichen Eindruck?«

»Bisher nicht.«

»Dann sollten wir nichts überstürzen. Fotografieren Sie sie, und schicken Sie uns die Bilder.«

»Sie bekommen sie noch heute Nacht, zusammen mit den Aufnahmen der restlichen Steintafel-Inschriften. Ich habe mir uneingeschränkten Zugang zum Archäologielabor verschafft. Spätestens, wenn Sie morgen Früh den Computer einschalten, haben Sie alles.«

»Ausgezeichnet. Wenn wir herausgefunden haben, wie die komplette Botschaft der Talik lautet, lasse ich Sie wissen, wie es weitergeht. Bis dahin sollten Sie sich unauffällig verhalten und weiter die Augen offen halten. Uneingeschränkte Handlungsvollmacht erteile ich Ihnen ausdrücklich nur für den Fall, dass von dieser Kugel tatsächlich etwas Böses ausgeht.«

Sie beendeten das Gespräch, und Quint verstaute das Handy in der Hosentasche. Diese Kugel ... Was hatte es mit ihr auf sich? Dass sie göttlichen Ursprungs war, stand für ihn nach wie vor außer Frage, nur hatte er nicht damit gerechnet, dass Gott sie offenbar in einem alttestamentarischen Ansinnen erschaffen hatte, in dem auch Rache und Vergeltung eine wichtige Rolle spielten. Auge um Auge, Zahn um Zahn. Hatte Gott die Kugel zur Erde geschickt, um die Feinde der Hebräer zu vernichten? Welche Wirkung hatte die Kugel dann in der heutigen Zeit?

»Habe ich es mir doch gedacht, dass du etwas im Schilde führst!«

Quint fuhr herum und stand Grace Miller gegenüber, begleitet von Finea Blunt. Er war so vertieft gewesen, dass er die beiden gar nicht hatte kommen hören. »Wie lange seid ihr schon hier?«

»Lange genug, um das Ende deines Telefonats mitzubekommen. Sehr interessant. Du hast dir also Zugang zum Labor verschafft? Darf ich fragen, wie dir das gelungen ist?« Grace Millers Stimme troff vor Sarkasmus. »Könnte es eventuell sein, dass du mich nur benutzt hast, um an den Schlüssel heranzukommen?«

Quint erwiderte nichts. In den Mienen der Frauen erkannte er, dass sie sich ohnehin nicht von ihrer Meinung abbringen lassen würden.

»Ich habe Ihnen von Anfang an misstraut«, sagte Finea Blunt. »Und meine Menschenkenntnis hat mich auch diesmal nicht im Stich gelassen. Schon gestern Nacht hatte ich das Gefühl, Sie seien im Labor gewesen, ich konnte es nur nicht beweisen. Und ich wette – wenn wir ein bisschen genauer recherchieren, stellt sich schnell heraus, dass Sie gar kein Anwalt sind, nicht wahr? Bis wir Genaueres über Sie wissen, werden wir Sie in Gewahrsam nehmen. Morgen soll Maria entscheiden, wie es weitergeht.«

Erst jetzt erkannte Quint in Finea Blunts Faust eine Waffe, im Mondschein glänzte sie wie ein Stück Silber. Ein kleinkalibriger Damenrevolver mit sechs Schuss. Nicht gerade eine .44er Magnum, aber auf kurze Distanz durchaus brauchbar. Sein Blick huschte weiter zu Grace Miller, die jedoch unbewaffnet war. Er wandte sich wieder Finea Blunt zu. »Ich sehe, Sie meinen es ernst«, sagte er.

»Absolut.«

»Und was nun?«

»Sie werden den Rest der Nacht im Abstellraum verbringen. Vorwärts, Sie kennen den Weg! Und Hände hoch, wenn ich bitten darf!«

Sie vollführte mit der Waffe eine fahrige Bewegung, und Quint folgte ihrer Anweisung. Scheinbar schicksalsergeben setzte er sich in Bewegung, in Wahrheit war er jedoch zu allem entschlossen. Wenn er sich von den Frauen einsperren ließ, war die komplette Mission gefährdet. Das musste er unter allen Umständen verhindern.

Seine Chance kam schneller als erhofft, denn kaum hatte er die ersten Schritte getan, bemerkte er, dass Finea Blunt und Grace Miller ein paar kurze Blicke austauschten, gerade so, als wollten sie sich stillschweigend zu ihrem Erfolg gratulieren. Genau diesen Moment der Unachtsamkeit nutzte Quint aus. Mit einem einzigen Satz stürzte er sich auf die völlig überraschte Finea Blunt und schlug ihr die Pistole aus der Hand. Dann packte er ihren Kopf, brach ihr mit einem einzigen Ruck das Genick und ließ ihren schlaffen Körper in den Sand fallen.

Grace Miller war derart schockiert über den unerwarteten Gewaltausbruch, dass sie nicht einmal schreien konnte. Zitternd wie ein verängstigtes Reh stand sie mit weit aufgerissenen Augen da und starrte auf ihre tote Kollegin. Ihr Kinn bebte, ihr Atem ging hektisch und stoßweise. Obwohl sie im Moment keinerlei Kontrolle über ihren Körper zu haben schien, wollte Quint keine Zeit verlieren. Wenn sie erst aus ihrer Schreckensstarre erwachte und zu schreien begann, konnte sich das Blatt schnell wenden. Er eilte auf sie zu.

»Bitte …« Sie hauchte es nur, zu mehr war sie nicht fähig. Es klang wie das ferne Flüstern des Windes. »Bitte lass mich am Leben.«

Mitleidlos legte er seine Hände an ihren Kopf. »Du weißt, dass ich das nicht tun kann«, sagte er. Und dann explodierte plötzlich ein glühender Schmerz in seinem Körper, der ihm beinahe die Besinnung raubte. Er ging zu Boden, keuchte, schnappte nach Luft, krümmte sich gequält zusammen. Vor seinen Augen tanzte ein grellroter Feuerregen: Das Miststück hatte ihm ein Knie in den Unterleib gerammt.

Er hörte Schritte und sah im Augenwinkel, dass Grace Miller auf die Station zurannte. Inzwischen schrie sie auch in wilder Panik um Hilfe. Hier draußen würde man sie kaum hören. Aber wenn sie erst wieder drinnen war …

Er wusste, dass er keine Zeit verlieren durfte, und richtete sich auf. Noch immer gekrümmt, nahm er die Verfolgung auf. Mit zusammengebissenen Zähnen zwang er sich, den Schmerz zu ignorieren und schneller zu rennen.

Ich muss sie einholen!, hämmerte es in seinem Kopf. Ich *muss* es einfach schaffen!

Der Schmerz ließ mit jedem Schritt ein wenig mehr nach. Langsam schmolz Grace Millers Vorsprung dahin. Der Haupteingang zur Station war nur noch zwanzig Meter entfernt, als Quint so dicht an sie herangekommen war, dass er es wagen konnte, sich von hinten auf sie zu werfen. Er umschlang ihre Taille, sie geriet aus dem Tritt. Wie Raubtier und Beute stürzten die beiden in den Sand.

Grace Miller kreischte auf, schlug um sich, kratzte und biss. Sie wusste, dass sie um ihr Leben kämpfte. Doch Quint gelang es, sich auf sie zu wälzen und sie unter sich zu begraben. Sie keuchte vor Anstrengung, wehrte sich wie eine Furie. Quint schlug sie brutal ins Gesicht, und sie begann, aus einer Platzwunde an der Schläfe zu bluten. Ihre Gegenwehr beeinträchtigte das nicht. Quint schlug erneut zu, dann noch einmal. Endlich verlor sie das Bewusstsein.

Nachdem er auch ihr das Genick gebrochen hatte, blieb er noch eine Weile auf der toten Frau sitzen, bis er sicher war, dass niemand in der Station die Hilfeschreie gehört hatte. Erst danach erlaubte er es sich aufzuatmen. Die Gefahr war gebannt.

Als er Grace Miller packte, um sie fortzuschaffen, fiel ihm auf, dass bereits die ersten Ameisen über ihr Gesicht krabbelten und sich am Blut der Leiche gütlich taten. Diese verfluchten Mistviecher waren überall, auch wenn man sie außerhalb der GAIA-Beobachtungsröhre kaum sah.

Er beschloss, die Tote nicht zu schultern, sondern an den Füßen wegzuschleifen und die Spuren später zu beseitigen. Auf diese Weise mied er den Kontakt mit den Ameisen, außerdem würde er sich nicht mit Blut besudeln.

Zwanzig Minuten später hatte er Grace Miller und Finea Blunt im Sand begraben. Niemand, der nicht genau wusste, wo er suchen musste, würde sie dort finden, zumindest nicht in den nächsten Tagen. Was danach geschah, interessierte ihn nicht mehr – da war er längst über alle Berge.

Er wischte sich mit einem Taschentuch den Schweiß von der Stirn. Trotz empfindlicher Kälte war er ordentlich ins Schwitzen geraten. Hoffentlich verläuft der Rest der Nacht erfolgreicher, dachte er.

Tatsächlich kam es zu keinerlei weiteren Zwischenfällen mehr, er konnte im Archäologielabor ungestört die restlichen Steininschriften abfotografieren und die Bilder anschließend nach Rom übertragen. Als er gegen fünf Uhr wieder ins Bett schlüpfte, war er hundemüde, aber mit sich und seiner Arbeit sehr zufrieden. Jetzt musste er nur noch auf Kardinal Vargas' weitere Anweisungen warten. Mit diesen Gedanken schlief er ein.

Kapitel 32

Am nächsten Tag konzentrierten sich die Arbeiten in GAIA auf zwei Themen: die Untersuchung der Kugel und die weitere Kommunikation mit den Ameisen.

Dass Finea Blunt und Grace Miller im Archäologenteam fehlten, fiel zunächst gar nicht auf, da die Wissenschaftler in GAIA sich ihre Arbeitszeit selbst einteilen konnten. Man ging allgemein davon aus, dass die beiden Frauen eine Nachtschicht eingelegt hatten und sich jetzt in ihren Kammern ausruhten. Die geologischen Untersuchungen wurden von Finea Blunts Stellvertreter Peet Claasen geleitet, einem blonden Hühnen mit Dreitagebart und Sommersprossen.

Während draußen die Vermessungsarbeiten und geopyhsikalischen Analysen vorbereitet wurden, widmete Tom sich drinnen wieder den Ameisen. Wie am Vortag wurde er dabei von Lee Nashagi und Tyson Murdock unterstützt. Doch obwohl auf dem Bildschirm noch immer derselbe pulsierende Pixelstrom zu sehen war und auch die von Tom eingetippten Worte korrekt angezeigt wurden, reagierten die Ameisen nicht auf die Kommunikationsversuche. Es war gerade so, als sei über Nacht aus irgendeinem Grund der Kontakt abgebrochen.

»Können Sie sich das erklären?«, fragte Tom seine beiden Helfer.

»Keine Ahnung, was los ist«, sagte Murdock. »Vielleicht ein technisches Problem.«

Nashagi schüttelte vehement den Kopf. »An der Technik liegt es nicht, das habe ich schon überprüft.«

Tom startete einen erneuten Versuch:

WARUM ANTWORTET IHR NICHT?

Minuten verstrichen – ergebnislos. Weshalb, zum Teufel, meldeten die Ameisen sich nicht? Was war heute anders als gestern? Noch während Tom die nächsten Schritte überlegte, wechselte plötzlich das Monitorbild:

ANTWORT KOMMT SPÄTER – JETZT KEINE ZEIT!

»Immerhin etwas«, murmelte er und tippte:

ANTWORT KOMMT SPÄTER? WANN?

Kurz darauf:

WENN DIE GEFAHR VORÜBER IST.

Tom, Nashagi und Murdock sahen sich an.

»Weiß jemand, was damit gemeint sein soll?«, fragte Murdock.

Die beiden anderen schüttelten die Köpfe. Tom schrieb:

WELCHE GEFAHR?

Aber als Antwort erhielt er nur:

SPÄTER.

»Die machen es aber ganz schön spannend«, murmelte Nashagi.

»Eine Gefahr für die Ameisen muss nicht zwangsläufig auch eine Gefahr für uns bedeuten«, sagte Tom. »Vielleicht ist nur ein Teil ihres Baus eingestürzt. Dennoch sollten wir auf der Hut sein – ich möchte keine böse Überraschung erleben. Außerdem sollten wir Maria informieren. Weiß jemand, wo sie steckt?«

»Ich glaube, sie beaufsichtigt die Arbeiten an der Kugel«, sagte Murdock. »Ich hole sie.«

Als er wenig später mit ihr zurückkehrte, schilderte Tom ihr die aktuelle Situation.

»Gibt es denn irgendwelche Auffälligkeiten, die uns beunruhigen müssten?«, wollte sie wissen.

»Noch nicht. Wie sieht's draußen aus?«

Sie schüttelte den Kopf. »Alles ganz normal. Allerdings sind wir so in die Arbeit vertieft, dass wir vermutlich nicht mal einen Kometeneinschlag bemerkt hätten.« Sie seufzte auf, sichtlich hin- und hergerissen. Sie wusste, dass sie eine Entscheidung treffen musste. »Wir kommen draußen recht gut voran. Ich will die Arbeiten nicht grundlos abbrechen. Aber natürlich geht die Sicherheit meiner Mitarbeiter vor. Was denkst du, wie kritisch ist die Lage?«

»Ich weiß es nicht. Niemand kann das im Moment sagen. Vielleicht braut sich ein Sandsturm zusammen, vielleicht steht ein Erdbeben bevor. Ebenso gut könnte es sich nach menschlichen Maßstäben auch um eine Lappalie handeln, die nur aus dem Blickwinkel der Ameisen bedrohlich ist.«

»Dann schlage ich vor, dass wir abwarten, bis wir Genaueres wissen. Informiert mich, sobald ihr etwas herausfindet, sei es auch nur ein vager Verdacht. Draußen werden wir ebenfalls die Augen offen halten.«

Die nächsten zwei Stunden krochen ereignislos dahin, die Ameisen reagierten nicht mehr auf Toms Computereingaben. Auch die in der Röhre befindlichen Beobachtungskameras registrierten keinerlei Besonderheiten. Doch dann gab es eine Veränderung: Das Gewusel am Baum reduzierte sich drastisch. Binnen weniger Minuten zogen die Ameisen sich komplett in ihren Bau zurück.

Tom versuchte erneut, den Kontakt herzustellen.

WAS IST GESCHEHEN?

Keine Reaktion.

Eine halbe Stunde später zeigten die über das komplette Beobachtungsareal verteilten Mess-Sonden von GAIA Ungleichverteilung in Bezug auf die Temperatur im Bau und die Pheromon-Konzentration an.

»Die Sonden erlauben zwar nur eine Grobanalyse, aber zumindest kann man erkennen, dass die Ameisen sich an bestimmten Stellen im Bau zusammenrotten«, sagte Murdock. »Die Temperaturen liegen dort etwas höher, außerdem wird sehr viel Undecan ausgeschüttet.«

»Dieses Alarm-Pheromon?«, fragte Nashagi.

»Genau. Es sieht ganz danach aus, als ob die Ameisen in einen Kampf verwickelt sind. Vielleicht ein Übergriff einer anderen Kolonie. Das kann noch eine Weile dauern.«

Tatsächlich blieben die Ameisen bis zum späten Nachmittag unempfänglich für weitere Kontaktversuche. In dieser Zeit änderten sich die Zusammensetzung und Konzentration des Pheromon-Ausstoßes laufend, und die Aktivitätszentren verschoben sich mehrmals. In der Computergrafik sah es so aus, als würden dunkle Wolken von unterschiedlichen Windströmungen getrieben.

Gegen zehn Uhr abends – draußen war es längst dunkel – kehrte im Bau allmählich Ruhe ein. Da es den ganzen Tag turbulent zugegangen war, wirkte der abrupte Abfall sämtlicher Messwerte geradezu beunruhigend. Der Undecan-Ausstoß reduzierte sich binnen einer Stunde auf ein Minimum, und auch die Temperatur sank stärker, als es bei den gegebenen Witterungsverhältnissen gewöhnlich der Fall war. In der Computergrafik driftete die schwarze Ameisenwolke in alle Himmelsrichtungen auseinander, langsam aber beständig, bis sie sich außerhalb der Röhre und damit des aktuellen Messbereichs bewegte. Nur ein kleines Areal rund um den Wurzelstock des Bäumchens blieb dunkel gefärbt.

»Warum bleiben lediglich so wenige zurück?«, wunderte sich Tyson Murdock.

»Vielleicht ist das nur der engste Kreis um die Königin«, mutmaßte Tom. »Die anderen verfolgen die Eindringlinge, um sie vollends zu vertreiben.« Er versuchte erneut, eine Botschaft abzusetzen:

IST DIE GEFAHR VORÜBER?

Als nach ein paar Minuten noch immer keine Antwort kam, stand er auf, um seine steifen Knochen zu bewegen. Den ganzen Tag hatte er auf dem Stuhl vor dem Monitor verbracht, jetzt fühlte er sich müde und verspannt. Er beschloss, ein paar Schritte zu gehen und sich in der Kantine ein Sandwich zu holen. Dort traf er Maria Silva, und sie beschlossen, gemeinsam zu essen. Nachdem Tom ihr alles über die Ameisen erzählt hatte, erkundigte er sich nach den Fortschritten bei der Kugel. An ihrer Miene erkannte er sofort, dass der Tag nicht so gelaufen war, wie sie es sich erhofft hatte.

»Die Kugel besteht aus demselben Stein wie die Mauer selbst. Nur die Oberfläche ist mit einer dünnen Schicht Bronze überzogen. Abgesehen davon gibt es an dieser Kugel keinerlei Besonderheiten. Wir gehen davon aus, dass sie zur selben Zeit wie die Mauer erschaffen wurde und eine Art Skulptur darstellt.«

»Und deshalb bist du deprimiert? Weil die Kugel so unspektakulär ist?«

Sie schüttelte den Kopf und trank einen Schluck Wasser. »Zwei meiner Mitarbeiterinnen sind spurlos verschwunden. Finea Blunt und Grace Miller. Das haben wir erst vor einer Stunde festgestellt. Sie wurden den ganzen Tag über von niemandem gesehen. Sie scheinen wie vom Erdboden verschluckt zu sein.« Nach einer kurzen Pause fragte sie: »Mit den Ameisen kann das nichts zu tun haben, Tom, oder?«

»Das kann ich mir nicht vorstellen.«

»Wie sicher bist du dir?«

»Ich kann dir natürlich keine Garantie geben. Aber wenn ich der Meinung gewesen wäre, dass die Situation lebensbedrohlich wird, hätte ich dich längst gewarnt.«

Maria seufzte, brachte aber ein Lächeln zu Stande. »Tut mir leid, wenn ich ein bisschen durch den Wind bin. Ich schätze, das ist einer der Tage, die man besser aus dem Kalender streicht. Vielleicht gibt es ja eine ganz einfache Erklärung für das Verschwinden der beiden.«

»Ja, vielleicht«, sagte Tom nachdenklich.

Als er zur Computerinsel zurückkehrte, stand auf dem Monitor noch immer seine letzte Eingabe:

IST DIE GEFAHR VORÜBER?

»Sture kleine Mistkerle …« Er drückte noch einmal die Returntaste, um die Botschaft erneut zu verschicken – gewissermaßen als Erinnerung. Prompt erhielt er Antwort:

GEFAHR IST NICHT VORÜBER!
GEFAHR BESTEHT AUCH FÜR MENSCHEN.
GEFAHR IST GROSS!

Tom spürte eine unangenehme Hitze in sich aufsteigen. War Marias Befürchtung doch nicht so unbegründet, wie er gedacht hatte? Er tippte in den Computer:

WELCHE GEFAHR?

Die Antwort lautete:

CATAGLYPHIS-ANGRIFF.

Tom weigerte sich zu glauben, was er da las. Wie konnte er sich so getäuscht haben? Bis gestern hatten die Wüstenameisen einen besonnenen, friedfertigen Eindruck gemacht. Ihr einziges Interesse war ein Informationsaustausch mit einer anderen intelligenten Spezies gewesen, dem Menschen. Weshalb der plötzliche Sinneswandel?

»Was ist das?«, sagte er, mehr zu sich selbst als zu Murdock oder Nashagi. »Eine Warnung? Eine Drohung? Aber weshalb wollen sie uns angreifen? Und warum haben sie so lange damit gewartet?« Er gab ein:

WIR SIND KEINE FEINDE.

Die Reaktion:

NICHT FÜR UNS. ABER FÜR SIE.

Die Sache wurde immer verworrener.

WER SIND »SIE«?
EINE ANDERE CATAGLYPHIS-KOLONIE?

Gleich darauf:

NEIN – GAIA-CATAGLYPHIS.
BRÜDER UND SCHWESTERN.
VIELE SIND ABTRÜNNIG!

»Abtrünnig?«, wiederholte Murdock laut. »Was zum Teufel meinen sie damit?«

»Sieht so aus, als ob die Kolonie sich gespalten hat«, sagte Tom. »Daher waren sie auch den ganzen Tag lang mit sich selbst beschäftigt. Sie haben sich bekämpft oder anderweitig auseinandergesetzt. Die Frage ist nur, aus welchem Grund?«

ABTRÜNNIG? WARUM?

Wieder ließ die Antwort nicht lange auf sich warten:

WEIL MENSCHEN BÖSE SIND.

»Nicht gerade die neueste Erkenntnis«, kommentierte Murdock. »Aber wie kommen die Ameisen darauf?«

Genau das interessierte Tom auch.

WARUM GLAUBT IHR, DASS DIE MENSCHEN BÖSE SIND?

Die Antwort:

MENSCHEN TÖTEN MENSCHEN.

Die Sache wurde immer verworrener, aber wenigstens ließen die Ameisen sich wieder auf einen Dialog ein. Tom tippte:

WOHER WISST IHR DAS?

Kurz darauf:

CATAGLYPHIS SEHEN!
ABTRÜNNIGE GLAUBEN: WENN MENSCHEN TÖTEN MENSCHEN, MENSCHEN TÖTEN AUCH CATAGLYPHIS.
MENSCH = GEFAHR

Allmählich verstand Tom überhaupt nichts mehr. »Soll das bedeuten, dass die Ameisen einen Mord beobachtet haben? Aber wann? Und wer hat wen getötet?« Er gab die Fragen in den Computer ein. Diesmal ließ die Reaktion etwas länger auf sich warten. Auf dem Bildschirm erschien eine Grafik – unzählige dunkle Flecken, die durch eine verwirrende Anzahl von Linien miteinander verbunden waren.

»Kann mir einer verraten, was das ist?«, raunte Murdock.

Als hätten die Ameisen es gehört, erschien unter der Grafik die Antwort:

DIES IST UNSER STAAT,
SEINE KOLONIEN UND VERBINDUNGSWEGE.

Am rechten Bildschirmrand färbte sich ein Teil der Darstellung rot ein.

ROT = BLUT, LEID UND TOD.
MENSCHEN TÖTEN IHRE ARTGENOSSEN.
MENSCHEN SIND GRAUSAM.

»Das muss im Sudan sein«, kommentierte Tom, der sich die Ausdehnung der Groß-Kolonie auf der Landkarte vor Augen rief.

»Darfur«, ergänzte Murdock. »Wenn sie tatsächlich mitbekommen haben, was dort abgeht, ist es kein Wunder, dass sie uns Menschen für schlecht halten.«

Auf dem Monitor erschien bereits die nächste Botschaft:

WIR DACHTEN, IHR SEID BESSER.
ABER ABTRÜNNIGE GLAUBEN NICHT MEHR DARAN.
EIN MENSCH TÖTET ZWEI MENSCHEN.
IN DER NACHT. IN GAIA.

Zwei Menschen ... Die Verbindung zu den verschwundenen Frauen, von denen Maria erzählt hatte, drängte sich Tom geradezu auf. Waren Finea Blunt und Grace Miller Opfer eines Gewaltverbrechens geworden, das die Ameisen beobachtet hatten und einen Großteil von ihnen jetzt dazu veranlasste, den Menschen als grundsätzlich gefährlich einzustufen? Es sah ganz danach aus. Deswegen wollten die Ameisen die GAIA-Belegschaft attackieren – um die vermeintliche Bedrohung zu eliminieren. Allein der Gedanke jagte Tom einen eiskalten Schauer über den Rücken.

Aber wer sollte in GAIA einen Doppelmord verübt haben? Er fragte die Ameisen danach, doch sie konnten aus irgendeinem Grund keine Beschreibung des Täters oder der Opfer abgeben.

»Ich kann einfach nicht glauben, dass wir einen Mörder unter uns haben«, knurrte Tyson Murdock. Die tiefen Sorgenfalten auf seinem Gesicht verrieten jedoch, dass er es auch nicht für völlig ausgeschlossen hielt.

»Und ich kann nicht glauben, dass die Ameisen uns deshalb angreifen wollen!« Lee Nashagis Stimme klang brüchig. »Denken Sie, die meinen das ernst, Tom?«

»Ich kann mir nicht vorstellen, dass sie nur bluffen oder sich einen Scherz erlauben. Die Mehrheit von ihnen stuft uns als Bedrohung ein. Wenn sie tatsächlich zum Angriff blasen, könnten wir in ernsthafte Schwierigkeiten geraten. Ich suche Maria. Denn wir müssen dringend besprechen, wie es weitergehen soll.«

Kapitel 33

Brian Quint hatte die Untersuchung der Kugel den ganzen Tag über beobachtet, und er musste zugeben, dass er ein wenig verunsichert war. Nichts an der Kugel deutete auf ihren göttlichen Ursprung hin, weder der steinerne Kern noch die bronzene Oberfläche. Außergewöhnliche Strahlungen gingen von ihr ebenfalls nicht aus, zumindest nicht solche, die mit herkömmlichen geophysikalischen Messinstrumenten registriert werden konnten. Das Fazit der GAIA-Archäologen lautete daher, dass es sich um eine simple, von Menschenhand gestaltete Skulptur handelte.

Andererseits: Wenn nicht der Mensch, sondern Gott dieses Objekt erschaffen hatte – hatte er es dann vielleicht bewusst getarnt? War seine Wirkungsweise mit menschlichen Methoden gar nicht messbar? Oder entfaltete es seine göttliche Kraft nur unter bestimmten, genau definierten Voraussetzungen, die momentan einfach nicht gegeben waren?

Tief im Innern war Quint davon überzeugt, dass die vermeintliche Harmlosigkeit der Kugel nur über ihren höheren Zweck hinwegtäuschte, mochte er nun gut oder böse sein. Diese Kugel war genau das, was er suchte. Sie war vor Tausenden von Jahren unter der Mauer der Talik begraben worden – einer Mauer, die weit größer gewesen war, als er bislang vermutet hatte, denn zwischen dem Fundort der Kugel und GAIA lag eine Distanz von vierhundert Metern. Fraglich war für Quint nur, wie sich die Macht der Kugel nach so langer Ruhezeit entfalten würde. Würde sie *das Geheimnis des Allerhöchsten und der Menschheit* offenbaren, so, wie sie es gegenüber den Hebräern vor Tausenden von Jahren getan hatte?

Oder würde sie gemäß der warnenden Mauerinschrift das fundamental Böse heraufbeschwören?

Nachdem Quint sich in der Herrendusche den Schweiß des Tages vom Körper gewaschen hatte, kehrte er in sein Zimmer zurück, wo er sich einschloss, um seine Mail-Eingänge zu überprüfen. Es gab eine neue Nachricht von Kardinal Vargas, erst zwei Stunden alt. Quint öffnete sie und las:

Die Entschlüsselung der Mauer-Inschriften ist mithilfe Ihrer Fotografien nahezu vollständig geglückt. Allerdings hat sich dadurch nur bestätigt, was wir ohnehin schon wussten. Es handelt sich fast ausschließlich immer wieder um dieselbe Warnung: Was unter der Mauer begraben ist, darf niemals ans Tageslicht zurückgeholt werden, weil es das Böse über die Welt kommen ließe. Dieses Böse wird eindeutig mit dem hebräischen Gott in Verbindung gebracht, und ich brauche Ihnen wohl nicht zu erklären, was geschähe, würde die Öffentlichkeit Kenntnis vom Inhalt dieser Texte erhalten. Daher gilt es, die Steintafeln unter allen Umständen zu vernichten. Die Kugel muss jedoch unbedingt unbeschadet bleiben. Sollte sie tatsächlich eine Bedrohung darstellen, könnte der Versuch, sie zu zerstören, unabsehbare Folgen haben. Ebenso gut könnte sie jedoch ein göttliches Geheimnis in sich bergen, geeignet, um die Macht Roms und der heiligen katholischen Kirche für alle Zeiten zu manifestieren und die Vormachtstellung des Katholizismus vor allen anderen Weltreligionen zu sichern. Sorgen Sie dafür, dass diese Kugel nach Rom überführt wird, wo sie von unseren Experten untersucht werden kann.

Möge Gott mit Ihnen sein!
V.

Schon vor seiner Ankunft in GAIA hatte Quint damit gerechnet, dass er irgendetwas würde zerstören müssen – die meisten seiner Aufträge endeten damit. Alles, was er dafür benötigte, befand sich eingeschlossen in seinem Wagen.

Er schlich die Treppe hinab und verließ die Station, um aus dem Laderaum seines Jeeps die Semtex-Sprengsätze zu holen. Im Lauf der nächsten halben Stunde positionierte er sie so, dass vom Archäologielabor nicht mehr viel übrig bleiben würde, wenn er erst seine Knöpfe gedrückt hatte. Genau genommen würde von der ganzen Station nicht mehr viel übrig bleiben. In solchen Fällen war es besser, auf Nummer sicher zu gehen.

Er klappte sein Notebook auf und startete ein Programm, das es ihm erlaubte, die Sprengsätze einzeln anzusteuern und zu zünden. Sobald er außer Reichweite war, würde er ein Inferno auslösen.

Zufrieden klappte er das Notebook wieder zu. Er wollte nur noch sein Gepäck aus dem Zimmer holen und dann auf Nimmerwiedersehen von hier verschwinden. Später, wenn alles vorbei war, würde er sich um die Überführung der Kugel in den Vatikan kümmern.

In diesem Moment ertönte die Alarmanlage.

Kapitel 34

»Was ist da los?« Maria Silva stand die Nervosität ins Gesicht geschrieben, auch wenn sie sich bemühte, ruhig zu bleiben. Tom, Tyson Murdock und Lee Nashagi, die bei ihr im Büro saßen und mit ihr diskutiert hatten, wie es mit GAIA nun weitergehen solle, waren ebenso überrascht wie sie.

Der Alarm dröhnte ohne Unterlass durch die Station, an der Decke waren rote Blinklichter angesprungen. Wissenschaftler eilten aus ihren Zimmern, manche noch müde, manche hellwach. Binnen weniger Sekunden herrschte in der Station eine Stimmung wie in einem Atommeiler nach einem Reaktorunfall.

Maria nahm ein Mikrofon von ihrem Schreibtisch und drückte auf einen Knopf. »Achtung, Achtung – das ist keine Übung. Ich wiederhole: Das ist keine Übung. Bitte bewahrt dennoch Ruhe. Es besteht kein Grund zur Panik. Noch wissen wir nicht, was geschehen ist …«

»Man kann dich in den Gängen nicht hören«, sagte Tyson Murdock, der aufgesprungen war und jetzt in der Bürotür stand. »Die Anlage scheint nicht zu funktionieren.«

Dann begann auch noch das Licht zu flackern, kurz darauf fiel es ganz aus. Selbst das Alarmsignal verstummte.

»Das war's wohl mit der Stromversorgung.«

»Das waren *sie*. Das waren die Ameisen!« Maria schien einer Panik nahe. Kein Wunder, dachte Tom, immerhin trug sie die Verantwortung für das GAIA-Team. Im fahlen Mondlicht, das durch die Panoramascheibe hereinsickerte, ging er zu ihr und drückte ihr sanft die Schultern. »Du darfst jetzt nicht die Nerven verlieren.«

Seine Stimme war leise, aber eindringlich. »Nur, wenn du einen klaren Kopf behältst, haben wir eine Chance!«

Ihr Atem ging schwer. »Du hast recht«, sagte sie. »Panik bringt uns nicht weiter.« Sie überlegte einen Moment, versuchte, sich zu konzentrieren. »Lee – du schnappst dir ein paar Leute und besorgst Taschenlampen. In den Lagerräumen müssten einige liegen, auch wenn wir sie noch nie gebraucht haben. Und denk an Ersatzbatterien. Wir wissen nicht, wie lange wir ohne Strom auskommen müssen. Apropos Strom: Tyson – sag Chester und den anderen Technikern, sie sollen versuchen, uns irgendwie mit Energie zu versorgen. Da es dunkel ist, scheinen die Ameisen zwar auch das Notstromnetz lahmgelegt zu haben, aber vielleicht fällt Chester oder einem seiner Jungs etwas Schlaues ein.«

Murdock und Nashagi verließen das Zimmer. Maria folgte ihnen, um den Kollegen im Gang die Situation zu erklären und sie zu bitten, dies auch auf den anderen Stockwerken weiterzusagen. Wenn man den Ernst der Lage bedachte, verhielten sich die GAIA-Mitarbeiter allesamt sehr diszipliniert. Marias Anweisungen wurden schnell und anstandslos befolgt.

Nach einigen Minuten kehrte Nashagi mit Taschenlampen zurück. Eine davon nahm Tom an sich. »Ich werde nach unten gehen und die Lage auskundschaften«, sagte er. Lees Angebot, ihn zu begleiten, nahm er gerne an. Zu zweit machten sie sich auf den Weg.

Am Ende der Wendeltreppe erwartete sie ein sonderbares Bild. Die Halle lag verlassen im Dunkeln, aber aus den Gehäusen der Computer und der anderen elektrischen Laborgeräte drang gespenstisches, blau-rotes Flackern, begleitet von gedämpftem Zischen und Summen – Kurzschlüsse, die von den Ameisen erzeugt worden sein mussten, wie immer sie das geschafft hatten. In der Luft lag der beißende Geruch von verschmorten Kabeln.

Tom betrat die Halle. Der Lichtkegel seiner Taschenlampe wanderte in Halbkreisen über den Boden, dann über die Wände, bevor er sich in der Weite der Station verlor. Nichts. Der Raum wirkte wie verlassen. Dennoch war er sicher, dass die Ameisen nicht weit sein konnten.

Gefolgt von Nashagi pirschte er sich in Richtung Ausgang vor. Obwohl sie sich bemühten, leise zu sein, hallte jeder ihrer Schritte wie ein Echo durch den Raum. Tagsüber hatte Tom das nie wahrgenommen, jetzt erschien ihm das Geräusch auffällig laut und bedrohlich. Er wurde das Gefühl nicht los, die Aufmerksamkeit der Ameisen dadurch auf sich zu ziehen.

Und tatsächlich – da waren sie! Wie aus dem Nichts tauchten sie plötzlich aus den schmalen Schlitzen des Bodenbelags auf – im Lichtschein der Taschenlampe sah es aus, als würde sich vor Tom ein glitzernder Perlenteppich ausbreiten. Er hielt Nashagi am Ärmel fest. »Da kommen wir nicht weiter«, flüsterte er.

Der Glitzerteppich dehnte sich weiter aus und wuchs jetzt auch in ihre Richtung.

»Wir sollten von hier verschwinden«, sagte Nashagi.

Tom nickte. Gemeinsam traten sie den Rückweg an.

Bei den anderen angelangt, erstattete Tom Bericht. »Der Weg zum Ausgang ist versperrt, da kommen wir nicht durch. Ich weiß nicht, was sie vorhaben, aber sie scheinen uns hier einkesseln zu wollen.«

Wie aufs Stichwort, ging in der Halle plötzlich die Computerinsel in Flammen auf. Von der Brüstung der ersten Etage aus sah Tom ein Feuerwerk aus Funken aufsprühen, dann eine Stichflamme, die meterhoch aufragte, bevor sie wieder in sich zusammenfiel und leise weiterbrannte. Und das war erst der Anfang, denn schon loderte es an zwei weiteren Stellen auf – es war wie bei einer Reihenzündung. Innerhalb von Sekunden stand das komplette Erdgeschoss in Flammen. Schlagartig war es mit der Disziplin vorbei. Schreckensschreie hallten durch die Station. Es herrschte allgemeines Stimmengewirr.

»Verdammte Schweinerei! Die wollen uns bei lebendigem Leib rösten!«, zischte Murdock. »Was ist nur in diese Viecher gefahren?«

»Wir müssen versuchen, das Feuer zu löschen!« Maria Silvas Stimme erhob sich klar über den allgemeinen Lärmpegel. Sie hatte ihre Angst erstaunlich gut im Griff und füllte auch in dieser extremen Krisensituation ihre Führungsrolle voll und ganz aus. »Tyson, John, Barry, Nora, ihr holt die Feuerlöscher – alle, die ihr finden könnt. Lee, Jeff, Morrison, Ash – ihr besorgt Eimer. Vielleicht befindet sich in irgendeinem Lagerraum auch ein Schlauch, den wir an einen Wasserhahn anschließen können. Und irgendjemand soll Bettdecken besorgen, die wir im Notfall nass machen können! Bringt alles, was euch irgendwie nützlich erscheint!«

Ihre Anweisungen lenkten das aufkommende Chaos wieder in geregelte Bahnen. Dennoch erkannte Tom in Marias vom Feuer beschienenen Miene Anspannung und Furcht.

»Du machst das hervorragend«, sagte er.

Maria nickte tapfer. »Ich hoffe nur, dass uns das weiterhilft«, murmelte sie.

Kapitel 35

Die Situation hatte sich so schnell zugespitzt, dass Quint keine Zeit geblieben war, seine Sachen in den Wagen zu packen und zu verschwinden. Jetzt steckte er wie alle anderen in der Station fest.

Doch er hatte sich bereits einen alternativen Fluchtplan zurechtgelegt. Er holte die Reisetasche aus seinem Zimmer, verstaute sein Notebook darin und eilte wieder nach draußen auf den Gang. Die GAIA-Mitarbeiter hatten Löschketten gebildet. Gefüllte Eimer wanderten von den Waschräumen zur Brüstung, wo sie in weitem Bogen ausgeschüttet wurden, bevor sie wieder den Rückweg antraten. An mehreren Stellen waren Feuerlöscher im Einsatz. Aber für jeden eingedämmten Brandherd schienen zwei neue zu entflammen.

Quint eilte zu einer Wissenschaftlerin, die etwas abseits stand, und schlug sie ohne Vorwarnung nieder, um ihr die Taschenlampe abzunehmen. Damit ausgerüstet, eilte er in Maria Silvas Büro. Was er suchte, befand sich, wie er wusste, in einem kleinen Schlüsselkästchen an der Wand. Es aufzuknacken war ein Kinderspiel. Er überflog die einzelnen Anhänger, nahm den gesuchten Schlüssel an sich und machte sich auf den Weg zur nächsten Treppe.

Der zweite Stock war menschenleer, der dritte ebenfalls. Alle Aktivitäten konzentrierten sich auf die Löscharbeiten in der ersten Etage. Quint erreichte die oberste Plattform. Er warf einen letzten Blick über die Brüstung hinab ins Chaos und kam sich dabei eigenartig distanziert vor, nicht nur räumlich, sondern auch emotional – wie immer, wenn sich eine Mission dem Ende näherte. In Quints Welt gab es keinen Platz für Schwäche und Mitleid. Deshalb war er so gut in dem, was er tat.

Er passierte die Schleuse zum Außenbereich, stieg die letzten Treppen hinauf, öffnete die Stahlluke und betrat den Heli-Port auf der GAIA-Kuppel. Seine Tasche stellte er auf dem Copilotensitz des Hubschraubers ab, auf der anderen Seite stieg er ein. Der Schlüssel, den er sich zuvor besorgt hatte, passte. Nach wenigen Handgriffen kam der Motor in Gang, die Rotorblätter setzten sich in Bewegung. Quint öffnete die Tasche auf dem Copilotensitz, klappte das Notebook auf und beendete mit einem Knopfdruck den Standby-Modus. Beinahe augenblicklich war das Gerät betriebsbereit.

Der Monitor zeigte die Benutzeroberfläche mit den Sprengsätzen. Quint spürte, wie ein Schwall Adrenalin seinen Körper durchströmte. Sobald er weit genug entfernt war, würden ein paar simple Tastenkombinationen genügen, um die halbe Station in Schutt und Asche zu legen.

Kapitel 36

»Was ist das für ein Geräusch?« Maria Silva sah nach oben, als könne sie die Decke mit Blicken durchdringen. »Verdammt, da versucht jemand, mit dem Hubschrauber abzuhauen! Wenn ich herauskriege, wer das ist, dann …« Sie ließ den Satz unvollendet. Im Moment konnte sie ohnehin nichts dagegen tun.

Obwohl die Löschaktivitäten auf Hochtouren liefen, brannte die Halle noch immer an unzähligen Stellen. Von unten wallte die Hitze wie der heiße Atem des Teufels herauf. Rauch, der durch die Fußgitter und über die Treppenschächte nach oben kroch, reizte die Atemwege und die Augen.

Zu allem Überfluss rückten auch noch die Ameisen von unten nach. Erstaunlich rasch krabbelten sie zu Millionen an den Innenwänden und Trägersäulen hinauf. Sie zogen den Kreis um die eingeschlossenen Wissenschaftler immer enger. Tom wusste, was das in letzter Konsequenz bedeutete: Sie würden entweder bei lebendigem Leib verbrennen oder von einem unerbittlichen Ameisenheer angefallen.

»Wir müssen das Stockwerk räumen!«, rief Maria zu Tyson Murdock hinüber, der den Löschzug koordinierte. »Die Biester kommen von allen Seiten. Vielleicht können wir uns weiter oben gegen sie abschotten!«

Tom konnte sich das zwar nicht vorstellen, hatte allerdings auch keine bessere Idee. Zumindest schien es einen Versuch wert zu sein.

»Geht schon vor!«, schrie Murdock. »Ich bleibe mit ein paar Männern solange es geht hier, um das Feuer unter Kontrolle zu bekommen. Oben gibt es nicht so viele Wasseranschlüsse. Wir müssen unsere Stellung hier so lange wie möglich halten.«

Maria zögerte, aber noch bevor sie eine endgültige Entscheidung treffen konnte, zerbarst die Luft plötzlich in gleißendem Licht, als eine gewaltige Explosion die Grundfeste der Station erschütterte. Noch ehe Tom auch nur einen klaren Gedanken fassen konnte, rauschte auch schon die Druckwelle wie eine Urgewalt über ihn hinweg und riss ihn zu Boden. Schützend riss er die Arme vors Gesicht. Auf einmal bestand die Welt nur noch aus Feuer und Schmerz.

Glücklicherweise verpuffte die Explosion binnen weniger Sekunden. Tom betastete sich von Kopf bis Fuß und stellte erleichtert fest, dass er durch eine wundersame Laune der Natur nicht ernsthaft verletzt worden war. Ein paar Schrammen, Schürfungen und kleinere Verbrennungen, sonst nichts.

Noch benommen von der Wucht der Detonation, richtete er sich auf. Sein Blick fand Maria, die ebenfalls zu Boden gegangen war. So schnell es seine wackeligen Knie zuließen, eilte er zu ihr. Sie blutete aus einer Platzwunde am Kopf, schien abgesehen davon aber wohlauf zu sein. Tom stieß einen Seufzer der Erleichterung aus.

»Was ist passiert?«, fragte sie.

»Keine Ahnung. Eine Explosion ...«

Weiter kam er nicht, denn ein markerschütternder Schrei zerschnitt die Luft. Tom fuhr mit dem Kopf herum und traute seinen Augen kaum: Ein Großteil der Brüstung kippte wie in Zeitlupe abwärts. Die darauf befindlichen Menschen – mindestens zwei Dutzend Wissenschaftler, darunter auch Tyson Murdock und Lee Nashagi – taumelten mit rudernden Armen ohne jede Chance. Sie wurden in die Tiefe gerissen und starben beim Aufprall oder in den Flammen.

Tom starrte ihnen wie gelähmt hinterher, aber für Trauer blieb ihm keine Zeit, denn schon begann sich der Boden unter seinen Füßen zu neigen. Die Explosion musste einige der Stützpfeiler zerstört haben.

»Weg hier!«, brüllte er allen zu, die noch immer am Boden lagen oder angesichts der verbrannten Kollegen wie erstarrt am Rand der Abbruchkante standen. »Hört ihr nicht! Wir müssen von hier verschwinden!« Er griff nach Marias Handgelenk, half ihr auf die Beine und zerrte sie in Richtung Treppenaufgang. Zwar hatte er keine Ahnung, ob die Statik des Gebäudes weiter oben stabiler war, aber es blieb keine andere Wahl. Sie *mussten* nach oben, sonst würden sie ins Feuer rutschen und sterben.

Mit Maria im Schlepptau hastete er die Treppe hinauf. Sie wirkte noch immer schwach und benommen. »Setz dich einen Augenblick hin«, sagte er. »Ich werde nach den anderen sehen.«

Er machte kehrt und eilte die Treppe wieder hinunter, wo ihm zwei GAIA-Mitarbeiter entgegenkamen. Einer hinkte, der andere hatte sich anscheinend den Arm gebrochen – aber immerhin waren sie noch am Leben.

Unten angekommen, stellte Tom entsetzt fest, dass die Treppe ins Leere lief. Dort, wo noch vor einer Minute die erste Etage gewesen war, klaffte jetzt nur noch ein gähnendes Loch wie die Pforte zum Fegefeuer. Die Halle war jetzt ein einziges großes Flammenmeer.

Als er zu Maria zurückkehrte, kam er sich vor wie innerlich versteinert. Das Inferno hatte innerhalb kürzester Zeit fast die gesamte GAIA-Belegschaft getötet. Ein Teil von ihm wünschte sich, das Unvermeidliche ebenfalls schon hinter sich zu haben.

Seine Gedanken wanderten zu seiner Familie. Wie gerne hätte er mit Nick Geburtstag gefeiert, und wie sehr sehnte er sich danach, mit Nancy wieder ins Reine zu kommen, sie in die Arme zu schließen und zu küssen! Doch dazu würde es wohl nicht mehr kommen, denn das Schicksal schien ihn dafür bestimmt zu haben, in einem gläsernen Gefängnis am Ende der Welt zu verbrennen. Falls ihn nicht vorher die Ameisen töteten. Doch diese schienen ebenfalls dem Feuer zum Opfer gefallen zu sein. Von ihnen war weit und breit nichts mehr zu sehen.

Trotz der ausweglosen Lage weigerte sich irgendetwas in Tom, bereits aufzugeben. Sein Überlebenswille regte sich stärker denn je. Solange auch nur ein Funke Hoffnung existierte, würde er kämpfen.

Ihm kam eine Idee. Vielleicht war die Situation doch nicht so aussichtslos, wie sie schien. Er lief zum nächsten Büro und rüttelte an der Tür, doch sie war verschlossen.

»Hast du einen Schlüssel?«, rief er Maria zu.

Sie nickte. »Meiner passt überall.«

»Gib ihn mir!«

Sie tat es, und Sekunden später stand Tom im botanischen Labor. Man sah sofort, dass es noch so gut wie unbenutzt war – alles stand am vorgesehenen Platz und glänzte wie poliert. Dennoch war es vollständig eingerichtet.

Tom eilte um den großen Tisch in der Mitte des Raums auf die Fenster zu und warf einen Blick nach unten, wo die durch das Feuer in der Halle verursachten Reflektionen auf dem nächtlichen Wüstenboden tanzten – ein grausam-schöner Todesreigen aus Orange und Schwarz.

Tom schätzte die Lage ab. Bis zur Erde waren es rund zwölf Meter – eine beachtliche Distanz, aber sie hatten keine Wahl.

»Tretet ein paar Schritte zurück, damit ich euch nicht verletze«, sagte Tom. Die anderen folgten der Aufforderung.

»Was hast du vor?«, wollte Maria wissen.

»Na, was wohl? Uns hier rausbringen!«

Er packte einen Laborstuhl und wuchtete ihn mit voller Kraft gegen die bis zum Fußboden reichende Panoramascheibe. Es knackte. In Augenhöhe war ein Riss zu sehen, mindestens dreißig Zentimeter lang. Beim zweiten Schlag wurde aus dem Riss ein ganzes Spinnennetz, der dritte Schlag ließ das Glas endgültig bersten, und Tom machte einen Satz zur Seite, um dem Splitterregen auszuweichen. Jetzt befand sich in dem Panoramafenster ein Loch von beachtlicher Größe. Nachtluft drang herein, kühl und erfrischend. Am Himmel glänzten die Sterne wie winzige Diamanten.

Tom trat an das riesige Loch heran und sah wieder nach unten.

Jetzt – ohne die schützende Scheibe – überkam ihn unwillkürlich ein Schwindelgefühl, und er musste sich an einer der stählernen Fensterstreben festhalten, um nicht das Gleichgewicht zu verlieren. Zwölf Meter. Das war *verdammt* tief, wenn man oben stand. Allerdings ging es nicht senkrecht bergab, sondern – bedingt durch die Kuppelform der Station – in einer konvexen Wölbung, die die Geschwindigkeit beim Herunterrutschen zumindest ein klein wenig verringern würde. Zum Glück hatten die unter ihm liegenden Fensterscheiben die Explosion unbeschadet überstanden.

Er warf einen Blick hinter sich. In den Gesichtern der anderen sah er Angst und Zweifel. »Ich kann mir vorstellen, was ihr denkt«, sagte er. »Wenn jemand eine bessere Idee hat, dann wäre jetzt der richtige Zeitpunkt, sie vorzubringen. Wenn nicht – dann wünscht mir viel Glück!«

Mit den Schuhen schob er die größten Glassplitter beiseite, dann setzte er sich auf den Boden und streckte seine Beine ins Freie. Vorsichtig rutschte er ein Stück nach vorn, bis seine Füße Halt an einer stählernen Querstrebe fanden. Bis hierher war es einfach gewesen. Jetzt folgte der schwierige Teil.

Sein Herz klopfte wild in seiner Brust, seine Zunge klebte am Gaumen. Er ging in die Hocke, schob seine Füße über die Querstrebe und begann, am Glas herabzuschlittern. Obwohl er seinen Körper so fest wie möglich gegen die Scheibe presste, um möglichst viel Reibungswiderstand zu erzeugen, wurde er immer schneller.

Ich werde in den Tod stürzen!, schoss es ihm durch den Kopf.

Doch schon trafen seine Füße auf die nächste Querstrebe, und seine Rutschpartie endete abrupt. Er atmete ein paarmal tief durch, zwang sich zur Ruhe und warf einen abschätzenden Blick nach oben und unten. Etwa vier Meter hatte er zurückgelegt, also ein Drittel der Strecke. Acht Meter lagen noch vor ihm. Acht Meter, die noch steiler waren als die erste Etappe. Er seufzte, aber es gab kein Zurück.

Nach weiteren vier Metern kam der nächste Zwischenstopp, viel härter als zuvor. Es gelang Tom gerade noch, die Kontrolle zu behalten und nicht versehentlich über den Stahlträger zu rutschen. Aber viel Zeit, sich auf das letzte, schwierigste Teilstück zu konzentrieren, blieb ihm nicht, denn kaum, dass er sicheren Halt gefunden hatte, registrierte er, wie heiß die Scheibe hier unten war. Im Augenwinkel sah Tom das Feuer in der Halle lodern, seine Handflächen zuckten vor dem heißen Glas zurück. Ein letztes Mal nahm er all seinen Mut zusammen. Er sprang, fiel, traf auf den Boden und rollte sich ab. Als er aufstand, konnte er kaum glauben, dass er unversehrt war. Der Sand hatte den Aufprall abgefedert.

Er sah nach oben, wo Maria im schwarzen Loch der Glaskuppel stand.

»Alles in Ordnung?«, rief sie.

»Könnte nicht besser sein!«

»Was ist mit den Ameisen?«

Daran hatte Tom noch gar nicht gedacht, aber von ihnen war glücklicherweise nichts zu sehen. »Die Luft ist rein!«, rief er nach oben. »Kommt runter, damit wir von hier verschwinden können!«

Zehn Minuten später waren die drei Nachzügler ebenfalls wohlbehalten am Boden angekommen. Jack Rooker, der Mann mit dem gebrochenen Arm, hatte sich beim Ablassen zwar an einer Glasscherbe geschnitten, beklagte sich jedoch nicht. Er wusste, dass er verglichen mit dem Schicksal seiner toten Kollegen unglaubliches Glück gehabt hatte.

»Der Jeep scheint noch einigermaßen intakt zu sein«, sagte Tom und deutete mit dem Kopf zum GAIA-Wagen, der unweit des Eingangsportals stand. Daneben klaffte ein riesiges Loch in der Glasfassade, das bis hinauf in den ersten Stock reichte. »Ist irgendjemand in der Lage, ihn kurzzuschließen?«

»Das ist gar nicht nötig«, sagte Maria. »Der Schlüssel steckt im Zündschloss. Mit Autodiebstahl hatten wir bislang keine Probleme.«

Bei näherer Betrachtung zeigte sich, dass der Wagen durch die Explosion ordentlich in Mitleidenschaft gezogen worden war. Eine Vielzahl von Dellen und Schrammen zeugte davon. Aber der Motor sprang schon beim ersten Versuch an, und Tom spürte, wie seine Anspannung sich allmählich löste. Maria setzte sich neben ihn auf den Beifahrersitz, die beiden anderen stiegen hinten ein.

Wir schaffen es, dachte Tom erleichtert. Jetzt kann nichts mehr dazwischenkommen.

Langsam rollte der Jeep an, vorbei an Brian Quints Mietwagen, der nur wenige Meter entfernt ausgebrannt auf dem Dach lag. Sie ließen die verwüstete Station hinter sich, fuhren aber langsam, um in der Dunkelheit keine Panne zu riskieren. Ganz allmählich schrumpfte der Feuerball im Rückspiegel auf die Größe einer Streichholzflamme, bevor nur noch ein orangeroter Schimmer über den sandigen Dünen zu sehen war.

Irgendwann im Verlauf der Fahrt legte Maria Tom eine Hand auf den Oberschenkel. »Danke«, flüsterte sie leise. »Du hast uns gerettet.«

Kapitel 37

DREI TAGE SPÄTER

SUSSEX, ENGLAND

In gemächlichem Tempo glitt das Taxi über die nahezu unbefahrene Landstraße. Links und rechts von ihr befanden sich fruchtbare Korn- und Maisfelder, ein Stück dahinter der Wald, der in der strahlenden Nachmittagssonne die schönsten und kräftigsten Grüntöne bot.

Der Anblick gab Tom das Gefühl von Geborgenheit. Hier kannte er sich aus, hier war er zu Hause. Sand, Staub und Hitze waren nur noch Erinnerungen, und sogar die Bilder der sterbenden GAIA-Wissenschaftler verblassten allmählich, zumindest, wenn er wach war. Es würde zwar noch lange dauern, bis er nachts wieder ruhig schlafen konnte, ohne von Albträumen heimgesucht zu werden und dann schweißnass aufzuwachen, aber er war unendlich froh und dankbar, zu den wenigen Überlebenden zu gehören, die unversehrt nach Hause zurückgekehrt waren.

Wie so oft in den letzten Tagen fragte sich Tom auch jetzt, wie die Gewalt in GAIA derart hatte eskalieren können. Je länger er darüber nachdachte, desto mehr reifte in ihm die Gewissheit, dass die Katastrophe ganz anders verlaufen war, als die Ameisen es geplant hatten, denn ihre eigenen Verluste mussten in jener Nacht immens gewesen sein. Sie hatten mit gezielten Kurzschlüssen das Feuer in der großen Halle entfacht, daran bestand kein Zweifel. Aber hatten sie auch die Explosion ausgelöst? Wie hätten sie an die dafür notwendigen Materialien gelangen können, an leicht entflammbare Chemikalien? Natürlich gab es einige davon in den GAIA-Labors, aber alle Gefahrenstoffe waren laut Maria Silva in Sicherheitsbehältnissen aufbewahrt worden – in bruchsicheren Glas- oder Stahlflaschen. Selbst für Ameisen mit einem enorm hohen IQ war das ein unüberwindbares Hindernis.

Nein, Tom war beinahe sicher, dass die *Cataglyphis* die Explosion nicht willentlich herbeigeführt hatten. Entweder war ihnen die Kontrolle über die Situation entglitten, oder jemand anderes war dafür verantwortlich. Die Frage war nur: wer?

Tom seufzte. Für ihn ergab das alles keinen Sinn. Er wollte sich auch nicht mehr damit belasten. Hier, in England, gab es andere Probleme, auf die er sich konzentrieren musste. Das letzte Telefonat mit Nancy lag vier Tage zurück, damals hatte sie ihm eröffnet, dass sie mit Nick ausziehen wolle. Seitdem hatte er nichts mehr von ihr gehört.

Die Vorstellung, ein verlassenes Haus vorzufinden, nagte an Toms ohnehin angekratztem Nervenkostüm. Er sehnte sich danach, seine Frau und seinen Sohn in die Arme zu schließen, um sie an sich zu drücken. Es war ihm ein tiefes, inneres Bedürfnis, das er selten so intensiv verspürt hatte wie genau jetzt, in diesen Minuten, umso mehr, als heute Nicks Geburtstag war.

Ich habe es geschafft, sagte er zu sich selbst. Ich habe mein Versprechen gehalten und bin rechtzeitig aus Afrika zurückgekehrt. Wenn Du dort oben tatsächlich existierst, dann lass ihn bitte zu Hause sein!

Er hatte Nick sogar ein Geschenk besorgt. Eine Carrera-Bahn, so wie der Junge sie sich vor Toms Abreise gewünscht hatte. Es blieb nur zu hoffen, dass Nick sich darüber noch freuen würde. Seine Wünsche änderten sich oft täglich.

Als das Taxi Sheffield passierte und sich Toms Haus am anderen Ende der Ortschaft näherte, fiel ihm ein Stein der Erleichterung vom Herzen. Nancys Wagen stand in der Einfahrt – ein gutes Zeichen. Vielleicht hatte sie es sich tatsächlich noch einmal anders überlegt und war gar nicht ausgezogen. Tom schickte ein Stoßgebet zum Himmel.

Das Taxi hielt, und Tom stieg aus. Endlich würde er Gelegenheit haben, sein altes Leben wieder ins Lot zu bringen. Da sein Schlüssel dem Feuer in GAIA zum Opfer gefallen war, klingelte er an der Haustür. Die Spannung stieg, als er drinnen Schritte hörte. Dann wurde die Tür geöffnet, und Nancy stand vor ihm, strahlend und offenbar bester Laune. Als sie Tom sah, gefror ihre Miene zu Eis.

»Du? Ich wusste gar nicht, dass du heute zurückkommst.«

»Ich habe versucht anzurufen, aber du gehst nie ans Telefon. Kann ich reinkommen?« Ihre Kälte und Distanziertheit verletzte ihn. In der Hoffnung, von seinem Sohn herzlicher empfangen zu werden, schob er sich an ihr vorbei ins Haus. »Nick? Ich bin's, Dad! Lass dich umarmen, Junge. Wo steckst du?« Er legte die in Geschenkpapier verpackte Carrera-Bahn auf die Kommode.

»Nick ist drüben bei Billy Patterson«, erklärte Nancy. »Aber er wird gleich wieder hier sein. Ich habe ihm gesagt, dass wir nicht lange bleiben.«

»Ihr bleibt nicht lange? Was meinst du damit?«

»Ach Tom, mach es uns doch nicht unnötig schwer.« Nancy gab sich sichtlich einen Ruck und kam auf ihn zu. Sie legte ihm eine Hand an die Wange und sah ihn mit ihren wundervollen, warmen Augen an. Er hätte schwören können, dass darin noch Liebe war – genug Liebe für eine gemeinsame Zukunft –, auch wenn sie ansonsten distanziert blieb. »Ich habe dir am Telefon gesagt, dass Nick und ich ausgezogen sein werden, wenn du wieder hier bist. Also tu jetzt nicht so, als hättest du damit nicht gerechnet.«

»Nancy, ich bitte dich – lass uns in Ruhe über alles sprechen.« Er legte seine Hände auf ihre Schultern und drückte sie sanft. »Ich weiß, dass ich mich in letzter Zeit viel zu wenig um dich und Nick gekümmert habe, und es tut mir aufrichtig leid. Aber jetzt bin ich wieder hier, und wir haben die Möglichkeit, noch mal von vorn anzufangen. *Bitte*, Nancy, gib mir eine Chance!«

Er konnte in ihren Augen erkennen, wie ihr Widerstand bereits zu bröckeln begann. Ein Teil von ihr wollte hierbleiben, wollte, dass er um sie kämpfte, das spürte er genau. Neue Hoffnung keimte in ihm auf. Er durfte jetzt nicht nachlassen, musste weiter versuchen, sie davon zu überzeugen, künftig ein besserer Ehemann und Vater zu sein. Und genau das tat er. Minutenlang sprach er auf sie ein, rief ihr die wundervollen Jahre ihrer Ehe ins Gedächtnis und malte ihr ein verlockendes Bild von einer gemeinsamen Zukunft. Er versprach ihr, mit seinem Chef Dexter zu reden, um künftig geregeltere Arbeitszeiten durchzusetzen. Notfalls wollte er sogar kündigen. Immer wieder betonte er, wie sehr ihm die Erfahrung in Afrika gezeigt habe, dass ihm die Familie – nicht der Job – das Wichtigste im Leben war.

»Nancy, ich *liebe* dich«, schloss er. »Von ganzem Herzen, und ich wünsche mir nichts auf der Welt mehr, als den Rest meiner Tage mit dir zu verbringen.«

Ihre Augen glänzten feucht. Tom wusste, dass sie jetzt nur noch einen winzigen letzten Anstoß brauchte, um sich dazu durchzuringen, es noch einmal mit ihm zu versuchen. Er ging einen Schritt auf sie zu und nahm sie liebevoll in den Arm. Ein paar Sekunden lang gab es nur noch sie und ihn auf der Welt, sein Glück war vollkommen.

Dann klingelte es an der Tür, dreimal nacheinander – fordernd, energisch, laut –, und die vertraute Atmosphäre zerplatzte wie eine Seifenblase im Wind. Als Tom in die Augen seiner Frau sah, war plötzlich wieder die Kluft zwischen ihnen da, größer und unüberwindbarer als zuvor. Sie löste sich aus seiner Umarmung, schob ihn von sich und öffnete die Tür. Draußen stand nicht Nick, sondern Bürgermeister Barrymore.

»Hi, Schatz!«, sagte er und beugte sich zu Nancy herunter, um ihr einen Kuss auf den Mund zu geben. »Bist du so weit? Du weißt, wir haben nicht viel Zeit ...« Er geriet ins Stocken, als er bemerkte, dass sie nicht allein war. »Oh, Tom ... Sie sind schon wieder aus Afrika zurück?«

Tom fühlte sich, als habe ihm gerade jemand den Boden unter den Füßen weggezogen. Er kam sich vor wie der größte Idiot auf Erden. Dass Nancy ausziehen wollte, hatte er zwar zähneknirschend zur Kenntnis genommen, aber aus irgendeinem Grund war ihm nie in den Sinn gekommen, dass sie ihn wegen *eines anderen*

Mannes verlassen wollte. Und dann ausgerechnet Doyle Barrymore! Tom hatte diesen aalglatten Snob noch nie leiden können. Dass er ihm die Frau ausgespannt hatte, machte ihn nicht gerade sympathischer.

»Wollt ihr eine Weile allein sein?«, fragte Barrymore Nancy. »Ich kann mein Essen mit Sir Driskoll auch ohne dich wahrnehmen. Wir treffen uns dann zum Dinner im Toledo.«

Nancy schüttelte den Kopf. »Nein, ich komme mit.« Sie nahm ihren Blazer vom Garderobenhaken und drehte sich noch einmal zu Tom um. »Es tut mir leid. Aber du weißt genauso gut wie ich, dass es mit uns nicht mehr funktionieren würde.«

Sie schloss die Tür hinter sich und ließ Tom allein im Haus zurück. Er fühlte sich wie versteinert. Durchs Flurfenster sah er Barrymore und Nancy zum Wagen gehen, der in der Einfahrt parkte. Kaum waren sie dort angekommen, kam Nick aus dem Haus der Pattersons zu ihnen herübergerannt. Er fiel Barrymore lachend in die Arme, ließ sich von ihm drücken und in den Wagen helfen. Der Anblick schnürte Tom den Hals zu.

Barrymore hat mir meine Familie gestohlen, dachte er bitter, aber tief im Innern wusste er, dass er diesen Verlust keinem anderen als sich selbst zuzuschreiben hatte. Er hatte Nancy und Nick in den letzten Monaten sträflich vernachlässigt – nun musste er die Konsequenzen tragen, auch wenn sie ihm nicht gefielen.

Kapitel 38

Chester Braddock saß im Schaukelstuhl auf der Veranda seines Bauernhauses und ließ den Blick über die Felder schweifen, während er sich den Eistee und die selbstgebackenen Ingwerplätzchen seiner Frau schmecken ließ. Ein sanfter Wind strich um die Ähren und ließ sie wie einen Ozean aus Gold- und Ockertönen hin und her wiegen. Aus den nahen Stallungen drangen das Blöken der Rinder, das Grunzen der Schweine und das Gegacker der Hühner. Das würzige Aroma von Erde und Dung lag in der Luft, genau so, wie er es liebte.

Braddock nahm einen tiefen Atemzug, als würde er eine teure Zigarre rauchen. Trotz seiner zweiundachtzig Jahre fühlte er sich pudelwohl in seiner Haut – endlich schien er ein bisschen Glück im Leben zu haben. Während all seine Nachbarn sich über eine wahre Insektenplage beklagten, waren sein Hof und seine Felder bislang weitgehend verschont geblieben. Nun, genau genommen hatte er sich bis vor wenigen Tagen mit demselben Problem herumgeärgert, aber offenbar hatte der da oben im Himmel ein Einsehen gehabt und beschlossen, Chester Braddock auf seine alten Tage etwas Gutes zu gönnen. Die meisten Insekten waren von seinem Land verschwunden, abgesehen von ein paar lächerlichen Ameisen.

Ja, dachte Braddock, während er an seinem Eistee nippte und sich ein Ingwerplätzchen in den Mund schob. Ja, ich glaube, das wird ein verdammt gutes Jahr. Es müsste schon mit dem Teufel zugehen, wenn sich daran noch etwas ändert.

Kapitel 39

Das Gefühl der Leere brachte Tom nahezu um den Verstand. Durch Nancys und Nicks Auszug war das Haus ein Ort der Einsamkeit geworden, der ihn, wohin er auch blickte, schmerzhaft daran erinnerte, wie glücklich er einmal gewesen war.

Um sich abzulenken, rief er Cliff an, seinen besten Freund, doch es meldete sich nur der Anrufbeantworter. Tom hinterließ eine Nachricht und legte wieder auf. Mit jemand anderem wollte er nicht über seine zerrüttete Ehe sprechen.

Er zog sich ins Kellerlabor zurück, wo er die nächsten Stunden damit verbachte, Cliffs Aufzeichnungen zu studieren und ein paar Experimente mit den Ameisen aus Afrika durchzuführen. Doch er konnte sich nicht auf die Arbeit konzentrieren, viel zu sehr war er mit seinen privaten Problemen beschäftigt. Am liebsten hätte er geheult.

Irgendwann – draußen war es schon dunkel geworden – sah er ein, dass es in seinem Zustand keinen Sinn machte zu arbeiten, also ging er wieder nach oben. Der Anrufbeantworter blinkte, im Keller hatte er das Telefon nicht gehört. Er drückte den Wiedergabeknopf. Es war Nancy, die ihm mitteilte, dass sie Nick zu ihrer Mutter nach Newhaven geschickt hatte. »Die Sache mit uns macht ihm ziemlich zu schaffen. Ich will nicht, dass er noch mehr darunter leidet. Tu mir den Gefallen, und zieh ihn da nicht mit rein. Lass ihn in Newhaven ein wenig zur Ruhe kommen, bis du und ich eine Lösung für die Zukunft gefunden haben.«

Die Nachricht schnürte Tom beinahe die Kehle zu, aber natürlich hatte Nancy recht. Für Nick war es momentan das Beste, bei seiner Großmutter zu sein und möglichst wenig vom elterlichen Zwist mitzubekommen.

Tom setzte sich vor den Fernseher im Wohnzimmer und starrte auf irgendeinen alten Western, während er eine Flasche Wein leerte. Der Alkohol benebelte seinen Verstand und machte ihn träge, aber er vermochte ihn nicht über den unsäglichen Verlust hinwegzutrösten, den er heute erlitten hatte. Erst die zweite Flasche konnte den Schmerz ein wenig lindern. Gleichzeitig übermannte Tom eine tiefe Müdigkeit, und irgendwann fiel er in einen gnädigen Schlaf.

Als er aufwachte, war es draußen schon wieder hell. Der milchige Schein eines neblig-grauen Morgens drang ins Wohnzimmer.

Willkommen zurück in England, dachte Tom trübsinnig.

Sein Schädel dröhnte wie nach einem Auffahrunfall. Er stand vorsichtig auf, frühstückte ein paar Happen und schluckte zwei Aspirin. Eine Viertelstunde später fühlte er sich zwar immer noch miserabel, aber wenigstens ließ der diabolische Druck hinter den Augen allmählich nach. Langsam ging er ins Bad, um heiß zu duschen. Dann kehrte er ins Wohnzimmer zurück und legte sich noch einmal hin.

Er wachte erst wieder auf, als es an der Tür klingelte. Mittlerweile hatte der Nebel sich verzogen, und die Sonne stand hoch am azurblauen Himmel. Tom warf einen Blick auf die Wanduhr. Kurz vor halb zwölf. Er fühlte sich immer noch todmüde, aber die Kopfschmerzen waren mittlerweile erträglich.

Es klingelte erneut. Tom schlurfte durch den Flur und öffnete. Vor ihm stand Cliff.

»Schön, dich zu sehen«, sagte Tom.

»Das Kompliment kann ich leider nicht erwidern. Du siehst aus wie ein Zombie.«

»Weil ich mich wie ein Zombie fühle. Nancy ist ausgezogen.«

»Ich weiß.«

»Sie hat einen anderen.«

»Ich weiß.«

»Barrymore.«

Cliff sagte nichts, aber sein Gesicht sprach Bände: *Ich weiß.*

Das hatte Tom nicht erwartet. »Außer mir weiß es also schon die ganze Stadt, was?«

»Ich habe in der letzten Woche mehr Zeit in deinem Haus verbracht als in meiner Wohnung. Ich *musste* es einfach mitbekommen.«

»Und du hast mir am Telefon nichts davon gesagt? Du bist ja ein toller Freund!«

»Hör auf, mir den schwarzen Peter in die Schuhe zu schieben. Nancy ist eine Klassefrau. Sie ist in den besten Jahren, und du bist nie zu Hause. Was erwartest du?«

Tom seufzte. Natürlich hatte Cliff recht. Dass Nancy ihn verlassen hatte, war allein seine Schuld. »Entschuldige«, murmelte er. »Ich bin nur durcheinander. Ich dachte, jetzt, da ich zu Hause bin, wird alles wieder gut, aber genau das Gegenteil ist der Fall. Komm erst mal rein. Ich freue mich, dass du da bist. Ehrlich!«

Sie redeten lange über Toms Ehe, über die Gründe, die Nancy dazu bewogen hatten, ihn zu verlassen, und darüber, wie hoch die Chancen standen, dass sie wieder zu Tom zurückkehrte. Cliff zeigte sich optimistisch, aber irgendetwas in Tom weigerte sich, ihm zu glauben. In dem tiefen Loch der Hoffnungslosigkeit, in dem er sich befand, war er davon überzeugt, Nancy und Nick nicht nur vorübergehend verloren zu haben, sondern für immer.

Irgendwann schien Cliff zu erkennen, dass er Tom – was immer er sagte – nicht helfen konnte, und lenkte das Gespräch auf die Vorkommnisse in GAIA. Er wollte genauestens über alles Bescheid wissen. Tom war froh, das Thema wechseln zu können. Wenigstens für den Moment lenkte es ihn von seinen drängendsten Sorgen ab. Es war schon später Nachmittag, als Cliffs Informationsbedürfnis gestillt war.

»Ich hätte nie für möglich gehalten, dass Ameisen in der Lage sind, sich mit dem Menschen zu verständigen«, sagte Tom bei einer

Tasse Kaffee in der Küche. »Schade nur, dass so viele Fragen ungeklärt geblieben sind.« In den letzten Tagen hatte er viel darüber nachgedacht – immer dann, wenn ihm die Bilder der sterbenden GAIA-Wissenschaftler Platz dafür gelassen hatten. Was hatte es mit der Mauer-Inschrift auf sich? Welche Rolle spielte die Steinkugel? Wer hatte die von den Ameisen beobachteten Morde in der Station verübt, wer die Explosion ausgelöst?

Auch in Bezug auf die Früchte des Wüstenbaums lag noch vieles im Dunkeln. Doch immerhin untersuchte Rooster McClusky, der beste Botaniker von Rossburry, die Früchte seit einigen Tagen. »Hat er schon etwas herausgefunden?«, wollte Tom wissen.

»Nicht viel, nur, dass die Frucht starke elektromagnetische Strahlung absondert.«

»Sie tut *was*?«

»Ja – McClusky fand das auch äußerst sonderbar. Er sagt, so etwas sei ihm noch nie untergekommen. Wie und weshalb die Frucht das tut, ist ihm ein Rätsel. Er wird uns in den nächsten Tagen seinen Bericht schicken. Vielleicht kommt ihm bis dahin ja eine Eingebung.«

Was die Früchte betraf, musste Tom sich also vorläufig in Geduld üben. Aber wenigstens lag es in seiner Hand, noch mehr über die *Cataglyphis* in Erfahrung zu bringen. Er wollte Exemplare aus beiden Versuchsvitrinen mit Robo-Packs bestücken und auf diese Weise mit ihnen Kontakt aufnehmen.

»Das funktioniert nicht«, sagte Cliff.

»Bei den Kongo-Ameisen bin ich ebenfalls skeptisch. Aber die Sahara-Ameisen bringen dieselben Voraussetzungen mit wie ihre Artgenossen, mit denen ich in GAIA Kontakt hatte. Was einmal geklappt hat, kann auch ein zweites Mal funktionieren. Zumindest sollten wir es versuchen.«

»Das habe ich bereits getan. Jeweils fünf Trägerameisen in beiden Vitrinen. Seit genau drei Tagen. Hast du nicht gemerkt, dass der Laptop im Keller im Dauerbetrieb ist? Ich lasse ihn rund um die Uhr laufen und alles aufzeichnen, um sicherzugehen, dass ich nicht aus Versehen den Gesprächseinstieg verpasse. Aber bislang weigern sich die kleinen Biester hartnäckig, mit mir zu kommunizieren.«

Tom seufzte. Er sah keinen Weg, die Kontaktaufnahme zu beschleunigen. Cliff hatte getan, was er konnte. Jetzt war es an den Ameisen, den nächsten Schritt zu tun.

Kapitel 40

Nachdem Cliff gegangen war – er hatte sich zum Abendessen mit seiner neuen Flamme verabredet, einer Trainerin des ortsansässigen Fitnessstudios –, holte Tom die Einsamkeit wieder ein, und das stärker als zuvor. Im Kellerlabor gab es momentan nichts für ihn zu tun, im restlichen Haus erinnerte ihn jedes noch so kleine Detail an Nancy und Nick. Also beschloss er, in die Firma zu fahren und dort ein wenig klar Schiff zu machen. Normalerweise hätte ihn der Gedanke an einen meterhohen Stapel Post und Hunderte von unbeantworteten E-Mails abgeschreckt, heute vermittelte ihm diese Aussicht das Gefühl von Sicherheit und Beständigkeit. Die Büroarbeit war etwas, woran er sich festhalten konnte. Wenn sie bis in die Nacht hinein dauern würde, umso besser.

Zunächst stand jedoch ein Besuch bei Hayden Dexter an, in dessen Büro noch Licht brannte. Seit Tom wieder in England war, hatte er noch keine Gelegenheit gefunden, seinem Chef Bericht zu erstatten – und auch keine Lust dazu verspürt. Aber irgendwann musste er es schließlich hinter sich bringen. Außerdem wollte er wissen, wie es mit den angedrohten Rationalisierungsmaßnahmen aussah.

Dexter zeigte sich gewohnt ruppig. Was die Umstrukturierungen betraf, gab es nichts Neues, zumindest behauptete er das, aber vielleicht wollte er Tom gegenüber auch nur noch nichts verraten. Mit dem Verlauf der Sahara-Reise war er nicht sonderlich zufrieden, weil mehr Fragen offen geblieben waren, als beantwortet wurden und ASTAC – die Muttergesellschaft von GAIA – sich nun weigerte, den ursprünglich vereinbarten Tagessatz an Rossburry zu zahlen. Daher nahm Dexter Toms Vorschlag bereitwillig an, noch ein paar Tage mit den afrikanischen Ameisen weiter zu experimentieren. Jede neue Erkenntnis würde den Druck auf ASTAC erhöhen, die Vertragsbedingungen einzuhalten.

Tom verabschiedete sich von Dexter und ging in sein eigenes Büro. Bis tief in die Nacht hinein beantwortete er seine E-Mails und die Post. Als er um vier Uhr morgens nach Hause zurückkehrte, fiel er völlig erschöpft ins Bett. Das Letzte, was er vor Augen hatte, bevor er einschlief, waren die Gesichter von Nancy und Nick.

Kapitel 41

Verfluchter Nebel! Die reinste Milchsuppe. Vom Frühstückstisch aus warf Chester Braddock einen griesgrämigen Blick durchs Küchenfenster. Sein ganzes Leben, immerhin zweiundachtzig Jahre, hatte er hier in Sheffield verbracht. Er liebte jeden Quadratzentimeter dieses Lands, das bereits seit Generationen im Besitz der Braddocks war. Er liebte den Anblick des Gehöfts und der umliegenden Felder, den Geruch der Erde, ja sogar die harte körperliche Arbeit, die zur Bewirtschaftung des Guts nötig war. Aber an dieses verfluchte englische Wetter würde er sich nie gewöhnen.

Er trank seinen Kaffee aus, zog seine Strickjacke über und gab Gwendolin, seiner Frau, einen Kuss auf die Wange, bevor er das Haus verließ. Er wollte einen Rundgang durch die Stallungen absolvieren, um seine fünf Angestellten ein bisschen auf Touren zu bringen. Sie waren allesamt nette Burschen zwischen zwanzig und dreißig, gesund und kräftig und durchaus brauchbar. Aber seit Braddock einen von ihnen mit einem Flittchen aus der Stadt im Heu erwischt hatte, plagte ihn stets der Verdacht, sie würden auf seine Kosten auf der faulen Haut liegen, wenn er sie nicht regelmäßig zur Arbeit antrieb. Genau das wollte er jetzt tun.

Vier der fünf Jungs traf er dort an, wo sie um diese Uhrzeit auch sein sollten – zwei waren im Schafstall und zwei reparierten den Traktor, der am Tag zuvor aus unerfindlichen Gründen den Geist aufgegeben hatte. Von Harry Coleman, dem Schürzenjäger, fehlte jede Spur.

Braddock zog nachdenklich seine faltige Stirn kraus. Wo zum

Teufel steckte Coleman? Er war vorgestern zum letzten Mal gesehen worden, zusammen mit dieser Frau – Mandy Barnes.

Vielleicht hätte ich die beiden Turteltäubchen im Heu nicht so zur Schnecke machen sollen, dachte Braddock. Harry Coleman war ein guter Mann, aber sensibel wie eine Mimose und ein Sturkopf obendrein. Er brachte es fertig, aus purem Trotz nicht mehr zur Arbeit zu kommen, dabei brauchte Braddock ihn dringend. Die Felder mussten gepflügt, die Ställe ausgemistet, die Geräte auf Vordermann gebracht und die Schafe auf der Weide versorgt werden. Er konnte auf keinen seiner Männer verzichten. Wenn Coleman bis zum Abend nicht wieder auftauchte, würde er sich nach einer Ersatzkraft umsehen müssen.

Sicherheitshalber durchstreifte Braddock auch noch die Scheune und die beiden Geräteschuppen, aber von Coleman fehlte jede Spur. Dass er krank zu Hause im Bett lag, konnte kaum sein, denn Braddock hatte gestern zweimal versucht, ihn anzurufen, und ihm eine Nachricht auf Band hinterlassen.

Ob dieser Bastard womöglich mit seinem Flittchen durchgebrannt war? So recht glauben konnte Braddock das zwar nicht – dafür war Coleman viel zu bodenständig –, aber im Moment fiel ihm keine bessere Erklärung für dessen unentschuldigtes Fehlen ein.

Seine Gedanken wanderten wieder zu den Schafen, die draußen auf der Weide grasten. Seit vorgestern hatte niemand mehr nach den Tieren gesehen. Nicht, dass es dort viel zu tun gab, doch eines der Schafe hatte sich am alten Zaun eine hässliche Risswunde am Bein zugezogen, die trotz aller Bemühungen des Tierarztes nur zögernd heilte.

Dic Weide war etwa anderthalb Kilometer entfernt, und Braddock beschloss, den zweiten Traktor zu nehmen, der vor der Scheune stand. Eine Spazierfahrt über das eigene Land – was konnte es Schöneres geben? Es fehlte nur noch ein bisschen Sonne zum vollkommenen Glück.

Mit tuckerndem Motor verließ Chester Braddock den Hof und bog in einen grasbewachsenen, zerfurchten Pfad ein. Bald breiteten sich links und rechts von ihm die wogenden Ährenfelder aus, in einiger Entfernung hob sich dichter Wald gegen den Horizont ab, und in die Luft mischte sich ein Hauch von Harzgeruch.

Gemütlich und ohne böse Vorahnung holperte der alte Mann über den unebenen Pfad. Übertönt vom satten Brummen des Diesels begann er, *Streets of London* vor sich hinzusummen. Es war wie in längst vergangenen Jahren. Ein Gefühl tiefer innerer Zufriedenheit. Eine Welt ohne Sorgen.

Selbst als er die Schafweide erreichte und vom Traktor abstieg, um das Gatter zu Fuß zu passieren, kam er sich noch vor wie im Paradies. Erst, als er sich den Tieren so weit näherte, dass sie vor ihm zurückwichen, verstummte sein *Streets of London.* Beim Anblick dessen, was er sah, spürte er augenblicklich den bitteren Geschmack von Galle und Magensäure in sich aufsteigen. Er wandte sich ab, um sich nicht übergeben zu müssen, und presste den Handrücken gegen die zitternden Lippen.

Der Teufel ist nach Sheffield gekommen, dachte Chester Braddock entsetzt. Die Tragweite dieses Gedankens ließ ihn erschaudern. Ja, dachte er, das muss der Teufel gewesen sein.

Mit vor Angst weit aufgerissenen Augen eilte er zu seinem Traktor zurück, so schnell es seine alten Beine zuließen.

Kapitel 42

Durch den Schleier eines Albtraums, in dem der fünfjährige Nick Bürgermeister Barrymore umarmte, ihm für sein Geburtstagsgeschenk – ein Pony, keine Carrera-Bahn – dankte und ihn liebevoll *Daddy* nannte, hörte Tom das Klingeln an der Tür. Er war dankbar dafür, endlich von dem Traum erlöst zu werden, obwohl er sich hundemüde fühlte. Den Großteil der Nacht hatte er im Büro verbracht. Er warf einen Blick auf die Uhr. Kurz nach halb neun. Er hatte nicht einmal fünf Stunden geschlafen.

Es klingelte erneut.

»Ich komm ja schon!« Er streifte seinen Morgenmantel über, stieg die Flurtreppe hinunter und öffnete die Tür. Vor ihm stand Maria Silva.

Er hatte mit allem gerechnet, aber nicht damit. Als sie sich vor drei Tagen am Londoner Flughafen voneinander verabschiedet hatten, hatten sie zwar vereinbart, miteinander in Kontakt zu bleiben, allerdings war Tom nicht davon ausgegangen, Maria so schnell wiederzusehen. Er war sogar froh über die Trennung gewesen, hatte er sich doch vorgenommen, seine Ehe zu retten. Jetzt musste er sich eingestehen, dass er sich über ihren unerwarteten Besuch freute. Vielleicht sogar mehr als das.

»Guten Morgen«, sagte sie, während ihre unergründlichen, grünen Augen ruhig auf seinem Gesicht hafteten. »Habe ich dich geweckt? Tut mir leid.«

»Nicht der Rede wert«, sagte Tom. »Ich habe sowieso schlecht geschlafen. Was führt dich hierher?«

Sie wog den Kopf hin und her, als suche sie nach den richtigen

Worten. »Mein Job«, sagte sie schließlich. »Oder besser: mein Exjob.«

Tom sah, dass ihre Augen feucht wurden, und verstand. »Möchtest du reinkommen und einen Kaffee trinken? Dann können wir über alles reden.«

Sie nahm das Angebot dankbar an. Wenige Minuten später saßen sie vor ihren dampfenden Tassen in der Küche, und Maria erzählte, wie es ihr in den letzten Tagen ergangen war. »Wie du dir vorstellen kannst, war der ASTAC-Vorstand nicht sonderlich begeistert davon, dass GAIA in Rauch aufgegangen ist. Immerhin hat es Millionen von Euro gekostet, die Station zu errichten – Geld, das buchstäblich verbrannt ist. Also musste ein Schuldiger her.« Eine Träne lief ihr die Wange hinab. Tom reichte ihr ein Taschentuch.

»Für das, was vorgefallen ist, bist du nicht verantwortlich.«

»Das sage ich mir auch die ganze Zeit, aber es ändert nichts. Man hat mich gefeuert. Einfach so.« Sie schnippte mit den Fingern. »Die wollten gar nicht wissen, was genau vorgefallen ist. Sie wollten nur einen Kopf rollen sehen. Meiner kam ihnen da gerade recht.«

»Und jetzt?«

Maria zuckte ratlos mit den Schultern. »Keine Ahnung. Ich brauche erstmal ein wenig Abstand, um meine Gedanken zu ordnen und mich neu zu orientieren.«

»Kann ich gut verstehen. Mir geht's genauso – zwar nicht beruflich, dafür aber privat.« Nach kurzem Zögern erzählte er Maria von seiner Ehekrise. Er schönte nichts, er schmückte nichts aus, er ließ nichts beiseite. Er erzählte ihr all das, was ihn belastete, frei von der Seele weg. Er wollte nicht darüber nachdenken, ob es gut oder schlecht war, sie derart tief in seine Gefühlswelt blicken zu lassen, sondern redete einfach. Und je mehr er über sich und seine Probleme sprach, desto besser fühlte er sich. Cliff war zwar ein guter Zuhörer gewesen, aber mit Maria war es etwas anderes. Zwischen ihr und Tom gab es eine Art unsichtbares Band, eine tiefe innere Vertrautheit, die jeglicher Logik entbehrte. Er kannte diese Frau noch keine zwei Wochen, und es gab unendlich vieles, was er nicht von ihr wusste, dennoch kam es ihm vor, als würden sie sich bereits seit Ewigkeiten kennen. Vielleicht war es genau diese Kombination aus blindem Vertrauen und dem Reiz des Neuen, der Tom sich so öffnete. Jedenfalls genoss er es, in aller Ruhe mit Maria sprechen zu können und sich die drückende Last vom Herzen zu reden.

Irgendwann hielt er inne. Er hatte das Gefühl, schon seit Stunden zu monologisieren, und kam sich auf einmal unhöflich und egoistisch vor. »Ich spreche die ganze Zeit nur über mich – nicht sehr charmant, fürchte ich. Wie wäre es, wenn du zur Abwechslung etwas über dein Privatleben erzählst?«

»Du meinst, etwas über *meine* Beziehungskrisen?«

»Zum Beispiel. Ich will alles wissen.« Er zögerte kurz, erinnerte sich an das Copacabana-Foto, das er auf Marias Schreibtisch in GAIA gesehen hatte und daran, was sie darüber erzählt hatte. »Was kann einen Mann dazu bewegen, eine so wunderschöne Frau wie dich zu verlassen?« Er war sich darüber bewusst, dass er mit diesem Satz eine Weiche stellte. Maria empfand etwas für ihn, das hatte sie ihm in Afrika klar zu verstehen gegeben. Damals war er nicht darauf eingegangen, doch seitdem hatte sich vieles verändert. Nancy war mit einem anderen Mann zusammen. Vermutlich dauerte ihr Verhältnis schon eine ganze Weile an, sonst wäre sie nicht zu ihm gezogen. Fest stand jedenfalls, dass Tom ihr keine Treue mehr schuldete. Und Maria war eine überaus reizvolle Frau, die ihm vom ersten Moment an gefallen hatte.

»Warum mein Ex mich verlassen hat?«, sagte sie, während sie Tom derart intensiv ansah, dass es ihm durch und durch ging. »Ich war ihm zu bestimmend. Er behauptete, ich würde immer bekommen, was ich will. Das hat er nicht verkraftet.«

»Und?«, fragte Tom. »Hatte er recht? Bekommst du immer, was du willst?«

Maria lächelte ihn an. »Entscheide selbst«, sagte sie und begann, ihn erst langsam und zärtlich und dann immer leidenschaftlicher zu küssen.

Kapitel 43

»Grundgütiger!« Lieutenant Gerald Fitzpatrick stand mit den Kollegen vom Spurensicherungsteam, einem Polizeifotografen und Chester Braddock auf der Weide und konnte kaum glauben, was er da vor sich sah. Mitten auf der Wiese lagen zwischen Maulwurfshügeln und Schafsdung zwei tote Körper – der eines Schafs und der eines Mannes. Das heißt, sofern man überhaupt noch von *Körpern* sprechen konnte, denn sie schienen buchstäblich nur noch aus Haut und Knochen zu bestehen, als seien sämtliche Organe und alles Gewebe und Blut aus ihnen herausgesogen worden. Da der Anblick des Schafs durch das dicke Fell gemildert wurde, wirkte der Leichnam des Mannes doppelt entstellt. Aus den hochgekrempelten Hemdsärmeln wuchsen pergamentartig zerknitterte Arme, die in Hände mit langen, vampirartigen Fingern übergingen. Noch scheußlicher sah das Gesicht aus – schwarze Augenhöhlen, blutleere Lippen und faltige Haut, die eng am Schädelknochen anlag. Die Leiche sah aus wie eine schlecht erhaltene Mumie oder zumindest so, wie Lieutenant Fitzpatrick sich eine solche vorstellte. Gruselig und irgendwie unwirklich. Ein eisiger Schauder überkam ihn, und seine Nackenhaare richteten sich auf. Einen solchen Todesfall hatte es in Sheffield noch nicht gegeben.

Wie er aus Chester Braddocks aufgeregtem Gebrabbel entnehmen konnte, handelte es sich bei dem Toten um seinen Hilfsarbeiter Harry Coleman, der seit zwei Tagen nicht mehr auf dem Hof erschienen war. Coleman, den er erst vor Kurzem mit irgendeinem Mädchen im Heu erwischt hatte, der aber dennoch kein schlechter Kerl gewesen war. Coleman, der jeden Sonntag zur Kirche gegangen und jetzt trotzdem vom Teufel geholt worden war. Während Braddock ohne Unterlass weitersprach, bekreuzigte er sich immer wieder und schüttelte fassungslos den Kopf, als weigere sich sein Verstand zu glauben, was er sah.

»Wissen Sie, wer ihn so zugerichtet haben kann? Und aus welchem Grund?«, fragte Fitzpatrick.

Braddock schüttelte den Kopf noch heftiger und antwortete mit weinerlicher Stimme: »Keine Ahnung, Lieutenant. Ich weiß nicht, was vorgefallen ist oder wer das getan haben könnte. Ich weiß nur, dass niemand so etwas verdient hat!« Wieder bekreuzigte er sich.

»Ich schlage vor, dass Sie jetzt nach Hause gehen, eine Tasse Tee trinken und versuchen, sich wieder zu beruhigen«, sagte Fitzpatrick. »Sobald wir hier unsere Arbeit erledigt haben, komme ich zu Ihnen, um Ihre Aussage aufzunehmen.« Nicht, dass er sich viel davon versprach, aber Braddock hatte die Leiche nun einmal entdeckt, noch dazu auf seinem eigenen Grund und Boden. Vielleicht konnten er oder seine Frau ein paar Hinweise zu diesem sonderbaren Fall geben, ohne es selbst zu ahnen.

Sonderbar – das war diese Geschichte in der Tat. Ein Schaf und ein erwachsener Mann, leergesaugt bis auf den letzten Blutstropfen. Das ging nicht mit rechten Dingen zu. Vielleicht lag Braddock mit seinem Gefasel vom Teufel gar nicht so falsch.

Während der Polizeifotograf und die Beamten von der Spurensicherung ihre Arbeit verrichteten, begleitete Fitzpatrick Braddock zum Weg zurück, wo der Streifenwagen parkte. Er würde sicherheitshalber noch ein paar zusätzliche Männer von der Zentrale anfordern, denn dieser Fall ging wirklich entschieden über das hinaus, was er in seinem Distrikt gewohnt war. Und auch wenn er es niemals zugegeben hätte, machte ihm dieser Umstand ein wenig Angst.

Kapitel 44

Im Halbschlaf glitten Toms Gedanken dahin wie Wolken im Wind, in keine bestimmte Richtung, aber dennoch waren sie ständig in Bewegung. Er fühlte sich auf angenehme Weise erschöpft, befand sich in einem tranceähnlichen Zustand der Schwerelosigkeit. Maria und er hatten ihren ersten Heißhunger aufeinander noch in der Küche gestillt. Anschließend waren sie nach oben gegangen, hatten geduscht und sich noch einmal im Bett geliebt, diesmal weniger stürmisch, dafür langsam und ausdauernd, bis beide völlig ermattet in die Kissen gesunken waren.

Mitten im süßen Rausch der Erinnerungen hörte Tom plötzlich ein Geräusch – nur gedämpft. Dennoch war er sicher, dass es aus dem Haus kam. Hatte Maria das Bett verlassen, als er kurz eingenickt war? Nein, sie lag noch immer neben ihm, ihr schwarzes Haar ergoss sich über das Kopfkissen. Die Bettdecke hob und senkte sich im Takt ihres Atems. Sie schlief tief und fest wie ein Säugling.

Wieder ein Geräusch, diesmal eindeutig das Knarren einer Treppe. Dann öffnete sich auch schon die Schlafzimmertür, und Nancy trat ein.

Sie erstarrte mitten in der Bewegung. Ihr Blick fiel auf Tom, den sie offenbar nicht im Bett erwartet hatte, dann auf die Frau neben ihm – was sie gewiss noch mehr überraschte. Ein paar Sekunden lang stand sie einfach nur da wie gelähmt. Dann gewann sie die Beherrschung zurück und setzte ein kaltes, beinahe gefährliches Lächeln auf. »Bleib ruhig liegen, Schatz«, sagte sie. »Ich wollte nur ein paar Sachen abholen. Wie ich sehe, bist du bereits dabei, deinen

Trennungsschmerz zu bekämpfen, was mir offen gestanden sehr entgegenkommt. Dann muss ich mir wenigstens keine Gedanken um dein Wohlbefinden machen.«

Neben Tom räkelte sich Maria im Bett. Sie hob verschlafen den Kopf, war aber sofort hellwach, als sie die andere Frau im Türrahmen erblickte.

»Verdammt noch mal, Nancy, spar dir deinen Sarkasmus!«, brauste Tom auf. »Immerhin hast *du mich* verlassen! Also mach mir jetzt keine Vorhaltungen!«

»Ich? Dich verlassen? Dass ich nicht lache! Die letzten Jahre warst du nicht mehr mit *mir* verheiratet, sondern nur noch mit deinem verfluchten Job! Du hast mich regelrecht in die Arme eines anderen getrieben, Tom. Behaupte bloß nicht, dass das nicht stimmt. Du weißt, dass wir uns in letzter Zeit kaum noch gesehen haben. Nick und ich, wir hätten dich gebraucht, aber du warst nie da. Ich mag vielleicht zuerst untreu geworden sein – aber *verlassen* hast *du* mich!«

Die Worte trafen ihn wie Hiebe, umso mehr, als Nancy natürlich recht hatte. Seit Monaten, nein seit Jahren, verbrachte er mehr Zeit mit seinen Insekten als mit seiner Familie. Entweder war er im Rossburry, oder er reiste im Auftrag des Instituts rund um die Welt. Selbst zu Hause verbrachte er einen Großteil der Zeit im Keller bei seinen Versuchsaufbauten. Er hatte Nancy vernachlässigt – und sie hatte auf diese Vernachlässigung reagiert.

Dennoch wollte Tom sich nicht bei ihr entschuldigen, schon gar nicht im Beisein von Maria, die sich dadurch wie ein Lückenbüßer hätte vorkommen müssen. Also schwieg er. Als Nancy begriff, dass er weder klein beigeben noch Paroli bieten würde, bedachte sie ihn mit einem derart geringschätzigen Blick, dass ihm beinahe schlecht wurde. Dann verließ sie ohne ein weiteres Wort das Schlafzimmer. Sekunden später hörte Tom, wie die Haustür ins Schloss krachte und ein Auto davonraste.

»Soll ich lieber gehen?«, fragte Maria.

»Nein«, sagte Tom. »Ich möchte, dass du bei mir bleibst.«

Sie lagen noch eine Zeit lang im Bett und tauschten kleine Zärtlichkeiten aus, doch das Gefühl der Vertrautheit war wie weggeblasen. Nicht einmal Marias körperliche Reize konnten Tom davon abbringen, unentwegt an den Streit mit Nancy zu denken. Ihre Worte hatten einen Keil zwischen ihn und Maria getrieben, mehr noch, eine Kluft geöffnet, die er im Moment nicht überbrücken konnte. Er war froh, als die lastende Stille im Raum durch das Klingeln des Telefons unterbrochen wurde.

Er zog seinen Morgenmantel über, ging die Treppen hinunter und nahm ab. Am anderen Ende der Leitung sprach Lieutenant Gerald Fitzpatrick, dessen Tochter mit Nick in die Vorschule ging. Tom hörte dem Polizisten aufmerksam zu, dann hängte er ein und eilte nach oben. Maria, die gerade in ihre Kleider schlüpfte, sah zu ihm auf.

»Was ist los mit dir?«, fragte sie. »Du siehst aus, als gäbe es noch mehr schlechte Nachrichten.«

Tom nickte knapp. »Ich fürchte, du hast den Nagel auf den Kopf getroffen«, sagte er.

Kapitel 45

Tom parkte seinen Wagen vor dem Rathaus, einem vierstöckigen Backsteinbau, geschmückt mit üppig bewachsenen Blumenkästen. Heute bereitete ihm der bloße Anblick des Gebäudes Unbehagen. Irgendwo hinter diesen Mauern residierte Bürgermeister Barrymore, sein ärgster Feind. Der Gedanke, Barrymore könne von seinem Büro aus auf den Parkplatz hinabblicken und Tom insgeheim verhöhnen oder ihn auch nur bemitleiden, war ihm geradezu unerträglich. Tom nahm Maria bei der Hand und beeilte sich, aus Barrymores potenziellem Sichtfeld zu gelangen. Erst als sie das Polizeipräsidium auf der anderen Seite des Parkplatzes betraten, fühlte er sich wieder besser.

»Ziemlich modern«, bemerkte Maria, während sie ihren Blick durch die Lobby des Gebäudes schweifen ließ.

»Ursprünglich hätte das hier ein Kunstmuseum werden sollen«, sagte Tom. »Aber dann ist das Geld ausgegangen, und man hat die Polizei hier einquartiert.«

Auf den vielen verschachtelten Ebenen beherrschten Stahl- und Betonstreben die Architektur zusammen mit einer Unmenge von Glas, wodurch das Ganze einen weitläufigen, offenen Eindruck machte. Ein Lichtschacht in der Mitte sorgte für viel Helligkeit. An den Wänden hingen – passend zum Stil des Gebäudes – Dutzende abstrakter Drucke, mehr bunt als schön.

Eine Dame an der Anmeldung wies Tom und Maria den Weg zu einem Büro im dritten Stock, wo Lieutenant Gerald Fitzpatrick sie bereits erwartete. Bei Tee und Buttergebäck unterhielten sie sich über die ungewöhnlichen Vorkommnisse auf dem Braddock-Anwesen.

Fitzpatrick gab in knappen Worten wieder, was die Polizei bislang über den Fall herausgefunden hatte. Er erzählte von Chester Braddocks grausigem Fund auf der Weide und schilderte, in welchem Zustand sich das Schaf und der tote Harry Coleman befunden hatten. Dann kam er zum aktuellen Stand der Ermittlungen. »Wir haben inzwischen Mandy Barnes ausfindig gemacht und ihre Aussage protokolliert. Sie hatte mit Coleman ein Verhältnis, allerdings ein eher lockeres, wenn Sie verstehen, was ich meine. Jedenfalls sagte sie, dass Coleman vorgestern mit ihr zur Weide spazierte, wo er versuchte, sich an sie heranzumachen. Aber dann fiel ihnen auf, dass ein Schaf sich merkwürdig verhielt, eines, das sich erst vor Kurzem verletzt hatte. Es bockte und blökte die ganze Zeit. Coleman wollte nach dem Rechten sehen und zwang es auf den Boden, doch dann sprang er plötzlich wie von der Tarantel gestochen auf und schien völlig durchzudrehen. Mandy Barnes, die alles vom Zaun aus beobachtete, sagte, er habe wild um sich geschlagen und sei dabei gestürzt. Inzwischen wissen wir, dass er sich auf diese Weise das Genick gebrochen hat.« Fitzpatrick trank einen Schluck Kaffee und blätterte in seinem Notizblock, der vor ihm auf dem Bürotisch lag. »Mandy Barnes eilte zu Coleman, erkannte aber, dass er tot war. Da sie keine Schwierigkeiten bekommen wollte, machte sie sich aus dem Staub. Sie gab aber zu Protokoll, dass Coleman inmitten einer Masse von Ameisen lag, und als wir die Leiche untersuchten, fanden wir tatsächlich unzählige tote Ameisen – zerquetscht, weil Coleman sie entweder erschlagen oder bei seinem Sturz unter sich begraben hat. Wir haben am Rand der Braddock-Weide, dort, wo der Wald beginnt, einen Ameisenbau entdeckt. Laut Aussage der forensischen Abteilung in Brighton handelt es sich um« – er warf einen Blick in seine Unterlagen – »schwarze Wegameisen, in unseren Breiten wohl eine der am häufigsten vorkommenden Arten. Aber ich kann einfach nicht glauben, dass normale Ameisen einen Menschen oder auch nur ein ausgewachsenes Schaf anfallen. Deshalb habe ich mich an Sie gewandt, Dr. O'Connor.

Ich brauche Ihre Expertenmeinung. Was halten Sie von diesem Fall?«

Tom versuchte, sich seine Verwirrung nicht anmerken zu lassen. Bis vor wenigen Wochen hatte er geglaubt, das Verhalten von Ameisen zumindest in den Grundzügen zu verstehen. Heute war er nicht mehr so sicher. Dass die afrikanischen Ameisen ihre angestammten Verhaltensmuster abgelegt hatten, konnte er noch halbwegs nachvollziehen. Dafür hatte es eine Ursache, einen Auslöser gegeben – den Sahara-Baum, besser gesagt dessen Früchte. Einen solchen Auslöser konnte es in Sheffield nicht gegeben haben, zumindest schien Tom das äußerst unwahrscheinlich.

»Schwarze Wegameisen greifen weder Schafe noch Menschen an«, sagte er. »Allerdings möchte ich gerne einen Blick auf die Tiere werfen. Haben Sie ein paar Expemplare für die polizeiliche Untersuchung sichergestellt?«

»Selbstverständlich. Kommen Sie mit.«

Fitzpatrick stand auf, ging – gefolgt von Tom und Maria – über den Flur und bog ein paar Türen weiter in ein kleines Labor ein, wo er aus einem Regal einen Glasbehälter mit Schraubverschluss hervorzog. Auf dem Boden des Glases befand sich eine etwa fingerdicke Schicht toter Ameisenkörper.

»Das sind sie«, sagte er und hielt Tom das Glas hin.

Tom nahm es entgegen, hielt es schräg und drehte es leicht, sodass die Chitinpanzer in Bewegung gerieten. Tatsächlich enthielt die Probe nur ganz gewöhnliche Exemplare von *Lasius niger*, schwarzen Wegameisen. Erst als Tom das Glas schon wieder zurückgeben wollte, fiel ihm inmitten der granulatartigen Masse etwas auf, was seine Aufmerksamkeit erregte: eine Art Fremdkörper, der, so winzig er war, nicht ins Bild passte.

»Haben Sie ein Blatt Papier?«, fragte er Fitzpatrick. »Oder eine andere Unterlage? Ich möchte mir die Probe genauer ansehen.«

Der Polizist riss eine Seite von einem Schreibblock ab und legte sie auf den Chromtisch am Fenster. Vorsichtig schüttete Tom die toten Insektenkörper darauf aus. Mit einem Kugelschreiber strich er die Probe glatt, so lange, bis er fand, wonach er suchte. Es war nicht einmal ein ganzer Ameisenkörper, sondern nur der Hinterleib, die Gaster. Dennoch war für Tom jeglicher Zweifel ausgeschlossen. Ihm wurde abwechselnd heiß und kalt. Verdammt! Wie hatte das passieren können?

»Was ist?«, drängte Lieutenant Fitzpatrick, der sich neben Tom über die Probe gebeugt hatte und vergeblich versuchte, etwas Besonderes darin zu erkennen.

Tom deutete mit der Spitze des Kugelschreibers auf seinen Fund. »Sehen Sie das?«

»Natürlich. Ein Stück Ameise. Und?«

Tom wandte sich zu ihm und sagte: »Das hier ist der Beweis dafür, dass wir es keineswegs nur mit schwarzen Wegameisen zu tun haben, schon gar nicht mit gewöhnlichen. Wir haben ein Problem, Lieutenant, und zwar ein ganz und gar *außergewöhnliches.*«

Kapitel 46

»Wie ist das möglich?«, fragte Maria, die auf dem Beifahrersitz von Toms Wagen saß und zu begreifen versuchte, was Tom dem Lieutenant erklärt hatte. »Ich meine: Bist du sicher, dass du dich nicht irrst?«

»Ich *hoffe*, dass ich mich irre. Aber ich glaube es nicht.« Tom wusste, dass er zu schnell fuhr. Er musste sich zwingen, den Fuß vom Gaspedal zu nehmen, um keinen Unfall zu riskieren. Andererseits wollte er so schnell wie möglich zur Braddock-Weide, um den Ameisenbau in Augenschein zu nehmen. Nur so konnte er letzte Gewissheit erlangen. »Es war der Hinterleib einer *Cataglyphis fortis*, Maria, und ich habe dafür nur eine Erklärung: Diese Ameise muss aus meinem Kellerlabor stammen. Ich werde Cliff zur Rede stellen, verlass dich darauf, aber zuerst müssen wir herausfinden, wie ernst die Lage wirklich ist.«

Sie verließen den Innenstadtbereich und fuhren auf der Durchfahrtstraße stadtauswärts. Tom trat wieder ein bisschen mehr aufs Gas. Während sie an seinem Haus vorbeibrausten, die Stadtgrenze hinter sich ließen und ein Stück weiter in Richtung Süden fuhren, bemerkte er auf einmal eine dicke, dunkle Rauchsäule, die von irgendwo zwischen den Feldern in den Himmel aufstieg.

»Was ist das?«, fragte Maria.

»Keine Ahnung. Ich hoffe nur, dass die Ameisen nicht ein weiteres Unglück heraufbeschworen haben.« Unwillkürlich dachte Tom an GAIA und daran, wie die Ameisen die Station durch gezielte Kurzschlüsse in Brand gesteckt hatten. Wie schnell konnten sie ein altes Bauernhaus, eine Scheune oder einen Stall in Flammen aufgehen lassen?

Er bog in einen Seitenweg ein, der von hohem Korn gesäumt war. Als sie nach etwa anderthalb Kilometern den Braddock-Hof erreichten, stellte Tom erleichtert fest, dass der Rauch nicht von hier kam. Er parkte den Wagen vor dem Haupthaus, wo Mrs. Braddock gerade dabei war, zwei Schälchen Milch für einige Kätzchen aufzufüllen, die schnurrend um ihre Beine streiften.

Ihr Mann sei mit zwei Hilfskräften bei der Schafweide, sagte sie und deutete in die Richtung, aus der der Rauch aufstieg. Tom und Maria dankten ihr für die Auskunft und beeilten sich, dorthin zu fahren.

Doch sie kamen zu spät. Als sie die Weide erreichten, hatten Chester Braddock und seine Männer ihr Werk bereits vollbracht: Der Ameisenbau stand lichterloh in Flammen. Auch das Areal um den Bau herum hatten sie mithilfe von Benzin entzündet, die leeren Kanister standen noch neben ihnen.

Braddock, der Tom und Maria den Rücken zugekehrt hatte, hörte, wie sie sich näherten. Er drehte sich um und blickte sie grimmig an. »Wer sind Sie? Und was wollen Sie?«

Tom erklärte ihm den Grund seines Besuchs, doch Braddock zuckte gleichgültig mit den Schultern. »Das ist Privatgrund. Sie haben hier nichts verloren.«

»Was sich auf dieser Weide ereignet hat, ist nicht normal. Das wissen Sie auch. Ich bin hier, um herauszufinden, wie es dazu kommen konnte.«

»Und ich bin hier, weil ich es nicht zulassen kann, dass meine Tiere und meine Männer von irgendwelchen Insekten angegriffen werden. Nicht auf meinem Land, Dr. O'Connor. Deshalb habe ich beschlossen, diesem Wahnsinn selbst ein Ende zu setzen und die kleinen Biester auszuräuchern. Ich schätze, Ihr Vorhaben hat sich damit erledigt.«

Tom fühlte sich irgendwie betrogen. Er war in ein polizeiliches Ermittlungsverfahren eingebunden worden, doch jetzt gab es nichts mehr für ihn zu tun. »Ich habe Ihr Prolem lösen wollen«, sagte er.

»Das Problem *ist* gelöst«, antwortete Braddock mit steinerner Miene. »Und zwar endgültig.«

Kapitel 47

Auf dem Nachhauseweg informierte Tom Lieutenant Fitzpatrick über Chester Braddocks rabiates Vorgehen. Fitzpatrick versprach ihm, sich umgehend mit Braddock in Verbindung zu setzen, nicht zuletzt, weil die Polizei die Weide noch nicht wieder frei gegeben hatte. An den Tatsachen änderte das freilich nichts mehr.

Anschließend versuchte Tom, Cliff zu erreichen, doch es meldete sich nur eine Bandansage, die verkündete, dass der Anschluss vorübergehend nicht erreichbar sei. Umso überraschter war er, als er vor seinem Haus Cliffs Wagen parken sah.

Er betrat mit Maria das Haus. »Cliff?«

»Ich bin hier!« Die Stimme kam aus dem Keller.

Tom und Maria gingen die Treppen hinab, wo Cliff am Computer saß, offenbar bemüht, mit den Versuchsameisen in Kontakt zu treten. Sein Gesicht verriet, dass ihm das bislang nicht geglückt war.

»Hi, Tom. Ich habe geklingelt. Da niemand da war, habe ich den Schlüssel unter dem großen Stein im Vorgarten benutzt. Ich hoffe, das war in Ordnung.« Sein Blick fiel auf Maria.

»Das ist Dr. Silva«, sagte Tom. »Die Stationsleiterin von GAIA. Maria – das ist Dr. Clifford. Ihr kennt euch ja schon vom Telefon.«

Cliff war anzusehen, dass ihm ein anzüglicher Spruch auf den Lippen lag, doch er hielt sich zurück, als er die ernsten Mienen der beiden sah. »Was ist los? Ihr zieht Gesichter, dass die Milch sauer wird.«

Tom gab ihm einen knappen Bericht über die jüngsten Ereignisse. Als er die Wüstenameisen erwähnte, wurde Cliff plötzlich kreidebleich. »Großer Gott, wenn ich das geahnt hätte!«, murmelte er. »Aber ich war absolut sicher, dass nichts passiert ist …«

Tom sah seinen schlimmsten Verdacht bestätigt: Die Wüstenameisen stammten aus diesem Labor. Die Frage war nur, wie das Unglück hatte geschehen können.

»Es waren die Mäuse«, rechtfertigte sich Cliff.

»Die Mäuse? Wie meinst du das?«

»An dem Abend, als ich mit den Früchten experimentierte, griffen sie mich an. Ich war so perplex, dass ich mich nicht mehr unter Kontrolle hatte und um mich schlug. Ich geriet ins Taumeln, stürzte und verlor kurzzeitig die Besinnung. Als ich wieder zu mir kam und das Labor überprüfte, war zwar die Futterluke des GAIA-Formicariums ein wenig verschoben, aber ich hatte nicht den Eindruck, dass Ameisen entwischt waren. Natürlich habe ich sicherheitshalber das Labor abgesucht, sogar peinlich genau. Aber ich habe nichts gefunden.« Er seufzte und fühlte sich sichtlich unwohl in seiner Haut. »Offenbar habe ich mich getäuscht. Bei so vielen Ameisen fällt es nicht auf, wenn ein paar Tausend fehlen. Vielleicht waren sie zu dem Zeitpunkt schon aus dem Labor verschwunden, vielleicht haben sie sich vor mir versteckt … Großer Gott, wegen mir musste ein Mensch sterben.«

Tom setzte sich zu seinem Freund und legte ihm eine Hand auf die Schulter. »Dich trifft keine Schuld«, sagte er. »Es war eine Verkettung von unglücklichen Umständen. Ein Unfall.«

Cliff nickte, wirkte aber nicht überzeugt.

»Niemand hat etwas davon, wenn du dir die Schuld gibst«, fuhr Tom fort. »Im Gegenteil, ich brauche dich jetzt mit einem klaren Kopf, denn ehrlich gesagt befürchte ich, dass der Vorfall auf der Braddock-Weide erst der Anfang war.«

Maria sah ihn verunsichert an. »Das hast du bislang mit keiner Silbe erwähnt«, sagte sie. »Braddock hat doch behauptet, mit dem Feuer sei der Fall erledigt.«

»Der Ameisenbau, den Braddock vernichtet hat, war für das, was geschehen ist, viel zu klein. Es müssen Massen von Ameisen nötig gewesen sein, um ein Schaf und einen Erwachsenen binnen kürzester Zeit innerlich komplett aufzufressen.« Er nahm einen tiefen Atemzug, bevor er zum eigentlichen Punkt kam: »Ich fürchte, mit dem Feuer hat Chester Braddock das Problem nicht gelöst, sondern nur noch verschlimmert. Denn wenn ich recht habe und nur ein Bruchteil der eigentlichen Kolonie verbrannt ist, werden die anderen mächtig sauer sein – und wir wissen, wozu die GAIA-Ameisen in der Lage sind.«

Kapitel 48

Von da an ging alles ganz schnell. Tom wollte keine Panik auslösen, gleichzeitig aber alle notwendigen Vorsichtsmaßnahmen treffen, um weitere Übergriffe der Ameisen zu verhindern. Er telefonierte mit seinem Chef, Hayden Dexter, erläuterte ihm die Lage und ließ den erwarteten Tobsuchtsanfall über sich ergehen. Letztlich versprach Dexter ihm jedoch, seine Kontakte spielen zu lassen und ihm noch am selben Tag einen Anhörungstermin beim Stadtrat zu verschaffen.

Dieser Termin fand um halb sechs Uhr abends statt. Als Tom, begleitet von Maria und Cliff, den Sitzungssaal des Rathauses betrat, sah er in den Gesichtern der Politiker nichts als Skepsis. Auch Bürgermeister Barrymore, der am Kopfende der U-förmigen Tischreihe saß, bedachte Tom mit kritischen Blicken. Er war höflich genug, Tom, Maria und Cliff einen Platz anzubieten, doch seine Stimme klang scharf.

»Ich brauche wohl nicht zu betonen, dass wir bei der Besprechung unserer Themen im Stadtrat normalerweise einem bestimmten Prozedere folgen«, begann er. »Man stellt einen Antrag und reicht Unterlagen ein, damit jeder von uns sich vorbereiten kann und wir keine Zeit verschwenden. Aber wenn Sir Bellamy persönlich zum Hörer greift, um mich aus London anzurufen und mich zu bitten, diese Anhörung kurzfristig zuzulassen, weil es auf irgendeiner Wiese außerhalb unserer Stadt einen unglücklichen Vorfall mit ein paar Ameisen gegeben hat, sind wir vom Stadtrat natürlich gerne flexibel. Bitte, Tom – wir sind sehr gespannt auf Ihren Vortrag!«

»Danke, *Doyle*!« Sollte dieser eingebildete Schnösel ruhig wissen, dass er sich nicht so leicht von ihm ins Bockshorn jagen lassen würde, nur weil er ihm die Frau ausgespannt hatte. Im Gegenteil: Wenn Barrymore eine offene Konfrontation suchte, war Tom nur allzu bereit, sich darauf einzulassen.

Er ließ seinen Blick noch einen Moment lang kampflustig auf seinem Widersacher ruhen, eher er sich ins Gedächtnis rief, dass er aus wichtigerem Grund hier war. Er brauchte die Unterstützung des Stadtrats, um weiteres Unheil zu verhindern – das hatte Vorrang.

Er sah in die Runde. »Würde diese Angelegenheit Aufschub dulden, stünde ich jetzt nicht vor Ihnen«, sagte er. »Was Bürgermeister Barrymore als einen *unglücklichen Vorfall mit ein paar Ameisen* bezeichnet, könnte sich schon bald zu einer ernsten Bedrohung für Sheffield entwickeln, vielleicht sogar für die ganze Region. Ich will kein Horrorszenario malen, aber ich halte das nicht für ausgeschlossen.« Er machte eine Pause und stellte erleichtert fest, dass er zumindest bei einigen der Anwesenden Interesse geweckt hatte. »Eine einzelne Ameise stellt für niemanden eine Gefahr dar, dafür ist sie weder stark noch intelligent genug. Jetzt stellen Sie sich eine Ameisen*kolonie* vor, einen Staat mit Tausenden von Nestern und Millionen von Tieren.«

»Dr. O'Connor – wollten Sie nicht bei den Fakten bleiben?«

»Das *sind* die Fakten. Beispiele dafür gibt es überall auf der Welt. In Amerika zieht sich eine riesige Ameisenkolonie von San Francisco bis nach San Diego. In Australien ist ganz Melbourne von einer einzigen Ameisenkolonie untertunnelt – das wurde erst im Jahr 2004 festgestellt. Auf Hokkaido, Japan, leben über dreihundert Millionen Tiere zusammen. Und die größte bekannte Ameisenkolonie befindet sich in Europa. Sie erstreckt sich von der italienischen Riviera entlang der Küste bis nach Nordspanien. Das sind sechstausend Kilometer. Die Hochrechnungen zeigen, dass es sich dort nicht nur um Millionen, sondern um Milliarden von Ameisen handeln muss.«

»Wenn diese Kolonien tatsächlich existieren, warum hat man dann noch nie von ihnen gehört?«, warf Barrymore ein.

»Weil es sich dabei um ganz gewöhnliche Ameisen mit ganz gewöhnlichen Verhaltensmustern handelt. Sie werden dem Menschen vielleicht manchmal lästig, aber nicht gefährlich, weil sie nicht mit gezielten strategischen Methoden gegen ihn vorgehen. Das gehört schlicht nicht zu ihrem Verhaltensrepertoire. Aber genau davon müssen wir in unserem Fall leider ausgehen!«

»Jetzt mal eins nach dem anderen«, unterbrach ihn Barrymore ungeduldig. »Seit wann wird Sheffield von dieser angeblichen Super-Ameisenkolonie bedroht? Und warum hat uns bislang niemand darüber informiert?«

»Wir wissen selbst erst seit heute Morgen davon. Das eigentliche Problem ist auch nicht die Größe der Kolonie, sondern, dass einige der Tiere über enorme Intelligenz verfügen.« Er überlegte, ob er erwähnen sollte, dass diese Ameisen es geschafft hatten, mit ihm und den GAIA-Wissenschaftlern zu kommunizieren, aber er entschied sich dagegen. Wenn sein Vortrag zu fantastisch klang, würde man ihm nur weiteres Misstrauen entgegenbringen und seinen Antrag womöglich ablehnen, gleichgültig, ob er die Wahrheit sagte oder nicht. Nein, er musste vorsichtig sein, freilich ohne dabei die Fakten zu sehr zu verharmlosen. »Die Ameisen, von denen ich spreche, schmieden Pläne und sind in der Lage, diese gezielt auszuführen, wobei sie auch vor Angriffen auf Menschen nicht zurückschrecken. Dr. Silva und ich haben in Afrika einen solchen Angriff erlebt.«

Barrymore schüttelte energisch den Kopf. »Was mir noch nicht einleuchtet, ist: Woher kommen diese Ameisen auf einmal? Weshalb sind sie plötzlich so intelligent? Es tut mir leid, Tom, für mich klingt das Ganze wie ein Szenario aus einem Science-Fiction-Film. Ist das nicht alles maßlos übertrieben?«

»Es handelt sich um Vertreter derselben Spezies wie in Afrika«, sagte Tom. »Um Wüstenameisen.«

»Um *Wüstenameisen*? Das wird ja immer skurriler! Und wie

kommen diese bösartigen Winzlinge hierher? Haben sie sich hierher *gebeamt*?«

Trotz Barrymores beißendem Sarkasmus blieb Tom sachlich. »Es handelt sich um Versuchstiere aus meinem Labor«, gestand er. »Ein Teil von ihnen ist leider entkommen und ins Freie gelangt. Vermutlich handelt es sich lediglich um ein paar Tausend Tiere, doch diese sind, wie gesagt, zu außerordentlichen Leistungen fähig. Sie können andere Kolonien unterwerfen und für ihre Zwecke manipulieren, das habe ich im Kongo erlebt. Und wenn sie sich angegriffen fühlen, werden sie mit aller Konsequenz zurückschlagen.«

»Nun, dann lassen wir sie eben in Frieden«, warf jemand ein.

»Ich fürchte, dafür ist es zu spät, Sir«, sagte Tom. »Es ist durchaus denkbar, dass die Ameisen den Brand auf der Braddock-Weide gewissermaßen als Kampfansage aufgefasst haben.« Er machte eine Pause und ließ seinen Blick durch die Reihe der Politiker wandern. Noch immer zögerte der Großteil von ihnen, das sah er in ihren Mienen. Tom überlegte fieberhaft. Wie könnte er ihnen die Situation anschaulicher machen?

Noch während er nach geeigneten Argumenten suchte, ergriff Barrymore wieder das Wort. »Damit ich das richtig verstehe: Sie wollen die Unterstützung der Stadt für ein Katastrophenszenario, das – falls es tatsächlich eintrifft – allein *Sie* zu verantworten haben? Wie stellen Sie sich das vor? In unserer Haushaltskasse klafft ohnehin schon ein Loch.«

»Die Rossburry-Stiftung wird sich an den entstehenden Kosten angemessen beteiligten«, sagte Tom. Er hatte das im Vorfeld mit Hayden Dexter besprochen und dessen Unmut dadurch nur noch mehr geschürt. Aber letztlich hatte Dexter eingesehen, dass daran wohl kein Weg vorbeiführen würde. »Worauf es jetzt ankommt, ist die Unterstützung von Polizei und Feuerwehr. Wir müssen herausfinden, ob sich in Sheffield weitere Kolonien gebildet haben, die von den Wüstenameisen befehligt werden. Und dann müssen wir einen Weg finden, die davon ausgehende Bedrohung abzuwenden.« Er hatte noch keine Vorstellung, wie das geschehen sollte, aber am wichtigsten war jetzt ohnehin erst einmal, mit städtischer Hilfe einen Überblick über das Ausmaß der Bedrohung zu erlangen.

Doch im weiteren Verlauf der Debatte wurden unzählige Bedenken laut. Nicht nur, dass die Höhe der finanziellen Beteiligung durch das Rossburry-Institut noch zu klären war, man fürchtete auch, durch das Einschalten von Polizei und Feuerwehr die Aufmerksamkeit der Presse zu erregen, die durch den Vorfall auf der Braddock-Weide ohnehin hellhörig geworden war. Niemand im Stadtrat wollte wochenlang Schlagzeilen über Killer-Ameisen in den Zeitungen sehen. Die Auswirkungen auf den örtlichen Tourismus, eine wichtige Einnahmequelle der Stadt, wären nicht abzusehen.

Je länger die Diskussion dauerte, desto mehr spürte Tom, wie ihm die Situation entglitt, obwohl auch Cliff und Maria immer wieder die latente Bedrohung durch die Ameisen betonten. Am liebsten hätte Tom auf den Tisch geschlagen, um sich wieder Gehör zu verschaffen, doch er hielt sich zurück. Ein solcher Gefühlsausbruch würde ihm nicht weiterhelfen. Er hatte seine Argumente vorgebracht, jetzt war es an den Politikern, eine Entscheidung zu treffen.

Diese wurde nach zweistündigem Hin und Her auf die nächste Sitzung verschoben, die in drei Tagen stattfand. Tom wusste nicht, wie er dieses Ergebnis werten sollte. Einerseits hatte der Stadtrat das Anliegen nicht pauschal abgelehnt, sondern es sehr ernsthaft und intensiv erörtert. Andererseits konnte in drei Tagen alles Mögliche passieren, und wie die Politiker sich dann entscheiden würden, stand in den Sternen.

Cliff stand nach der Sitzung noch mit Tom und Maria auf dem Parkplatz vor dem Rathaus. »Im Moment haben wir getan, was in unserer Macht steht«, sagte er. »Vielleicht haben wir ja auch mal ein bisschen Glück, und die nächsten Tage verlaufen ruhig. Wäre doch immerhin möglich, oder?«

Ja, dachte Tom, möglich wäre es. Aber irgendetwas in ihm weigerte sich, daran zu glauben.

Kapitel 49

Der Morgen war unangenehm kalt und neblig, wie in den Tagen davor. Das anhaltende schlechte Wetter konnte einen trübsinnig machen, das galt doppelt für jemanden, der im Kanalisationssystem arbeitete. Hier war es nicht nur düster wie in einem Horrorfilm, es wimmelte auch noch von Ratten und stank erbärmlich nach Urin und Fäkalien. In den zwölf Jahren, in denen Billy Bob Brogan nun für die Stadt arbeitete, hatte er sich nicht an diesen bestialischen Gestank gewöhnen können. Es verging kaum ein Tag, an dem er sich nicht dafür hasste, sich nicht endlich eine andere Arbeit zu suchen.

»Scheiß Job«, murmelte er vor sich hin, wie er es gerne hier unten tat. Ja, der Job war beschissen, im wahrsten Sinne des Wortes.

»Wenigstens wird er anständig bezahlt«, erwiderte Paul Riggs, der hinter Billy Bob Brogan durch den Kanal stapfte und die mehr als drei Meter hohe Betonröhre mit einer batteriebetriebenen Neonlampe ausleuchtete, um sie auf Risse und andere Auffälligkeiten hin zu untersuchen.

»Anständig bezahlt?«, knurrte Brogan. »*Beschissen* bezahlt! Selbst mein Schwager, ein Schwachkopf von einem Bürofurzer, bekommt am Monatsende mehr Kohle als ich, dabei macht er den ganzen Tag nichts anderes, als Formulare zu lochen und sich die Eier zu schaukeln …« Er hielt mitten im Satz inne.

»Was ist?«, fragte Riggs. »Hat der Gestank dir die Sprache verschlagen?«

Brogan gab seinem Hintermann mit einer ärgerlichen Handbewegung zu verstehen, dass er endlich die Klappe halten solle. Als dieser endlich begriff, lauschte Brogan nach beiden Seiten in die dunkle Röhre.

»Hörst du das?«, fragte er. Von vorn drang ein Geräusch zu ihnen, das er nicht identifizieren konnte, obwohl die permanente Dunkelheit hier unten seinen Gehörsinn geschärft hatte.

»Hm«, machte Riggs. »Klingt jedenfalls nicht wie 'ne Klospülung.«

Idiot!, dachte Brogan. Eine Klospülung war es definitiv nicht.

»Wahrscheinlich Ratten«, mutmaßte Riggs.

Brogan schwieg und konzentrierte sich noch einmal auf das Geräusch. Es klang wie das Brutzeln von Öl in einer Bratpfanne – irgendwie anders als Rattenfüße, die über nassen Beton tippelten. Andererseits: Was sollte es sonst sein? »Lass uns weitergehen«, sagte er und stapfte, gefolgt von seinem Kollegen, weiter.

Die beiden Männer folgten dem auf ihrer Karte vorgegebenen Weg durch die Röhre. Das Geräusch wurde lauter, doch Brogan hätte nicht sagen können, wie weit sie noch davon entfernt waren. Nun, vor Ratten hatte er keine Angst, sie waren ihm im Lauf der Jahre zu einem vertrauten Anblick geworden. Die meisten flüchteten ohnehin, wenn er und Riggs in ihre Nähe kamen, bestimmt würde es auch diesmal so sein.

Sie erreichten eine Linksabzweigung, und Brogan sah auf seinem Plan nach, welche Richtung sie einschlagen mussten, um die Routinekontrolle durchzuführen. »Hier entlang«, sagte er und deutete weiter geradeaus.

Das Geräusch wurde nun mit jedem Schritt lauter, aber noch war im Lichtkreis der Neonröhre nichts zu erkennen. Irgendwie unheimlich, dachte Brogan. Es mussten schon verdammt viele Ratten sein, um dieses Geräusch zu verursachen.

Noch während er das dachte, wurde es plötzlich still.

Ein paar Sekunden lang blieb er stehen, um zu lauschen. Nichts. Es war, als würde die Röhre plötzlich sämtliche Geräusche absorbieren oder als hätten alle Ratten gleichzeitig aufgehört, sich zu bewegen – was natürlich völlig undenkbar war.

»Was zum Teufel hat das zu bedeuten?«, flüsterte Riggs hinter ihm.

Brogan schüttelte nur den Kopf. Er hätte gerne eine passende Antwort auf diese Frage gehabt, aber im fiel nichts Gescheites ein.

»Lass uns umkehren«, schlug Riggs vor. »Das ist mir nicht geheuer.«

»Einverstanden«, sagte Brogan, froh, dass Riggs den Vorschlag zuerst gemacht hatte. »Wir kommen morgen noch mal her, mit besserer Ausrüstung, damit wir etwas sehen können.«

Kaum hatten sie diese Entscheidung getroffen, ertönte das Geräusch erneut – diesmal aus beiden Richtungen. Es kam von vorn *und* von hinten. Unwillkürlich richteten sich Brogans Nackenhaare auf. Obwohl es dafür noch keinen wirklichen Grund gab, fühlte er sich bedroht. Eingekreist. So, als habe man ihn bewusst in eine Falle gelockt. Er wusste, dass der Gedanke absurd war. Ratten taten so etwas nicht. Dennoch konnte er sich nicht von dieser beklemmenden Vorstellung lösen.

»Wir beeilen uns besser«, sagte er und machte kehrt. Riggs folgte ihm dicht auf den Fersen.

Kurz vor der Abzweigung blieb Brogan so abrupt stehen, dass sein Hintermann ihn beinahe überrannte.

»Was soll das?«, murrte Riggs.

Brogan antwortete nicht, sondern deutete wortlos in den Röhrenabschnitt vor ihnen. Beschienen vom bläulichen Neonlicht bot sich ihnen ein Bild, wie sie es noch nie zuvor zu Gesicht bekommen hatten. Die gerade noch nackten Betonwände waren überzogen von einer undefinierbaren, glitzernden Schicht, die sich wie eine schwarze Flüssigkeit weiter auszudehnen schien, ohne dabei den Gesetzen der Schwerkraft zu unterliegen. Wie ein sich stetig ausbreitender Ölfilm wuchs diese Schicht an den Wänden entlang, den beiden Männern entgegen.

Als sie sich umdrehten, näherte sich eine zweite solche Schicht von hinten.

»Jesus, was ist das?«, raunte Riggs.

»Keine Ahnung«, gab Brogan zurück. »Aber es gefällt mir nicht.«

»Gib einen Funkruf durch. Mach schon. Sag, dass wir in der Scheiße sitzen, dass hier irgendwas Sonderbares vor sich geht. Und sag, dass sie jemanden herschicken sollen, falls …«

Er ließ den Satz unvollendet, aber Brogan wusste auch so, was sein Kollege meinte: *Falls sie es nicht bis nach oben schaffen würden.* Er griff nach dem Funkgerät und versuchte, eine Verbindung zum Einsatzleiter herzustellen. Vergebens – am anderen Ende der Leitung meldete sich niemand. Vermutlich versuchte Olafson, dieser faule Fettarsch, wieder einmal, bei Peggy-Sue Jenkins zu landen. Scheiße!

»Schätze, wir müssen allein sehen, wie wir hier rauskommen«, sagte Brogan. Die schwarze Masse kroch unaufhaltsam weiter auf ihn und Riggs zu wie ein dämonischer Schatten. Nein, wie *zwei* dämonische Schatten, die die Männer von beiden Seiten in die Zange nahmen.

Erst, als die Schatten ganz dicht herangekommen waren, erkannte Brogan auf einmal, worum es sich dabei handelte. Beinahe hätte er laut aufgelacht. »Ameisen!«, rief er. »Es sind nur Ameisen, und wir scheißen uns beinahe die Hosen voll! Zum Glück war Olafson nicht am Platz. Wir hätten uns zum Gespött der ganzen Abteilung gemacht.«

»Aber normal ist es nicht, dass so viele Ameisen hier unten durch die Gänge kriechen«, sagte Riggs. »Ich finde immer noch, wir sollten von hier verschwinden. Wenn wir Bericht erstattet haben, soll Olafson sehen, was er damit macht.«

Brogan nickte und setzte sich in Bewegung. Obwohl er mit Schlimmerem gerechnet hatte, fühlte auch er sich nicht richtig wohl in seiner Haut.

Eigenartigerweise war der schmale Gehweg neben dem eigentlichen Abwasserkanal frei von Ameisen. Brogan war dankbar dafür, konnte er auf diese Weise doch jeglichen Kontakt mit den kleinen Biestern vermeiden.

Sie tauchten ein in das brutzelnde Geräusch und waren plötzlich umgeben von Hunderttausenden von winzigen, sich bewegenden Körpern, die im Neonlicht glitzerten wie ein Meer aus schwarzen Edelsteinen. Insektenbeine kratzten über den Beton, Chitinpanzer klackerten gegeneinander. Obwohl Brogan keine wirkliche Angst mehr verspürte, war es dennoch ein eigenartiges Gefühl, durch die wuselnde Masse zu schreiten.

Endlich glaubte er, am Ende des Lichtkreises wieder Beton erkennen zu können. Erleichtert atmete er auf.

In diesem Moment fing Riggs hinter ihm an zu schreien.

Brogan fuhr herum und erstarrte. Sein Kollege war über und über mit Ameisen bedeckt und schlug wie wild um sich, ohne jedoch gegen die Heerschar der winzigen Angreifer anzukommen. Brogan verspürte den Drang, ihm zu helfen, gleichzeitig war er wie gelähmt. Und noch während in ihm die unterschiedlichsten Regungen gegeneinander ankämpften – Mitleid, Hilfsbereitschaft, aber auch Ekel, Abscheu und jetzt auch wieder Angst –, prasselten die Ameisen nun auch auf ihn von der Decke herab wie ein schwarzer Regenschauer. Obwohl der Helm und seine Kanalarbeiterkleidung ihm einen gewissen Schutz boten, war sein Gesicht völlig frei. Er spürte, wie die kleinen Biester ihn binnen Sekunden überströmten, ihm in Mund und Nase krochen und ihn zum Husten brachten. Gleichzeitig krabbelten sie ihm in Scharen unter den Schutzoverall. Sie zwickten und bissen ihn plötzlich überall und verätzten ihm die Augen mit ihrer Säure. Der Schmerz war so überwältigend, dass er gar nicht auf die Idee kam, sich in den Kanal zu stürzen, um die angreifenden Insekten zu ertränken. Sein Kopf war leer, nur noch erfüllt von Angst und Panik, weil er tief im Innern wusste, dass es aus dieser Lage kein Entkommen geben würde.

Billy Bob Brogan schrie, wie nie zuvor in seinem Leben. Er hatte das Gefühl, bei lebendigem Leib zu verbrennen.

Kapitel 50

BARCELONA, SPANIEN

Brian Quint saß in einem Straßencafé und genoss den Blick auf die achtundsechzig Meter hohe Kolumbusstatue und den dahinterliegenden Hafen. Das Café war gut besucht, die Gäste bunt gemischt. Hier versammelten sich Touristen und Einheimische, Arbeiter und Geschäftsleute, Jung und Alt. Kaum ein Platz war noch frei. Inmitten dieses lebhaften Getümmels, das sich auf der Einkaufsallee, *la Rambla*, fortsetzte, fühlte Quint sich geborgen. Umgeben von der Masse versank er in Anonymität, wurde beinahe unsichtbar.

Im Geiste ging er noch einmal die letzten Tage durch. Er hatte in GAIA seine Sprengsätze gelegt, um die Station zu zerstören und mit ihr alles, was ihm oder dem Vatikan im Wege stand: die Steintafeln mit den Inschriften, die Gott als böse darstellten ... den Baum mit den Früchten und die Bronzekugel ... die Ameisen als Werkzeuge der Vernichtung ... die Wissenschaftler, die Quint zuletzt beinahe auf die Schliche gekommen waren. All das hatte er mit ein paar gezielten Explosionen beseitigt. Er selbst war in dem GAIA-Hubschrauber entkommen.

Nur die Kugel hatte er auftragsgemäß verschont und dafür gesorgt, dass sie unversehrt nach Rom gelangte.

Quint erinnerte sich noch an jedes Detail, gleichzeitig schienen ihm die Ereignisse in der Sahara schon Jahre zurückzuliegen. Er nippte an seinem Kaffee, ließ den Blick wieder über die *Rambla* schweifen und spürte, wie ein tiefer innerer Friede in ihm einkehrte. Auf manch einen mochte das unruhige Großstadtleben – die vielen Menschen, die lärmenden Autos, die Abgase – abstoßend wirken, für Brian Quint war es der Himmel auf Erden. Nicht umsonst hatte er die spanische Metropole ausgesucht, um sich ein wenig zu regenerieren.

Sein Handy klingelte, er nahm das Gespräch entgegen. Am anderen Ende der Leitung meldete sich Kardinal Vargas.

»Ist die Kugel inzwischen bei Ihnen eingetroffen?«, fragte Quint.

»Die Kugel? Ja. Und wie es aussieht, besteht sie aus nichts anderem als Stein und Bronze. Aber das ist nicht das eigentliche Problem. Ich fürchte, es gibt weitaus schlechtere Neuigkeiten.« Jedes Wort klang wie ein Vorwurf, so als habe Vargas eigentlich gemeint: *Sie haben auf der ganzen Linie versagt!*

Quints innerer Friede schwand wie ein süßer Traum im Moment des Erwachens. »Wovon sprechen Sie?«

»Nicht am Telefon. Wir müssen unter vier Augen miteinander reden. Nehmen Sie die nächste Maschine nach Rom. Ich erwarte Sie noch heute Abend in meinen Gemächern.« Dann war die Leitung wieder tot.

Quint unterdrückte die aufkommende Wut über die Selbstverständlichkeit, mit der Vargas über ihn und seine Zeit verfügte. Andererseits war er sich darüber im Klaren, dass der Kardinal ihn nur aus wahrhaft wichtigem Anlass nach Rom beorderte. Irgendetwas Dramatisches musste geschehen sein, von dem Quint noch nichts wusste.

Er legte einen Geldschein auf den Tisch und verließ das Café.

Kapitel 51

Als Roddy »Fat« Olafson von seinem Flirt mit Peggy-Sue Jenkins im Nachbarbüro zurückkehrte, sah er an dem rot leuchtenden Lämpchen auf seinem Schaltpult, dass Brogan und Riggs versucht hatten, ihn zu erreichen. Die nächste Routinemeldung stand eigentlich erst in einer halben Stunde an, folglich musste etwas Besonderes vorgefallen sein. Also beschloss Olafson, sie zurückzurufen. Als er nicht durchkam, erledigte er ein wenig Papierkram, bevor er einen neuen Versuch unternahm – wieder vergeblich. Schulterzuckend widmete er sich wieder seinen Unterlagen. In Gedanken war er allerdings im Nebenzimmer bei Peggy-Sue Jenkins und ihren drallen Rundungen.

Sonderbar kam ihm die ganze Sache erst vor, als Brogan und Riggs auch die Routinemeldung versäumten. Er gab ihnen noch ein paar Minuten Zeit und versuchte es dann seinerseits noch einmal. Die beiden meldeten sich noch immer nicht.

Eine weitere halbe Stunde später begann Olafson, sich ernsthafte Sorgen zu machen. Brogan und Riggs waren zwei seiner zuverlässigsten Mitarbeiter. Unfälle in der Kanalisation waren zwar nicht an der Tagesordnung, aber sie kamen gelegentlich vor. Also schickte er ein zweites Team hinab ins unterirdische Röhrensystem der Stadt. Es begann mit der Suche dort, wo Brogan und Riggs sich zuletzt gemeldet hatten, und folgte derselben Einsatzroute. Zwanzig Minuten später fand es die beiden Vermissten, bis zur Unkenntlichkeit entstellt, am Rand des Abwasserkanals.

Am frühen Nachmittag wurden die Leichen geborgen – besser gesagt das, was von ihnen noch übrig war. Ihre Haut war von roten Pusteln und winzigen Bissspuren übersät, ihr Inneres schien regelrecht aus ihnen herausgesogen worden zu sein. Haut und Knochen – viel mehr gab es von ihnen nicht mehr.

Dort, wo ihre sterblichen Überreste lagen, fand man auch etliche tote Ameisen. Was genau vorgefallen war, ließ sich zwar nicht rekonstruieren, aber für die Polizei war offensichtlich, dass es sich um einen ähnlichen Unglücksfall handeln müsse wie bei Harry Coleman, dem Opfer auf der Braddock'schen Schafweide. Und da es sich in der Stadt herumgesprochen hatte, wie Chester Braddock mit dem Ameisenproblem umgegangen war, organisierte der Polizeichef in Kooperation mit der örtlichen Feuerwehr kurzerhand ein mit Flammenwerfern ausgestattetes Einsatzkommando, das das Kanalisationssystem der Stadt von den Ameisen befreien sollte.

Bis kurz vor Mitternacht räucherten die Männer siebzehn große Kolonien und eine ganze Anzahl kleinerer Ableger aus, verteilt auf sämtliche Bezirke der Stadt. Dann wurde der Einsatz beendet, und alle klopften sich gegenseitig auf die Schulter. In den nächsten Tagen wollte man die Aktion wiederholen, um ganz sicherzugehen. Für den Moment war man jedoch davon überzeugt, das Problem zumindest so weit in den Griff bekommen zu haben, dass es zu keinen weiteren Zwischenfällen mit Verletzten oder gar Toten kommen würde.

Doch die Einsatzkommandos hatten nur einen Bruchteil der Ameisennester ausgeräuchert: Die meisten Kolonien hatten sich, befehligt von den aus Toms Labor entkommenen *Cataglyphis*, in dunkle Nischen und unwegsame Stollen zurückgezogen und dort unbemerkt ausgeharrt. Jetzt, da die Gefahr vorüber war, aber die Stress-Pheromone ihrer toten Artgenossen noch wie stumme Verzweiflungsschreie im Röhrensystem hingen, formierten sie sich zum Gegenangriff.

Kapitel 52

Die meiste Zeit des Vortages hatten Tom, Cliff und Maria damit zugebracht, mit dem Auto kreuz und quer durch Sheffield zu fahren und nach außergewöhnlichen Ameisenaktivitäten Ausschau zu halten. Auch das nähere Umland hatten sie auf diese Weise inspiziert, allerdings ohne allzu großen Erfolg. Die Kolonien, auf die sie stießen, zeigten keinerlei Verhaltensauffälligkeiten. Tom deutete das als gutes Zeichen. Natürlich war er sich darüber im Klaren, dass er und seine beiden Begleiter nur einen Bruchteil der Stadt absuchen konnten, denn solange der Stadtrat keine Hilfstrupps bewilligte, waren sie auf sich allein gestellt. Und bis dahin untätig herumzusitzen, brachte Tom einfach nicht fertig. Seine Nerven waren viel zu angespannt, immerhin war er für die Situation zum Teil verantwortlich – er hatte veranlasst, dass die Wüstenameisen nach England gebracht wurden, um sie näher zu untersuchen. Jetzt wollte er tun, was in seiner Macht stand, um weiteres Unglück zu verhindern.

Heute wollte er versuchen, noch einmal mit den Laborameisen in Kontakt zu treten. Die Trägertiere, die Cliff bereits vor Tagen mit Robo-Packs präpariert hatte, lieferten zwar jede Menge Bild- und Datenmaterial aus der Kongo- und der Sahara-Vitrine, eine Kommunikation hatte bislang jedoch nicht stattgefunden.

»Vielleicht finden wir eine Möglichkeit, den ersten Schritt zu machen«, sagte Tom.

»Darüber zerbreche ich mir schon seit Tagen den Kopf«, entgegnete Cliff. »*Falls* es einen Weg gibt, ist er mir jedenfalls noch nicht eingefallen.«

»Wir könnten noch mehr Ameisen mit Robo-Packs ausstatten.

Vielleicht erkennen die *Cataglyphis* dann, wie wichtig es für uns ist, mit ihnen Kontakt aufzunehmen, und werden ihrerseits aktiv.«

»Du willst sie aus der Reserve locken?« Cliff ließ sich den Gedanken durch den Kopf gehen. »Ich bezweifle, dass das klappt, aber vielleicht ist es einen Versuch wert. Hast du noch Robo-Packs hier?«

Tom nickte. »Noch ein paar. Wenn die nicht reichen, müssen wir Nachschub aus dem Institut holen.«

Bei leiser Radiomusik verdrahteten er und Cliff im Lauf der nächsten halben Stunde fünf weitere Trägerameisen. Nachdem sie sie in ihre Vitrinen zurückgesetzt hatten, begann wieder das Warten.

»Was denkt ihr, wie der Stadtrat sich entscheidet?«, fragte Tom nach einer Weile. »Wird er uns ein Hilfsteam bewilligen?«

Cliff winkte ab. »Ich glaube nicht, dass die Entscheidung in der nächsten Sitzung getroffen wird«, sagte er. »Barrymore spielt auf Zeit.«

»Was meinst du damit?«

»Er wird nicht zulassen, dass eine Entscheidung fällt, solange er noch im Amt ist, denn er kann dabei nur verlieren. Unterstützt er unser Anliegen, kostet das die Stadt Geld, das sie momentan nicht hat. Lehnt er unsere Bitte ab und die Ameisen greifen tatsächlich an, wäre er der Buhmann, der die Situation falsch eingeschätzt hat. Also wartet er einfach ab, bis er sein Amt als Bezirksratsvorsitzender angetreten hat. Den schwarzen Peter haben dann die anderen, er selbst ist fein raus.«

Tom schüttelte den Kopf. »Wenn er *keine* Entscheidung trifft und die Ameisen angreifen, wäre er ebenfalls der Buhmann.«

»Ich bin sicher, er hält das Risiko für relativ gering«, sagte Cliff. »Ich habe in der Zeitung gelesen, dass er sein neues Amt in Brighton schon in wenigen Tagen antritt. Und selbst wenn die Ameisen schon vorher angreifen würden – die Buhmänner wären allenfalls *wir*. Barrymore müsste nur mit dem Finger auf uns zeigen und die Wahrheit sagen, nämlich, dass wir das Chaos heraufbeschworen haben. Dann interessiert sich kein Mensch mehr dafür, ob er zu spät gehandelt hat oder nicht.«

Tom bezweifelte, dass Barrymore sich so leicht aus der Affäre würde ziehen können, aber noch bevor er seine Argumente in Worte fassen konnte, änderte sich plötzlich etwas auf dem Computerbildschirm: Eine der Live-Übertragungen aus dem Sahara-Formicarium endete abrupt. Dort, wo zuvor noch fleißige Betriebsamkeit geherrscht hatte, war der Bildausschnitt jetzt schwarz. Die Ameisen hatten das Sendesignal unterbrochen.

»Offenbar haben sie unsere Aufforderung verstanden«, sagte Maria – es war kaum mehr als ein Flüstern und klang beinahe ehrfürchtig.

»Sieht ganz so aus …«

Tom vergrößerte das Bildschirmfenster auf die gesamte Monitorfläche. Kurz darauf ging das Schwarz in ein Gemisch aus pulsierenden Rot- und Orangetönen über, das an brodelnde Lava erinnerte. Genau wie in GAIA. Und auch hier formte sich aus flirrenden dunklen Pixelwolken eine erste Botschaft der Ameisen:

KONTAKT CATAGLYPHIS – MENSCH ERWÜNSCHT?

»Das nenn ich schnell«, sagte Cliff. »Können die kleinen Biester Gedanken lesen?«

Tom rückte seinen Stuhl vor dem Computer zurecht und tippte in die Tastatur:

KONTAKT ERWÜNSCHT!

Im Lauf der nächsten Stunde versuchten Tom, Cliff und Maria, das Vertrauen der Tiere durch den behutsamen Austausch von Fragen und Antworten zu gewinnen, doch aus irgendeinem Grund schien ihnen das nicht wirklich zu gelingen. So offen die Ameisen in GAIA auf die ersten Kommunikationsversuche reagiert hatten, so zurückhaltend zeigten sie sich hier. Man spürte zwar, dass sie an einem Gedankenaustausch interessiert waren – sonst hätten sie den Kontakt gar nicht herzustellen brauchen –, dennoch wirkten sie zögerlich, beinahe misstrauisch. Tom ahnte den Grund: In GAIA waren Mensch und Ameise gleichberechtigte Kommunikationspartner gewesen, die voneinander lernen wollten. Hier in Sheffield gab es diese Gleichberechtigung nicht. Die Ameisen waren von ihren Mutterkolonien getrennt und hierher verschleppt worden – für hochintelligente Wesen, wie sie es waren, gewiss ein einschneidendes Erlebnis, das es ihnen nicht gerade erleichterte, Vertrauen zu fassen.

Tom war so konzentriert, einen Zugang zu den Ameisen zu finden, dass er gar nicht darauf achtete, was im Radio lief. Erst als Cliff neben ihm aufstand und mit ernster Miene den Ton lauter drehte, wurde ihm klar, dass etwas Schreckliches geschehen sein musste.

… die nächtlichen Säuberungsaktionen in der Kanalisation von Sheffield waren somit ein voller Erfolg. Das ließen Polizeichef Delmoore und Feuerwehrsprecher Atkins verlauten. Insgesamt wurden nahezu zwanzig Ameisennester vernichtet. Die Aktion war erforderlich geworden, nachdem am gestrigen Donnerstag im unterirdischen Röhrensystem der Stadt zwei Kanalarbeiter angegriffen und getötet worden waren. Laut Polizeichef Delmoore sei die Gefahr inzwischen jedoch gebannt. Für die Bevölkerung von Sheffield bestehe keine Gefahr mehr. Weitere Einzelheiten über die hiesige Ameisenplage erfahren Sie in den Fünf-Uhr-Nachrichten …

Tom, Cliff und Maria tauschten Blicke aus, und Tom wusste, dass sie alle in diesem Moment dasselbe dachten: Diese nächtliche Razzia kam einer Kriegserklärung gleich – und wie dieser Krieg enden würde, stand in den Sternen.

Kapitel 53

Als Brian Quint mit seinem Mietwagen in Sheffield einfuhr, kam er sich vor wie in einem bösen Traum. Das Gespräch, das er am Abend zuvor mit Kardinal Vargas im Vatikan geführt hatte, war mehr als unerfreulich gewesen. Den ganzen Flug von Rom nach London hatte ihn dieses Gespräch beschäftigt, und auch jetzt ging es ihm nicht aus dem Sinn. Was Vargas ihm eröffnet hatte, war ein Tiefschlag gewesen, mehr noch – eine Katastrophe. Quint hatte den grauenvollsten Fehler in seiner langen Laufbahn als Agent der Kirche begangen.

Kardinal Vargas hatte ihn diesmal in seinen prunkvollen Privatgemächern im Palazzo del Sant'Uffizio empfangen. Überall hingen Gemälde alter Meister an den Wänden. Statuen aus Marmor und Alabaster zierten die Tische, Kommoden und Fensterbänke. Inmitten dieses glanzvollen Ambientes hatte Vargas mit steinerner Miene den Grund für Quints spontane Abberufung aus Barcelona genannt: Die Steintafeln aus der Sahara waren von den Schriftexperten des Vatikans inzwischen vollständig entschlüsselt und mit den Dokumenten der Vatikan-Archive abgeglichen worden. Das Rätsel um die sonderbaren Vorkommnisse in GAIA war endgültig gelöst.

Die Unterredung in Rom hatte sich Quint tief ins Gedächtnis eingebrannt, sodass er sich bis ins Detail daran erinnern konnte. Während Vargas mit Quint sprach, blätterte er immer wieder in einem Aktenordner, der vor ihm auf einem antiken Beistelltisch lag. Sein Blick war seltsam entrückt. In ihm lag keine Wut, sondern einfach nur tiefer Schmerz, beinahe so etwas wie Resignation. »Die Talik erwähnen in ihren Inschriften etwas, was sie den heiligen

Baum der Hebräer nennen. Er wuchs einst zwischen den Ufern der Flüsse Perat und Hiddekel. Der Legende nach gingen von ihm magische Kräfte aus. Der Herrscher der Talik, ein Mann namens Napram, wollte sich die Macht dieses Baumes zunutze machen. In einem langen Kampf gelang es ihm und seinen Kriegern, sich gegen eine Heerschar geflügelter Löwen durchzusetzen, die den Baum bewachte. Nachdem er diese Wesen besiegt hatte, pflückte er einige der magischen Früchte. Den Baum selbst ließ er vernichten, um den hebräischen Widerstand gegen die Talik zu schwächen. Napram brachte die Früchte in seine Heimat und ließ sie dort einpflanzen. Die Aufzucht erwies sich als schwierig. Nur ein einziger Trieb wuchs heran, und es dauerte angeblich Generationen, bis er sich zu einem Baum entwickelt hatte. Doch anstatt die Talik nun endlich mit magischen Fähigkeiten auszustatten, brachte er nur Unheil über sie. Hier steht …« Vargas blätterte in seinen Unterlagen und strich die Seite glatt. *»Dieser Baum entsendet nur Tod und Verderben. Er bringt Heerscharen von Kriechgetier hervor, die über das Land herfallen und es verwüsten. Daher hat unser großer Herrscher Udaan – ein glorreicher Nachkomme Naprams – beschlossen, den Baum zu zerstören.«* Vargas blätterte eine Seite um und überflog den Text, bis er die richtige Stelle fand. »Hier steht weiter, dass der Baum gefällt und verbrannt wurde, doch dass seine Wurzeln zu tief in die Erde reichten, um sie vollständig zu entfernen. Also ließ Udaan eine Mauer bauen, auf dass dieser Baum nie wieder in der Welt wirken könne. Als weithin sichtbares Symbol für die böse Frucht des Baums ließ er unweit der Mauer einen Turm errichten und ihn mit einer großen, bronzebeschlagenen Steinkugel krönen. Der Turm sollte zur Abschreckung dienen. Aus demselben Grund ließ er die Mauer mit Warnungen beschriften. Udaan wollte sichergehen, dass von dem Baum nie wieder eine Gefahr ausgehen kann.«

Noch wusste Quint nicht recht, worauf Kardinal Vargas mit seiner abenteuerlichen Geschichte hinauswollte, aber irgendetwas in dem Vortrag hatte in ihm eine Vorahnung beschworen, die ihm

Schweiß aus den Poren trieb. Was die Steinkugel betraf, hatte er sich offenbar grundlegend geirrt. Sie war kein Werk Gottes, sondern lediglich ein von Menschenhand erschaffenes Mahnmal. Quint hatte das nach dem letzten Telefonat mit Vargas bereits geahnt, dennoch war er jetzt beinahe enttäuscht. Aber da war noch etwas anderes in ihm, ein Gefühl, das weit über bloße Enttäuschung hinausging. Eine dunkle Vision, ein düsteres Bangen.

Der heilige Baum der Hebräer … der einst zwischen den Ufern der Flüsse Perat und Hiddekel wuchs …

Er spürte, dass er kurz davor war zu begreifen. Dass es nur noch eines winzigen Gedankenschritts bedurfte, um dieses letzte Geheimnis zu lüften und jene bittere Wahrheit zu erfassen, die Vargas bereits kannte.

Und dann traf ihn die Erkenntnis wie ein Donnerschlag. Perat und Hiddekel – die altertümlichen Namen von Euphrat und Tigris. Mesopotamien. Euphrat, Tigris, Pischon und Gichon – die vier Flüsse, die der Überlieferung nach den biblischen Garten Eden gesäumt hatten. Die geflügelten Löwen – Greife – waren die Cherubim gewesen, die diesen Garten bewacht hatten, um zu verhindern, dass der Mensch jemals dorthin zurückgelangt.

Der heilige Baum der Hebräer …

Quint spürte, wie sein Magen auf Erbsengröße zusammenschrumpfte, verursacht durch das tiefe Entsetzen über das eigene Versagen. Nicht die Steinkugel war der Schlüssel zu Gott gewesen, sondern der Baum, ein Sprössling des biblischen Baums der Erkenntnis, jenes Baums, von dem Eva die verhängnisvolle Frucht gepflückt hatte – Anlass für die Vertreibung aus dem Paradies.

Der Baum der Erkenntnis!

Quint konnte es noch immer kaum fassen. Er hatte diesen Baum stets für eine Allegorie gehalten, dabei hatte er offenbar real existiert. Nur dass der Verfasser des Bibeltextes sich die dichterische Freiheit herausgenommen hatte, aus den abstoßend schwarzen Früchten verführerische Äpfel zu machen.

Dann, irgendwann, hatten die Talik diesen Baum – den Ursprung der biblischen Menschwerdung, oder, wie die Hebräer es genannt hatten, *das Geheimnis des Allerhöchsten und der Menschheit* – zerstört. Doch zuvor hatten sie einen Ableger davon gezüchtet, weit weg von Mesopotamien, in ihrer Heimat in Zentralafrika, das damals eine fruchtbare mediterrane Landschaft gewesen und heute nur noch Wüste war. Als die Talik merkten, dass dieser Ableger ihnen nur Unglück brachte, versuchten sie, ihn ebenfalls zu vernichten. Doch nach einem jahrtausendelangen Dornröschenschlaf unter einer meterdicken Steinmauer war der Baum selbst unter den widrigen Bedingungen der Sahara zu neuem Leben erblüht. Er hatte wieder Früchte getragen und den Ameisen, die davon gefressen hatten, seine Kräfte übertragen. Und weil diese Ameisen im Gegensatz zu Adam und Eva nicht nur *eine* Frucht gekostet, sondern sich jahrelang davon ernährt hatten, waren aus ihnen diese hochintelligenten Wesen geworden.

Quint fühlte sich, als sei etwas in ihm gestorben. Mit der Sprengung von GAIA hatte er auch den einzigen Ableger des Baums der Erkenntnis vernichtet. Der Baum der Erkenntnis existierte nicht mehr, allenfalls noch ein paar Wurzeln, die eine halbe Ewigkeit brauchen würden, um wieder auszutreiben – falls sie das überhaupt noch einmal taten.

Aber dann war Quint noch im Gespräch mit Kardinal Vargas eine Idee gekommen, die ihn aus seiner Niedergeschlagenheit riss und ihm neuen Auftrieb gab. In GAIA hatte er mitbekommen, dass Dr. O'Connor ein paar der Früchte zur weiteren Untersuchung nach England geschickt hatte. Sofern auch nur eine davon noch existierte, würde er sie finden und nach Rom bringen, in der Hoffnung, dass daraus eines Tages ein neuer Baum entstehen würde, wohl behütet von den Kirchenmännern des Vatikans.

Mit diesem Vorsatz war er nach England geflogen. Er hatte beim Rossburry-Institut angerufen und sich vorsichtig nach den GAIA-Früchten erkundigt. Die freundliche Dame am Telefon hatte ihm darüber zwar nichts erzählen können, wusste jedoch, dass Dr. O'Connor aus Afrika zurück und zu Hause erreichbar war.

Damit hatte Quint nicht gerechnet. Er war davon ausgegangen, dass O'Connor wie alle anderen in der Sahara gestorben war. Die Neuigkeit kam ihm jedoch höchst gelegen, denn wenn irgendjemand ihm weiterhelfen konnte, dann O'Connor.

Seine Adresse herauszufinden, hatte ihn wenig Mühe gekostet. Jetzt näherte Quint sich in seinem Mietwagen dem Haus, und er gestand sich ein, dass er ein wenig nervös wurde. Was, wenn die Früchte gar nicht mehr existierten? Momentan konnte er nur hoffen und beten.

Er parkte den Wagen in der Einfahrt, ging zum Haus und klingelte. Während er wartete, schob er die Hand in die Hostentasche, holte unauffällig ein Klappmesser hervor und ließ es aufschnappen. Er hatte keine Zeit zu verlieren und wollte O'Connor unmissverständlich die Dringlichkeit seines Anliegens verdeutlichen, indem er ihn die Macht des Schmerzes lehrte. Er würde ihn schon zum Reden bringen, dessen war er gewiss.

Er wartete noch ein paar Sekunden, dann klingelte er erneut. Drinnen blieb es ruhig, aber da ein Wagen vor der Tür stand, lag die Vermutung nahe, dass jemand zu Hause war. Endlich hörte Quint Schritte im Flur. Als sich die Tür öffnete, stand jedoch nicht Tom O'Connor vor ihm, sondern eine Frau, die er noch nie zuvor gesehen hatte. Rasch ließ er das Messer wieder in der Tasche verschwinden.

»Mrs. O'Connor?«, fragte er.

Sie nickte.

»Ist Ihr Mann zu sprechen?«

»Ich bin eben erst gekommen, aber ich glaube nicht, dass er da ist.«

»Dann wissen Sie auch nicht, wann er wiederkommt?«

»Tut mir leid. Ist es sehr wichtig?«

Quint setzte sein sympathischstes Lächeln auf. »*Lebenswichtig*, könnte man sagen. Es geht um die Sache in der Sahara.« Er hielt der Frau seine Hand hin. »Quint. Brian Quint von Hastings & Fuller. Hören Sie, es ist wirklich unheimlich wichtig, dass ich Ihren

Mann sprechen kann. Darf ich reinkommen und drinnen auf ihn warten?«

»Ich fürchte, das geht nicht. Ich wollte nur kurz etwas holen und bin sozusagen schon wieder weg. Soll ich Ihnen seine Handy-Nummer geben?«

Quint wollte schon einwilligen, als ihm eine bessere Idee kam. »Ich denke, es würde reichen, wenn ich ihm eine Nachricht hinterlasse«, sagte er. »Haben Sie etwas zu Schreiben für mich?« Wieder legte er seinen ganzen Charme in sein Lächeln. Doch als die Frau sich von ihm abwandte, um auf der Kommode nach einem Notizzettel und einem Kugelschreiber zu greifen, holte er wieder sein Messer aus der Tasche und trat in die Wohnung.

Kapitel 54

Nach dem, was Tom im Radio über die nächtliche Säuberungsaktion in der Kanalisation gehört hatte, stand für ihn fest, dass ein Angriff der Ameisen nun unvermeidbar war. Wenn die aus seinem Kellerlabor entlaufenen *Cataglyphis* genügend andere Ameisen um sich geschart hatten, würde die Situation in Sheffield mindestens ebenso prekär werden wie in GAIA.

Tom hatte Cliff gebeten, ins Rossburry zu fahren und Hayden Dexter zu bedrängen, seinen ganzen Einfluss auf die Entscheidungsträger der Stadt geltend zu machen, damit in Sheffield möglichst rasch ein Notfallplan aufgestellt werden konnte. Tom selbst war mit Maria zum Rathaus gefahren, um Bürgermeister Barrymore ins Gewissen zu reden. Was war diesem Idioten überhaupt eingefallen, den Befehl für die Ausräucherung des Kanalisationssystems zu geben? Hatte Tom ihn nicht eindringlich davor gewarnt, was passieren konnte, wenn die Ameisen sich provoziert fühlten?

Obwohl die Sekretärin versicherte, dass der Bürgermeister sich in einem wichtigen Gespräch befand, ließ Tom sich nicht abwimmeln und stapfte an ihr vorbei ins Büro, wo Barrymore überrascht von seinem Telefon aufsah. Als er Tom erkannte, erstarrte seine Miene zu Stein. Mit einer unwilligen Handbewegung bedeutete er Tom und Maria, das Zimmer zu verlassen, doch sie blieben einfach stehen.

»… Mr. Hartnett, bitte entschuldigen Sie, aber ich muss unser Gespräch leider unterbrechen«, sagte Barrymore ins Telefon. »Eine Angelegenheit von äußerster Dringlichkeit, Sie verstehen? … Vielen Dank für Ihr Verständnis, Sir. Ich werde mich später wieder bei Ihnen melden.« Er knallte den Hörer auf die Gabel und sprang wütend von seinem Sitz auf.

»Ich hoffe, es handelt sich tatsächlich um eine *Angelegenheit von äußerster Dringlichkeit*«, blaffte er.

»Er hat mich einfach beiseitegeschoben, Sir …«, zeterte die Sekretärin hinter Tom.

»Schon gut, Holly, es ist nicht Ihre Schuld.«

Die Sekretärin schien erleichtert und begab sich wieder an ihren Platz.

»Die Angelegenheit *ist* dringend!«, sagte Tom. »Denn die Razzia, die Sie gestern Nacht in der Kanalisation veranstalten ließen, war nichts anderes als eine Kriegserklärung an die Ameisen! Sie werden zum Gegenschlag ausholen, das ist nur noch eine Frage der Zeit. Und wenn sie das tun, ist niemand in der Stadt mehr sicher!«

Barrymore sah Tom finster an. »Ich kann mir gut vorstellen, dass ich in Ihren Augen nur ein bornierter Bürokrat bin, der unentwegt falsche Entscheidungen trifft«, sagte er. »Aber ich muss Sie enttäuschen. Ich hatte mit der Sache in der Kanalisation nichts zu tun. Das hat Polizeichef Delmoore ganz allein ausgeheckt. Ich erfuhr erst heute Morgen davon, als alles schon vorbei war. Dennoch bin ich davon überzeugt, dass wir die Situation jetzt im Griff haben. Das hat Delmoore mir fest zugesichert. Also tun Sie mir den Gefallen, und verschwenden Sie nicht länger meine Zeit, Tom, denn die Stadt hat leider noch andere Probleme, die ich lösen muss.«

Tom rührte sich nicht von der Stelle. »Ich spreche nicht nur von einer Hand voll Ameisen, die durch Sheffield krabbelt und Passanten in die Waden kneift. Ich spreche von einer strategisch geplanten, groß angelegten Attacke.«

»Habe ich mich nicht klar ausgedrückt? Es gibt keine Ameisen mehr. Sie wurden heute Nacht ausgeräuchert. Wenn Sie mich jetzt entschuldigen würden …«

Wie auf ein Stichwort streckte die Sekretärin in diesem Moment noch einmal den Kopf zur Tür herein. »Sir? Ich habe Mr. Huntington in der Leitung, den Chef der Feuerwehr. Er sagt, bei ihm sind im Lauf der letzten Stunde über zwanzig Meldungen eingegangen, dass es in der Stadt zu Übergriffen von Ameisen gekommen ist. Es gibt auch schon Verletzte. Ein Lkw-Fahrer wurde während der Fahrt angegriffen, geriet in Panik und steuerte seinen Wagen in ein Antiquitätengeschäft. In der Grundschule wurden mehrere Kinder von Ameisen verletzt …«

Obwohl Barrymore sich nichts anmerken ließ, spürte Tom, wie schockiert er über die Nachricht war. Er hatte die Gefahr falsch eingeschätzt – jetzt bahnte sich die prophezeite Katastrophe an.

Selbst Tom hatte nicht so früh mit einem Angriff gerechnet. Er war davon ausgegangen, dass es mindestens noch ein oder zwei Tage dauern würde, bis die Ameisen sich formiert und organisiert hatten. Auch er hatte sich geirrt.

Barrymore stand wie angewurzelt in seinem Büro.

»Alarmieren Sie die Feuerwehr, die Polizei, den Katastrophenschutz – jeden, der helfen kann, die Situation wieder in den Griff zu bekommen«, sagte Tom eindringlich. »Und lassen Sie die Stadtteile, die bereits von den Ameisen angegriffen werden, evakuieren. *Bitte* – vertrauen Sie mir. Wir müssen jetzt schnell handeln.«

Barrymore nickte mechanisch, als würden Toms Worte nur langsam in sein Bewusstsein dringen. Aber dann kehrte wieder Leben in ihn. »Wie können wir die Biester am besten bekämpfen?«, fragte er.

»Insektizide werden wir kaum in ausreichender Menge zur Verfügung haben – außerdem wollen wir nicht die ganze Stadt verseuchen. Am besten, Sie verwenden Wasser. Löschfahrzeuge der Feuerwehr.«

Barrymore nickte wieder, diesmal entschlossener. »Holly, stellen Sie Huntington zu mir durch. Dann versuchen Sie, Delmoore zu erreichen, außerdem den städtischen Krisenstab. Sagen Sie allen, ich will sie hier sehen, und zwar sofort! Es handelt sich um einen Notfall. Tom, Dr. Silva – Sie beide bleiben hier. Ich brauche jemanden an meiner Seite, der etwas von Ameisen versteht.«

Dreißig Minuten später war die Krisensitzung im Büro des Bürgermeisters in vollem Gange. Mit einem Filzschreiber kritzelte Tom seinen eilig entworfenen Notfallplan auf ein Flip-Chart-Papier, die anderen umringten ihn, hörten ihm zu und stellten gelegentlich Fragen. Obwohl Barrymores Büro sehr geräumig war, wurde es jetzt ziemlich eng darin. Neben Tom, Maria und Barrymore hatten sich noch Polizeichef Delmoore, Feuerwehrchef Huntington sowie vier Stadtratsmitglieder eingefunden. Cliff, den Tom telefonisch über die aktuelle Situation informiert hatte, war auf dem Weg in die Stadt.

»Was denken Sie, wo die Ameisen als Nächstes angreifen werden?«, fragte James Cobb, Barrymores Stellvertreter.

Tom trat an die Wand, wo ein großer Plan des städtischen Kanalisationssystems hing, und deutete auf die Markierungen, die er dort bereits angebracht hatte. »An diesen Stellen wurden heute Nacht die Säuberungsaktionen durchgeführt. Daher gehe ich davon aus, dass dort auch die Gegenschläge der Ameisen beginnen werden. Ihr bisheriges Verhalten deutet jedenfalls darauf hin. Außerdem sollten wir damit rechnen, dass sie intelligent genug sind, auch unsere Infrastruktur zu verstehen und diese gezielt außer Kraft setzen: Wasser- und Energieversorgung, das Verkehrs- und Kommunikationsnetz, Krankenhäuser und andere elementare Einrichtungen ...« An den skeptischen Gesichtern vor sich sah er, dass die meisten der Anwesenden die Situation immer noch nicht richtig begriffen. Die Ameisen hatten ihren Angriff bereits gestartet, beinahe im Minutentakt trafen Meldungen über weitere Übergriffe ein. »Möglich, dass ich diese Ameisen überschätze«, sagte Tom. »Ich hoffe es sogar. Aber wir sollten uns nicht darauf verlassen.«

»Fahren Sie fort, Tom«, bat Barrymore, der wie ausgewechselt war, seit sich Toms Prognose bewahrheitet hatte. »Wir sind alle auf derselben Seite. Sagen Sie, was wir tun müssen, um die Stadt zu retten, und wir werden es tun.«

Tom nickte. Er wusste, dass Barrymore es ernst meinte, und er war dankbar dafür, auch wenn die Einsicht ein wenig spät kam. Er wollte soeben den Faden wieder aufnehmen, als das Handy klingelte.

Die Nummer auf dem Display kam ihm unbekannt vor. Er spielte mit dem Gedanken, den Anruf einfach zu ignorieren – immerhin hatten sich hier die Hauptverantwortlichen der Stadt versammelt, um einen Notfallplan zu erstellen, und jede Sekunde war kostbar. Doch angesichts der aktuellen Situation lag der Verdacht nahe, dass der Anruf wichtig war. Er murmelte eine Entschuldigung, verschwand rasch aus dem Zimmer und nahm das Gespräch entgegen.

»Hallo Tom?« Es war Nancy. »Hörst du mich?«

»Ja, …«

»Es geht mir gut, aber du musst tun, was er sagt …« Dann ein unterdrückter Schrei, und es meldete sich ein Mann. Seine Stimme kam Tom entfernt bekannt vor, aber er konnte sich nicht entsinnen, woher. »Dr. O'Connor, ich dachte nicht, dass wir uns in diesem Leben noch einmal begegnen.«

»Wer sind Sie? Und was hat das zu bedeuten?« Er versuchte, ruhig zu bleiben, dennoch schien der Boden unter seinen Füßen plötzlich zu wanken. Obwohl noch kaum etwas gesprochen worden war, wallte eine böse Vorahnung in ihm auf.

»Hören Sie mir gut zu, Dr. O'Connor: Wenn Sie Ihre Frau unversehrt zurückhaben wollen, tun Sie, was ich Ihnen sage. Passen Sie gut auf, denn ich werde es nicht wiederholen. Ich möchte, dass Sie mir etwas besorgen – die Früchte des GAIA-Baums. Ich weiß, dass Sie welche hierhergeschickt haben, und ich hoffe für Sie und Ihre Frau, dass noch welche davon übrig sind. Wenn nicht …« Er ließ den Satz unvollendet. »Jetzt ist es kurz nach eins. Wir treffen uns in der alten Lagerhalle von Chesum & Plums. Wissen Sie, wo das ist?«

»Ja.«

»Wie lange brauchen Sie, um die Früchte aufzutreiben und hier zu sein?«

In Toms Kopf arbeitete es fieberhaft. Es gab nur noch eine einzige Frucht in seinem Besitz, im Kühlschrank seines Kellerlabors. Wenn er sofort losfuhr, konnte er in fünfzehn Minuten zu Hause sein. Dann noch mal zwanzig Minuten für die Fahrt ins Industriegebiet – vorausgesetzt, die Ameisen machten ihm keinen Strich durch die Rechnung.

»Eine Stunde«, sagte Tom. Ein kleiner Puffer konnte nicht schaden.

»Also gut, eine Stunde. Und kommen Sie ja nicht auf dumme Gedanken. Wenn Sie die Polizei einschalten, schicke ich Ihnen Ihre Frau in Stücken nach Hause, und das meine ich wörtlich!« Es klickte, dann war die Leitung tot.

Tom stand wie angewurzelt im Vorzimmer, während Tausende von Gedanken auf ihn einstürmten, so ungeordnet, dass sein Kopf gleichzeitig vollkommen leer schien. Noch vor einer Minute hatte es für ihn nichts Wichtigeres gegeben, als die Stadt vor den Ameisen zu retten, jetzt hatten sich mit einem Schlag die Prioritäten verschoben. Nur gut, dass Nick bei seiner Großmutter in Newhaven und damit außer Gefahr war.

Bruchstücke des Gesprächs mit dem Kidnapper hallten in Toms Kopf wider. Was sollte er tun? Wenn er hierblieb, um im Krisenstab mitzuwirken, konnte er Nancy nicht retten. Wenn er von hier verschwand, um die Forderungen des Kidnappers zu erfüllen, musste er die Stadt im Stich lassen – mit unabsehbaren Folgen für die Bevölkerung. Welche Entscheidung er auch traf, es würde die falsche sein.

Die Tür öffnete sich, und Barrymore trat heraus. »Haben Sie zu Ende telefoniert? Sehr gut, denn wir *brauchen* Sie, Tom!« Er nahm ihn beim Arm, um ihn mit sanftem Druck wieder in sein Büro zu schieben, hielt jedoch inne, als er Toms Miene sah. »Was ist los mit Ihnen? Schlechte Nachrichten?«

Tom nickte und erzählte es ihm. Auch Barrymore traf die Neuigkeit wie ein Schlag. Dennoch war diesmal er es, der die Nerven behielt. »Wie lange wird es dauern, bis Dr. Clifford hier ist?«, fragte er.

Tom warf einen Blick auf die Uhr. Cliff – an ihn hatte er gar nicht mehr gedacht. »Etwa zehn Minuten«, sagte er.

»Ist er in der Lage, uns ebenso gut zu unterstützen wie Sie?«

»Absolut! Er war zwar nicht in der Sahara dabei, aber er hat mich in den Kongo begleitet. Außerdem hat er mit den Versuchstieren in meinem Labor gearbeitet. Er kennt sich genauso gut mit Ameisen aus wie ich, wenn nicht gar besser.«

»Also schön. Dann gehen Sie! Wir werden inzwischen alles, was wir bisher besprochen haben, in die Wege leiten. Sobald Dr. Clifford hier eintrifft, wird er die Beratung unseres Krisenstabs übernehmen. Ich werde den Polizeichef bitten, dass er für Sie ein paar Leute abstellt.« Barrymore drehte sich schon zur Tür um, doch Tom hielt ihn an der Schulter zurück.

»Auf keinen Fall! Der Kidnapper hat sich klar ausgedrückt. Wenn er merkt, dass etwas faul ist, werden weder Sie noch ich Nancy jemals wieder lebend zu Gesicht bekommen.«

»Wir *müssen* die Polizei einschalten! Wenn Sie allein gingen, wären Sie der Willkür dieses Irren ausgeliefert! Welche Garantie haben Sie, dass er Nancy und Sie nicht einfach umbringt, sobald er die Frucht hat?«

»Das Problem ist eher, dass ich ihm die Frucht nicht geben darf«, sagte Tom. »Sie sehen ja, was passiert, wenn nur ein paar Ameisen davon fressen. Wer weiß, wozu er die Frucht verwenden will?«

»Umso wichtiger ist es, dass Sie jemanden zu Ihrem Schutz bei sich haben.«

Tom schüttelte entschieden den Kopf. »Das Risiko ist zu hoch. Außerdem wird die Polizei anderweitig gebraucht.«

»Delmoore hat einen Scharfschützen im Team, einen hervorragenden Mann. War bis vor ein paar Jahren beim Militär und hat sogar im Irak gedient. Nehmen Sie ihn mit. Bitte!«

Wenn Sie die Polizei einschalten, schicke ich Ihnen Ihre Frau in Stücken nach Hause …

Die Drohung des Kidnappers hallte wie ein düsteres Echo in Toms Kopf nach. Dennoch spürte er, wie sein Widerstand brach.

Barrymore hatte recht: Wenn er dem Unbekannten völlig allein entgegentrat, waren Nancy und er in größter Gefahr. Aus welchem Grund sollte der Mann sie am Leben lassen, wenn er erst bekommen hatte, wonach er suchte?

Tom seufzte. »Also gut. Ich nehme Ihren Super-Bullen mit. Außerdem möchte ich, dass Dr. Silva mich begleitet.« Aus irgendeinem Grund war es ihm wichtig, in dieser schweren Stunde Maria an seiner Seite zu haben.

Auf einmal fühlte Tom sich dumpf und hohl und unendlich traurig. Er war dabei, Nancy, die Liebe seines Lebens, zu retten – für einen anderen Mann. Dennoch blieb ihm keine andere Wahl.

»Wie heißt dieser Scharfschütze?«, fragte Tom.

»Fletcher. Shawn Fletcher.« Barrymore klopfte ihm bekräftigend auf die Schulter. »Glauben Sie mir, Sie werden es nicht bereuen.«

Kapitel 55

Dass Tom dem Kidnapper die Frucht ohnehin nicht aushändigen durfte, verschaffte ihm ein wenig Zeit, denn es ersparte ihm den Weg nach Hause. Dennoch eilte er gemeinsam mit Maria dem Polizeipräsidium entgegen.

Draußen war alles ruhig, beinahe verwaist. Zwar schienen auf dem Parkplatz zwischen Präsidium und Rathaus noch keine Ameisen aufgetaucht zu sein, aber offenbar hatten die Streifenwagen Wirkung hinterlassen, die durch die Straßen fuhren und per Lautsprecherdurchsage die Bevölkerung baten, vorübergehend die Stadt zu verlassen oder sich zumindest in die eigenen vier Wände zurückzuziehen und sich dort, so gut es ging, vor den Ameisen zu verbarrikadieren.

Im Polizeirevier herrschte dagegen hektische Betriebsamkeit, sämtliche Telefone liefen dort heiß. Die völlig überforderte Dame am Empfang schickte Tom und Maria in ein Büro am Ende des Gangs, wo Shawn Fletcher sie bereits erwartete, nachdem der Polizeichef ihn per Handy informiert hatte.

Mit seinem olivefarbenen Teint, den rabenschwarzen Augen und dem trotz glatter Rasur dunklen Bartansatz wirkte Fletcher auf Tom wie ein Mossad-Agent. Er war mittelgroß und drahtig und schien körperlich in bester Verfassung. Im Gegensatz zu den anderen Beamten trug Fletcher Zivil – Jeans und T-Shirt. Er begrüßte Tom und Maria mit einem verbindlichen Lächeln. Alles an ihm strahlte Ruhe und Zuversicht aus, genau das, was Tom jetzt am allermeisten benötigte.

Mit knappen Worten schilderte Tom dem Polizisten die Situation. Dieser hörte konzentriert zu und stellte nur ab und zu eine Zwischenfrage. Als Tom, Maria und Shawn Fletcher das Polizeipräsidium verließen, um sich auf den Weg zum Industriegebiet zu machen, waren es noch fünfundvierzig Minuten bis zum Übergabetermin.

Chesum & Plums war noch in den achtziger Jahren ein prosperierender Stahlerzeuger gewesen, hatte später jedoch aufgrund einer finanziellen Fehleinschätzung Konkurs anmelden müssen. Das Firmengelände lag nun seit über zehn Jahren brach und verwilderte immer mehr. Der Asphalt zwischen den insgesamt drei Firmengebäuden war an vielen Stellen aufgesprungen. Aus den Rissen und Spalten sprossen Gräser, Disteln, teils sogar ganze Sträucher. Auf den unasphaltierten Teilen des Geländes hatte sich mannshohes Dickicht ausgebreitet. Verrostete Fässer und alte Bretter lagen weit verstreut auf dem Boden herum. Irgendwo am anderen Ende des verwahrlosten Grundstücks erkannte Tom einen ausgebrannten Lkw. Einen hässlicheren Ort für das bevorstehende Treffen mit dem Kidnapper hätte er sich kaum ausdenken können.

Er öffnete das zerbeulte Zaungatter und fuhr langsam aufs Gelände. Sein Handy steckte in seiner Hosentasche. Er war sicher, dass der Erpresser ihn jeden Moment anrufen würde, um ihm weitere Anweisungen zu geben. Von der Zuversicht, die Shawn Fletcher ihm vermittelt hatte, war inzwischen nicht mehr viel übrig. Es gab einfach zu viele Dinge, die schiefgehen konnten – er durfte gar nicht daran denken.

Fletcher …

Während Tom den Wagen im Schritttempo auf die Gebäude zurollen ließ, schweifte sein Blick unauffällig über das Areal, doch von dem Scharfschützen war weit und breit nichts zu sehen. Fletcher hatte seinen eigenen Wagen ein paar Blocks entfernt stehen gelassen und den restlichen Weg mit geschultertem Hochpräzisionsgewehr zu Fuß zurückgelegt.

Tom seufzte innerlich auf. »Ich wünschte, wir hätten es schon hinter uns«, murmelte er.

Fletcher, der unsichtbare Schutzengel, und Maria, die in dessen Wagen wartete, konnten über ihre Headsets alles hören, was das stecknadelkopfgroße Mikrofon an Toms ärmelloser Weste sendete. Allerdings konnten sie nicht mit ihm sprechen, da Toms Knopf im Ohr während der Fahrt den Geist aufgegeben hatte. »Sie müssen mir jetzt einfach vertrauen«, hatte Fletcher ihn beschworen, bevor er aus dem Wagen gestiegen war. Das war allerdings leichter gesagt als getan, wenn man sich wie eine wandelnde Zielscheibe fühlte und überdies für das Leben eines anderen – das der eigenen Ehefrau – verantwortlich war.

Tom atmete tief durch, um die steigende Nervosität in den Griff zu bekommen, aber es gelang ihm nicht. Langsam fuhr er weiter. In der Nähe des ausgebrannten Lasters fiel ihm ein dunkler Fleck auf dem Asphalt auf, der auf den ersten Blick wie eine Öllache wirkte, sich jedoch bewegte.

Ameisen, dachte er. Sie waren also hier. Die vermeintliche Öllache konnte allenfalls eine Art Vorhut sein.

Automatisch suchte Tom das Grundstück nach weiteren Ameisen ab, aber auf die Schnelle konnte er keine entdecken. Vielleicht hielt der Rest des Trupps sich im verwilderten Dickicht auf, vielleicht hinter den Mauern der Firmengebäude oder in den stillgelegten Rohren im Boden. Es gab unzählige Möglichkeiten.

Tom versuchte, den Gedanken zu verdrängen. Er musste sich jetzt ganz auf Nancys Befreiung konzentrieren. Danach würde man weitersehen.

Das Handy in seiner Hosentasche klingelte noch immer nicht. *Verdammt! Was ist da los?* Ohne es zu wollen, produzierten seine Ängste die grausamsten Fantasien – Nancy, tot, den Mund zu einem stummen Schrei geöffnet, die Haut leichenblass und von Ameisen übersät. *Bitte, lass sie noch am Leben sein!*

Im Augenwinkel nahm Tom eine Bewegung wahr: Am offen stehenden Tor zur ehemaligen Lagerhalle von Chesum & Plums, etwa hundert Meter entfernt, stand jemand. Nein, nicht *jemand* – Nancy! Toms Herz machte einen Satz. Nie hatte er sich mehr gefreut, seine Frau zu sehen, auch wenn er wusste, dass sie längst nicht außer Gefahr war.

Er fuhr näher heran und stieg aus. Nancy blieb noch immer an ihrem Platz stehen. Erst jetzt erkannte Tom, dass sie sich gar nicht von dort wegbewegen konnte, weil sie mit einer Hand an den Torgriff gefesselt war. Sie warf Tom einen flehenden Blick zu. In ihren tränennassen Augen standen Verzweiflung und Angst.

»Bist du okay?«, fragte Tom.

Sie nickte tapfer.

»Ist er in der Nähe?«

Wieder nickte sie, und als wäre das ein Signal gewesen, erschien hinter ihr eine Männergestalt – Brian Quint. Die Pistole in seiner Hand zielte geradewegs auf Nancys Kopf.

»Sie?« Mehr brachte Tom nicht heraus. Zuletzt hatte er Quint in GAIA gesehen, kurz bevor die Station in die Luft geflogen war. Er hatte angenommen, Quint sei im Flammenmeer gestorben, doch nun keimte ein grässlicher Verdacht in ihm auf. »Sie haben in GAIA die Explosion verursacht!« Es war keine Frage, sondern eine Feststellung. »Sie haben fast alle in GAIA umgebracht!«

»Als ich hörte, dass Sie noch leben, war ich ebenso erstaunt wie Sie jetzt, das können Sie mir glauben.«

»Aber warum das alles?«

»Das spielt keine Rolle mehr. Lassen Sie uns lieber zur Sache kommen. Wie ich höre, beginnt die Stadt bereits, im Chaos zu versinken, da will ich nicht länger als unbedingt nötig bleiben. Haben Sie die Frucht?«

Tom hatte gehofft, die Übergabe ein wenig in die Länge ziehen zu können, damit Fletcher genügend Zeit hatte, um Position zu beziehen. Aber Quint verfolgte offenbar seinen eigenen Plan.

»Was ist los mit Ihnen? Ich habe Sie etwas gefragt!«

»Glauben Sie im Ernst, dass ich die Frucht bei mir habe?« Mit Genugtuung stellte Tom fest, dass Quint nicht mehr ganz so souverän wirkte, wie noch vor einer Sekunde. Damit hatte er offenbar nicht gerechnet. »Wenn ich Ihnen die Frucht gebe, werden Sie Nancy und mich erschießen.«

»Das werde ich auch tun, wenn Sie mir die Frucht *nicht* geben!«

»Dann wären Sie dümmer, als ich dachte!« Es fiel Tom unendlich schwer, seine Stimme klar und beherrscht klingen zu lassen. In Wahrheit war sein Gaumen staubtrocken, und seine Zunge fühlte sich an, als sei sie aus Gummi. »Lassen Sie Nancy gehen, und nehmen Sie mich dafür als Geisel«, sagte Tom. »Ich führe Sie dann zu der Frucht.«

»Ich mache Ihnen ein anderes Angebot.« Quints Tonfall troff vor Sarkasmus. »Ich schieße Ihre Frau an, und wenn Sie nicht so schnell wie möglich mit der Frucht wieder hier auftauchen, wird sie jämmerlich verbluten. Wie klingt das für Sie? Ich schätze, Sie sollten sich beeilen! Und lassen Sie sich ja nicht einfallen, die Polizei einzubinden. Sobald ich auch nur den geringsten Verdacht habe, werde ich Ihre Frau töten.« Damit richtete er die Waffe auf Nancys Bauch und drückte ab.

Der Schuss war ohrenbetäubend laut. Nancy schrie auf, ein Blutschwall spritzte zu Boden. Sie fiel benommen auf die Knie, nur noch von der Handschelle aufrecht gehalten, mit der sie am Torgriff gefesselt war. Die andere Hand presste sie instinktiv auf die Wunde. Schmerz und Entsetzen standen ihr ins Gesicht geschrieben.

Tom wollte zu ihr laufen, wurde jedoch von Quints Waffe zurückgehalten, die nun auf seinen Brustkorb zielte. »Was ist, Dr. O'Connor? Haben Sie immer noch nicht begriffen, wie das Spiel läuft? Sie können Ihre Frau nur retten, wenn Sie sich auf den Weg machen, und zwar rasch!«

Tom stand wie angewurzelt da, den Blick auf Nancy gerichtet, die blutend und keuchend vor ihm kauerte. Er wusste, dass er jetzt nicht die Nerven verlieren durfte, aber er zitterte am ganzen Leib und hatte das Gefühl, in einen bodenlosen Abgrund zu stürzen.

Dann passierte etwas Eigenartiges. Hinter ihm rief jemand:

»Kopf runter!«, und noch bevor er registrierte, dass es Shawn Fletchers Stimme war, warf er sich instinktiv auf den rissigen Asphalt. Was anschließend folgte, nahm er nur bruchstückhaft aus dem Augenwinkel wahr. Fletcher stand mit angelegter Waffe in der geöffneten Tür des gegenüberliegenden Firmengebäudes und feuerte mehrmals. Als Nächstes sah Tom, dass Brian Quint schwer getroffen war. Die Kugel musste ihn in der Nähe des Schlüsselbeins erwischt haben, sein Hemd war an der Stelle blutdurchtränkt. Mit erhobener Waffe eröffnete er das Gegenfeuer, während er gleichzeitig in die Lagerhalle stürzte, um sich in Deckung zu bringen. Wohin genau er flüchtete, entzog sich Toms Blicken.

Fletcher harrte noch einen Moment lang mit angelegtem Scharfschützengewehr aus. Dann verließ er sein Versteck und eilte in geduckter Haltung zu Tom herüber, die Waffe nach wie vor im Anschlag.

»Alles klar mit Ihnen?«, fragte er.

Tom brachte nur ein Nicken zu Stande.

»Tut mir leid, dass ich nicht rechtzeitig einschreiten konnte. Sie standen mitten in der Schusslinie.« Während er sprach, ließ Fletcher die Lagerhalle keine Sekunde aus den Augen. Er war auf sein Ziel fixiert wie eine Katze auf der Jagd. »Kümmern Sie sich um Ihre Frau. Versuchen Sie, die Blutung zu stoppen. Ich bin so schnell wie möglich wieder bei Ihnen.«

Am Eingang der Lagerhalle sicherte er sich nach allen Richtungen ab, indem er sein Gewehr blitzartig hin und her schwenkte. Wie er es in dieser atemberaubenden Geschwindigkeit schaffte, überhaupt etwas zu erkennen, blieb Tom ein Rätsel. Dann verschwand Fletcher ohne ein weiteres Wort im Lagertor, geräuschlos und hoch konzentriert.

Tom eilte zu Nancy, der der Schmerz ins Gesicht geschrieben stand. Die Kugel hatte sie etwa eine Handbreit neben dem Bauchnabel getroffen. In ihrer Bluse klaffte ein kleines, hässliches Loch, umgeben von einem sich ausbreitenden Blutfleck. Er zog ein Taschentuch aus der Tasche und legte es vorsichtig auf die Wunde.

»Alles wird gut, Schatz«, wisperte er mit brüchiger Stimme. Wie sollte er Hoffnung spenden, wo er selbst kaum Hoffnung sah? Er wollte etwas Tröstliches sagen, Nancy beruhigen, ihr Mut zusprechen – aber sein Kopf war leer, seine Gedanken gelähmt von der Angst, die eigene Frau in seinen Armen jämmerlich verbluten zu sehen. Er war den Tränen nahe, zwang sich aber zur Beherrschung. Es gelang ihm, ein paar Worte zu formulieren – Erinnerungen an ihre gemeinsamen, glücklichen Tage. Er plapperte einfach drauflos, obwohl er nicht sicher war, dass Nancy ihn in ihrem Schmerz überhaupt hören würde.

In der Lagerhalle fielen Schüsse, dann war ein unterdrückter Schrei zu hören. Dann wieder Schüsse und ein dumpfer Aufprall, als sei jemand aus großer Höhe auf den Boden geschlagen. Kurz darauf hörte Tom schwere Schritte, die sich rasch näherten.

Bitte, lass es Fletcher sein!, flehte er in Gedanken.

Tatsächlich erschien der Polizist gleich darauf im offenen Eingangstor. Doch als Tom seinen wackeligen Gang sah, wusste er sofort, dass der Mann getroffen worden war. Fletcher wankte zu ihm, sackte zusammen und blieb auf Knien vor Tom hocken.

»Ich habe ihn erwischt«, lächelte er gequält und hustete. »Ist von einem Hochsteg in einen alten Tank gefallen, allerdings nicht, ohne mir vorher noch ein Abschiedsgeschenk zu machen.« Er verdrehte die Augen, seine Lider begannen zu flackern. Erst jetzt erkannte Tom knapp oberhalb des Rippenbogens den nassen, dunklen Fleck auf seinem schwarzen T-Shirt. Er fragte sich, weshalb Fletcher keine kugelsichere Weste trug, obwohl er wusste, dass solche Gedanken jetzt müßig waren. Fletcher war schwer verletzt und musste, ebenso wie Nancy, schnellstens medizinisch versorgt werden.

Tom nahm dem Polizisten das Headset ab und setzte es sich auf. »Maria, kannst du mich hören?«

»Klar und deutlich. Was ist los bei euch?«

»Das erkläre ich dir später. Kannst du zwei Krankenwagen anfordern?«

Es verstrichen einige Augenblicke, ehe sie sich wieder meldete. »Da antwortet keiner.« Ihre Stimme klang verzweifelt. »Ich hab's direkt beim Notruf probiert, aber es ist dauernd belegt.«

Tom unterdrückte einen Fluch. Der Angriff der Ameisen überforderte die Kapazitäten der Stadt bei Weitem. »Ich brauche dich hier«, sagte er. »Steckt Fletchers Schlüssel in seinem Wagen?«

»Ja.«

»Dann komm her so schnell du kannst.«

Schon eine Minute später brauste ein ziviler BMW heran und bog mit quietschenden Reifen aufs Firmengelände ab. Als Maria ausstieg, erklärte Tom ihr in aller Eile die Situation. Inzwischen hatte er sich wieder so weit im Griff, dass er einigermaßen klar denken konnte.

»Ich bringe Nancy und Fletcher in die Klinik nach Brighton«, sagte er.

»Gibt's in Sheffield kein Krankenhaus?«

»Leider nicht. Aber wenn ich Vollgas gebe, bin ich in fünfzehn Minuten dort. In Brighton ist die medizinische Versorgung hervorragend. Nancy und Fletcher werden durchkommen!« Er sagte es, um sich selbst Mut zu machen, nicht, weil er es tatsächlich glaubte. Aber im Moment konnte er nicht mehr tun, als das Beste zu hoffen und schnell zu handeln.

»Soll ich dich begleiten?«, fragte Maria.

»Nein, das schaffe ich allein. Du musst versuchen, die Ameiseninvasion zu stoppen.«

Sie lachte freudlos auf. »Wenn's weiter nichts ist …«

»Nein, im Ernst.«

»Und wie soll ich das machen?«

»Ich denke, es gibt nur eine Möglichkeit, das herauszufinden. Fahr zu mir nach Hause, und geh in den Keller. Frag die Ameisen um Rat.« Als Entomologe wäre er für diese Aufgabe natürlich prädestiniert gewesen, aber erstens wollte er in dieser kritischen Phase bei Nancy bleiben und zweitens wusste Maria, wie sie den Laptop bedienen musste, um mit den Ameisen kommunizieren zu können.

»Zugegeben – es klingt verrückt, aber sie sind vernunftbegabte Wesen und hoch intelligent. Sie werden verstehen, dass die Situation nicht weiter eskalieren darf, weil sie letztlich nur zu Verlusten auf beiden Seiten führen wird. Zumindest hoffe ich, dass sie so denken. Du musst es jedenfalls versuchen. Wenn überhaupt jemand weiß, wie man den Angriff auf die Stadt kurzfristig stoppen kann, dann sind es die Ameisen im Labor.«

Maria zögerte kurz, willigte dann jedoch ein.

»Ich ruf dich vom Krankenhaus aus an, dann besprechen wir, wie's weitergeht«, sagte Tom und gab ihr den Hausschlüssel.

Maria half Fletcher auf den Beifahrersitz von Toms Wagen. Tom durchschoss Nancys Handschelle mit Fletchers Gewehr und bettete sie auf den Rücksitz. Um den Blutfluss zu stoppen, improvisierte er aus dem Inhalt seines Erste-Hilfe-Kastens rasch einen Verband. Anschließend versorgte er Fletcher auf dieselbe Weise. Mehr konnte er im Moment nicht tun.

Er setzte sich hinters Steuer, drehte den Zündschlüssel herum und drückte aufs Gaspedal. Maria folgte ihm mit heulendem Motor. Sie hatten keine Zeit mehr zu verlieren.

Kapitel 56

Die Wunde an Brian Quints Schlüsselbein schmerzte wie siedendes Öl. Sie war nicht wirklich gefährlich. Dennoch erfüllte sie ihn mit Bitterkeit und Zorn. O'Connor hatte es tatsächlich gewagt, die Polizei einzuschalten, und er, Brian Quint, hatte es trotz aller Vorsichtsmaßnahmen nicht gemerkt.

Ein paar Zentimeter tiefer, und es hätte mich tatsächlich erwischt, dachte er.

Doch jetzt war nicht die Zeit, um darüber nachzudenken, was schiefgegangen war. Wichtig war nur eines: Er musste es irgendwie schaffen, an die Frucht heranzukommen. Immerhin hatte er inzwischen einen Vorteil. Man hielt ihn für tot, obwohl er kurz zuvor nur einen alten Müllsack in die Tiefe gestoßen hatte. Der dumpfe Aufprall schien alle überzeugt zu haben, zumal der Polizist, der beim Schusswechsel selbst getroffen worden war, keine Gelegenheit mehr gehabt hatte, Quints Leichnam zu suchen.

Niemand rechnete also damit, dass er noch lebte. Überdies hatte er von seinem Versteck aus das Gespräch zwischen O'Connor und Maria Silva mitbekommen. Er beschloss, Maria zu folgen und in O'Connors Haus auf eine günstige Gelegenheit zu warten. Irgendwann musste O'Connor schließlich dort auftauchen. Dann würde er ihn sich vornehmen – so lange, bis er die Frucht endlich in den Händen hielt.

Kapitel 57

Tom jagte mit seinem Wagen nach Süden, um auf den Zubringer nach Brighton zu gelangen. Er musste jedoch rasch feststellen, dass sämtliche Straßen blockiert waren. Offenbar hatten viele verunsicherte Bürger beschlossen, die Stadt vorübergehend zu verlassen. Dichter Verkehr und eine ganze Reihe von Unfällen – ob nun durch Ameisen oder durch menschliches Versagen verursacht – machten das Durchkommen schlicht unmöglich. Der Sprecher im Radio meldete zwar im ganzen Stadtgebiet stark erhöhtes Verkehrsaufkommen und ausgefallene Ampeln, doch in Richtung Brighton sah es besonders schlimm aus.

Verflucht!

Tom warf einen raschen Blick auf den Rücksitz, wo Nancy keuchte und wimmerte. Ihre Schmerzen mussten unerträglich sein. Fletcher ging es noch schlechter. Er hatte mittlerweile das Bewusstsein verloren, sein Druckverband war blutdurchtränkt. Wenn es in diesem Tempo auf der Straße weiterging, würde der Polizist zweifellos sterben und Nancy wohl ebenfalls.

Tom wendete den Wagen. In seiner Verzweiflung wollte er versuchen, über die Gainsborough Street nach Osten auf die Umgehungsstraße zu gelangen. Aber auch hier gab es kein Durchkommen wegen eines umgestürzten Transporters. Tom saß in einem Hexenkessel fest, aus dem es scheinbar kein Entkommen gab.

Er spürte einen Anflug von Panik, aber es gelang ihm, sich wieder zu beruhigen.

Ihm kam eine Idee. Nur einen Häuserblock entfernt hatte Dr. Daniel Kendrake, der Arzt der Familie und ein guter Freund, seine

Praxis. Als Allgemeinmediziner hatte er zwar gewiss keine allzu große Erfahrung mit Schussverletzungen, dennoch war er die beste Chance, die Nancy und Fletcher momentan hatten.

Eine Minute später stand Tom vor der Praxis und las das Schild: *Heute geschlossen.* Aber durch die herabgelassene Lamellenjalousie glaubte er, drinnen eine Bewegung wahrzunehmen. Er drückte die Klingel und ließ nicht mehr los, bis sich endlich die Tür öffnete.

»Tom?«

»Hallo Dan. Du musst mir helfen.«

»Aber …«

»Nancy und ein Polizist sind angeschossen worden. Wenn du sie nicht behandelst, werden sie sterben.«

Kendrake brauchte einen Moment, um die Tragweite der Worte zu begreifen, nickte dann aber. »Wo sind sie?«

»Im Auto.«

»Dann lass sie uns ins Behandlungszimmer bringen.«

Kapitel 58

In westlicher Richtung herrschte zwar ebenfalls deutlich mehr Verkehr als sonst, dennoch kam Maria zügig voran. Anfangs konnte sie sich noch über das Headset mit Tom unterhalten, doch je weiter sie stadtauswärts fuhr, desto schlechter wurde die Verbindung, und schließlich brach sie sogar ganz ab.

Das spielte jedoch keine Rolle, denn für den Moment wusste Maria, was sie zu tun hatte. Sobald Tom sich vom Krankenhaus aus meldete, konnten sie alles Weitere besprechen.

Tom ... allein bei dem Gedanken an ihn hatte sie Schmetterlinge im Bauch. Vom ersten Moment an hatte er es ihr angetan, nicht nur wegen seines Aussehens, sondern vor allem, weil er Geborgenheit und Wärme ausstrahlte, etwas, was sie bei ihrem Ex, Robert, stets vermisst hatte. Bereits von Liebe zu sprechen, wäre natürlich verfrüht gewesen – dafür kannte sie Tom zu wenig. Dennoch wusste sie tief in ihrem Herzen, dass aus ihrer Verliebtheit etwas Stärkeres, Beständigeres erwachsen konnte. Etwas, was vielleicht sogar ein Leben lang hielt.

Vorausgesetzt, er schaffte es, von seiner Frau loszukommen, denn Maria war klar, dass sie eine langjährige Ehe nicht von einem Tag auf den anderen vergessen machen konnte. Der Weg mit Tom würde anfangs sicher nicht immer leicht sein, aber sie war bereit, ihn zu gehen.

Getragen von den Gedanken an eine gemeinsame Zukunft, erreichte sie Toms Haus. Sie parkte den zivilen Polizeiwagen in der Auffahrt, öffnete die Tür mit dem Schlüssel, den Tom ihr gegeben hatte, und eilte ins Kellerlabor. Als sie auf dem Stuhl vor dem Laptop Platz nahm, überkam sie eine eigenartige Nervosität. Sie war zwar in GAIA und auch schon hier beim gegenseitigen Informationsaustausch zwischen Mensch und Ameise dabei gewesen, hatte jedoch noch nie selbst mit den Ameisen kommuniziert. Jetzt war sie zum ersten Mal auf sich allein gestellt und das ausgerechnet in einer Situation, in der sie sich keinen Fehler erlauben durfte. Wenn sie versagte, konnte das Hunderten, wenn nicht gar Tausenden von Menschen in der Stadt das Leben kosten.

Ihre Finger zitterten, als sie sie auf die Tastatur legte. Wie sollte sie beginnen? Was sollte sie schreiben? Würden die Ameisen merken, dass sie es diesmal mit einem anderen Gesprächspartner zu tun hatten? Wie würden sie darauf reagieren?

Sie dachte minutenlang darüber nach und wurde dabei immer nervöser. Es wollte ihr einfach nicht gelingen, einen klaren Gedanken zu fassen. Der Stress trieb ihr die Hitze ins Gesicht, und sie spürte plötzlich, wie durstig sie war. Wann hatte sie zum letzten Mal etwas getrunken? Es war schon Stunden her.

Sie stand auf, ging hinüber zum Kühlschrank und fand darin eine Flasche Mineralwasser, die sie gierig öffnete. Als sie sie zurückstellte, fiel ihr die dick in Zellophan verpackte Frucht des GAIA-Baums auf, die im Seitenfach der Kühlschranktür lagerte, und plötzlich überkam sie der unerklärliche Drang, diese Frucht in die Hand zu nehmen und von ihr zu kosten. Es war, als würde von dieser Frucht ein Lockruf ausgehen, dem sie sich nicht entziehen konnte.

Natürlich sprach die Vernunft dagegen: Die Frucht war unerforscht, und nur weil sie Ameisen und auch Mäusen offenbar zu erstaunlichen Fähigkeiten verhalf, konnte sie beim Menschen ganz andere Wirkungen hervorrufen. Vielleicht führte sie zu allergischen Reaktionen oder war sogar giftig.

Dennoch wickelte Maria wie hypnotisiert das Zellophan ab, Lage für Lage, immer schneller und gieriger. In diesen Sekunden schien ihr nichts auf der Welt reizvoller, als diese sonderbare kleine Frucht endlich in den Mund stecken und von ihrem köstlich-süßen

Fleisch abbeißen zu können. Maria wunderte sich auch nicht, dass die Frucht ihren widerwärtigen Gestank verloren zu haben schien, sondern nun – ganz im Gegenteil – einen wundervollen, betörenden Duft verströmte, der umso intensiver wurde, je mehr Maria die Frucht von ihrer Zellophanhülle befreite. Sie arbeitete wie im Fieber, nahm nichts anderes mehr um sich herum wahr – nicht die Laboreinrichtung, nicht die Vitrinen mit den Ameisen und nicht die Schritte, die sich ihr langsam von hinten näherten.

Erst als sie einen ohrenbetäubenden Schuss hörte, nach vorn gegen den Kühlschrank prallte und von einem explosionsartigen Schmerz in der Magengegend erfüllt wurde, kehrte sie aus ihrer Trance in die Realität zurück. Obwohl sie keine Ahnung hatte, was passiert war, ahnte sie, dass sie sterben würde.

Kapitel 59

Die Pistole in der Hand, kniete sich Brian Quint neben Maria. Sie war inzwischen auf den Boden gesackt, lehnte mit dem Rücken am Kühlschrank und sah Quint aus großen, fragenden Augen an. Ihre Lippen bewegten sich, formten lautlose Silben, doch sie war zu schwach zum Sprechen.

Die Frucht lag neben Maria auf den Fliesen und war nur noch von wenigen Lagen Zellophan umhüllt. Quint griff danach und spürte, wie die Bürde des Versagens einer Welle unendlicher Erleichterung wich. Durch die Sprengung von GAIA hatte er – wenn auch aus Unkenntnis – einen eklatanten Fehler begangen. Diesen Fehler hatte er jetzt bestmöglich behoben. Mithilfe der Frucht war der Vatikan hoffentlich in der Lage, einen neuen Baum der Erkenntnis zu pflanzen, und der Welt damit die Wurzeln des biblischen Glaubens und der Menschwerdung vor Augen zu führen.

Die Frau neben ihm keuchte und begann, am ganzen Leib zu zittern, heftig und unkontrolliert – ein letztes Aufbäumen. Dann erschlaffte sie, und Quint konnte förmlich spüren, wie das Leben aus ihrem Körper wich. Als es vorbei war, schloss er ihr die Lider und sprach ein kurzes Gebet für sie, bevor er mit der Frucht in der Hand das Kellerlabor verließ.

Kapitel 60

Tom lief in der Arztpraxis auf und ab wie ein Tiger im Käfig. Sein Blick wanderte von der Wanduhr zur geschlossenen Tür des Behandlungszimmers, hinter der Dan Kendrake, seine Frau und zwei Assistentinnen sich nun schon seit einer Viertelstunde um Nancy und Shawn Fletcher kümmerten. Die Ungewissheit dehnte die Wartezeit zu einer quälenden Ewigkeit. Tom hatte das Gefühl, den Verstand zu verlieren.

Er beschloss, noch einmal bei sich zu Hause anzurufen. Das hatte er vor fünf Minuten schon einmal versucht, aber Maria hatte nicht abgenommen. Auch jetzt sprang wieder nur der Anrufbeantworter an. Tom klappte sein Handy zusammen und schob es in seine Tasche. Wahrscheinlich steckte Maria noch im Stau.

Die Tür zum Behandlungszimmer ging auf, und Kendrake kam heraus. Seine weiße Kleidung hatte etliche rote Flecke abbekommen, seine Miene war ernst.

»Was ist?«, platzte Tom heraus. »Ist sie …« *Ist sie tot?*, wollte er fragen, aber er brachte es nicht über die Lippen.

Kendrake schüttelte den Kopf. »Nein, es geht ihr den Umständen entsprechend gut.«

»Kann ich sie sprechen?«

»Im Augenblick schläft sie, und das ist gut so. Sie braucht die Erholung.«

Tom nickte, den Tränen nahe.

»Mach dir keine Sorgen«, sagte Kendrake. »Nancy wird durchkommen. Allerdings sollte sie so schnell wie möglich in ein Krankenhaus – ebenso wie der Polizist. Um ihn steht es wesentlich schlechter. Ich habe die Blutung gestoppt, aber ich fürchte, dass er durch seine inneren Verletzungen weiter in Lebensgefahr schwebt. Wenn er nicht bald operiert wird, garantiere ich für nichts.«

Tom seufzte. Wenn das so einfach wäre, dachte er. Er brauchte nur aus dem Fenster zu sehen, um zu erkennen, dass der Verkehr noch zugenommen hatte. Bis der Krisenstab der Stadt die Lage in den Griff bekam oder gar Hilfe von außen – Armee, Nationalgarde oder Katastrophenschutz – eintraf, würden noch einige wertvolle Stunden vergehen. Wie viele Opfer würde der Angriff der Ameisen bis dahin fordern?

Tom wusste, dass er hier nichts mehr für Nancy und Shawn Fletcher tun konnte. Aber er konnte versuchen, den Rest der Stadt zu retten, bevor sie vollends im Chaos versank. »Hast du noch deine Geländemaschine, Dan?«, fragte er. Mit dem Motorrad würde er wesentlich schneller durch den Verkehr kommen als mit dem Auto.

»Steht neben der Garage.«

»Kann ich sie mir ein paar Stunden ausborgen?«

Kendrake nickte. »Klar – aber wehe, du machst mir einen Kratzer in den Lack.«

»Einen?« Tom brachte ein Lächeln zu Stande. »Keine Sorge, ich werde die Maschine behandeln, als wär's meine eigene.«

»Genau das befürchte ich ja.« Kendrake ging hinter den Anmeldetresen, kramte in einer Schublade nach dem Schlüssel und warf ihn Tom zu.

»Danke, Dan.«

Der Arzt nickte ihm aufmunternd zu. »Keine Ursache. Und jetzt verschwinde endlich, bevor ich es mir anders überlege.«

Tom, der früher leidenschaftlicher Motocross-Fahrer gewesen war, hatte den Sport Nancy zuliebe aufgegeben, als sie mit Nick schwanger gewesen war. Seitdem hatte er nicht mehr auf einem Motorrad gesessen. Als er die ersten Meter gefahren war und sich ein wenig an Dan Kendrakes Maschine gewöhnt hatte, stellte er jedoch erleichtert fest, dass ihm die Handhabung keinerlei Probleme bereitete.

Die besten Dinge verlernt man eben nie, dachte er.

Gekonnt schlängelte er sich zwischen den wartenden Autos hindurch. Um schneller voranzukommen, wich er immer wieder auf den Gehweg aus. Einmal prallte er um ein Haar mit einer Gruppe Passanten zusammen. Während sie ihm wüste Beschimpfungen nachriefen, mahnte er sich, ab sofort vorsichtiger zu sein. Er wollte den Menschen der Stadt helfen und sie nicht über den Haufen fahren.

Allmählich wurde der Verkehr dünner. Mit über hundert Stundenkilometern preschte Tom über die kerzengerade Straße stadtauswärts, bemüht, die langsameren Autofahrer nicht zu behindern oder gar zu gefährden. Die Bebauung wurde übersichtlicher, er sah immer mehr offene Felder. Tom nahm Gas weg und bog in die Auffahrt zu seinem Haus ein. Mit quietschenden Reifen kam er zum Stehen.

An der Seite stand Fletchers ziviler Polizeiwagen, den Maria gefahren hatte. Tom klingelte an der Tür. Als sich niemand meldete, versuchte er es erneut.

Wieder keine Reaktion, was ihn jedoch nicht beunruhigte. Wenn die Kellertür geschlossen war, konnte man die Klingel leicht überhören – ihm selbst war das schon mehr als einmal so ergangen.

Glücklicherweise hatte Cliff den Ersatzschlüssel wieder unter dem großen Stein im Vorgarten deponiert. Tom holte ihn hervor, öffnete die Tür und betrat das Haus.

»Maria?«

Keine Antwort, obwohl die Kellertür weit offen stand.

»Maria? Wo bist du?«

Am Ende der Kellertreppe angelangt, sah er ihre Beine aus der Küchennische in der hinteren Ecke des Labors hervorlugen. Erst jetzt wurde ihm klar, dass etwas Schreckliches passiert war. Er hastete zu ihr und kniete sich neben sie, geschockt von dem vielen Blut an ihrem Bauch und auf dem Boden. Er nahm sie in die

Arme, sprach mit ihr, schüttelte sie. Er strich ihr über die Wangen und gab ihr in seiner Verzweiflung sogar einen Klaps, um sie in die Welt der Lebenden zurückzuholen. Vergeblich. Schließlich ließ er tränenüberströmt von ihr ab. Obwohl ein Teil von ihm immer noch Nancy liebte, hätte er sich eine Zukunft mit Maria durchaus vorstellen können. Dass ihm diese Chance genommen worden war, noch dazu auf so sinnlose und brutale Weise, erfüllte ihn mit lähmender Trauer. Wie war das passiert? Wer hatte das getan?

Ihm kam ein Verdacht, auch wenn dieser ihm fast unglaublich erschien. Er schob Maria ein wenig beiseite und warf einen Blick in den Kühlschrank. Die Frucht des GAIA-Baums war nicht mehr da.

Also Quint! Zumindest fiel Tom kein anderer ein, der für diese Frucht über Leichen gehen würde. Aber Fletcher hatte doch behauptet, Quint sei tot! Dennoch gab es für Tom keine andere Erklärung.

Er merkte, dass er immer noch weinte, und wischte sich mit dem Ärmel die Tränen aus dem Gesicht. Am liebsten wäre er hier sitzen geblieben und nie mehr aufgestanden, um sich ganz seiner Trauer hinzugeben. Gleichzeitig konnte er den Gedanken an das wachsende Chaos in der Stadt nicht gänzlich aus seinem Bewusstsein verdrängen. Er trug einen Teil der Verantwortung dafür – ohne ihn wären die Wüstenameisen nie nach England gekommen –, daher war es seine Pflicht, alles in seiner Macht Stehende zu tun, um die Lage wieder in den Griff zu bekommen.

Er besann sich auf seine ursprüngliche Absicht, mit der er hierhergekommen war, nämlich die Ameisen um Rat zu fragen. Schweren Herzens richtete er sich auf, bemüht, die Augen von Marias blutüberströmtem Leichnam abzuwenden. Er musste sich regelrecht dazu zwingen. Erst als er vor dem Laptop saß, gelang es ihm, allmählich wieder einen klaren Gedanken zu fassen. Er tippte:

MENSCH – CATAGLYPHIS
KONTAKT ERBETEN! DRINGEND!

Die Laborameisen zeigten sich gesprächsbereit. Sie antworteten:

DIE LAGE IST KRITISCH. HILFE ERWÜNSCHT?

Tom stutzte. Woher kannten die kleinen Biester die aktuelle Situation? Er beantwortete sich die Frage jedoch gleich selbst: Die Ameisen, die die Stadt attackierten, kommunizierten über Stridulation und Pheromonausstoß. Spuren dieser für den Menschen nicht wahrnehmbaren Ultraschallsignale und Düfte mussten auch bis hierher, an den Stadtrand, gedrungen sein, nur gedämpft wie leise Stimmen, aber für die hochentwickelten Sinnesorgane der Ameisen dennoch eindeutig identifizierbar.

Die Labortiere wussten also um die aktuelle Krise. Umso besser, das ersparte Tom eine Menge Erklärungen.

HILFE IST DRINGEND ERWÜNSCHT.
SEID IHR DAZU IN DER LAGE?

Diesmal dauerte die Antwort etwas länger, aber sie war eindeutig:

JA.

Tom wollte schon wieder etwas in die Tastatur eingeben, als die Ameisen sich noch einmal meldeten. Offenbar hatten sie seine nächste Frage bereits geahnt. In ihrer sachlich-nüchternen Art erklärten sie, dass sie sich dazu befähigt sahen, die Angriffsimpulse der Ameisen in der Stadt durch entgegengesetzte Pheromon- und Stridulationssignale zu neutralisieren. Tom war skeptisch: Wie sollte es den Laborameisen gelingen, ganze Ameisenheere zur Raison zu bringen? Doch auch darauf erhielt er eine plausible Antwort: Es war gar nicht nötig, das komplette Heer zu erreichen. Die

Laborameisen mussten lediglich ihre Artgenossen – die befehlenden Köpfe des Angriffs – davon überzeugen, dass Gewalt keine Lösung war. Und da sie ihnen gegenüber weit in der Überzahl waren, sahen sie gute Chancen, die Situation in der Stadt schnell und effizient zu deeskalieren.

Tom fiel ein Stein der Erleichterung vom Herzen. So einfach hatte er sich die Lösung des Problems nicht vorgestellt. Er tippte:

EINVERSTANDEN. DANKE!

Doch ganz so leicht machten die Ameisen es ihm dann doch nicht. Auf dem Monitor erschien:

WIR HELFEN. LASS UNS FREI.

Tom zögerte. Er hatte damit gerechnet, die Formicarien ins Stadtzentrum schaffen zu müssen, damit die Laborameisen sich bei ihren aggressiven Artgenossen schnellstmöglich Gehör verschaffen konnten. Sie freizulassen, ließ den Plan in einem ganz neuen Licht erscheinen. Er spürte instinktiv, dass die Forderung der Ameisen weniger eine Notwendigkeit als vielmehr eine Bedingung für ihre Hilfestellung war. Wer konnte es ihnen verdenken? Für intelligente Tiere wie sie musste es eine Qual sein, ein Leben in Gefangenschaft zu verbringen. Kein Wunder also, dass sie die Situation zum eigenen Vorteil nutzen wollten.

Die Frage war nur: Würden sie ihren Teil der Abmachung tatsächlich einhalten, wenn Tom sie freiließ? *Konnten* sie es überhaupt, oder hatten sie nur geblufft? Noch schlimmer war die Vorstellung, dass sie sich auf die Seite der Angreifer ziehen lassen könnten und die Lage in der Stadt sich dadurch weiter verschärfte.

Als ahnten sie Toms Bedenken, erschien auf dem Bildschirm:

VERTRAUE UNS. WIR SIND KEINE GEFAHR.
EINE FRIEDLICHE KOEXISTENZ ZWISCHEN
MENSCH UND CATAGLYPHIS IST MÖGLICH.

Außerdem seien sie in Ermangelung einer Königin ohnehin zum Sterben verurteilt, schrieben sie. Ob das stimmte, konnte Tom spontan nicht beurteilen. Manche Ameisenvölker waren durchaus in der Lage, aus gewöhnlichen Arbeiterinnen Königinnen hervorzubringen. Ob das auch bei *Cataglyphis fortis* der Fall war, wusste er aus dem Stehgreif nicht. Aber aus irgendeinem Grund hatte er das Gefühl, diesen Ameisen vertrauen zu können. Er spürte, dass sie die Wahrheit sagten, und auf einmal taten ihm die Tiere leid – mehr noch, er konnte aus ganzem Herzen ihren Wunsch nachvollziehen, die ihnen verbleibende Zeit in Freiheit zu verbringen.

Tom rang sich zu einer Entscheidung durch.

Kapitel 61

Brian Quint hatte Sheffield längst hinter sich gelassen und fuhr nun in sportlichem Tempo in Richtung Norden nach London, von wo aus er einen Flug nach Rom nehmen wollte. Die in Zellophan eingewickelte Frucht lag in seiner Tasche auf dem Beifahrersitz – bei nächster Gelegenheit wollte er eine Kühlbox kaufen, um sie für die Reise möglichst frisch zu halten. Er war guter Dinge, dass er sie unbeschadet an Kardinal Vargas übergeben konnte. Sie hatte nun schon eineinhalb Wochen ohne ein Anzeichen von Verfall überstanden, dann würde es auf wenige Stunden wohl auch nicht mehr ankommen.

Er fühlte sich unendlich erleichtert, hatte er es doch geschafft, den größten Patzer seines Lebens – die Vernichtung des GAIA-Baums – zu bereinigen. Blieb nur zu hoffen, dass der Vatikan aus der Frucht einen neuen Baum heranziehen konnte, aber das lag nicht mehr in seiner Hand.

Er passierte ein Ortsschild, ohne auf den Namen zu achten, und fuhr mit gedrosseltem Tempo weiter. Als er an einer Ampel halten musste, griff er ganz automatisch in die Tasche auf dem Beifahrersitz, um die Frucht hervorzuholen und sie noch einmal von allen Seiten zu begutachten. Vorsichtig packte er sie aus. Der widerwärtige Gestank, den sie noch in GAIA verströmt hatte, war einem derart betörenden Duft gewichen, dass sogar Quint davon das Wasser im Mund zusammenlief, obwohl er normalerweise selten Lust auf Obst verspürte. Vielleicht hatte es etwas mit dem Reifeprozess zu tun.

Er war sich vollauf bewusst, dass dieser Duft ein Lockstoff war –

derselbe, der in der Bibelgeschichte Eva dazu verführt hatte, den Apfel zu probieren, der offenbar kein Apfel gewesen war, sondern eine solche kleine schwarze Kugelfrucht. Trotz dieses Bewusstseins spürte Quint seine Selbstbeherrschung schwinden. Er wollte von dieser Frucht probieren, nein, er *musste* es tun. Es war, als habe eine fremde Macht von ihm Besitz ergriffen.

Das Hupen hinter ihm riss ihn aus seinen Gedanken. Er hatte gar nicht gemerkt, dass die Ampel schon wieder grün war. Unter Aufbietung all seiner Willenskraft legte er die Frucht auf den Beifahrersitz und fuhr weiter.

Doch er konnte sich kaum noch auf den Straßenverkehr konzentrieren, so sehr beherrschte ihn das Verlangen, endlich von der Frucht zu kosten. Allein die Vorstellung, es nicht tun zu dürfen, bereitete ihm körperlichen Schmerz wie bei einem Suchtkranken. Er begann zu zittern. Seine Fäuste umschlossen das Lenkrad so fest, dass seine Knöchel weiß hervortraten.

Herr, gib mir die Kraft, meine Schwäche zu überwinden …

Aber nicht einmal ein Gebet half. Es kam ihm vor, als habe der Teufel persönlich von ihm Besitz ergriffen. Immer wieder wanderte sein gieriger Blick zum Beifahrersitz, weshalb er beinahe die nächste rote Ampel übersah. Er konnte gerade noch rechtzeitig bremsen, allerdings kullerte die Frucht durch den abrupten Stopp in den Fußraum.

Verdammt!

Er hatte seit Jahren nicht mehr geflucht, jedenfalls nicht, dass er sich erinnern konnte, aber jetzt überkam es ihn einfach. Zur Seite gebeugt, mit gestrecktem Arm, versuchte er, die Frucht zu erreichen, aber es fehlten noch mindestens zwanzig Zentimeter. Keine Chance.

Die Ampel sprang auf Grün, er fuhr weiter. Erleichtert stellte er fest, dass die Frucht durch die Beschleunigung wieder in Richtung Beifahrersitz und damit in seinen Aktionsradius rollte. Die Vernunft gebot ihm natürlich, bis zum nächsten Halt abzuwarten, aber es kam keine

Ampel mehr, nicht einmal eine Parklücke, in die er hätte einbiegen können. Seine Ungeduld dehnte Sekunden zu quälenden Ewigkeiten. Schließlich hielt er es nicht länger aus und beschloss, sein Glück während der Fahrt zu versuchen. Er warf einen letzten Blick auf die Straße – zu dem Wagen vor ihm hielt er genügend Abstand – und beugte sich über die Mittelkonsole. Der erste Versuch ging daneben, doch der zweite gelang. Er bekam die Frucht zu fassen, und beinahe im selben Moment stellte sich bei ihm ein Gefühl unbeschreiblicher Glückseligkeit ein. Er kam sich vor, als sei er nach jahrelanger Suche endlich am Ziel seiner Träume angelangt.

Dann der Schock, als er sich wieder aufrichtete. Der winzige Augenblick Unaufmerksamkeit hatte genügt, um die Verkehrslage bedrohlich zu verändern: Unmittelbar vor Quint bog gerade ein Lkw aus einer Seitenstraße ein. Ein Benzinlaster. Quint sah es, war aber trotz seiner trainierten Reflexe so überrascht, dass er nicht schnell genug reagieren konnte. Wie in Zeitlupe sah er den Laster auf sich zukommen, eine riesige, weiße Wand aus Stahl. Alles in ihm schrie, das Lenkrad herumzureißen und auf die Bremse zu treten, aber bis sein Körper gehorchte, war es bereits zu spät. Mit einem ohrenbetäubenden Knall krachte er in die Seite des Lasters. Er wurde nach vorn katapultiert, gleichzeitig riss ihn der Sicherheitsgurt in den Sitz zurück. Auch der Airbag milderte den Aufprall. Dennoch wurde Quint so durchgeschüttelt, dass er einen Moment lang nicht mehr wusste, wo er war.

Von draußen drangen Schreie zu ihm, gedämpft wie aus weiter Ferne. Durchs Seitenfenster sah er Passanten, die auf seinen Wagen zeigten und wild gestikulierten. Der stechende Geruch von Benzin stieg ihm in die Nase, und aus einem Grund, den sein durchgerüttelter Verstand viel zu langsam erfasste, wurde ihm plötzlich ziemlich warm. Erst als er begann, den aufgeblasenen Airbag niederzukämpfen, erkannte er den vollen Ernst der Lage: Aus dem Laster sickerte Benzin, das – vermutlich bedingt durch einen Kurzschluss in der Elektrik seines Wagens – Feuer gefangen hatte. Jedenfalls stand Quints Motorhaube bereits lichterloh in Flammen.

Raus hier!, schoss es ihm durch den Kopf. Ich muss ins Freie.

Doch der Sicherheitsgurt klemmte, und auch die Fahrertür schien sich verzogen zu haben. Sie ließ sich keinen Millimeter bewegen. Mit wachsendem Entsetzen erkannte Quint, dass er in einer tödlichen Falle saß.

Das auslaufende Benzin ließ das Feuer rasch größer werden. Die Hitze steigerte sich ins Unerträgliche. Quint, der es durchaus heraus gewohnt war, Schmerzen zu ertragen, versuchte, sie zu ignorieren, schaffte es aber nicht.

Von irgendwo unter dem Lenkrad züngelten Flammen in den Innenraum. Quint schrie und versuchte, das Feuer auszuklopfen – vergeblich. Es breitete sich weiter aus, als würden die Vorboten der Hölle ihre Finger nach ihm ausstrecken. Der Schmerz trieb ihn an den Rand des Wahnsinns. War dies ein Vorgeschmack auf das Fegefeuer? Die Strafe Gottes dafür, dass er sich um ein Haar an der Frucht vergangen hatte? Weshalb sonst hätte er, der gerechte Diener des Herrn, ein solches Schicksal verdient?

Seine Kleidung fing Feuer. Quint schlug hysterisch um sich, kämpfte um sein Leben, brüllte wie am Spieß. Er verbrannte bei lebendigem Leib. Und obwohl er in diesen letzten Sekunden von satanischem Schmerz erfüllt war, war er sich dumpf darüber bewusst, dass mit ihm auch die Frucht im Wagen verbrannte. Er hatte es nicht geschafft, seinen Fehler auszumerzen. Er hatte versagt – endgültig. Diese Erkenntnis war für ihn noch schlimmer als der körperliche Schmerz und das Wissen um den eigenen Tod.

Kapitel 62

»Bist du völlig übergeschnappt?« Cliffs Stimme überschlug sich beinahe am Telefon. »Wenn ich Barrymore erzähle, dass du die Ameisen freilassen willst, wird er dich in die Klapsmühle einliefern lassen!«

Tom stöhnte innerlich auf. Er hatte jetzt wahrlich keine Zeit für Diskussionen. »Du sollst es ihm ja gar nicht erzählen. Ich will, dass du mit überhaupt niemandem darüber sprichst. Ich brauche nur deine Hilfe.«

»Der Krisenstab würde deinen Plan niemals gutheißen.«

»Das weiß ich. Aber ihr habt schließlich auch keine bessere Idee.«

Cliff hatte das Notfallprogramm des Krisenstabs bereits kurz umrissen. Es beschränkte sich darauf, in besonders betroffenen Stadtgebieten die Bürger zu evakuieren und die Ameisen mit Löschfahrzeugen der Feuerwehr und dem Wasserwerfer der Polizei zu bekämpfen. Einen echten Erfolg gab es bislang nicht zu verzeichnen. Zudem stand zu befürchten, dass die Notfallmaßnahmen wiederum Gegenreaktionen der Ameisen nach sich ziehen würden, aber dieses Risiko hatte man angesichts der Lage eingehen müssen.

»Cliff, ich weiß, dass meine Idee verrückt klingt«, gab Tom zu, »aber eine bessere Chance auf ein schnelles Ende des Angriffs werden wir nicht bekommen.«

Er hörte Cliff am anderen Ende der Leitung seufzen. »Ich wünschte, es wäre anders, aber ich fürchte, du hast recht«, sagte er.

»Dann hilfst du mir also?«

Noch ein Seufzen. »Klar, Mann. Was soll ich tun?«

»Ich muss wissen, wo sich die Angriffe in der Stadt konzentrieren«, sagte Tom. »Dort werde ich die Laborameisen aussetzen.«

Cliff nannte ihm die fünf akutesten Krisenherde und gab ihm auch noch durch, wie er die aktuell größten Staus vermeiden konnte. »Viel Glück!«

»Kann ich gebrauchen.« Tom zögerte kurz. »Tust du mir noch einen Gefallen? Schick eine Streife zu meinem Haus. Und einen Leichenwagen.«

»Was …?«

»Maria … Sie ist tot. Erschossen. Ich will, dass sich jemand um sie kümmert. Tust du das für mich, Cliff?«

»Natürlich. Mach dir darüber keine Gedanken. Ich erledige das … Es tut mir leid, Tom. Ich weiß, dass du sie gern hattest.«

»Ja, das hatte ich.«

Tom beendete das Gespräch, weil ihm schon wieder Tränen in die Augen stiegen. Aber er musste sich jetzt auf etwas anderes konzentrieren. Es lag ganz allein in seiner Hand, dass in Sheffield wieder Frieden einkehrte, bevor die Situation vollends eskalierte.

Er startete Shawn Fletchers Polizeiwagen. Die Ameisen hatte er bereits im hinteren Laderaum untergebracht. Mit quietschenden Reifen scherte er in die Zubringerstraße zur Stadt ein.

Anderthalb Stunden später beendete er sein Vorhaben, indem er die letzten Ameisen in der Nähe der städtischen Wasseraufbereitungsanlage freiließ. Während er den Tieren nachsah, wie sie über den Parkplatz krabbelten und in einem Gullygitter verschwanden, fragte er sich noch immer, ob er das Richtige getan hatte. Aber es war zu spät, um noch irgendetwas zu ändern. Er hatte seine Entscheidung getroffen. Jetzt war es an den Laborameisen, ihren Teil der Abmachung zu erfüllen.

Sein Handy klingelte. Cliff war am Apparat.

»Gute Neuigkeiten«, sagte er. »Die Lage scheint sich schon etwas zu entspannen, vor allem in den Krisenzentren. Wir bekommen aus allen Teilen der Stadt Meldungen herein, dass die Ameisen abziehen.«

Tom fiel eine Zentnerlast von der Seele. Hätte er sich geirrt und das Unglück dadurch weiter verschlimmert, hätte er sich das nie verziehen. So aber war er durchaus zufrieden mit sich und auch stolz auf sein Handeln.

Er setzte sich in den Wagen, machte eine Wende und schlug den Weg zu Dan Kendrakes Praxis ein. Er wollte wissen, wie es Nancy ging, wollte sie in die Arme schließen und ihr sagen, wie sehr er sie liebe, auch wenn sie das vermutlich nicht von ihrem Trennungswunsch abbringen würde. Er war einfach nur froh, dass sie noch lebte.

Kapitel 63

Fünf Tage später

Auf dem Friedhof von Sheffield, einem idyllischen Fleckchen Erde am Rande der Stadt, herrschte reger Andrang. Nicht nur die Angehörigen der Opfer waren gekommen, auch viele, die ihre Anteilnahme zum Ausdruck bringen wollten. Neben den Bewohnern der Stadt gehörten dazu auch Ehrengäste von außerhalb, insbesondere politische Vertreter der angrenzenden Städte und Gemeinden. Sie alle waren gekommen, um an der Totenmesse und der anschließenden Begräbniszeremonie teilzunehmen. Nie zuvor hatten sich auf dem Friedhof von Sheffield so viele Menschen zusammengefunden.

Es war ein wolkenloser, sonniger Vormittag. Eine sanfte Brise strich über das Land und trug den monotonen Klang der Glocke von St. James mit sich, der trutzigen, schmucklosen Friedhofskapelle, die an diesem Tag aus allen Nähten zu platzen schien. Der Zug der Sargträger bahnte sich seinen Weg hinaus ins Freie, flankiert von der schweigenden Menschenmasse. Tom, wie alle anderen in Schwarz gekleidet, stand unweit der ausgehobenen Gräber, die Hände zu einem stillen Gebet gefaltet. Neben ihm murmelte eine ältere Dame das Vater unser, von allen Seiten drang gedämpftes Schluchzen an sein Ohr. Überall tupften sich die Trauergäste mit Taschentüchern die Tränen aus den Augen.

Tom fühlte sich elend. Zwar wusste er, dass die Katastrophe letztlich auf eine Aneinanderreihung äußerst unglücklicher Umstände zurückzuführen war, an der niemand wirklich die Schuld trug. Doch hätte er nicht die Ameisen aus Afrika mitgebracht, wäre das alles nicht geschehen. Sieben Tote und zweiundzwanzig zum Teil schwer Verletzte, so lautete die traurige Bilanz. Es hätte schlimmer kommen können, viel schlimmer, dennoch verbarg sich dahinter unendlich viel menschliches Leid.

Von den sieben Toten wurden an diesem wundervollen Vormittag nur sechs zur letzten Ruhe gebettet. Marias Leichnam war nach der Freigabe durch die Polizei nach Sevilla, ihrer Heimatstadt in Spanien, überführt worden. Noch immer konnte Tom das Bild ihres blutüberströmten Körpers in seinem Kellerlabor nicht vergessen. Vermutlich würden noch Jahre vergehen, bis er so weit war – falls er überhaupt jemals dazu in der Lage sein würde.

Die Prozession hielt an, und die Särge wurden einer nach dem anderen in die Gräber abgelassen. Der Pfarrer hielt seine Trauerrede, dann war Bürgermeister Barrymore an der Reihe, ein paar letzte Worte zu sprechen. »Die Natur hat einen warnenden Zeigefinger gegen uns erhoben.« Seine Stimme klang klar, aber auch nachdenklich. »Das mussten wir vor wenigen Tagen leidvoll erfahren. Wie es dazu kommen konnte, bleibt wohl für immer ein Rätsel. Und obwohl die Experten sich einig sind, dass sich ein solcher Vorfall nicht wiederholen wird, steht die Erinnerung an die jüngsten Ereignisse auch weiterhin wie eine drohende Wolke am Horizont.« Er erwähnte die Vorsichtsmaßnahmen, die der Stadtrat in den letzten Tagen getroffen hatte, stellte aber auch klar, dass er momentan nicht von einer weiteren Gefahr ausgehe. »Leider stehen die menschlichen Grausamkeiten jenes Tages denen der Ameisen in nichts nach«, fuhr er fort. »Wie Sie wissen, wurden zwei Menschen angeschossen: der Polizist Shawn Fletcher und eine Mitbürgerin, die mir sehr nahesteht.« Dabei drückte er Nick, der neben ihm stand, kurz an sich, eine Geste, die Tom einen heftigen Stich versetzte. »Beide sind noch im Krankenhaus, befinden sich aber auf dem Weg der Besserung. Eine Gastwissenschaftlerin, die einige Tage bei uns verbrachte, hatte weniger Glück und starb. Dass der mutmaßliche Mörder bei seinem Fluchtversuch selbst ums Leben kam, kann uns kein Trost sein.« Dann folgte ein kurzes, medienwirksames Plädoyer über die Grundwerte der menschlichen Gemeinschaft.

Als Barrymore seine Rede beendet hatte, übernahm wieder der Pfarrer das Wort. Er sprach ein letztes Gebet und warf aus einem bereitstehenden Korb je eine Rose als Geste des Abschieds in die Gräber. Barrymore folgte seinem Beispiel, die Angehörigen der Opfer ebenfalls.

Die Zeremonie endete mit einem gemeinsamen Lied. Die sanfte Brise trug den elegischen Gesang mit sich, über die Felder und Wiesen, immer weiter bis hinauf in den Himmel.

Eine Stunde später saß Tom auf den Stufen zu seiner Veranda hinter dem Haus. Die Sonne wärmte ihn, und in den Bäumen zwitscherten die Vögel. Unter anderen Umständen wäre es ein Tag ganz nach seinem Geschmack gewesen, diesmal konnte er sich nicht daran erfreuen.

Er hörte ein Geräusch und sah auf. Cliff war ums Haus gekommen und setzte sich zu ihm.

»Wo hast du heute gesteckt?«, fragte Tom. »Ich hätte einen Freund gut gebrauchen können.«

»Ich kann Beerdigungen nicht ausstehen. Sie sind meistens noch schlimmer als die Unglücke selbst.«

»Auch wieder wahr.«

»Gibt's was Neues von Nancy?«

»In ein paar Tagen wird sie aus dem Krankenhaus entlassen.«

»Das habe ich nicht gemeint.«

Tom seufzte. »Ich weiß. Aber sie hat sich noch nicht entschieden, wie es danach weitergehen soll – ob sie zurückkommt, oder ob sie bei Barrymore bleibt.« Er stockte. Es fiel ihm schwer, darüber zu sprechen, selbst mit Cliff, obwohl er gleichzeitig spürte, wie gut ihm ein Gespräch unter Freunden tun würde. Er hatte das Gefühl, dass seine Zukunft, sein ganzes Lebensglück, nur von der Frage abhing, ob Nancy ihm noch eine Chance geben würde. Wenn sie sich gegen ihn entschied, würde eine Welt für ihn zusammenbrechen, auch wenn ein Teil von ihm bereits damit rechnete. Doch solange sie noch unentschlossen war, bestand Hoffnung. Er durfte den Kopf jetzt nicht in den Sand stecken und musste positiv denken. Als moralische Unterstützung kam Cliff ihm da gerade recht.

»Willst du ein Bier?«, fragte Tom.

»Wird 'ne längere Sitzung, was?«

»Schon möglich, ja.«

»Dann bring mir am besten gleich zwei Flaschen mit. Ich habe heute sowieso nichts anderes mehr vor.«

Tom verkniff sich ein Lachen, stand auf und machte sich auf den Weg in die Küche. In der Verandatür blieb er noch einmal stehen und drehte sich um. »Danke«, sagte er. »Danke, dass du vorbeigekommen bist.«

Cliff begegnete seinem Blick mit einer aufmunternden Kopfbewegung. »Jetzt werd nur nicht sentimental, alter Junge. Heulsusen sind bei Frauen nicht angesagt – und du willst Nancy doch zurückgewinnen, oder?«

Danksagung

Ich schreibe nun seit über zehn Jahren Romane, wenn auch unter anderem Namen. In dieser Zeit habe ich viel hinzugelernt. Dennoch ist es für mich als Autor immer wieder wichtig, bei der Entstehung eines neuen Buchs auch Feedback von anderen zu bekommen, um Fehler korrigieren und Textverbesserungen vornehmen zu können. Für ihre Kritik und ihre wertvollen Anregungen danke ich vor allem meinem Lektor Jan Wielpütz und meinem Agenten Bastian Schlück. Ohne sie wäre dieses Buch nicht das geworden, was es ist.

Außerdem danke ich meiner Frau Sonja, ohne die dieses Buch vielleicht gar nicht erst entstanden wäre. Sie hält mir zu Hause den Rücken frei, damit ich die nötige Zeit fürs Schreiben finde. Danke, Schatz!

September 2008
Tom Nestor